Das Buch

Die große Schildkröte A'tuin, auf deren Rücken sich die Scheibenwelt befindet, steuert direkt auf einen heißen roten Stern zu. Das einzige Mittel, die Katastrophe einer Kollision noch aufzuhalten, sind die acht Zaubersprüche des Buches Oktav. Aber einer davon hält sich im Kopf des vom Pech verfolgten Zauberers Rincewind versteckt und weigert sich herauszukommen. Während alle Magier der Unsichtbaren Universität hinter ihm her sind, schlittert Rincewind zusammen mit dem anhänglichen Touristen Zweiblum und dessen bissigem Koffer von einem Abenteuer ins nächste. Und dann steht der ungeschickte Zauberer dem wahnsinnigen Magier Trymon gegenüber, der das Oktav gestohlen hat. Ehe er die acht Zaubersprüche vereinen , vorlesen und auf diese Weise die Scheibenwelt retten kann, muß Rincewind ihn erst besiegen!

Der Autor

Der britische Fantasyautor Terry Pratchett wurde 1948 geboren. Er war Journalist und Pressereferent, ehe er sich vollständig dem Schreiben widmete. Terry Pratchett lebt im englischen Somerset.

TERRY PRATCHETT

DAS LICHT DER PHANTASIE

Ein Roman von der bizarren Scheibenwelt

Aus dem Englischen von Andreas Brandhorst

WILHELM HEYNE VERLAG
MÜNCHEN

HEYNE ALLGEMEINE REIHE
Nr. 01/13097

Titel der Originalausgabe
THE LIGHT FANTASTIC

Der Titel erschien bereits in der Reihe
»Heyne Science Fiction & Fantasy«
mit der Band-Nr. 06/4583.

Umwelthinweis:
Dieses Buch wurde auf
chlor- und säurefreiem Papier gedruckt.

Taschenbuchausgabe 11/99
Redaktion: Friedel Wahren

Printed in Germany 1999
Umschlagillustration: Josh Kirby/Agentur Schlück
Umschlaggestaltung: Nele Schütz Design, München
Druck und Bindung: Elsnerdruck, Berlin

ISBN: 3-453-16280-3

http://www.heyne.de

Die Sonne ging zögernd auf, als wüßte sie nicht so recht, ob es die Mühe lohne.

Ein neuer Scheibenwelttag dämmerte, aber nur sehr langsam. Und zwar aus folgendem Grund:

Wenn Licht auf ein starkes magisches Feld trifft, vergißt es plötzlich, was Eile bedeutet. Es wird geradezu träge. Und auf der Scheibenwelt war die Magie besonders stark ausgeprägt. Deshalb glitt das mattgelbe Glühen der Dämmerung wie eine sanfte, liebkosende Hand über die schlafende Landschaft – goldenem Sirup gleich, wie manche Leute meinen. Es hielt inne, um Täler zu füllen. Es kroch müde an Berghängen empor. Als es Cori Celesti erreichte, das zehn Meilen hohe Massiv aus grauem Fels und grünem Eis in der Scheibenmitte, türmte es sich zu großen Haufen auf, um jenseits des Gipfels mit der eher bescheidenen Wucht einer ins Alter gekommenen Lawine durch die dunkle Landschaft zu rollen.

Ein solcher Anblick bot sich auf keiner anderen Welt dar.

Natürlich gab es auch keine andere Welt, die auf den Rücken von vier Elefanten ruhte, die ihrerseits auf dem Panzer einer riesigen, durchs Universum spazierenden Schildkröte standen. Ihr Name – oder *seiner*, wie manche Philosophen behaupteten – lautete Groß-A'Tuin. Sie – oder er, wie auch immer – spielt keine große Rolle in der folgenden Geschichte. Doch um die Scheibenwelt richtig zu verstehen, muß man wissen, daß es sie – oder ihn – gibt, unter den Bergwerken, Meeresquellen und angeblich fossilen Knochen, die vom Schöpfer nur deshalb zurückgelassen wurden, um Archäologen zu verwirren und ihnen Flausen in den Kopf zu setzen.

Groß-A'Tuin, die Sternen-Schildkröte: gefrorenes Methan auf dem Panzer, pockennarbig von Meteoritenkratern, bedeckt von einer Patina Asteroidenstaub. Groß-A'Tuin: Augen wie unauslotbar tiefe Seen, das Gehirn so groß wie ein Kontinent, die Gedanken gemächlich vorrükkende Gletscher. Groß-A'Tuin: Das Glimmen der Sonnen und Galaxien spiegelt sich auf ihrem gewaltigen Leib wider, während sie durch die galaktische Nacht wandert und die Scheibenwelt mit sich trägt. Größer als alles, was man sich vorstellen kann. So alt wie die Zeit selbst. So geduldig wie ein Fels.

Einige Gelehrte glauben, Groß-A'Tuin führe kein besonders beneidenswertes Leben. Nun, sie irren sich, das Gegenteil trifft zu: Groß-A'Tuin vergnügt sich prächtig.

Sie – oder er – ist das einzige Geschöpf im ganzen Universum, das genau weiß, welches Ziel es anstrebt.

Natürlich haben die Philosophen viele Jahre lang darüber diskutiert, wohin Groß-A'Tuin unterwegs sei, und ihre größte Sorge besteht darin, es möglicherweise nie zu erfahren.

In zwei Monaten werden sie eine Antwort auf ihre Frage bekommen. Und dann haben sie *wirklich* Grund, sich Sorgen zu machen...

Einige der phantasievolleren Gelehrten grübeln auch noch über ein anderes Problem und betreiben langwierige Forschungen mit dem Ziel, Groß-A'Tuins Geschlecht herauszufinden. Sie verwenden ziemlich viel Zeit und Mühe darauf, diesen Punkt ein für allemal zu klären.

Der neueste in diesem Zusammenhang unternommene Versuch kommt gerade in Sicht, während Groß-A'Tuin wie eine riesige Haarbürste aus Schildplatt durch die Unendlichkeit marschiert.

Die bronzene Kapsel des Mächtigen Reisenden ist völlig außer Kontrolle geraten und fällt an der Schildkröte vorbei. Es handelt sich um eine Art steinzeitliches Raumschiff, von den Priesterastronomen Krulls erbaut und über die Kante der Scheibenwelt gestoßen – was der landläufigen

Meinung widerspricht, es gebe kein Reiseunternehmen, das gratis arbeitet.

Im Innern der Kapsel sitzt Zweiblum, der erste Tourist der Scheibenwelt. Er hat einige aufregende Monate damit verbracht, sie zu erforschen, und jetzt verläßt er sie recht überstürzt. Die Gründe dafür sind kompliziert, haben jedoch mit dem Versuch zu tun, aus Krull zu fliehen.

Ein Versuch, so sei hinzugefügt, der tausendprozentig erfolgreich war.

Obwohl alles darauf hindeutet, daß Zweiblum auch der *letzte* Tourist der Scheibenwelt sein wird, genießt er die Aussicht. Zwei Meilen über ihm stürzt der Zauberer Rincewind durchs Nichts, gekleidet in etwas, das auf der Scheibenwelt als Raumanzug gelten mag. Man stelle sich ihn als Taucheranzug vor — von jemandem entwickelt, der nie das Meer gesehen hat. Vor sechs Monaten war Rincewind ein ganz normaler gescheiterter Magier. Dann begegnete er Zweiblum, der ihn mit einem enormen Gehalt in seine Dienst lockte und zum Reiseführer ernannte. Seitdem hat Rincewind die meiste Zeit damit verbracht, entsetzt Pfeilen auszuweichen, gejagt zu werden und über bodenlosen Abgründen zu hängen, selbstverständlich mit wenig Aussicht auf Rettung. Oder in die Tiefe zu stürzen, so wie jetzt.

Er genießt die Aussicht keineswegs, denn sein ganzes bisheriges Leben zieht an ihm vorbei, und die Erinnerungen versperren ihm den Blick auf die Umgebung. Er erfährt nun, wie wichtig es ist, nicht den Helm zu vergessen, wenn man einen Raumanzug benutzt.

An dieser Stelle könnte eine längere Schilderung folgen, die erklärt, weshalb die beiden Männer von der Scheibenwelt fallen und warum Zweiblums Koffer — der zuletzt verzweifelt versuchte, ihm auf Hunderten von kleinen Beinen zu folgen — alles andere als ein gewöhnliches Gepäckstück ist. Doch derartige Erläuterungen erforderten viel Zeit und Platz und könnten mehr Probleme schaffen als lösen. Man denke nur an den berühmten Philosophen Ly Tin Weedle, dem jemand während eines Fests die Frage stellte: »Was machst du denn hier?« Die Antwort dauerte drei Jahre.

Weitaus wichtiger ist ein Ereignis weit oben, über A'Tuin, den Elefanten und Rincewind, der vergeblich nach Luft schnappt und langsam blau anläuft. Die Struktur von Raum und Zeit wird gleich durch die Mangel gedreht.

Fühlbare Magie lag wie Staub in der Luft, und ätzender Rauch wallte umher. Er stammte von Kerzen aus schwarzem Wachs, nach dessen Ursprung sich ein kluger Mann besser nicht erkundigen sollte.

Der Raum befand sich im Kellergewölbe der Unsichtbaren Universität – dabei handelte es sich um die bedeutendste magische Schule auf der Scheibenwelt –, und wirkte außerordentlich seltsam. Zum Beispiel schien er zu viele Dimensionen aufzuweisen, die sich den Blicken des Beobachters entzogen, und gerade außerhalb seines Wahrnehmungsbereichs lauerten. Okkulte Symbole bedeckten die Wände, und das Achtgefaltete Siegel Der Stasis bedeckte den größten Teil des Bodens. In magischen Kreisen hieß es, es besitze die gleiche Bannwirkung wie ein kräftiger Schlag mit einem dicken Knüppel.

Die Einrichtung des Zimmers beschränkte sich auf ein Pult aus dunklem Holz, dem man die Form eines Vogels verliehen hatte. Besser gesagt: die eines geflügelten Wesens, das man sich nicht zu genau ansehen sollte. Auf dem Pult lag ein Buch, mit einer schweren Kette und mehreren Vorhängeschlössern gesichert.

Ein großes, aber nicht besonders eindrucksvolles Buch. Andere Bücher in der Universität wiesen mit kostbaren Edelsteinen und erlesenem Holz geschmückte Deckel auf – oder waren in Drachenhaut gebunden. Die Hülle dieses Exemplars hingegen bestand aus ziemlich schäbigem Leder. Es sah ganz wie jene Art von Büchern aus, die in den Bibliothekskatalogen als ›ein wenig mitgenommen‹

beschrieben wurden — obwohl natürlich keine Seite fehlte und niemand auf den Gedanken kam, irgendein Kapitel mitzunehmen. Ebensogut hätte man versuchen können, sich ein Stück glühendes Eisen in die Tasche zu stecken — man verbrennt sich nicht nur die Finger daran.

Metallspangen hielten es geschlossen. Sie waren nicht verziert, einfach nur dick und schwer. Wie die Kette, die nicht nur dazu diente, das Buch am Pult zu sichern, sondern in erster Linie verhindern sollte, daß es sich öffnete.

All diese Dinge erweckten den Eindruck, als habe jemand eine ganz bestimmte Absicht verfolgt — jemand, der einen Teil seines Lebens damit verbrachte, wilde Elefanten zu zähmen und widerspenstige Kobolde zu überreden, ihm den Flur zu schrubben.

Die magische Aura verdichtete sich und wogte. Die Seiten des Buches knisterten auf eine recht unheimliche und aufsässige Weise, und blaues Licht quoll zwischen ihnen hervor. Die Stille in der Kammer ähnelte einer Hand, die sich langsam zur Faust ballte.

Mehrere Zauberer in langen Nachthemden wechselten sich darin ab, durch das kleine Gitter in der Tür zu starren. Kein Magier konnte schlafen, während sich derart seltsame Dinge zutrugen: Pure thaumaturgische Energie ballte sich zusammen und zog wie eine Flutwelle durch die gesamte Universität.

»Nun gut«, erklang eine Stimme. »Was geht hier vor? Und warum hat man mir nicht Bescheid gegeben?«

Galder Wetterwachs, Oberster Meisterbeschwörer des Ordens vom Silbernen Stern, Imperialer Lord des Sakralen Stabes, Ipsissimus der Achten Stufe und dreihundertvierter Kanzler der Unsichtbaren Universität, bot einen imposanten Anblick — selbst in seinem roten Nachthemd mit den Stickmustern mystischer Runen und der großen Bommelmütze, die ihm in die Stirn rutschte. Nicht einmal der wurstartige Kerzenhalter in der einen Hand beeinträchtigte seine Autorität, ganz zu schweigen von den flauschigen Pompom-Pantoffeln.

Sechs furchtsame Gesichter sahen ihn an.

»Äh, man *hat* dich unterrichtet«, sagte einer der Untermagier.

»Deshalb bist du hier«, fügte ein anderer hinzu.

»Ich meine, warum wurde ich nicht *vorher* verständigt?« erwiderte Galder scharf und trat mit entschlossenen Schritten auf die Tür zu.

»Äh, vorher gab es keinen Grund, deine Ruhe zu stören«, lautete die durchaus vernünftige Antwort.

Galder brummte, kniff die Augen zusammen und wagte einen kurzen Blick durchs Gitter.

Die Luft in der Kammer glitzerte, und winzige Funken stoben, als Staubkörner in dahinströmender purer Magie verbrannten. Das Siegel Der Stasis warf Blasen und kräuselte sich an den Kanten.

Das Buch auf dem Pult wurde ›Oktav‹ genannt, und natürlich war es kein gewöhnliches Buch.

Nun, es gibt viele berühmte Bücher über Magie. Man nehme nur das Nekrotelicomnicon mit den Seiten aus uralter Eidechsenhaut. Oder das Buch über Ausflüge Kurz Vor Mitternacht, geschrieben von einer geheimnisvollen und nicht sehr fleißigen Lama-Sekte. Manche erinnern sich vielleicht auch an das Lachsalven-Grimoire, das angeblich den einzigen echten Witz des ganzen Universums enthält. Aber alles sind nur wertlose Pamphlete im Vergleich zum Oktav, das der Schöpfer kurz nach der Vollendung Seines Hauptwerks zurückließ, in für ihn typischer Gedankenlosigkeit.

Die acht in den Seiten gefangenen Zauberformeln führten ein geheimes und komplexes Eigenleben, und man vertrat allgemein die Ansicht, daß ...

Galder runzelte die Stirn, als er das Zimmer beobachtete, in dem sich die pure Magie entfaltete. Natürlich gab es jetzt nur noch sieben Formeln. Irgendein junger und völlig unbegabter Zauberlehrling hatte einen verstohlenen Blick ins Buch geworfen; dabei entkam einer der magischen Sprüche und ließ sich im Bewußtsein des Betreffenden nieder. Bisher war es niemandem gelungen, die Gründe für jenen unliebsamen Zwischenfall in Erfahrung zu bringen. Galder versuchte, sich an den Namen des Idioten zu erinnern. Heinzwind? Geißkind?

Oktarines und purpurnes Feuer züngelte über den Buchrücken. Ein dünner Rauchfaden kräuselte vom Pult in die Höhe, und die dicken Metallspangen, die das Oktav geschlossen hielten, bogen sich langsam auf.

»Warum sind die Zauberformeln in solche Aufregung geraten?« fragte einer der jüngeren Magier.

Galder zuckte mit den Schultern. Er durfte sich zwar nichts anmerken lassen, aber seine Besorgnis nahm immer mehr zu. Als erfahrener Zauberer der achten Stufe konnte er die undeutlichen Schemen erkennen, die dann und wann in der vibrierenden Luft Gestalt annahmen, ihm zuwinkten und erwartungsvoll grinsten. So wie ganze Schwärme von Stechmücken aufsteigen, wenn ein Gewitter naht, lockten wirklich dichte Ansammlungen magischer Kraft Wesenheiten aus den chaotischen Kerkerdimensionen an – abscheuliche *Dinge* aus wirr angeordneten Organen und Spucke, die ständig nach einer Lücke suchten, durch die sie in die Welt der Menschen gelangen konnten.*

Dem mußte Einhalt geboten werden.

»Ich brauche einen Freiwilligen«, sagte Galder fest.

Niemand gab einen Muckser von sich, und die einzigen Geräusche stammten aus der Kammer: ein leises, dumpfes

---

* Sie sollen hier nicht näher beschrieben werden, denn selbst die hübschesten von ihnen sehen aus wie Kreuzungen zwischen Kraken und Fahrrädern. Es ist allgemein bekannt, daß *Dinge* aus düsteren Welten immerzu versuchen, sich einen Zugang in unsere zu verschaffen, um Unheil zu stiften und kräftig auf den Putz zu hauen.

Knacken von Metall, das einer zu großen Belastung ausgesetzt war.

»Na schön«, brummte Galder Wetterwachs. »Wenn das so ist, benötige ich einige silberne Pinzetten, zwei Becher Katzenblut, eine kleine Peitsche und einen Stuhl...«

Es heißt, Stille sei das Gegenteil von Lärm. Aber das stimmt nicht. Stille ist nur die Abwesenheit von Geräuschen. Im Vergleich zu der samtenen Implosion von Geräuschlosigkeit, welche die Zauberer mit der Wucht einer auseinanderplatzenden Kuckucksuhr traf, wäre Stille ein geradezu ohrenbetäubender Radau gewesen.

Eine dicke Säule aus flackerndem Licht wuchs aus dem Buch, fraß sich funkenstiebend durch die Decke und verschwand.

Galder starrte zum Loch hoch und ignorierte die schwelenden Stellen in seinem Bart. Mit einer dramatischen Geste hob er den rechten Arm.

»Zum oberen Keller!« rief er und eilte die Treppe hoch. Die Troddeln seiner Pantoffeln schwangen wie Schlegel hin und her, und das Nachthemd wehte wie eine Fahne. Die anderen Zauberer folgten ihm und stolperten übereinander, als jeder versuchte, der letzte zu sein.

Trotzdem trafen sie alle rechtzeitig ein, um zu sehen, wie sich der Feuerball aus okkulter Potentialität durch die Decke des nächsten Zimmers brannte.

»Argh!« stieß der jüngste Zauberer hervor und deutete auf den Boden.

Der Raum hatte zur Bibliothek gehört — bis die Magie hindurchraste und alle Möglichkeitspartikel durcheinanderbrachte. Daher gab es guten Grund anzunehmen, daß sowohl die kleinen purpurnen Wassermolche als auch die Ananassoße zuvor Bücher gewesen waren. Und einige Zauberer schworen später, in dem Orang-Utan, der traurig und kummervoll inmitten des Chaos hockte, den Obersten Bibliothekar erkannt zu haben.

Galder sah nach oben. »Zur Küche!« donnerte er, watete durch die Ananassoße und erreichte kurz darauf die nächste Treppe.

Niemand fand heraus, wozu sich der große gußeiserne Herd verwandelt hatte, denn er war durch die Wand gebrochen und verschwunden, bevor die atemlosen Zauberer ins Zimmer stürmten und sich aus weit aufgerissenen Augen umsahen. Den fürs Gemüse zuständigen Koch entdeckte man nach einer Weile im Suppentopf, und er brabbelte unverständliche Dinge, wie zum Beispiel: »Die Haxen! Die gräßlichen Haxen!«

Die letzten magischen Schwaden trieben weitaus träger als vorher durch die Decke.

»Zum Großen Saal!«

In diesem Bereich war die Treppe wesentlich breiter und besser beleuchtet. Die in aromatischen Ananasduft gehüllten Zauberer keuchten, und die sportlicheren unter ihnen brachten die letzten Stufen hinter sich, als der Feuerball die Mitte der zugigen Kammer erreichte, die das Zentrum der Universität darstellte. Dort verharrte er reglos. Die einzigen Bewegungen stammten von kleinen Auswüchsen, die sich an der Oberfläche bildeten und leise zischten.

Zauberer rauchen, wie jedermann weiß. Das erklärte vermutlich den Chorus aus asthmatischem Husten und Blasebalgschnaufen, der hinter Galder ertönte, als er versuchte, die Lage einzuschätzen. Und überlegte, ob er versuchen sollte, sich nach einem Versteck umzusehen. Er griff nach der Schulter eines ängstlichen Novizen.

»Hol die Seher, Kristallschauer, Weitblicker, Rätseldeuter, Omenbefrager und Kaffeesatzleser aus den Betten!« wies er den Lehrling an. »Dieses Phänomen muß untersucht werden!«

Irgend etwas formte sich im Innern des Feuerballs. Galder schirmte sich die Augen ab und beobachtete, wie der Schatten Konturen gewann. Ja, kein Zweifel: das Universum.

Er war deshalb völlig sicher, weil er in seinem Arbeitszimmer ein entsprechendes Modell aufbewahrte, von dem alle meinten, es sei viel beeindruckender als das Original. Angesichts der Möglichkeiten, die Ihm Staubperlen und silbernes Filigran boten, hatte der Schöpfer nur ratlos mit dem Kopf geschüttelt.

Doch das winzige Universum im Innern des Feuerballs wirkte unheimlich und... nun, echt. Es mangelte ihm nur an Farbe. Galder sah nichts weiter als transparenten, milchigen Dunst.

Kurze Zeit später erkannte er Groß-A'Tuin, die vier Elefanten auf ihrem — oder seinem - Rücken, auch die Scheibenwelt. Sein gegenwärtiger Standort verwehrte ihm einen Blick auf die Oberfläche, was jedoch nichts daran änderte, daß alle Einzelheiten maßstabsgerecht nachgebildet waren. Er bemerkte eine winzige Reproduktion des Massivs Cori Celesti und erinnerte sich an die zänkischen und ein wenig kleinbürgerlichen Götter, die auf dem Gipfel des riesigen Gebirges wohnten, in einem Palast aus Marmor und Alabaster, gekleidet in völlig unmodische, dreiteilige Gewänder aus kitschigem Mokett, die sie in heiliger Geschmacksverirrung als ›Würdentracht‹ bezeichneten. Alle Bewohner der Scheibenwelt, die Wert auf Kultur legten, empfanden es als Ärgernis, daß das Kunstverständnis ihrer Götter nicht über singende Türklingeln hinausging.

Das kleine Embryonenuniversum bewegte sich langsam, neigte sich zur Seite...

Galder versuchte zu schreien, aber er brachte keinen Laut von den Lippen.

Der Schatten dehnte sich zögernd, doch mit der unaufhaltsamen Schicksalhaftigkeit einer Explosion.

Zuerst entsetzt und dann erstaunt sah er zu, wie ihn der Rand des Universums durchdrang, so mühelos wie ein Gedanke. Er streckte die Hand aus, und die geisterhaft blassen Schemen von Hügeln und Bergen glitten in geschäftiger Stille an seinen Fingern vorbei.

Groß-A'Tuin, größer als ein Haus, war bereits im Boden versunken.

Die Zauberer hinter Galder standen bis zu den Hüften in Seen. Wetterwachs bemerkte ein Boot, kleiner als ein Fingerhut, dem er sekundenlang nachstarrte, ehe es von der Strömung durch die Wand getragen wurde. »Zum Dach!« brachte er hervor und deutete zitternd in die Höhe.

Jene Magier, die ihre Hustenanfälle überwunden hatten und noch nicht zu verwirrt waren, um in Panik zu geraten, folgten ihm durch Kontinente, die durch festen Stein schwebten.

Draußen herrschte noch immer die Dunkelheit der Nacht, doch ein fahles Glimmen kündigte den neuen Tag an. Ein sichelförmiger Mond ging gerade unter. Ankh-Morpork, die größte Stadt in der Nähe des Runden Meeres, schlief.

Obwohl, diese Behauptung ist nicht ganz richtig.

Die Bürger der Stadt, die sich normalerweise damit beschäftigten, Gemüse zu verkaufen, Hufeisen zu schmieden, kostbaren Jadeschmuck herzustellen, Geld zu wechseln und Tische zu zimmern, lagen tatsächlich in ihren Betten und träumten süß. Jedenfalls die meisten. Bis auf diejenigen, die an Schlaflosigkeit litten. Oder gerade aufgestanden waren, um auf die Toilette zu gehen. Die anderen Bewohner der Stadt, die nicht ganz soviel von Recht und Ordnung hielten, waren putzmunter. Sie schlichen durch Häuser, in denen sie eigentlich überhaupt nichts zu suchen hatten, schnitten Kehlen durch, prügelten sich und lauschten lauter Musik, die in stickigen Kellern erklang. Mit anderen Worten: Sie hatten mächtig Spaß. Die überwiegende Mehrheit der Tiere schlief. Abgesehen natürlich von den Ratten. Und den Fledermäusen. Was die Insekten betraf...

Nun, damit soll folgendes verdeutlicht werden: Allgemein beschreibende Formulierungen sind selten genau, und während Olaf Quimby II. als Patrizier von Ankh herrschte, erließ er ein Gesetz, das derartige Dinge verbot.

Seine Absicht bestand ganz einfach darin, Berichte glaubwürdiger zu machen. Wenn es zum Beispiel in einer Legende von einem kühnen Helden hieß, »alle bewunderten seine Tapferkeit«, so fügte jeder Barde, dem etwas an seinem Leben lag, hastig hinzu: »Bis auf einige Leute in seinem Heimatdorf, die ihn für einen Aufschneider hielten, und viele andere Leute, die noch nie etwas von ihm gehört hatten.« Dichterische Gleichnisse beschränkten sich auf Bemerkungen wie »Sein mächtiges Roß war so schnell wie der Wind an einem recht ruhigen Tag, sagen wir: bei Windstärke drei«. Für unvorsichtige Behauptungen über Prinzessinnen, die so schön gewesen seien, daß sie alle Männer verzauberten, mußten hieb- und stichfeste Beweise vorgelegt werden, etwa die granitene Hand eines zu Stein erstarrten Minnesängers.

Quimby wurde schließlich von einem wütenden Poeten getötet. Er kam bei einem Experiment ums Leben, das auf dem Palastgelände stattfand, um ein Sprichwort zu beweisen: »Die Feder ist mächtiger als das Schwert.« Zu seinem Gedenken erweiterte man es um den Zusatz: »Aber nur, wenn das Schwert sehr klein und die Feder besonders groß und spitz ist.«

Nun gut. Ungefähr siebenundsechzig — vielleicht auch achtundsechzig — Prozent der Stadtbewohner schliefen. Die anderen Bürger, die unterdessen ihren in der Regel ungesetzlichen Geschäften nachgingen, bemerkten nichts von der fahlen Flut, die durch die Straßen strömte. Nur die Zauberer — daran gewöhnt, Unsichtbares zu erkennen — beobachteten, wie sie das Land eintauchte.

Die Scheibenwelt ist flach und hat deshalb keinen richtigen Horizont. Wenn sich abenteuerlustige Seefahrer mit närrischen Vorstellungen von Kugeln auf die Suche nach den Antipoden machen, stellen sie rasch fest, warum ferne Schiffe den Eindruck erwecken, über den Rand der Welt zu fallen. Die Erklärung ist ganz einfach: Sie fallen *wirklich* über die Kante.

Doch in der dunstigen, staubigen Luft war selbst die Reichweite von Galders Blick begrenzt. Er hob den Kopf. Mit seinen achttausendachthundertachtundachtzig Stufen überragte der Turm der Kunst die Universität, und er stand in dem Ruf, das älteste Gebäude auf der ganzen Scheibenwelt zu sein. Vom Zinnendach aus, das Raben und beunruhigend aufmerksamen Wasserspeiern als Treffpunkt diente, konnte der Zauberer bis zum Rand der Scheibe sehen. Nachdem er zuvor etwa zehn Minuten lang hingebungsvoll gekeucht hatte.

»Von wegen«, brummte Galder. »Es hat doch schließlich seine Vorteile, Magier zu sein, oder? Abrakadabra, hol's der Teufel! Ich will fliegen! Herbei, ihr Mächte der Luft und Finsternis!«

Er streckte eine knorrige Hand aus und deutete auf eine bröckelige Stelle der Brustwehr. Oktarine Funken stoben unter seinen nikotingelben Fingernägeln hervor und sausten den verwitterten Steinen weit oben entgegen.

Fels brach und fiel. Mit Hilfe eines genau berechneten Austauschs von Bewegungsmomenten stieg Galder auf, und das Nachthemd flatterte an seinem knochigen Leib. Immer höher schwebte er, raste durch das blasse Glühen, wie ein ... In Ordnung, wie ein älterer und mächtiger Zauberer, der emporgerissen wurde, weil er dem Universum an der richtigen Stelle einen Tritt gegeben hatte.

Er landete auf einigen alten Nestern, bemühte sich, Gleichgewicht zu gewinnen und genoß den schwindelerregenden Anblick der Scheibenwelt-Dämmerung.

Zu dieser Zeit des langen Jahres befand sich das Runde Meer fast auf der Sonnenseite Cori Celestis, und als das Tageslicht die steilen Hänge hinabglitt und die Region von Ankh-Morpork erreichte, wuchs der spitze Schatten des Massivs in die Länge, wie der lange Zeiger einer göttlichen Sonnenuhr. Galder kniff die Augen zusammen, als er im Bereich der Nacht eine dünne weiße Front sah, die dem langsamen Licht figürliche Beine machte.

Hinter ihm knarrten trockene Zweige. Als sich der Zauberer umdrehte, fiel sein Blick auf Ymper Trymon, den zweithöchsten Magier des Ordens. Nur Ymper war imstande, ihm auf den Turm zu folgen.

Galder ignorierte ihn einige Sekunden lang, hielt sich vorsichtshalber an der Brustwehr fest und verstärkte seinen persönlichen Schutzzauber. Das Gewerbe der Magie gewährte denjenigen, die ihm nachgingen, für gewöhnlich eine besonders hohe Lebenserwartung, und dieser Umstand erschwerte Beförderungen. Deshalb versuchten jüngere Zauberer häufig, den langen Weg zu Ruhm und Macht abzukürzen, indem sie in die Fußstapfen toter Vorgänger traten und die Stelle des Meisters einnahmen, den sie zuvor — auf mehr oder weniger elegante Weise — umgebracht hatten. Außerdem hielt Galder Trymons Gebahren für in höchstem Maße verdächtig. Er rauchte nicht, trank nur abgekochtes Wasser, und was noch weitaus schlimmer war: Er schien klug und gewitzt zu sein. Er lächelte nicht oft, mochte Zahlen und jene Art von Organisationsdiagrammen, die viele Kästen mit Pfeilen aufwiesen, die auf andere Rechtecke zeigten. Kurz gesagt: Trymon gehörte zu den Männern, die es ernst meinten, wenn sie von ›Personal‹ sprachen.

Die sichtbaren Regionen der Scheibenwelt waren nun mit einem weiß schimmernden Film bedeckt, der sich allen Konturen anpaßte.

Als Galder auf seine Hände starrte, stellte er fest, daß sich ein dünnes Netzwerk aus glänzenden Linien darauf bildete, die allen seinen Bewegungen folgten.

Diesen Zauber kannte er. Er hatte ihn selbst einmal benutzt, in einer kleineren, *wesentlich* beschränkteren Form.

»Es ist der Zauber des Wandels«, sagte Trymon. »Die ganze Welt wird verändert.«

Einige Leute, dachte Galder grimmig, *hätten den Anstand, ein Ausrufezeichen hinter eine solche Bemerkung zu setzen.*

Unmittelbar darauf vernahm er ein zartes Zirpen, so als zerbreche das Herz einer an Liebeskummer leidenden Maus.

»Was war das?« fragte er.

Trymon neigte den Kopf zur Seite.

»Cis, glaube ich«, sagte er.

Galder schwieg. Der weiße Glanz verflüchtigte sich, und der Wind trug den beiden Zauberern die ersten Geräusche der erwachenden Stadt entgegen. Nichts schien sich verändert zu haben. *Warum die Mühe, nur um alles so zu lassen, wie es ist?* fuhr es Wetterwachs durch den Sinn.

Er suchte in den Taschen seines Nachthemds und fand das, was er suchte, schließlich hinter dem einen Ohr. Rasch schob er sich den feuchten Stummel zwischen die Lippen, schnippte mit den Finger und beschwor ein magisches Feuer, mit dem er den Zigarettenrest anzündete, und sog so lange, bis farbige Schlieren vor seinen Augen erschienen. Er hustete kurz und blies eine Rauchwolke von sich.

Galder konzentrierte sich und dachte angestrengt nach.

Er versuchte, sich zu erinnern, ob ihm irgendeiner der Götter einen Gefallen schuldete.

Die seltsamen Vorgänge auf der Scheibenwelt verwunderten die Götter ebenso sehr wie die Zauberer, doch selbst wenn sie in der Lage gewesen wären, etwas gegen das seltsame Glühen zu unternehmen (was bezweifelt werden muß): Ihr Hauptaugenmerk galt dem äonenlangen Kampf gegen die Eisriesen, die sich weigerten, ihnen den Rasenmäher zurückzugeben.

Niemand wußte, was sich zugetragen hatte, doch es gab einige Hinweise, und einer davon betraf Rincewind. Bei der Rückschau auf sein vergangenes Leben erreichte er gerade eine recht interessante Stelle, die ihm einen fünfzehnjährigen Knaben zeigte, der erste Erfahrungen in bezug auf das andere Geschlecht sammelte. Und plötzlich mußte er sich der Erkenntnis beugen, daß er gar nicht mehr starb, sondern kopfüber in einer hohen Fichte hing.

Sein Körper gehorchte natürlich dem Gesetz der Schwerkraft, indem er von einem Ast zum nächsten fiel. Jedoch bevor sich Rincewind über diese neue Wendung des Schicksals Gedanken machen konnte, landete er auf zum Glück recht weichem Waldboden, schnappte nach Luft und wünschte sich, ein anständigerer Mensch gewesen zu sein.

Auf irgendeine Art und Weise, so hoffte er, sollte es möglich sein, seine sonderbaren Erlebnisse zu erklären. Im einen Augenblick stirbt man, nach einem Sturz über den Rand der Welt, und im nächsten findet man sich in einer Fichte wieder...

Rincewind runzelte die Stirn.

Und wie immer bei solchen Gelegenheiten rührte sich die Zauberformel in seinem Bewußtsein.

Von seinen Lehrern war er mehrfach darauf hingewiesen worden, in der Kunst der Magier sei er mindestens ebenso geschickt wie Fische beim Bergsteigen. Wahrscheinlich hätte man ihn irgendwann aus der Unsichtbaren Universität verstoßen – er konnte Zaubersprüche nicht im Gedächtnis behalten, und wenn er rauchte, drehte sich ihm der Magen um. Doch richtig problematisch wurde seine Lage erst, als ihm die törichte Idee kam, in das Zimmer mit dem Oktav zu schleichen und einen Blick ins angekettete Buch zu werfen.

Und was alles *noch* schlimmer machte: Niemand vermochte herauszufinden, wer oder was die Vorhängeschlösser vorübergehend entriegelt hatte.

Nun, der Zauberspruch war kein besonders anspruchsvoller Untermieter in Rincewinds Geist. Er hockte einfach nur da, wie eine alte Kröte im Teich. Doch immer dann, wenn sich der Magier müde und abgespannt fühlte – oder wenn er sich fürchtete, wie jetzt –, regte sich die Formel und wollte ausgesprochen werden. Keiner wußte, was geschehen würde, wenn man einen der Acht Großen Zaubersprüche für sich allein murmelte, doch die meisten Leute vertraten die Ansicht, in einem solchen Fall sei es besser, weit, weit weg zu sein.

Rincewind gewann plötzlich den Eindruck, daß ihn die thaumaturgische Formel am Leben erhalten wollte — eine überraschende Erkenntnis für jemanden, der gerade vom Rand der Welt gestürzt war und auf einem Haufen Fichtennadeln saß.

»Ist mir ganz recht«, brummte er leise.

Er stemmte sich in die Höhe und beobachtete den Wald. Rincewind kam aus der Stadt; er hatte zwar gehört, daß es Pflanzenkenner gab, die Bäume in verschiedene Gruppen und Untergruppen einteilten, aber sein Wissen beschränkte sich darauf, daß das dicke Ding, an dem keine Blätter hingen, in den Boden gehörte. Langsam drehte er den Kopf. Hier ragten viel zu viele Stämme in die Höhe, und ihre Anordnung bildete überhaupt kein erkennbares Muster. Außerdem herrschte zwischen ihnen das reinste Chaos. Er nickte grimmig und kam zu dem Schluß, daß der Wald schon seit Äonen nicht mehr gefegt worden war.

Noch etwas anderes fiel ihm ein. Er erinnerte sich an die Behauptung, man könne sich orientieren, indem man feststellt, auf welcher Seite eines Stammes Moos wächst. Diese Bäume aber wiesen rundum Moosfladen auf, und darüber hinaus weckten Dutzende von hölzernen Warzen und dürre, verkrüppelte Äste Rincewinds Aufmerksamkeit. *Wenn Bäume wie Menschen sind,* dachte er, *dann gehören sie in Schaukelstühle vor einem warmen Kamin.*

Er versetzte dem nächsten Stamm einen ärgerlichen Tritt. Der Baum reagierte sofort und warf eine wohlgezielte Eichel auf ihn herab. »Au!« entfuhr es dem Zauberer. Gleich darauf ertönte eine Stimme, die sich anhörte, als schwinge eine uralte Tür zu. »Geschieht dir ganz recht.«

Eine Zeitlang war es still.

Dann fragte Rincewind: »Hast du das gesagt?«

»Ja.«

»Und das auch?«

»Ja.«

»Oh.« Er dachte kurz nach und fügte schließlich hinzu: »Ich nehme an, du weißt nicht zufällig, vielleicht, äh, möglicherweise den Weg aus dem Wald?«

»Nein«, sagte der Baum. »Ich komme nicht viel herum.«

»Scheint ein ziemlich langweiliges Leben zu sein.«

»Keine Ahnung«, erwiderte der Baum. »Ich kenne kein anderes, bin immer nur ein Baum gewesen.«

Rincewind sah ihn sich genauer an. Der Stamm wirkte völlig normal, ebenso die Zweige und Blätter.

»Bist du ein magisches Wesen?« erkundigte er sich.

»So eine Frage hat man mir noch nie gestellt«, antwortete der Baum. »Nun, ich glaube schon.«

Es ist unmöglich, mit einem Baum zu sprechen, überlegte Rincewind. *Wenn ich anfange, mich mit Bäumen zu unterhalten, bin ich verrückt. Und da ich nicht verrückt bin, können Bäume nicht reden.*

Beeindruckt von seiner Logik sagte er: »Leb wohl.«

»He, geh noch nicht fort«, sagte der Baum, begriff dann aber die Nutzlosigkeit seiner Bemühungen. Er sah Rincewind nach, der durchs Gebüsch davonstapfte, konzentrierte sich dann wieder auf seine Empfindungen, spürte das Licht der Sonne auf den Blättern, lauschte dem leisen Gurgeln des Wassers, das über die Wurzeln plätscherte, fühlte, wie in den Kapillaren Saft emporstieg, der dem Wechselspiel von Sonne und Mond folgte. *Ein langweiliges Leben,* dachte er. *Wie seltsam. Natürlich ist uns Bäumen manchmal langweilig. Kein Wunder, wenn man dauernd an einer Stelle steht. Aber das ganze Leben?* Und dann: *Werde ich jemals etwas anderes sein?*

Zwar sprach Rincewind nie wieder mit diesem einen Baum, aber das kurze Gespräch legte den Grundstein für die erste Baum-Religion, die sich im Laufe der Zeit in allen Wäldern auf der Scheibenwelt ausbreitete. Ihr Glaubenssatz lautete folgendermaßen: Ein Baum, der ein anständiges und tadelloses Leben führt, sich niemals etwas zuschulden kommen läßt, kann auf ein Leben nach dem Tod hoffen. Wenn er keine Sünde auf sich lädt, wird er in Form von fünftausend Rollen Toilettenpapier wiedergeboren.

Einige Meilen entfernt überwand Zweiblum allmählich seine Überraschung angesichts der unverhofften Rückkehr zur Scheibenwelt. Er hockte auf der Hülle des Mächtigen Reisenden, der durch die dunklen Wasser eines großen und von Bäumen gesäumten Sees tauchte.

Seltsamerweise machte er sich keine besonderen Sorgen. Zweiblum war Tourist, der erste Vertreter dieser neuen Spezies, die sich nur sehr zögernd in den Scheiben-Regionen entwickelte. Seine ganze Existenz gründete sich auf die unerschütterliche Überzeugung, daß ihm eigentlich nichts wirklich Schlimmes zustoßen konnte, weil er sich mit der Rolle eines *Beobachters* zufriedengab. Er glaubte auch, daß ihn alle Leute verstanden, wenn er laut und deutlich sprach, hielt Fremde zunächst immer für vertrauenswürdig und meinte, mit gutem Willen und vernünftigem Verhalten ließen sich alle Probleme lösen.

Im Prinzip verlieh ihm diese Einstellung eine Überlebenschance, die kaum größer war als die einer Seifenblase, aber Rincewind mußte immer wieder verblüfft zur Kenntnis nehmen, daß Zweiblums Philosophie funktionierte. Wenn er mit irgendeiner Gefahr konfrontiert wurde, reagierte er mit solcher Gelassenheit, daß die Gefahr den Mut verlor, aufgab und verschwand.

Allein der Umstand, daß er nicht mehr atmen konnte, brachte Zweiblum nicht aus der Fassung. Er vertrat die Auffassung, eine moderne Gesellschaft ließe es bestimmt nicht zu, daß Leute einfach so ertranken.

Die einzigen Sorgen, die er sich machte, betrafen sein Gepäck. Trost spendete ihm die Erinnerung, daß der Koffer aus intelligentem Birnbaumholz bestand und klug genug war, allein zurechtzukommen...

In einem anderen Teil des Waldes unterzog sich ein junger Schamane gerade einem höchst bedeutsamen Teil seiner Ausbildung. Er verspeiste den sakralen Pilz, rauchte das heilige Rhizom, puderte sich sorgfältig ein und schob sich die mystischen Kräuter und Beeren in verschiedene Körperöffnungen. Anschließend nahm er mit überkreuzten Beinen unter einer Kiefer Platz und konzentrierte sich zunächst darauf, eine Verbindung zu den ebenso sonderbaren wie wundervollen Geheimnissen im Herzen des Seins herzustellen. Doch schon nach kurzer Zeit richtete sich sein Bemühen vor allen Dingen darauf, seinen Kopf am Auseinanderplatzen zu hindern: Der obere Teil des Schädels schien bestrebt zu sein, abzuheben und fortzufliegen.

Blaue vierseitige Dreiecke zogen brennend durch sein Blickfeld. In unregelmäßigen Abständen rang er sich ein wissendes Lächeln ab und gab so ausdrucksvolle Laute wie »Oh!« und »Ah!« von sich.

Irgend etwas bewegte sich vor ihm in der Luft, und unmittelbar darauf entstand ein Phänomen, das der junge Schamane später folgendermaßen beschrieb: »Eine Art Explosion, die umgekehrt verlief, du weißt schon, was ich meine.« Plötzlich materialisierte sich dort, wo zuvor nur Leere gewesen war, eine große und ziemlich mitgenommen aussehende Holzkiste.

Mit einem dumpfen Pochen fiel sie ins welke Laub, streckte Dutzende von kleinen Beinen aus, drehte sich schwerfällig um und sah den Schamanen an. Nun, sie hatte natürlich kein Gesicht, aber trotz des mykologischen Dunstes, der vor ihm wallte, zweifelte der junge Mann nicht daran, daß die Kiste ihren Blick auf ihn richtete. Und einen ziemlich finsteren noch dazu. Es ist erstaunlich, wie unheilvoll ein Schlüsselloch und mehrere Spangen aussehen können.

Tiefe Erleichterung durchströmte ihn, als der Koffer auf für Truhen typische Art und Weise mit den hölzernen Achseln zuckte, sich umwandte und in langsamem Galopp davonstürmte.

Mit einer übermenschlichen Anstrengung gelang es dem Schamanen, aufzustehen und einige Schritte zu gehen. Nach wenigen Metern blieb er wieder stehen, starrte zu Boden und gab die Verfolgung auf, da er plötzlich glaubte, keine Beine mehr zu haben.

Unterdessen hatte Rincewind einen Pfad gefunden. Er verlief nicht gerade, beschrieb immer wieder Kurven, die den Zauberer störten, und außerdem fehlte ihm ein anständiges Kopfsteinpflaster. Aber immerhin gab er ihm die Möglichkeit, sich die Zeit zu vertreiben.

Einige Bäume versuchten, ihn in ein Gespräch zu verwickeln, aber inzwischen war Rincewind so gut wie sicher, daß es sich dabei keineswegs um eine charakteristische Verhaltensweise von Bäumen handelte, und deshalb beachtete er sie nicht.

Stunden verstrichen. Um ihn herum herrschte Stille, abgesehen vom Summen lästiger Insekten, die ihn dauernd zu stechen versuchten, dem gelegentlichen Knacken eines herabfallenden Zweigs und dem Flüstern der Bäume, die sich über Religion und den Ärger mit Eichhörnchen unterhielten. Rincewind begann sich sehr einsam zu fühlen. Er stellte sich vor, wie er für immer und ewig durch den Wald irrte, auf Blättern schlief und sich von, von... von den Dingen ernährte, die ihm ein solcher Ort anbot. *Bäume*, dachte er und schnitt eine Grimasse. *Nüsse und Beeren.* Vermutlich blieb ihm nichts anderes übrig, als...

»Rincewind!«

Er hob den Kopf und sah Zweiblum, der über den Weg wanderte — platschnaß und ganz offensichtlich quietschvergnügt. Hinter ihm lief der Koffer wie ein treuer Hund. (Alle Gegenstände, die aus diesem Holz hergestellt sind, folgen ihren Eigentümern überallhin: Es wurde oft benutzt, um Koffer für die Grabbeilagen sehr reicher Könige anzufertigen, die ihr Leben im Jenseits nicht ohne frische Unterwäsche beginnen wollten.)

Rincewind seufzte. Bisher hatte er angenommen, der Tag könne nicht noch schlimmer werden.

Ein besonders nasser und kalter Regen fiel. Rincewind und Zweiblum saßen unter einem Baum und beobachteten ihn.

»Rincewind?«

»Hm?«

»Warum sind wir hier?«

»Nun, manche Leute meinen, der Schöpfer des Universums habe die Scheibenwelt und alles darauf geschaffen. Andere sind der Ansicht, es sei eine sehr komplizierte Geschichte, bei der es angeblich um die Hoden des Himmelsgottes und die Milch der Himmlischen Kuh geht. Einige behaupten, wir verdanken unsere Existenz nur der völlig zufälligen Zunahme von Wahrscheinlichkeitspartikeln. Aber wenn du fragst, warum wir uns *hier* befinden, obgleich wir vom Rand der Scheibe gefallen sind ... Nun, ich habe nicht die geringste Ahnung. Vermutlich ist alles nur ein dummes Versehen.«

»Oh. Glaubst du, in diesem Wald gibt es irgend etwas zu essen?«

»Ja«, erwiderte der Zauberer bitter. »Uns.«

»Ich habe einige Eicheln, wenn ihr möchtet«, sagte der Baum freundlich.

Einige Sekunden lang herrschte regenfeuchte Stille.

»Rincewind, der Baum sagte gerade ...«

»Bäume können nicht sprechen«, unterbrach ihn Rincewind nervös. »Es ist sehr wichtig, das nicht zu vergessen.«

»Aber du hast doch gehört, wie er ...«

Rincewind seufzte. »Hör mal«, brummte er. »Im Grunde genommen handelt es sich doch um ein biologisches Problem, nicht wahr? Wenn man reden will, braucht man die dafür notwendige organische Ausrüstung, zum Beispiel Lungen, Lippen und ...«

»Stimmbänder«, warf der Baum ein.

»Ja, genau«, bestätigte Rincewind. Er gab keinen Ton mehr von sich und starrte mißmutig in den Regen.

»Ich dachte, Zauberer wüßten alles über Bäume, das Leben in der Wildnis und dergleichen«, sagte Zweiblum vorwurfsvoll. Normalerweise kam in seinem Tonfall immer zum Ausdruck, daß er Rincewind für einen außerordentlich fähigen und kompetenten Magier hielt, doch diesmal vibrierte Zweifel in der Stimme des Touristen. Rincewind sah sofort seine Ehre bedroht.

»Das stimmt auch«, versicherte er.

»Dann sag mir, was das dort für ein Baum ist.« Zweiblum streckte die Hand aus, und Rincewind hob den Kopf.

»Buche«, erwiderte er fest.

»Nun, um ganz genau zu sein...« begann der Baum, brach aber ab, als er den Blick des Zauberers bemerkte.

»Seltsam: Die Früchte sehen aus wie Eicheln«, sagte der Tourist.

»Tja, äh, es handelt sich um die sessile beziehungsweise ungestielte Abart«, meinte Rincewind. »Die Bucheckern weisen tatsächlich eine große Ähnlichkeit mit Eicheln auf. Sie führen praktisch alle hinters Licht.«

»Donnerwetter!« entfuhr es Zweiblum. »Und der Busch dort drüben?«

»Mistel.«

»Aber die Dornen und roten Beeren...«

»Na und?« entgegnete Rincewind streng und sah den Touristen scharf an. Nach einer Weile starrte Zweiblum zu Boden.

»Nichts weiter«, sagte er schüchtern. »Wahrscheinlich habe ich mich geirrt.«

»Mit ziemlicher Sicherheit.«

»Aber darunter wachsen einige große Pilze. Kann man sie essen?«

Rincewind betrachtete sie vorsichtig. Sie waren in der Tat recht groß, und auf ihren breiten roten Hüten glänzten weiße Flecken. Der Zauberer wußte es natürlich nicht, aber sie gehörten zu einer Art, die der Waldschamane (der einige Meilen entfernt gerade versuchte, mit einem Felsen Freundschaft zu schließen) nur dann verspeiste, wenn er sich zuvor an einem großen und besonders schweren Stein festgebunden hatte. Schließlich seufzte Rincewind, trat in den Regen und sah sich die Pilze genauer an.

Er kniete sich ins Laub und spähte unter einen Hut. Nach einigen Sekunden schluckte er und brummte unsicher: »Ich glaube, wir sollten sie von unserem Speisezettel streichen.«

»Warum?« rief Zweiblum. »Sind die Lamellen nicht gelb genug?«

»Doch, das schon.«

»Die Stiele«, sagte der Tourist. »Ich schätze, mit den Stielen ist etwas nicht in Ordnung.«

»Nun, eigentlich sehen sie ganz normal aus.«

»Der Hut«, platzte es aus dem Touristen heraus. Er strahlte. »Der Hut hat die falsche Farbe.«

»Da bin ich mir nicht ganz sicher.«

»Na schön: *Warum* können wir sie nicht essen?«

Rincewind hustete. »Wegen der winzigen Türen und Fenster«, ächzte er. »Es sind keine gewöhnlichen Pilze, sondern kleine Häuser.«

Donner grollte über die Unsichtbare Universität. Regen strömte auf die Dächer herab und gurgelte aus den Wasserspeiern. Das heißt: nicht aus allen. Zwei der schlaueren von ihnen hatten sich unter dem Durcheinander aus Schindeln in Sicherheit gebracht; sie zogen es vor, im Trocknen zu sitzen.

Weit unten, im Großen Saal, standen die acht mächtigsten Magier der Scheibenwelt an den Spitzen eines zeremoniellen Oktagramms. Nun, die Wahrheit ist: Eigentlich waren sie gar nicht die mächtigsten, aber sie verfügten über große Erfahrungen in der Kunst des Überlebens, und angesichts der großen Konkurrenz auf dem Gebiet der Thaumaturgie lief das aufs gleiche hinaus. Hinter jedem Zauberer der achten Stufe warteten mehrere des siebten Rangs und versuchten ständig, seinen Posten einzunehmen. Ältere Beschwörer mußten, um den nächsten Geburtstag feiern zu können, einen besonderen Spürsinn entwickeln, zum Beispiel in Hinsicht auf giftige Skorpione in ihren Betten. Ein altes Sprichwort beschrieb ihre Lage recht treffend: Wenn ein Zauberer müde wird, nach Glassplittern in seinem Essen zu suchen, ist er des Lebens überdrüssig.

Der älteste Magier, Grauhalt Spold von den Uralten und Einzig Wahren Weisen des Ungebrochenen Kreises, stützte sich schwer auf seinen dicken Stock und sprach folgende Worte:

»Beeil dich, Wetterwachs. Mir tun die Füße weh.«

Galder hatte nur eine dramatische Pause eingelegt, um eine angemessene Stimmung entstehen zu lassen. Er warf Grauhalt einen finsteren Blick zu.

»Nun gut. Ich will mich kurz fassen...«

»Dafür wäre ich dir sehr dankbar.«

»Wir alle haben um Rat gesucht, was die Ereignisse von heute morgen betrifft. Kann irgend jemand von uns behaupten, eine Antwort auf diese Fragen gefunden zu haben?«

Die Zauberer wechselten argwöhnische Blicke. Nur bei einer Aufsichtsratssitzung zum Zwecke der Profitverteilung herrschte ebenso großes gegenseitiges Mißtrauen wie bei der Versammlung älterer Beschwörer. Andererseits: Sie alle hatten einen anstrengenden und überaus enttäuschenden Tag hinter sich, und so etwas schlägt aufs Gemüt. Normalerweise recht informative Dämonen, die aus den Kerkerdimensionen herbeigerufen wurden, zuckten mit schuppenbesetzten oder horngepanzerten Achseln und weigerten sich hartnäckig, Auskunft zu geben. Magische Spiegel zerbrachen. Tarotkarten verloren auf rätselhafte Weise ihre Symbole. Kristallkugeln zeigten nichts weiter als grauen Dunst. Selbst Teeblätter, von Zauberern für gewöhnlich als banal und wenig vertrauenswürdig geschmäht, rührten sich nicht mehr von der Stelle, wenn man die Tassen austrank.

Mit anderen Worten: Die Magier wußten nicht mehr ein noch aus. Galder Wetterwachs bemerkte die Verlegenheit seiner Kollegen und nickte.

»Dann schlage ich hiermit das Ritual von AshkEnte vor«, sagte er in einem bedeutungsschwangeren Tonfall.

Er mußte sich eingestehen, daß er mit einer ganz bestimmten Reaktion rechnete, mit Bemerkungen wie: »Nein, nicht das Ritual von AshkEnte! Der Mensch ist nicht dazu bestimmt, sich in solche Dinge einzumischen!«

Doch zu seiner großen Überraschung hörte er zustimmendes Gemurmel.

»Gute Idee.«

»Klingt vernünftig.«

»Laßt uns gleich damit anfangen.«

Zögernd und ein wenig verwirrt beauftragte Galder einige jüngere Zauberer damit, verschiedene magische Werkzeuge in den Saal zu bringen.

Es wurde bereits angedeutet, daß zu jener Zeit in der magischen Bruderschaft erste Meinungsverschiedenheiten über die angemessene Praktizierung von Zauberei entstanden.

Insbesondere jüngere Thaumaturgen vertraten die Ansicht, es sei geboten, das Image der Magie zu verbessern. Sie meinten, das Herumpfuschen mit Wachs und Knochen müsse ein Ende finden, sprachen sich dafür aus, den thaumaturgischen Forschungen eine moderne Basis zu geben. Dabei dachten sie an umfangreiche Entwicklungsprogramme und dreitägige Konferenzen in guten Hotels, bei denen sie magisch-wissenschaftliche Magazine mit Titeln wie ›Ist die Geomantie überholt?‹ und ›Die Bedeutung von Siebenmeilenstiefeln in der präindustriellen Gesellschaft‹ lesen konnten.

Trymon, zum Beispiel, beschwor seit einer Weile kaum noch Magie und beschäftigte sich in erster Linie damit, den Orden mit Sanduhr-Präzision zu leiten und dauernd irgendwelche interne Mitteilungen zu schreiben. In seinem Arbeitszimmer hing eine große Karte mit vielen bunten Stecknadeln, kleinen Fähnchen und einem komplexen Liniengewirr. Niemand verstand, was sie darstellen sollte, aber auf alle wirkte sie höchst beeindrukkend.

Die traditionelleren Zauberer hingegen hielten so etwas für progressiven Firlefanz und bestanden darauf, echte Magie erfordere kleine Wachsfiguren, in die man Nadeln stechen könne.

Die Oberhäupter der acht Orden gehörten zu dieser streng orthodoxen Glaubensrichtung, und die Utensilien, die ihre Novizen am Rande des Oktogramms aufhäuften, erweckten einen sehr ernsten, okkulten Eindruck. Überall lagen Widderhörner, bleiche Totenschädel, verschnörkeltes Metall und dicke Kerzen — obgleich einige jüngere Magier herausgefunden hatten, daß man das Ritual von Ashk-Ente problemlos mit drei kleinen Holzstücken und vier Kubikzentimetern Mausblut durchführen konnte.

Normalerweise dauerten die Vorbereitungen mehrere Stunden, aber die vereinte Kraft der älteren Thaumaturgen verkürzte diese Zeit erheblich. Nach nur vierzig Minuten intonierte Galder die letzten Worte der Zauberformel. Sie schwebten einige Sekunden lang vor ihm und lösten sich schließlich in Nichts auf.

Die Luft dicht über dem Oktogramm schimmerte und verdichtete sich, und plötzlich entstanden die Konturen einer großen, dunklen Gestalt. Eine schwarze Kutte samt Kapuze verhüllte den größten Teil des Körpers, und das war auch besser so. In der einen Hand hielt der Unbekannte eine lange Sense, und selbst den kurzsichtigen Magiern entging nicht, daß die Finger nur aus weißen Knochen bestanden.

In der anderen Hand sah Galder einige Käsewürfel und eine Ananasscheibe am Spieß.

»NUN?« fragte der Tod mit einer Stimme, die kälter war als ein Eisberg. Er bemerkte die verwunderten Blicke der Magier und sah auf den Käse.

»ICH HABE GERADE EINE PARTY BESUCHT«, fügte er ein wenig vorwurfsvoll hinzu.

»O Geschöpf der Erde und der Finsternis, wir beschwören dich, uns gnädig...«, begann Galder in einem festen, gebieterischen Tonfall. Tod nickte.

»JA, JA, DAS KENNE ICH SCHON«, sagte er. »WARUM HAST DU MICH HIERHER GERUFEN?«

»Es heißt, du könntest in Vergangenheit und Zukunft sehen«, erwiderte Galder eingeschnappt. Er legte großen Wert auf die Bannrede, da viele Leute meinten, er trüge sie besonders gut vor.

»DAS STIMMT HAARGENAU.«

»Würdest du uns dann bitte mitteilen, was heute morgen geschah?« fuhr Galder fort. Er straffte seine Gestalt, holte tief Luft und rief: »Ich befehle dir im Namen Azimroths, T'chikels...«

»IN ORDNUNG, ICH WEISS BESCHEID«, sagte Tod. »WAS GENAU MÖCHTEST DU WISSEN? HEUTE MORGEN EREIGNETEN SICH ZIEMLICH VIELE DINGE. MENSCHEN WURDEN GEBOREN UND STARBEN. DIE BÄUME WURDEN EIN WENIG GRÖSSER, UND DIE WELLEN DES RUNDEN MEERS FORMTEN EIN RECHT INTERESSANTES MUSTER...«

»Ich meine das Oktav«, unterbrach ihn Galder kühl.

»ACH, DAS. NUN, DABEI HANDELTE ES SICH NUR UM EINE NEUORDNUNG DER REALITÄT. WIE ICH HÖRTE, WAR DAS OKTAV BESTREBT, NICHT DEN ACHTEN ZAUBERSPRUCH ZU VERLIEREN. ALLEM ANSCHEIN NACH FIEL ER ÜBER DEN RAND DER WELT.«

»Einen Augenblick«, brummte Galder. Er kratzte sich

am Kinn. »Geht es um den Zauberspruch, der sich im Kopf Rincewinds befindet? Ein großer, dünner Mann, fast dürr. Derjenige...«

»...DER DIE FORMEL WÄHREND ALL DER JAHRE MIT SICH HERUMGETRAGEN HAT, JA.«

Galder runzelte die Stirn. Die Neuordnung der Realität stellte eine ziemliche Mühe dar, die eigentlich gar nicht nötig war. Jedermann wußte, daß der Tod eines Magiers alle Zaubersprüche in seinem Gedächtnis freisetzte. Warum also die Rettung Ricewinds? Die Formel wäre gewiß zur Scheibenwelt zurückgekehrt.

»Und warum?« fragte Galder geistesabwesend, erinnerte sich gerade noch rechtzeitig und fügte rasch hinzu. »Bei Yrriph und Kcharla, ich beschwöre dich...«

»ICH WÜNSCHTE, DU WÜRDEST ENDLICH AUF DIESEN UNSINN VERZICHTEN«, seufzte Tod. »ICH KANN DIR NUR FOLGENDES SAGEN: ALLE ACHT ZAUBERSPRÜCHE MÜSSEN AM NÄCHSTEN SILVESTER AUSGESPROCHEN WERDEN, SONST WIRD DIE SCHEIBENWELT VERNICHTET.«

»Was soll das denn heißen?« warf Grauhalt Spold ein.

»Sei still!« sagte Galder.

»WER? ICH?«

»Nein, er. Verkalkter alter...«

»Das habe ich gehört!« zischte Spold. »Ihr jungen Leute...« Er brach ab. Tod musterte ihn nachdenklich, so als wolle er sich sein Gesicht einprägen.

»Äh«, machte Galder, »wiederhol deine letzten Worte bitte. Sonst wird die Scheibenwelt... was?«

»VERNICHTET«, sagte Tod. »KANN ICH JETZT GEHEN? ICH HABE MEIN GLAS GLÜHWEIN STEHENLASSEN.«

»Nein, warte«, erwiderte Galder hastig. »Bei Cheliliki, Orizon und so weiter: Was meinst du mit ›vernichtet‹?«

»ES IST EINE URALTE PROPHEZEIUNG, DIE AN DEN INNENWÄNDEN DER GROSSEN PYRAMIDE

VON TSORT GESCHRIEBEN STEHT. UND DER AUSDRUCK ›VERNICHTET‹ ERSCHEINT MIR KLAR UND EINDEUTIG.«

»Mehr kannst du uns nicht mitteilen?«

»NEIN.«

»Aber bis Silvester sind es nur noch zwei Monate!«

»JA.«

»Sag uns wenigstens, wo sich Rincewind derzeit aufhält.«

Tod zuckte mit den Schultern. Diese Geste wirkte bei ihm besonders imposant.

»IM WALD VON SKUND, RANDWÄRTS, VON DEN SPITZHORNBERGEN AUS GESEHEN.«

»Was macht er da?«

»ER IST DAMIT BESCHÄFTIGT, SICH SELBST ZU BEMITLEIDEN.«

»Oh.«

»KANN ICH JETZT ENDLICH ZURÜCK?«

Galder nickte gedankenverloren. Betrübt dachte er ans Verbannungsritual, das mit folgenden Worten begann: »Hinfort mit dir, Dämon aus dem Reich der Acht Teufel.« Er kannte einige sehr gut klingende Passagen, und in der Regel nutzte er jede Gelegenheit, um sein rhetorisches Talent zu beweisen. Diesmal aber fehlte ihm der nötige Enthusiasmus.

»Oh, ja«, sagte er. »Ja, vielen Dank.« Und da er es für wichtig hielt, sich auch unter den Geschöpfen der Nacht keine Feinde zu machen, fügte er höflich hinzu: »Ich hoffe, es ist eine gute Party.«

Tod gab keine Antwort. Er starrte Spold an, wie ein Hund, der einen leckeren Knochen sieht – obwohl es in diesem Fall eher umgekehrt war.

»Ich sagte: Ich hoffe, es ist eine gute Party«, wiederholte Galder etwas lauter.

»IM AUGENBLICK HERRSCHT EINE PRÄCHTIGE STIMMUNG«, antwortete Tod gelassen. »ABER ICH

SCHATZE, DAS WIRD SICH SPATESTENS UM MITTERNACHT ÄNDERN.«

»Warum?«

»DANN ERWARTEN DIE ANDEREN VON MIR, DASS ICH MEINE MASKE ABLEGE.«

Im Anschluß an diese Worte entschwand er, ließ nur den leeren Cocktailspieß und ein wenig Konfetti zurück.

Ein heimlicher Beobachter hatte das Gespräch belauscht. Das war natürlich gegen die Regeln, aber Trymon vertrat schon seit einer ganzen Weile die Auffassung, es sei wesentlich angenehmer, Vorschriften zu erlassen, als sich daran zu halten.

Bevor die acht älteren Zauberer den Großen Saal verließen, um mit einer ernsthaften Diskussion über die Auskünfte des Tods zu beginnen, suchte Trymon die Hauptbibliothek der Unsichtbaren Universität auf.

Er betrat leise den ehrfurchtgebietenden Ort. Viele der Bücher betrafen magische Geheimnisse, und in diesem Zusammenhang sollte man eins beachten: In den Händen eines ordnungsliebenden Bibliothekars sind sie in höchstem Maße gefährlich, denn er wird dazu neigen, sie alle in ein Regal zu stellen. Was keine besonders gute Idee ist, wenn es um Bände geht, aus denen thaumaturgische Energie quillt: Wenn sich zwei oder drei in unmittelbarer Nachbarschaft befinden, können sie eine kritische Schwarze Masse bilden. Außerdem achten viele der weniger wichtigen Zaubersprüche darauf, welche Gesellschaft sie pflegen, und ihr Protest besteht häufig darin, daß sie andere Bücher durchs Zimmer schleudern. Hinzu kommen natürlich noch die vagen Präsenzen der *Dinge* aus den Kerkerdimensionen, die sich an den magischen Lecks zusammendrängen und in den Mauern der Realität ständig nach Lükken suchen.

Daraus folgt, daß der Beruf eines magischen Bibliothekars, der seine Arbeitszeit in einer mit thaumaturgischer

Kraft aufgeladenen Atmosphäre verbringt, mit nicht unerheblichen Risiken behaftet ist.

Nun, der Oberste Bibliothekar saß auf seinem Schreibtisch, schälte gerade eine Orange und war sich der Gefahren sehr wohl bewußt.

Er sah auf, als Trymon eintrat.

»Ich möchte alle Berichte, die wir über die Pyramide von Tsort haben«, sagte der Zauberer. Er hatte sich vorbereitet und zog eine Banane aus der Tasche.

Der Bibliothekar betrachtete sie traurig und sprang zu Boden. Trymon spürte, wie ihn eine weiche Hand berührte, um ihn an den Regalen entlangzuführen. Das Wesen neben ihm watschelte, wankte dabei immer wieder von einer Seite zur anderen. Dann und wann sträubte sich sein dichter Pelz.

Um sie herum zischten die Bücher, und dann und wann stoben glitzernde Funken auf. Manchmal flammte eine Entladung purer magischer Energie über die speziellen Blitzableiter, die an den Regalen befestigt waren. Ein metallisch blauer Geruch lag in der Luft, und in der Ferne flüsterten die gräßlichen Wesenheiten aus den Kerkerdimensionen.

Wie viele andere Teile der Unsichtbaren Universität beanspruchte die Bibliothek weitaus mehr Platz, als die äußeren Abmessungen vermuten ließen. Magie krümmt den Raum auf eine sehr seltsame Art und Weise, und wahrscheinlich war dies die einzige Bibliothek im ganzen Universum, die Möbius-Regale aufwies. Doch der tadellose geistige Katalog des Bücherhüters sorgte dafür, daß er nie die Übersicht verlor. Er verharrte vor einem schwindelerregend hohen Stapel, hangelte sich mit erstaunlichem Geschick an einem wackligen Gestell empor und verschwand in der Dunkelheit. Kurz darauf raschelte Papier, und eine dichte Staubwolke schwebte zu Trymon herab. Dann kehrte der Bibliothekar mit einem dünnen Band zurück.

»Ugh«, sagte er.

Trymon nahm ihn vorsichtig entgegen.

Der Deckel war brüchig und zerknittert, und nur einige kleine Partikel erinnerten an das Blattgold der Aufschrift. Trymon konzentrierte sich auf die darunter zurückgebliebenen blassen Flecken und las einige Worte in der alten magischen Sprache des Tsort-Tals: *D'r Goss Teimp'l ffo Tsort – Aine Mistysch G'schikkte.*

»Ugh?« fragte der Bibliothekar diensteifrig.

Trymon blätterte vorsichtig. In fremden Sprachen kannte er sich nicht sonderlich gut aus, sah in ihnen ein Hindernis für die Verständigung zwischen verschiedenen Kulturen. Er hielt es für besser, eine Art internationale Kommunikationsnorm zu schaffen, die auf einem logischen Zahlsystem basierte, das keinen Platz für Mißverständnisse und Fehlinterpretationen ließ. Deshalb schlug sein Herz sofort höher, als er ganze Seiten mit herrlich eindeutigen Hieroglyphen entdeckte.

»Ist dies das einzige Buch über die Pyramide von Tsort?« fragte er langsam.

»Ugh.«

»Bist du ganz sicher?«

»Ugh.«

Trymon spitze die Ohren. Vom Treppenhaus her vernahm er das Schlurfen sich langsam nähernder Schritte, begleitet von Stimmen, die gegenseitig ihre fachliche Kompetenz in Frage stellten. Der Zauberer lächelte dünn: Auch darauf war er vorbereitet.

Erneut griff er in die Tasche.

»Möchtest du noch eine Banane?« fragte er den Bibliothekar.

Der Wald von Skund war tatsächlich verzaubert, wie die meisten Dinge auf der Scheibenwelt. Außerdem gab es im Rest des Universums sicher keinen anderen Wald, der »Die Finger weg, du Blödmann!« hieß – so lautete die wörtliche Übersetzung des Wortes ›Skund‹.

Bedauerlicherweise fand diese Art der Namensgebung eine breite Anwendung. Als die ersten Forschungsreisenden aus den warmen Regionen im Bereich des Runden Meers das kühle Hinterland erreichten, füllten sie die weißen Stellen auf ihren Karten auf folgende Weise: Sie schnappten sich den nächsten Einheimischen, deuteten auf irgendeinen Teil der Landschaft, sprachen laut und deutlich und schrieben die verwirrte (und manchmal auch ärgerliche) Antwort des Befragten nieder. Aus diesem Grund enthielten die Atlanten seit zahllosen Generationen eher seltsame geografische Angaben wie: Nur ein Berg, was soll's? und natürlich, Finger weg, du Blödmann.

Regenwolken hingen über den kahlen Oolskunrahod-Höhen (Wer ist der Narr, der nicht weiß, was ein Berg ist?), und der Koffer machte es sich unter einem tropfnassen Baum bequem, der vergeblich versuchte, ein Gespräch mit ihm zu beginnen. Zweiblum und Rincewind stritten sich miteinander. Der winzige Mann, um den es dabei ging, hockte auf seinem Pilz und hörte fasziniert zu. Er sah wie jemand aus, der wie jemand roch, der in einem Pilz wohnte – und das beunruhigte den Touristen.

»Warum hat er denn keine rote Mütze?«

Rincewind zögerte und fragte sich mit wachsender Verzweiflung, worauf Zweiblum hinauswollte.

Schließlich gab er auf. »Was?« erwiderte er.

»Er müßte eigentlich eine rote Mütze tragen«, beharrte Zweiblum. »Und er sollte sauberer und, und ... und fröhlicher sein. Gnome habe ich mir immer anders vorgestellt.«

»Was soll das heißen?«

»Nimm nur den Bart«, sagte Zweiblum ernst. »Ich habe Ziegen mit wesentlich längeren und hübscheren gesehen.«

»Meine Güte!« brummte Rincewind. »Er ist fünfzehn Zentimeter groß und wohnt in einem Pilz. Diese Beschreibung trifft haargenau auf Gnome zu.«

»Vielleicht will er sich damit nur tarnen.«

Rincewind beobachtete den Gnom aus zusammengekniffenen Augen.

»Entschuldige bitte«, sagte er, griff nach dem Arm des Touristen und führte ihn auf die andere Seite der Lichtung.

»Jetzt hör mir mal gut zu«, preßte Rincewind zwischen zusammengebissenen Zähnen hervor. »Wenn er fünf Meter groß wäre und behauptete, ein Riese zu sein — hieltest du ihn dann für einen Kobold?«

»Vielleicht für einen Kobold, der auf Stelzen steht«, erwiderte Zweiblum trotzig.

»*Lieber* Himmel«, ächzte Rincewind und sah zu der winzigen Gestalt zurück, die mit hingebungsvollem Eifer in der Nase bohrte. »Gnome, Riesen, Kobolde, Feen, Elfen, von mir aus auch Klabautermänner und Waldschrate — entscheide dich. Du hast die freie Wahl.«

Zweiblum schürzte die Lippen. »Elfen kommen nicht in Frage«, erwiderte er fest. »Sie tragen grüne Kleidung, haben spitze Ohren und kleine Antennen am Kopf. Ich kenne sie von Bildern.«

»Von welchen Bildern?«

Zweiblum zögerte und sah zu Boden. »Ich glaube, es hieß ›Murmeln, Brummeln, Grummeln‹.«

»›Es‹? Was meinst du damit?«

Der winzige Mann schien sich plötzlich für seine Handrücken zu interessieren.

»Das Buch des Wichtelvolkes über Blumenelfen«, sagte der Tourist kleinlaut.

Rincewind zwinkerte.

»Beschreibt es die Möglichkeiten, ihnen aus dem Weg zu gehen?« fragte er.

»O nein«, entgegnete Zweiblum eifrig. »Es schildert, wo man sie finden kann. Ich erinnere mich jetzt wieder an die Illustrationen.« Verträumt wanderte sein Blick in die Ferne, und Rincewind stöhnte innerlich. »Unter anderem war auch die Rede von einer Fee, die des Nachts kommt, um Zähne zu holen.«

»Braucht sie etwa ein neues Gebiß?« erkundigte sich Rincewind in einem... nun, bissigen Tonfall.

»Nein, nein, keineswegs. Du hast mich völlig falsch verstanden. Mit ihren Zähnen ist alles in Ordnung. Sie nimmt nur diejenigen von Kindern, als eine Art... Andenken. Ich weiß nicht genau. Wie dem auch sei. Wenn Jungen und Mädchen ihre Milchzähne verlieren, legen sie sie am Abend unters Kopfkissen. Dann kommt die Fee, holt sie und läßt irgendein kleines Geschenk zurück.«

»Warum?«

»Warum was?«

»Warum sammelt sie Zähne?«

»Keine Ahnung.«

Rincewind stellte sich ein sonderbares Wesen vor, das in einem ganz aus Zähnen bestehenden Schloß wohnte. Es war jene Art von gedanklichem Bild, das man am liebsten sofort wieder vergessen möchte — und von dem man sich einfach nicht befreien kann.

»Argh«, machte er und rollte mit den Augen.

Rote Mützen! Er überlegt, ob er dem Touristen erklären sollte, wie das alltägliche Leben eines Gnoms aussah: Frösche, die eine üppige Mahlzeit darstellten, das riesige Gewölbe eines Kaninchenbaus, das Schutz vor dem Regen bot (aber nur dann, wenn es nicht *zu* stark regnete), Eulen, die Schrecken der Nacht. Ja, eine Idylle, wahrhaftig. Hosen aus Maulwurfspelz mochten so lange romantisch erscheinen, bis man den ursprünglichen Eigentümer in die Enge treiben und ihm im wahrsten Sinne des Wortes das Fell über die Ohren ziehen mußte. Und was rote Mützen anging: Alles, was sich im Wald bewegte und bunt genug war, um Aufmerksamkeit zu erregen, erreichte kein hohes Alter.

Er wollte sagen: Hör mal, Zweiblum, Gnome und Kobolde führen ein kurzes, hartes und ziemlich gefährliches Leben. Und für jemanden, der nichts zu lachen hat, gibt es keinen Grund, fröhlich zu sein.

Rincewind legte sich die entsprechenden Worte zurecht, hielt sie jedoch zurück. Denn Zweiblum interessierte sich für die ganze Vielfalt der Schöpfung, bewunderte sogar gewöhnliche Kieselsteine, wenn sich ihm eine Gelegenheit bot, begegnete allem Neuen mit Aufgeschlossenheit. Trotzdem sprang er nie über den eigenen Schatten. Im Grunde genommen beschränkte sich seine Welt auf die Maßstäbe, die er ihr anlegte. Wenn ihm jemand die Wahrheit sagte, mochte er wie ein kleines Kind reagieren, dem man erzählte, in Wirklichkeit sei der Weihnachtsmann längst in Pension gegangen und ließe sich von seinem jüngeren Bruder vertreten (der jedoch ein Faulpelz war und es vorzog, den Winter irgendwo in den Tropen zu verbringen — aus diesem Grund mußten dauernd die eigenen Väter einspringen).

»Schie mie wiedelwie«, ertönte eine dünne Stimme dicht neben Rincewinds Fuß. Swires — so hieß der Gnom — sah auf. Der Zauberer hatte ein gutes Ohr für fremde Sprachen und verstand sofort, was ihm der Winzling anbot: »Ich habe noch ein wenig leckeres Molcheis von gestern.«

»Klingt verlockend«, sagte Rincewind und verzog das Gesicht.

Swires klopfte auf seinen Knöchel.

»Ist mit dem anderen Großen alles in Ordnung?« fragte er besorgt.

»Er leidet nur an den Nachwirkungen eines Realitätsschocks«, erklärte Rincewind. »Du hast nicht zufällig eine rote Mütze?«

»Was?«

»Schon gut.«

»Ich weiß, wo sich Nahrung für Große befindet«, meinte der Gnom. »Und auch Obdach. Es ist nicht weit.«

Rincewind sah zum dunkler werdenden Himmel hoch. Das Tageslicht glitt über die Landschaft und verschwand in der Ferne, und die Wolken erweckten den Anschein, als habe ihnen gerade jemand etwas von Schnee zugeflüstert.

Offenbar zogen sie den Vorschlag in Betracht. Nun, natürlich durfte man Leuten, die in Pilzen lebten, nicht sofort vertrauen, aber ein Köder in Form einer heißen Mahlzeit und eines weichen Betts war für den Zauberer viel zu verlockend.

Sie machten sich auf den Weg. Nach einigen Sekunden stand der Koffer vorsichtig auf und folgte ihnen.

»Pscht!«

Er drehte sich langsam um, wobei sich die Beine in einem komplizierten Muster bewegten. Ein Teil der Truhe neigte sich nach oben.

»Wie fühlte es sich an, von einem Tischler hergestellt worden zu sein?« fragte der Baum beunruhigt. »Tat es weh?«

Der Koffer schien darüber nachzudenken. Alle Messinggriffe und Wurmlöcher drückten extreme Konzentration aus.

Dann zuckte er mit den Schultern – mit der Klappe, um ganz genau zu sein – und trabte fort.

Der Baum seufzte und schüttelte einige welke Blätter von den Zweigen.

Die Hütte war klein, baufällig und ebenso reich verziert wie eine Spitzendecke. Rincewind kam zu dem Schluß, daß irgendein verrückter Schnitzer daran gearbeitet und Gelegenheit bekommen hatte, sich richtig auszutoben, ehe man ihn schließlich überwältigen konnte. An Türen und Fensterläden zeigten sich die hölzernen Nachbildungen von Weintrauben und dicken Reben, und an vielen Stellen sah der Zauberer halbmondförmige Ausschnitte. Hunderte von kiefernzapfenartigen Auswüchsen bedeckten die Wände. Rincewind rechnete jeden Augenblick damit, daß sich eine der oberen Luken öffnete und ein gewaltiger Kuckuck die Zeit verkündete.

Darüber hinaus bemerkte er die irgendwie *schmierig* anmutende Luft. Grüne und purpurne Funken stoben von seinen Fingernägeln.

»Ein starkes magisches Feld«, brummte er. »Mindestens hundert Millithaum.«*

»Hier gibt es überall Magie«, sagte Swires. »Einst lebte hier eine alte Hexe. Vor vielen Jahren ging sie fort, doch ihre Zauberei ist nach wie vor wirksam und erhält das Haus.«

»He, mit dieser Tür stimmt irgend etwas nicht!« rief Zweiblum.

»Warum braucht ein Haus Magie, um erhalten zu werden?« fragte Rincewind. Unterdessen streckte der Tourist die Hand aus und berührte vorsichtig die Wand.

»Sie ist klebrig!«

»Nougat«, erklärte Swires.

»Ich kann's kaum fassen! Ein echtes Knusperhäuschen! Rincewind, ein echtes...«

Der Zauberer nickte bedrückt. »Ja«, erwiderte er verdrießlich. »Der sogenannte Zuckerbäckerstil in der Architektur. Hat sich nie durchgesetzt.«

Mißtrauisch beäugte er den Türklopfer aus Lakritze.

»Irgendwie erneuert es sich immer wieder«, sagte Swires. »Ein echtes Wunder, nicht wahr? Heutzutage findet man so etwas nur sehr selten. Man kann einfach nicht genug Lebkuchen auftreiben.«

»Im Ernst?« fragte Rincewind und schnitt ein finsteres Gesicht.

»Laßt uns hineingehen«, sagte der Gnom. »Aber achtet auf die Fußmatte.«

»Warum?«

»Sie besteht aus Zuckerwatte.«

Die große Scheibe drehte sich langsam unter einer schuftenden Sonne, die endlich Feierabend machen wollte. Das

* Magische Kraft wird in Thaum gemessen Ein Thaum ist als die thaumaturgische Energiemenge definiert, die nötig ist, um eine kleine Taube oder drei normalgroße Billardkugeln zu beschwören.

Tageslicht strömte fort, und in tiefen Mulden sammelten sich einige Reste, die schließlich versickerten. Die Nacht brach an.

Trymon saß in seinem kühlen Zimmer in der Unsichtbaren Universität, über ein Buch gebeugt. Seine Lippen zitterten lautlos, während er mit dem Zeigefinger über die manchmal recht seltsamen Symbole einer uralten Schriftsprache strich. Er las, daß die Große Pyramide von Tsort (die längst nicht mehr existierte) aus einer Million und dreitausendzehn Kalksteinblöcken errichtet worden war, erfuhr weiterhin, daß bei dem Bau zehntausend Sklaven ums Leben kamen. Angeblich erstreckte sich im Innern des gewaltigen Gebäudes ein Labyrinth aus geheimen Gängen, und die wesentlichsten Bestandteile der vielgerühmten Tsort-Weisheit zierten die Wände. Die Höhe und Länge, geteilt durch die Hälfte der Breite, ergaben genau 1,67563. Anders ausgedrückt: Der Wert entsprach exakt dem 1237,98712567fachen der Differenz zwischen der Entfernung zur Sonne und dem Gewicht einer kleinen Apfelsine. Sechzig lange Scheibenweltjahre vergingen bis zur Fertigstellung der Pyramide.

Ziemlich viel Mühe, um den Göttern näher zu sein, dachte Trymon. *Die zehntausend Sklaven, die bei der Arbeit zu Tode geschunden wurden, haben dieses Ziel wesentlich schneller erreicht.*

Zur gleichen Zeit, im Wald von Skund, knabberten Zweiblum und Rincewind an Pfefferkuchenstücken, die sie aus dem Kaminsims gebrochen hatten – und dachten sehnsüchtig an eingelegte Zwiebeln.

Und weit entfernt auf der Scheibenwelt, die einen Kollisionskurs steuerte, was zu diesem Zeitpunkt allerdings noch niemand wußte (abgesehen vielleicht vom Tod, der sich bereits die knöchernen Hände reiben mochte), drehte sich ein berühmter Held eine Zigarette. Ohne zu ahnen, was das Schicksal für ihn bereithielt.

Mit geübtem Geschick formten seine Finger ein Objekt,

das man mit vollem Recht als interessant bezeichnen konnte. Er hatte diese Kunst von den wandernden Zauberern gelernt und sich auch ihre Angewohnheit zu eigen gemacht, Stummel in einem Lederbeutel aufzubewahren und sie später für neue Zigaretten zu verwenden. Das unerbittliche Gesetz der Wahrscheinlichkeit legte den Schluß nahe, daß zumindest ein Teil des Tabaks schon seit Jahren geraucht wurde, in mehr oder weniger kurzen Abständen. Die Substanz, die der Held gerade zu entzünden versuchte... Nun, normalerweise fand sie beim Straßenbau Verwendung.

Jener Mann genoß einen so guten Ruf, daß ihn einige Reiter, die einem Nomadenstamm angehörten, respektvoll eingeladen hatten. Sie saßen nun an einem Feuer, in dem getrocknete Pferdeäpfel brannten. Normalerweise zogen die Nomaden im Winter randwärts, doch diese Krieger hatten zu lange gewartet, hockten in ihren Zelten, stöhnten angesichts der unglaublich hohen Temperatur von sage und schreibe minus drei Grad und klagten über drohende Hitzeschläge.

Nach einer Weile fragte das Oberhaupt der Barbaren: »Worin besteht der größte Wunsch eines Mannes, seine Erfüllung im Leben?« Für gewöhnlich stellten Anführer solche Fragen, um ihre Klugheit zu beweisen – oder über ihre Dummheit hinwegzutäuschen.

Der Mann rechts von ihm trank nachdenklich ein Glas Stutenmilch und Schneekatzenblut, runzelte die Stirn und gab folgende Antwort: »Die scharfe Linie des Steppenhorizonts. Kalter Wind, der einem das Haar zerzaust. Und der Ritt auf einem guten Pferd.«

Der Mann auf der linken Seite sagte: »Der Schrei des weißen Adlers, der unter den Wolken kreist. Schneefall im Wald. Und ein spitzer Pfeil auf der Sehne.«

Das Oberhaupt nickte. »Ich meine, es ist der Anblick eines erschlagenen Feindes. Die Demütigung seines Stammes. Das Weinen seiner Frauen.«

Die anderen Krieger brummten anerkennend bei dieser greulichen Vorstellung.

Dann wandte sich der Anführer ehrfürchtig an seinen Gast, einen kleinen Mann, der seine Frostbeulen am Feuer wärmte. »Und so frage ich auch unseren Gast, dessen Name bereits zu einer Legende wurde: Was kann sich ein Mann vom Leben erhoffen?«

Der Gast unterbrach einen weiteren erfolglosen Versuch, die Zigarette – oder das, was er dafür hielt – anzuzünden.

»Wasch hascht du geschagt?« erwiderte er und grinste zahnlos.

»Was kann sich ein Mann vom Leben erhoffen?« wiederholte der Stammeshäuptling.

Die Barbaren beugten sich näher, um die weise Antwort des Helden zu hören.

Der Gast dachte lange und angestrengt nach, erwiderte dann mit fester Stimme: »Heisches Wascher, gute Schahnärtschte und weichesch Toilettenpapier.«

Strahlendes oktarines Licht glänzte im Ofen. Galder Wetterwachs – bis zur Hüfte nackt, das Gesicht hinter einer Maske aus getöntem Glas verborgen – schielte in den hellen Glanz, hob den großen Schmiedehammer und schlug mit chirurgischer Präzision zu. Die Magie heulte, wand sich in der Zange hin und her, aber der Zauberer kannte keine Gnade und verwandelte es in einen stabartigen Gegenstand aus zuckendem Feuer.

Eine Bodendiele knarrte. Galder hatte viele Stunden damit verbracht, sie richtig zu stimmen, erachtete das als kluge Vorsichtsmaßnahme in bezug auf einen ehrgeizigen Novizen, der wie eine Katze schlich.

Des. Und des bedeutete, er befand sich dicht neben der Tür, auf der rechten Seite.

»Ah, Trymon«, sagte Galder, ohne aufzusehen. Der jüngere Magier schnappte überrascht nach Luft, und Wetterwachs lächelte zufrieden, als er das leise Zischen hörte. »Nett, daß du gekommen bist. Mach bitte die Tür zu.«

Mit ausdruckslosem Gesicht ließ Trymon die Pforte ins Schloß fallen. Auf dem hohen Regal über ihm standen mehrere Einmachgläser mit gefangenen Unmöglichkeiten, die ihn interessiert musterten.

Wie alle Werkstätten von Zauberern erweckte auch dieses Arbeitszimmer den Eindruck, als habe ein Tierausstopfer seine Waren in eine Gießerei geworfen, sich anschließend mit einem übergeschnappten Glasbläser geprügelt und dabei einem Krokodil den Schädel eingeschlagen (es hing an der Decke und roch stark nach Kampfer). Überall funkelten Lampen und Ringe, die Trymon zu gern gerieben hätte. Er bemerkte auch einige Spiegel, die auf ihn die gleiche Wirkung ausübten wie Käse auf eine hungrige Maus. Zwei Siebenmeilenstiefel stampften unruhig in einem nahen Käfig. Eine ganze Bibliothek magischer Bücher — natürlich nicht annähernd so mächtig wie das Oktav, aber trotzdem mit nervösen Zaubersprüchen gefüllt — zerrte an den Ketten, als sie den verstohlenen Blick des Magiers auf sich ruhen spürte. Die geballte Macht, die in diesem Raum fast körperlich fühlbar wurde, verstärkte Trymons Verlangen, und einmal mehr erhob er stumme Vorwürfe gegen Galder Wetterwachs, weil er so viele wertvolle Dinge verkommen ließ. Und sich stur weigerte, zu sterben und endlich einem Nachfolger Platz zu machen. Darüber hinaus hielt er nichts von seinem Hang zu theatralischer Angeberei.

Die grüne Flüssigkeit zum Beispiel, die auf einer nahen Werkbank in einem Irrgarten aus dünnen Glasröhren und Kolben auf viel zu geheimnisvolle Weise blubberte: Trymon hatte einen von Galders Assistenten bestochen, und daher wußte er, daß sie nichts weiter war als ganz gewöhnlicher, in Wasser und Seife aufgelöster Farbstoff.

Eines Tages, dachte er grimmig, *wird das alles verschwinden. Angefangen mit dem blöden Alligator.* Trymon ballte die Fäuste, so fest, daß die Knöchel weiß hervortraten...

»Nun«, sagte Galder fröhlich, hängte die Schürze auf und nahm in seinem Lieblingssessel Platz: Die Armlehnen endeten in Löwenpranken, die Beine in Entenfüßen. »Du hast mir so ein komisches Ding geschickt...«

Trymon zuckte mit den Schultern. »Eine Dringlichkeits-Nachricht, Herr. Darin wies ich nur darauf hin, daß alle anderen Orden magische Einsatzgruppen zum Skund-Wald geschickt haben, um den achten Zauberspruch einzufangen, während du die Hände in den Schoß legst«, sagte er. »Ich bin sicher, du hast einen guten Grund dafür und wirst ihn zu gegebener Zeit erklären.«

»Dein Vertrauen beschämt mich«, meinte Galder vergnügt.

»Der Zauberer, der die verlorene Formel findet, erringt große Ehre, nicht nur für sich, sondern auch für seinen Orden«, fuhr Trymon fort. »Unsere Kollegen benutzen Siebenmeilenstiefel und setzen auch andere Arten mobilmachender Thaumaturgie ein. An was für eine Transportmöglichkeit hast du gedacht, Meister?«

»Höre ich da einen Hauch von Sarkasmus?«

»Keineswegs, Meister.«

»Nicht einmal ein kleines bißchen Ironie?«

»Nicht das allerkleinste, Meister.«

»Gut. Ich habe nämlich nicht die geringste Absicht, die Universität zu verlassen.« Galder bückte sich und griff nach einem alten Buch. Als er ein magisches Wort murmelte, klappte es auf. Ein Lesezeichen, das gewisse Ähnlichkeiten mit einer Zunge aufwies, verschwand hinterm Dekkel.

Anschließend schob Galder die Hand unters Kissen und holte einen Beutel Tabak und eine Pfeife von der Größe eines Verbrennungsofens hervor. Mit dem hastigen Geschick eines Nikotinabhängigen im letzten Stadium zerrieb er ein wenig Tabak und stopfte die Streusel in den Pfeifenkopf. Er schnippte mit den Fingern und beschwor eine magische Flamme. Er paffte und seufzte zufrieden.

Dann sah er auf.

»Ach, du bist noch immer hier, Trymon?«

»Du hast mich hierher bestellt, Meister«, erwiderte Trymon gelassen. Nun, diese Antwort gab seine Stimme. Doch das matte Glitzern in den Augen deutete darauf hin, daß er eine geistige Liste führte, in der jedes herablassende Lächeln, jeder väterliche Tadel und jeder wissende Blick unauslöschlich eingetragen war. Und für alle diese Punkte sollte Galders lebendes Hirn jeweils ein Jahr lang in Essig schwimmen.

»Oh, ja, stimmt«, entgegnete Wetterwachs gönnerhaft. »Bitte entschuldige die Vergeßlichkeit eines alten Mannes.« Er hob das Buch, in dem er gelesen hatte.

»Ich halte nichts von der Aufregung, die meine werten Kollegen verbreiten«, sagte er. »Es mag sehr dramatisch sein, fliegende Teppiche und ähnliche Dinge einzusetzen, aber meiner Ansicht nach ist das keine richtige Magie. Denk nur an die Siebenmeilenstiefel. Wenn Menschen dazu bestimmt gewesen wären, mit einem Schritt sieben Meilen zurückzulegen, so hätte uns der Schöpfer bestimmt längere Beine gegeben... Äh, wo war ich stehengeblieben.«

»Ich bin mir nicht sicher«, sagte Trymon kühl.

»Oh, ja. Seltsam, daß wir in der Bibliothek nichts über die Pyramide von Tsort finden konnten. Man sollte eigentlich meinen, es gäbe dort wenigstens einen zerknitterten Notizblock mit einigen Hinweisen, die unser gegenwärtiges Problem betreffen, nicht wahr?«

»Der Bibliothekar muß natürlich bestraft werden.«

Galder warf ihm einen kurzen Blick zu, den Trymon unter der Kategorie ›wissend‹ verzeichnete. »Keine drastischen Maßnahmen«, meinte er. »Ich schlage vor, wir streichen die Bananen aus seinem Menü.«

Die beiden Männer musterten sich lauernd.

Galder sah als erster zur Seite: Es fiel ihm immer schwer,

Trymon längere Zeit anzustarren. Er fühlte sich dabei ebenso unbehaglich wie Grauhalt Spold, als ihn der Tod beobachtet hatte.

»Wie dem auch sei«, fuhr er fort. »Sonderbarerweise habe ich woanders Hilfe gefunden. In meiner eigenen bescheidenen Büchersammlung, um ganz genau zu sein. Im Tagebuch von Skrelt Wechselkorb, dem Gründer unseres Ordens. Nun, mein lieber Trymon, du gehörst ganz offensichtlich zu den besonders tatendurstigen Magiern unserer Universität. Immerhin machst du keinen Hehl daraus, daß du dich am liebsten den anderen anschließen würdest. Aber sag mir: Was geschieht, wenn ein Zauberer stirbt?«

Glatteis, dachte Trymon. »Alle Zaubersprüche, die er sich eingeprägt hat, werden freigesetzt«, erwiderte er laut. »Das ist allgemein bekannt.«

»Aber es trifft nicht auf die ursprünglichen Acht Großen Zauberformeln zu. Während eines eingehenden Studiums brachte Skrelt in Erfahrung, daß sich ein Großer Zauber schlicht und einfach im nächsten offenen und zur Aufnahme bereiten Bewußtsein niederläßt. Bitte schieb den großen Spiegel dort näher.«

Galder stand auf und schlurfte zum inzwischen erkalteten Ofen. Der dünne Stab aus Magie zitterte noch immer, gleichzeitig zugegen und doch nicht präsent — wie ein mit blauem Licht gefüllter Riß in der Außenwand eines anderen Universums. Wetterwachs griff danach, nahm einen Langbogen zur Hand, sprach ein Wort der Macht und beobachtete zufrieden, wie die thaumaturgische Kraft nach den Enden des Bogens griff und sich dann zusammenzog, bis das Holz knarrte. Anschließend wählte er einen Pfeil.

Unterdessen zog Trymon den schweren und zwei Meter hohen Spiegel in die Mitte der Kammer. *Wenn ich das Oberhaupt des Ordens bin,* dachte er, *latsche ich bestimmt nicht in Bommelpantoffeln durch die Gegend.*

Es wurde bereits darauf hingewiesen, daß Trymon felsenfest davon überzeugt war, die jungen Zauberer könnten wahrhaft erstaunliche Leistungen vollbringen – wenn sie nur endlich Gelegenheit bekämen, die Stelle der verkalkten Firlefanzmagier einzunehmen und zu beweisen, daß Alter nicht ein Mehr an Weisheit bedeutete, sondern mentale Verkleisterung. Derzeit aber spürte er zu seiner eigenen Überraschung, wie sich Neugier in ihm regte. Interessiert beobachtete er den Narren namens Wetterwachs und fragte sich, was er plante.

Es hätte ihm vermutlich eine gewisse Befriedigung bereitet zu hören, daß sowohl Galder als auch Skrelt Wechselkorb von völlig irrigen Annahmen ausgingen.

Galder trat vor den Spiegel und ruderte einige Sekunden lang mit den Armen, woraufhin sich das Glas erst trübte und dann aus der Vogelperspektive den Wald von Skund zeigte. Wetterwachs behielt die winzigen Bäume im Auge, während sein Pfeil zur Decke zeigte. Trymon hörte, wie der ältere Magier leise vor sich hinbrummte, und er glaubte Bemerkungen zu verstehen wie: »Berücksichtige eine Windgeschwindigkeit von etwa drei Knoten« und »Auf die Temperaturunterschiede achten.« Mit einer eher enttäuschenden magischen Geste ließ er den Pfeil von der Sehne schnellen. Wenn die Gesetze von Ursache und Wirkung wirklich überall gültig waren, hätte der Schaft nur einige Meter weit fliegen dürfen und dann zu Boden fallen müssen. Aber niemand achtete auf das Gebot.

Der Pfeil raste davon und verschwand im Spiegel. Nun, es ist nicht leicht, das dabei ertönende Geräusch zu beschreiben. Der Vollständigkeit halber soll an dieser Stelle folgendes hinzugefügt werden: Man denke an ein klirrendes ›Pling!‹ und stelle sich außerdem vor, drei Tage lang in einem Radiogeschäft zu arbeiten, in dem alle Apparate (insgesamt genau achtundfünfzig) auf volle Lautstärke gedreht sind.

Galder ließ den Bogen sinken und lächelte.

»Natürlich dauert es etwa eine Stunde, bis der Pfeil das Ziel erreicht«, sagte er. »Und dann folgt der Zauberspruch dem ionisierten Weg, der hierher zurückführt. Zu mir.«

»Bemerkenswert«, kommentierte Trymon. Aber jeder halbwegs begabte Telepath hätte in zehn Meter hohen Blockbuchstaben gelesen: *Warum zu dir und nicht zu mir?* Er blickte auf die wüste Werkbank herab und entdeckte in dem wirren Gerümpel ein langes und herrlich scharfes Messer, das ihm zuzunicken schien, als er einem ganz bestimmten Gedanken nachhing.

Eigentlich war ihm Gewalt zuwider, vor allen Dingen dann, wenn sie ihn selbst betraf, doch sie schien ein angemessenes Werkzeug zu sein, wenn es darum ging, dem Schicksal ein wenig nachzuhelfen. Das Buch über die Pyramide von Tsort ließ keinen Zweifel daran, welche Belohnung denjenigen erwartete, der die acht Zaubersprüche zum richtigen Zeitpunkt vereinte. Und Trymon wollte nicht die Früchte jahrelanger harter Arbeit verlieren, nur weil ein alter Narr eine gute Idee hatte.

»Möchtest du einen Kakao, während wir warten?« fragte Galder, tappte durchs Zimmer und griff nach der kleinen Glocke, die dazu diente, Bedienstete herbeizurufen.

»Gern«, sagte Trymon. Seine Finger schlossen sich um das Messer, und nachdenklich wog er es in der Hand. »Ich gratuliere dir, Meister. Du hast mir gerade gezeigt, daß wir alle wesentlich früher aufstehen müssen, wenn wir es mit dir aufnehmen wollen.«

Galder lachte. Und das Messer raste mit solcher Geschwindigkeit auf ihn zu, daß es tatsächlich ein wenig kürzer und breiter wurde – der Grund dafür ist die natürliche Trägheit des Lichts auf der Scheibenwelt. Nun, um nicht abzuschweifen: Die Klinge zielte genau auf den Nacken des alten Zauberers, und es fehlten nur noch wenige Zentimeter, als ...

Als sie auswich und die Haut nicht einmal ritzte. Sie umkreiste Galder, wie ein Mond aus geschliffenem Stahl, so geschwind, daß der alte Mann den Eindruck erweckte, einen metallenen Kragen zu tragen. Wetterwachs drehte sich um, und Trymon fand, daß er plötzlich einen halben Meter größer geworden war und wesentlich mächtiger aussah.

»Früher aufstehen?« wiederholte Galder fröhlich. »Ach, mein lieber Trymon, ihr dürft euch erst gar nicht schlafen legen.«

»Noch ein Stück Tisch gefällig?« fragte Rincewind.

»Nein, danke, ich mag kein Marzipan«, erwiderte Zweiblum. »Übrigens: Ich weiß nicht, ob es richtig ist, die Möbel fremder Leute zu essen.«

»Sei unbesorgt«, warf Swires ein. »Die alte Hexe ist schon seit Jahren fort. Es heißt, zwei junge Lümmel namens Hänsel und Gretel hätten sie fast um den Verstand gebracht.«

»Tja, die Kinder von heute«, brummte Rincewind.

»Meiner Ansicht nach sind einzig und allein die Eltern schuld«, meinte Zweiblum und begann mit einem soziologisch-pädagogischen Vortrag, den er schon nach kurzer Zeit beendete, weil ihm niemand zuhörte.

Wenn man sich von üblichen Vorstellungen trennte, war der Aufenthalt im Knusperhäuschen recht angenehm. Ein Rest von Magie bewahrte es, und die wilden Tiere des Waldes, soweit sie nicht an Karies gestorben waren, hielten sich vorsichtigerweise fern, um nicht der Versuchung zu erliegen. Im Lebkuchenkamin brannten dicke Lakritzscheite und veranstalteten dabei einen ziemlichen Lärm. Rincewind hatte versucht, draußen Feuerholz zu sammeln, gab jedoch rasch auf. Es ist schwer, Holz zu verbrennen, das mit einem sprechen möchte.

Der Zauberer rülpste.

»Ich halte das nicht für besonders gesund«, sagte er. »Ich meine: weshalb ausgerechnet Süßigkeiten? Warum kein Knäckebrot und Käse? Oder Salami ... Ja, ein leckeres Salamisofa käme mir jetzt sehr gelegen.«

»Was weiß ich«, sagte Swires. »Die alte Oma Ichschermichnicht stand eben auf Süßes. Ihr hättet ihre Meringel sehen sollen ...«

»Ich *hab* sie gesehen«, gab Rincewind zurück. »Als ich einen Blick auf die Matratzen warf ...«

»Pfefferkuchen ist geeigneter«, sagte Zweiblum.

»Für Matratzen?«

»Natürlich nicht«, entgegnete Zweiblum ernst. »Hast du jemals von Pfefferkuchenmatratzen gehört?«

Rincewind ächzte. Er dachte an verschiedene Speisen, genauer gesagt: an die Spezialitäten von Ankh-Morpork. Seltsam, daß ihm die Stadt immer attraktiver erschien, je weiter er sich von ihr entfernte. Er brauchte nur die Augen zu schließen, um sich alle wundervollen Details vorzustellen: die großen Marktplätze, die vielen hundert Buden und Stände, die besondere Leckerbissen aus allen Regionen der Scheibenwelt anboten. Dort konnte man Schlammgurken und geröstete Morastkartoffeln essen – oder Haifischflossensuppe, die so frisch war, daß sich kein Schwimmer in ihre Nähe wagte ...

»Was hältst du davon, wenn ich dieses Haus kaufe?« fragte Zweiblum. Rincewind zögerte. Er hatte schon mehrfach die Erfahrung gemacht, daß es besser war, gründlich nachzudenken, bevor man die erstaunlichen Fragen des Touristen beantwortete.

»Wozu?« meinte er vorsichtig.

»Nun, es hat Atmosphäre.«

»Oh!«

»Atmosphäre?« wiederholte Swires verwirrt und schnüffelte argwöhnisch. Sein Gesichtsausdruck verdeutlichte, daß er jede Schuld von sich wies, ganz gleich, worum es sich handelte.

»Hat irgend etwas mit einer Kröte zu tun, die den Duft von Sumpfgas genießt«, sagte Rincewind fest. »Wie dem auch sei: Wir können dieses Haus gar nicht kaufen, weil ein *Verkäufer* fehlt.«

»Ich schätze, dieses Problem läßt sich lösen, indem ich den Waldrat einberufe, um die Eigentumsfrage zu klären«, schlug Swires vor und mied Rincewinds Blick.

»...und außerdem kannst du es gar nicht mitnehmen. Ich meine, es ist wohl kaum möglich, das Knusperhäuschen in deinem Koffer unterzubringen, oder?« Der Zauberer deutete auf die Kiste, die vor dem Kamin stand und es irgendwie fertigbrachte, wie ein zufriedener und trotzdem wachsamer Tiger auszusehen. Dann wandte er sich wieder an den Touristen. Als er Zweiblums Miene sah, entstanden Zweifel in ihm.

»Etwa doch?« fragte er unsicher.

Es fiel Rincewind außerordentlich schwer, sich daran zu gewöhnen, daß sich das Innere des Koffers völlig von der Außenwelt unterschied. Natürlich war das nur *ein* Aspekt der allgemeinen Seltsamkeit jener Truhe, doch er reagierte jedesmal mit Unbehagen, wenn er sah, wie Zweiblum sie mit schmutzigen Hemden und nicht sehr angenehm riechenden Socken füllte – nur um kurz darauf die Klappe zu öffnen und ihm frisch gebügelte, nach Lavendel duftende Wäsche zu zeigen. Darüber hinaus kaufte Zweiblum Dinge, die er »kuriose Artefakte einheimischer Handwerkskunst« nannte – Rincewind bezeichnete sie schlicht als Krimskrams. Unter seinen Andenken befand sich auch ein Ritualstab, der dazu diente, Zeremonienschweine zu kitzeln, und obgleich der Gegenstand mehr als zwei Meter lang war, ragte er *nirgends* aus der Kiste.

»Ich weiß nicht«, erwiderte der Tourist. »Du bist Zauberer und kennst dich mit solchen Dingen besser aus.«

»Äh, ja, natürlich«, pflichtete ihm Rincewind bei. »Andererseits: Koffermagie ist sehr kompliziert. Nun, ich bin sicher, die Gnome wären ohnehin nicht bereit, das Haus zu verkaufen. Es ist...« – er suchte in dem begrenzten Wortschatz, den er sich von Zweiblums Vokabular angeeignet hatte –, »...eine Art Touristenattraktion.«

»Was soll das heißen?« fragte Swires mißtrauisch und interessiert zugleich.

»Es bedeutet, daß viele Leute wie er kommen werden, um es sich anzusehen«, erklärte Rincewind.

»Warum?«

»Weil...« Rincewind griff in die untersten Schubladen seiner Ausdrucksfähigkeit. »Es ist kurios. Äh, eine Sehenswürdigkeit. Folkloristisch. Mit anderen Worten: ein einzigartiges Beispiel einer Baukunst, geschaffen in einer Tradition, an die sich heute kaum mehr jemand erinnert.«

»Ach, tatsächlich?« fragte Swires fasziniert und sah sich verwirrt im Zimmer um.

»Ja.«

»Das Marzipan, der Lebkuchen, die Lakritze und alles andere?«

»Du hast es erfaßt.«

»Ich helfe euch beim Packen.«

Und die Nacht wird noch viel finsterer, während sich dunkle Wolken zusammenballen und fast die ganze Scheibenwelt bedecken. Zum Glück. Denn wenn der Wind sie forttreibt und die Astrologen die Sterne beobachten können, geraten sie ganz durcheinander und lassen den Ärger an ihren Lehrlingen aus.

In verschiedenen Teilen des Waldes verlieren Zauberer die Orientierung, irren umher und versuchen, sich voreinander zu verbergen. Und sie werden immer zorniger, denn jedesmal, wenn sie gegen einen Baum stoßen, entschuldigt er sich bei ihnen. Doch nach und nach, wie durch ein Wunder, nähern sie sich dem Knusperhäuschen...

Etwa zur gleichen Zeit entwickelte Grauhalt Spold — ältester Magier der Unsichtbaren Universität und entschlossen, diesen Status beizubehalten — hektische Aktivität in seiner Unterkunft. Die Begegnung mit dem Tod hat ihn daran erinnert, daß auch das Leben eines Magiers nicht ewig währt, und nur zu deutlich entsinnt er sich an den nachdenklichen Blick der dunklen Gestalt. Er hofft inständig, daß der Sensenmann die Party genießt und ihm Zeit genug läßt, gewisse Vorbereitungen zu treffen.

Grauhalt Spold macht sich sofort an die Arbeit. Nun, er mag taub sein, vielleicht auch ein wenig schwer von Begriff, aber ältere Zauberer zeichnen sich durch einen ausgeprägten Überlebensinstinkt aus. Deshalb wissen sie ganz genau, daß höchste Eile geboten ist, wenn sie eine finstere Gestalt sehen, die ein ganz bestimmtes landwirtschaftliches Werkzeug in der Hand hält und sich ein Gesicht einzuprägen versucht. Spold *handelt.* Er dichtet die Türen mit einer Paste ab, die aus zerriebenen Eintagsfliegen besteht, und Schutzoktagramme zieren die Fenster. Er gießt seltene, ziemlich streng riechende Öle auf den Boden und bildet damit Muster, die so kompliziert sind, daß einem bei ihrem Anblick schwindelig wird. Außerdem weisen sie darauf hin, daß derjenige, der sie zeichnete, nicht ganz bei Verstand ist — was in diesem besonderen Fall durchaus zutrifft. In der Mitte des Zimmers befindet sich das achtgefaltete Bannoktagramm, umgeben von roten und grünen Kerzen. Und im Zentrum jenes Symbols steht eine Kiste, geschaffen aus dem Holz von Ewigkeitsfichten, die, wie der Name schon sagt, recht alt werden. Rote Seide umhüllt die Truhe, und an den Kanten baumeln Amulette zur Abwehr dämonischer Eindringlinge.

Kurz gesagt: Grauhalt Spold weiß, daß ihm der Tod irgendwann einen unerfreulichen Besuch abstatten wird, und er hat die letzten Jahre damit verbracht, ein absolut sicheres Versteck vorzubereiten.

Als er sicher ist, nichts vergessen zu haben, klettert er in die Kiste — sie weist übrigens bemerkenswerte Ähnlichkeiten mit einem Sarg auf —, betätigt das Uhrwerk des Schlosses und macht es sich in der festen Überzeugung gemütlich, bestens vor dem gefährlichsten seiner Feinde geschützt zu sein. Erst als er zu keuchen beginnt, merkt er, wie wichtig Luftlöcher bei solchen Unternehmungen sind.

Kurze Zeit später erklingt dicht neben ihm eine unheilvoll klingende Stimme: »VERDAMMT DUNKEL HIER DRIN, NICHT WAHR?«

Erste Schneeflocken fielen, und die Malzzuckerfenster des Knusperhäuschens glänzten vergnügt vor sich hin.

Am einen Rand der Lichtung glühten kurz drei winzige rote Punkte auf. Ein Schemen hustete, und ein anderer Schatten preßte ihm die Hand auf den Mund.

»Sei still!« zischte ein Zauberer im dritten Rang. »Sie könnten uns hören!«

»Wer denn? Die Burschen von der Bruderschaft der Blender, Täuscher und Hereinleger versinken gerade im Sumpf, und die Idioten vom Ehrwürdigen Konzil der Seher brauchen offenbar Brillen: Sie sind in der falschen Richtung unterwegs.«

»Ja«, brummte der jüngste Zauberer. »Aber wer spricht dauernd zu uns? Es heißt, dies sei ein magischer Wald voller Kobolde, Werwölfe und...«

»Bäume«, ertönte eine Stimme aus der Dunkelheit über ihnen. Sie klang ziemlich hohl und knorrig.

»Genau«, bestätigte der jüngste Magier. Er nuckelte an seinem Stummel und schauderte.

Das Oberhaupt der Gruppe spähte über einen Felsen und beobachtete die Hütte. »Also schön«, sagte er und klopfte die Pfeife an der Sohle seines Siebenmeilenstiefels aus, der daraufhin ein protestierendes Quietschen von sich gab. »Wir stürmen ins Haus, schnappen sie uns und verschwinden wieder, einverstanden?«

»Bist du ganz sicher, daß es nur Menschen sind?« erkundigte sich der jüngste Zauberer nervös.

»Natürlich bin ich das«, knurrte der Anführer. »Wen erwartest du denn? Drei Bären?«

»Es könnten Ungeheuer sein. Dies ist genau die Art von Wald, in dem es von Monstren wimmelt.«

»Und Bäumen«, fügte eine freundliche Wipfelstimme hinzu.

»Ja«, gestand der Anführer zögernd ein.

Skeptisch betrachtete Rincewind das Bett. Es war ein recht hübsches Bett, vorausgesetzt natürlich, man fand ästhetischen Gefallen an Kissen und Decken, die aus Sahnekaramellen bestanden — und einem Rahmen aus Vollmilchnuß-Schokolade. Aber der Zauberer verspeiste es lieber, anstatt darin zu schlafen. Und es sah ganz danach aus, als sei vor ihm schon jemand anders auf diesen Gedanken gekommen.

»Jemand hat mein Bett angebissen«, klagte er.

»Ich mag Karamelbonbons für mein Leben gern«, verteidigte sich Zweiblum. »Und die Schokolade ist ebenfalls nicht zu verachten.«

»Wenn du nicht aufpaßt«, sagte Rincewind langsam, »kommt die komische Fee und holt sich deine Zähne.«

»Nein, Elfen«, berichtigte Swires, der auf der Frisierkommode stand. »So etwas machen nur Elfen. Manchmal haben sie es auch auf Zehennägel abgesehen. Sind recht unliebsame Zeitgenossen.«

Zweiblum ließ sich schwer auf die Bettkante sinken.

»Das siehst du völlig verkehrt«, erwiderte er. »Elfen sind großmütig, wunderschön, weise und gut. Ich bin sicher, das habe ich irgendwo gelesen.«

Swires und Ricewinds Kniescheibe wechselten einen kurzen Blick.

»Ich glaube, du meinst andere Elfen«, sagte der Gnom langsam. »Wir müssen uns hier mit der übleren Sorte abplagen. Nun, man kann sie nicht gerade jähzornig nennen«, fügte er rasch hinzu. »Jedenfalls sollte man das lieber lassen, wenn man Wert darauf legt, die Zähne im Mund nach Hause zu tragen.«

Nur wenige Sekunden später hörten sie das charakteristische Geräusch einer sich öffnenden Nougattür. Gleichzeitig ertönte auf der anderen Seite des Knusperhäuschens ein leises Klirren, so als bemühe sich jemand, ein Malzzukkerfenster so vorsichtig wie möglich einzudrücken.

»Was war das?«

»Was meinst du?« fragte Rincewind. »Die Tür oder das Fenster?«

Es knisterte, als ein dicker Zweig — oder Knüppel — über das Fenstersims strich. »Böse Elfen!« rief Swires, sauste über den Fußboden und verschwand in einem Mauseloch.

»Was sollen wir jetzt machen?« fragte Zweiblum.

»In Panik geraten?« entgegnete Rincewind hoffnungsvoll. Er glaubte fest daran, Panik sei der mit Abstand beste Überlebensmechanismus. In der Urgeschichte, so hieß es allgemein, konnte man jene Menschen, die sich mit einem hungrigen Säbelzahntiger konfrontiert sahen, in zwei Gruppen einteilen: Die eine geriet in Panik und floh, während die andere ebenso gelassen wie dumm stehenblieb und Bemerkungen von sich gab wie »Was für ein hübsches Tierchen!« oder »Komm her, Miezekätzchen.«

»Dort ist ein Schrank«, sagte der Tourist und deutete auf eine schmale Tür zwischen der Wand und dem Schornsteinsockel. Rincewind und Zweiblum krochen in süße, muffige Finsternis.

Draußen knarrte eine Bodendiele aus Zartbitterschokolade. Jemand sagte: »Ich habe Stimmen gehört.«

Und ein anderer antwortete: »Ja, unten. Ich glaube, es sind die Blender, Täuscher und Hereinleger.«

»Hast du vorhin nicht behauptet, sie versinken gerade im Sumpf?«

»He, ihr beiden — ihr könnt die Hütte doch nicht einfach aufessen! Was fällt euch ein...«

»Halt die Klappe!«

Es knackte und knisterte, und wenig später ertönte im Kaminzimmer ein dumpfer Schrei. Ein Ehrwürdiger Seher war gerade durchs eingeschlagene Malzzuckerfenster geklettert und einem Blender, der sich unterm Tisch versteckte, auf die Finger getreten. Plötzlich zischte und fauchte Magie empor.

»Blödmann!« erklang es von draußen. »Sie haben ihn erwischt! Los, auf sie drauf!«

Eine Zeitlang krachte und polterte es, dann herrschte Stille. Nach einigen Sekunden flüsterte Zweiblum: »Rincewind, ich glaube, ich habe einen Besenstiel entdeckt.«

»Na und? Vermutlich hat die Hexe ab und zu gefegt.«

»Dieses Exemplar weist aber eine Lenkstange auf.«

Genau in diesem Augenblick vernahmen sie einen gellenden Schrei. In der Dunkelheit hatte einer der Zauberer versucht, den Koffer zu öffnen. Gleichzeitig verkündete ein lautes Scheppern in der Küche die Ankunft der Erleuchteten Magier des Ungebrochenen Kreises.

»Wonach suchen sie wohl?« hauchte Zweiblum.

»Keine Ahnung«, erwiderte Rincewind besorgt. »Und ich halte es für besser, in dieser Hinsicht nicht allzu neugierig zu sein.«

»Vielleicht hast du recht.«

Rincewind öffnete die Tür einen Spaltbreit. Das Zimmer war leer. Auf Zehenspitzen schlich er ans Fenster, blickte hinaus – und starrte auf die nach oben gerichteten Gesichter dreier Zauberer, die zur Bruderschaft des Mitternachtsordens gehörten.

»Das ist er!«

Rincewind wich zurück und hastete zur Treppe.

Im Erdgeschoß erwartete ihn ein unbeschreiblicher Anblick. Aber da Olaf Quimby II. eine solche Bemerkung mit der Todesstrafe geahndet hätte, soll hier doch ein deskriptiver Versuch unternommen werden. Zunächst einmal: Die meisten der miteinander ringenden Zauberer versuchten, das Zimmer mit verschiedenen Flammen, Feuerbällen und magischen Irrlichtern zu erhellen, und das flackernde, blitzende und gleißende Glühen erinnerte an die turbulente Hektik in einer Stroboskopfabrik. Außerdem trachtete jeder danach, sich in eine Position zu bringen, von der aus er den Rest des Raums überblicken konnte, ohne angegriffen zu werden. Gleichzeitig bemühten sich alle Anwesenden, dem Koffer auszuweichen, der zwei Ehrwürdige Seher in die Ecke getrieben hatte und mit der geöffneten Klappe nach allen schnappte, die es wagten, sich ihm zu nähern. Ein Magier aber hob den Kopf und sah auf.

»Da ist er!«

Rincewind sprang zurück, und irgend etwas stieß an seinen Rücken. Erschrocken wirbelte er herum und riß die Augen auf, als er Zweiblum erkannte, der auf einem Besenstiel hockte – auf einem Besen, der anderthalb Meter über dem Boden schwebte.

»Offenbar hat ihn die Hexe hier zurückgelassen!« sagte der Tourist und strahlte. »Denk nur: ein echter magischer Besen!«

Rincewind zögerte. Oktarine Funken sprühten von der Borste, außerdem haßte er Höhen mehr als alles andere. Doch das war nicht alles. Weitaus mehr fürchtete er sich vor einem Dutzend sehr zorniger und ausgesprochen übelgelaunter Zauberer, die gerade die Treppe hochstürmten und keinen Zweifel daran ließen, auf wen sie es abgesehen hatten.

»Na schön«, sagte er. »Aber ich übernehme das Steuer.«

Er trat nach einem Magier, der gerade einen Bannzauber formulierte, und schwang sich auf den Besenstiel, der die Treppe herabsauste und dann wieder aufstieg. Rincewind zwinkerte und sah in das verblüffte, wütende Gesicht eines Mitternachtsbruders.

Verzweifelt zerrte er an dem Lenker.

Mehrere Dinge geschahen gleichzeitig: Der Besen raste los und durchbrach die Wand in einer Wolke von Lebkuchenkrümeln; der Koffer eilte herbei und biß den Bruder ins Bein; und mit einem seltsamen Pfeifen erschien plötzlich ein Pfeil aus dem Nichts, verfehlte Rincewind nur um Haaresbreite und bohrte sich mit einem dumpfen Pochen in die Klappe der Truhe.

Der Koffer löste sich auf und verschwand.

In einem kleinen Dorf tief im Wald warf ein alter Schamane einige Zweige ins Feuer, starrte durch den Rauch und musterte seinen verlegenen Novizen.

»Eine Kiste mit Beinen?« wiederholte er.

»Ja, Meister«, bestätigte der Schamanenlehrling. »Sie fiel vom Himmel herab und starrte mich an.«

»Sie hatte also Augen?«

»Nun...« begann der Novize und unterbrach sich verwirrt. Der alte Mann runzelte die Stirn.

»Viele haben Topaxci gesehen, den Gott des Roten Pilzes, und sie verdienen es, Schamanen genannt zu werden«, sagte er. »Einige erblickten Skelde, den Geist des Rauches, und man bezeichnete sie als Zauberer. Wenige Auserwählte begegneten Umcherrel, der Seele des Waldes, und sie sind als Geistmeister bekannt. Aber wer behauptet, eine Truhe mit Hunderten von Beinen habe ihn ohne Augen angestarrt, muß ein Idiot...«

Es gab mehrere Gründe dafür, daß sich der alte Schamane unterbrach: ein jähes Kreischen, ein plötzliches Schneegestöber, Funken, die durch die dunkle Hütte tanzten. Konturen verwischten sich und die gegenüberliegende Wand wurde zerfetzt, bevor sich die Erscheinung verflüchtigte.

Langes Schweigen folgte. Dann ein kürzeres. Schließlich bemerkte der alte Schamane langsam: »Du hast nicht zufällig gerade zwei Männer gesehen, die verkehrt herum auf einem Besen hockten und sich gegenseitig anschrien, als sie durch die Hütte flogen?«

Der Novize sah ihn ruhig an. »Natürlich nicht«, erwiderte er.

Der Greis seufzte erleichtert. »Ich auch nicht, den Göttern sei Dank«, sagte er.

Im Knusperhäuschen herrschte das reinste Chaos: Die Zauberer wollten dem fliegenden Besen folgen und sich zur gleichen Zeit gegenseitig daran hindern. Was verständlicherweise zu einigen bedauerlichen Zwischenfällen führte.

Der spektakulärste — und sicher auch tragischste — geschah, als ein Seher versuchte, seine Siebenmeilenstiefel ohne die notwendigen Zaubersprüche und Vorbereitungen zu benutzen. Es wurde bereits an anderer Stelle erwähnt, daß solche Stiefel bestenfalls eine recht knifflige Form der Magie darstellen. Nun, der betreffende Magier erinnerte sich zu spät daran, daß äußerste Vorsicht bei der Verwendung thaumaturgischer Hilfsmittel geboten ist, die einen Menschen in die Lage versetzen, einen Fuß sieben Meilen weit vor den anderen zu setzen.

Die ersten Schneestürme des Winters tobten, und über dem größten Teil der Scheibenwelt hatte sich eine entsprechend dichte Wolkendecke gebildet. Doch wenn man sie von weit oben betrachtete, im silbernen Licht des kleinen Mondes, so bot sie einen der herrlichsten Anblicke im ganzen Multiversum.

Hunderte von Meilen lange Wolkenfahnen flatterten vom Wasserfall am Rand bis zu den Bergen in der Mitte. In der kalten, kristallenen Stille glitzerte die riesige Spirale wie pulvriges Eis und drehte sich majestätisch im Licht der Sterne — so als habe der Schöpfer gerade Seinen Kaffee umgerührt und die Schlagsahne hinzugegeben.

Nichts störte die erhabene Ruhe, die...

Ein kleines Objekt in der Ferne durchbrach die dicke Wolkenschicht und zog Dunstsplitter hinter sich her. Schrilles Gezänk störte den stratosphärischen Frieden.

»Du hast gesagt, du könntest mit einem fliegenden Besen umgehen!«

»Von wegen. Diese Behauptung stammt von dir!«

»Aber dies ist mein erster Flug auf einem Besenstiel!«

»Ach, nein, was für ein Zufall!«

»Wie dem auch sei: Ich erinnere mich deutlich daran, daß du gesagt hast... *Sieh dir den Himmel an!*«

»Solche Worte sind mir nie über die Lippen gekommen.«

»Was ist mit den Sternen passiert?«

Und so kam es, daß Rincewind und Zweiblum die ersten Bewohner der Scheibenwelt waren, die erfuhren, was die Zukunft bereithielt.

Tausend Meilen hinter ihnen ragte Cori Celesti zum Gewölbe des Firmaments empor und warf einen messerscharfen Schatten auf die träge Wolkenmasse. Die Götter hätten eigentlich aufmerksam werden müssen – doch für gewöhnlich schenkten sie dem Himmel keine Beachtung, und außerdem stritten sie sich gerade wieder mit den Eisriesen, die sich weigerten, ihr Radio leiser zu stellen.

Randwärts, in Reiserichtung Groß-A'Tuins, hatte jemand die Sterne vom Himmel gewischt.

In der leeren Schwärze glühte nur eine einzige Sonne, rot und ziemlich unheilvoll – ein Stern, dessen Gleißen so teuflisch war wie das Blitzen in den Pupillen eines tollwütigen Wildschweins. Und Groß-A'Tuin trug die Scheibenwelt dem gräßlichen Dämonenauge entgegen.

Rincewind wußte genau, worauf es in solchen Situationen ankam. Er schrie und lenkte den Besen nach unten.

Galder Wetterwachs stand in der Mitte des Oktagramms und hob die Arme.

»Urshalo, Dileptor, C'hula – ich unterwerfe euch meinem Willen!«

Über ihm formte sich eine kleine Dunstwolke. Galder drehte kurz den Kopf und sah Trymon an, der verdrießlich am Rande des magischen Kreises wartete.

»Jetzt wird's erst richtig interessant«, sagte der ältere Zauberer. »Hör genau zu. *Kot-b'hai! Kot-sham!* Zu mir, ihr Geister von kleinen, an Einsamkeit leidenden Steinen und sorgenvollen, nicht mehr als sieben Zentimeter langen Mäusen!«

»Was?« brachte Trymon hervor.

»Diese Stelle erforderte ziemlich aufwendige Forschungen«, erklärte Galder. »Insbesondere, was die Mäuse angeht. Äh, wo war ich stehengeblieben. Ah, ja...«

Erneut hob er die Arme. Trymon beobachtete ihn und befeuchtete sich geistesabwesend die Lippen. Der alte Narr konzentrierte sich tatsächlich, richtete seine Aufmerksamkeit allein auf den Zauberspruch und beachtete den jüngeren Magier nicht mehr.

Worte der Macht hallten durchs Zimmer, prallten von den Wänden ab und versteckten sich hinter Bücherregalen und Reagenzgläsern. Trymon zögerte.

Galder schloß die Augen, und sein Gesicht drückte Ekstase aus, als er die letzten Silben flüsterte.

Trymons Pulsschlag beschleunigte sich, als seine Finger erneut nach dem Messer tasteten. Und Galder öffnete ein Auge, nickte ihm zu und schleuderte ihm eine thaumaturgische Faust entgegen, die den jüngeren Zauberer mitten auf der Brust traf und an die Wand schleuderte.

Galder zwinkerte ihm zu – Trymon trug es unter ›väterlicher Tadel‹ ein, zusammen mit einer gedanklichen Notiz, Galders Hirn dafür *zwei* Jahre lang in Essig schwimmen zu lassen – und streckte die Hände aus.

»Zu mir, ihr Geister...«

Irgend etwas krachte, gefolgt von implodierendem Licht und einer Sekunde vollständiger physikalischer Ungewißheit, während der sich selbst die Wände zu ducken schienen. Trymon hörte einen zischenden Atemzug, dann ein dumpfes, massives Pochen.

Und schließlich Stille.

Nach einiger Zeit kroch Trymon hinter dem Stuhl hervor und klopfte sich den Staub von der Hose. Er pfiff leise vor sich hin – eine Melodie, bei der sich jedem Barden die Haare gesträubt hätten –, wandte sich mit übertriebener Vorsicht der Tür zu und starrte zur Decke, als bemerke er sie jetzt zum erstenmal. Seine Bewegungen schienen den Weltrekord für gemütliches Schlendern brechen zu wollen.

Der Koffer hockte in der Mitte des magischen Kreises und hob den Deckel.

Trymon verharrte an Ort und Stelle. Zögernd und ganz, ganz langsam drehte er sich um, fürchtete sich vor dem, was sich seinen Blicken darbot.

Die Kiste schien nichts weiter als saubere Wäsche zu enthalten, die nach Lavendel duftete. Trotzdem war Trymon so entsetzt wie noch nie zuvor in seinem Leben.

»Nun, äh«, brummte er nervös. »Du, äh, hast hier nicht zufällig einen anderen Zauberer gesehen?«

Dem Koffer gelang es irgendwie, noch bedrohlicher zu wirken.

»Oh«, sagte Trymon und schluckte. »Nun, äh, macht nichts.«

Mit zitternden Fingern zupfte er am Saum seiner Robe und fand vorübergehend Interesse an den Stickmustern. Als er wieder aufsah, war die Truhe immer noch da.

»Auf Wiedersehen«, sagte er und rannte los. Er schaffte es gerade rechtzeitig, die Tür hinter sich zuzuschlagen.

»Rincewind?«

Der Zauberer schlug die Augen auf. Was allerdings nicht viel nützte. Der Unterschied bestand nur darin, daß er vorher Schwärze gesehen hatte und jetzt strahlendes Weiß erblickte – was überraschenderweise alles schlimmer zu machen schien.

»Fühlst du dich wohl?«

»Nein.«

»Oh!«

Rincewind setzte sich auf und kam zu dem Schluß, auf einem teilweise mit Schnee bedeckten Felsen zu sitzen, der sich jedoch nicht dort befand, wo er eigentlich hingehörte. Um nur ein Beispiel zu nennen: Er bewegte sich, und dadurch schöpfte Rincewind sofort Verdacht.

Schneeflocken tanzten um ihn herum. Zweiblum stand

neben ihm, und diesmal brachten seine Züge aufrichtige Besorgnis zum Ausdruck.

Rincewind stöhnte. Sein Körper liebte es nicht, so rauh und grob behandelt zu werden wie im Knusperhäuschen und während des Fluges mit dem Besen, und nun erhob er auf unangenehme Weise Protest.

»Was jetzt?« fragte der Zauberer.

»Erinnerst du dich? Als wir unterwegs waren und ich dich darauf hinwies, wir könnten in der Dunkelheit gegen irgendein Hindernis prallen... Du hast mir geantwortet, in dieser Höhe käme nur eine mit Steinen vollgestopfte Wolke in Frage.«

»Und?«

»Woher hast du das gewußt?«

Rincewind drehte den Kopf und musterte die Umgebung, die eine ebenso interessante Vielfalt bot wie das Innere eines Pingpongballs.

Der Stein unter ihm war... nun, steinhart. Als er mit der Hand über die kalte Oberfläche strich, fühlte er ein deutliches Zittern, so als würde der Fels mit Hammer und Meißel bearbeitet. Der Zauberer streckte sich lang aus, preßte das Ohr auf den Granit und hörte ein leises, langsames Pochen, wie ein Herzschlag. Er kroch vor, bis er den Rand erreichte, spähte vorsichtig darüber hinweg.

Genau in diesem Augenblick flog der Felsen über eine Lücke in der dichten Wolkendecke, und Rincewind schnappte erschrocken nach Luft, als er in der Tiefe – weit unter ihm – zerklüftete Berggipfel sah.

Er röchelte und schob sich rasch wieder zurück.

»Das ist doch lächerlich«, sagte er zu Zweiblum. »Felsen schweben nicht hoch über dem Boden. Sie haben den Ruf, ziemlich schwer zu sein.«

»Vielleicht würden sie gern aufsteigen, wenn sie könnten«, erwiderte der Tourist. »Möglicherweise hat dieser gerade das Fliegen gelernt.«

»Wollen wir nur hoffen, daß er es nicht wieder vergißt«,

brummte Rincewind. Er zog sich den klammen Mantel enger um die Schultern und starrte bedrückt auf die Wolken in der Nähe. Er vermutete, daß es irgendwo Leute gab, die eine gewisse Kontrolle über ihr Leben hatten, die des Morgens aufstanden, abends zu Bett gingen und sicher sein konnten, nicht über den Rand der Welt zu fallen, von Verrückten angegriffen zu werden oder auf einem Felsen aufzuwachen, der es sich in den steinernen Kopf gesetzt hatte, wie ein Vogel zu fliegen. Er erinnerte sich vage daran, selbst einmal ein solches Leben geführt zu haben.

Rincewind schnüffelte. Irgend etwas briet, und der Duft wehte ihm aus dem milchigen Dunst entgegen, übte eine sehr anregende Wirkung auf seinen knurrenden Magen aus.

»Riechst du etwas?« fragte er.

»Ich glaube, es ist Schinken«, antwortete Zweiblum.

»Ich hoffe, daß es Schinken ist«, sagte Rincewind fest, »denn ich werde ihn essen.« Er erhob sich, schwankte auf dem zitternden Untergrund, stapfte an faserigen Wolkenfetzen vorbei und versuchte, die feuchten Nebelschwaden mit seinen Blicken zu durchdringen.

Am vorderen Ende des Felsens – gewissermaßen am Bug – saß ein schmächtiger Druide mit gekreuzten Beinen vor einem kleinen Feuer. Ein Öltuch ruhte auf seinem Kopf und bildete einen dicken Knoten unterm Kinn. Mit einer Schmucksichel drehte er mehrere Scheiben Schinken um, die in der Pfanne vor ihm brutzelten.

»Ähem«, räusperte sich Rincewind demonstrativ laut. Der Druide sah sich um und ließ die Pfanne ins Feuer fallen. Er sprang auf, schloß die Hand fester um den Sichelgriff und nahm eine so drohende Haltung ein, wie es jemandem möglich war, der ein langes weißes Nachthemd und ein tropfnasses Kopftuch trug.

»Ich warne euch«, stieß er hervor, schnitt eine Grimasse und nieste heftig. »Entführer fliegender Felsen haben von mir keine Gnade zu erwarten.«

»Wir halten von solchen Leuten ebenfalls nichts«, sagte Rincewind und warf einen sehnsüchtigen Blick auf den verkohlenden Schinken. Dieses Verhalten schien den Druiden zu verwirren. Übrigens soll hier nicht unerwähnt bleiben, daß der schmächtige Mann zu Rincewinds großer Überraschung ziemlich jung war. Die Theorie ließ natürlich Platz für junge Druiden, aber aus irgendeinem Grund hatte er sich solche Leute immer mit runzligen Gesichtern und langen Bärten vorgestellt.

»Ihr habt gar nicht die Absicht, den Felsen zu stehlen?« fragte der Druide, völlig aus dem Konzept gebracht.

»Ich weiß nicht einmal, wie man Felsen stiehlt«, erwiderte Rincewind lustlos.

»Entschuldigt bitte«, warf Zweiblum ein. »Ich glaube, das Frühstück verbrennt im Feuer.«

Der Druide drehte sich um und versuchte vergeblich, die Flammen zu ersticken. Rincewind zögerte nicht eine Sekunde, ihm zu helfen. Es folgte ein Durcheinander aus Rauch, Asche und leisen Flüchen, und der geteilte Triumph, tatsächlich einige braunschwarze Schinkenstükke gerettet zu haben, bewirkte weitaus mehr als ein zweistündiger Vortrag über Diplomatie.

»Wie seid ihr überhaupt hierher gekommen?« fragte der Druide. »Wir sind rund zweihundert Meter hoch – es sei denn, ich habe die Runen schon wieder durcheinandergebracht.«

Rincewind versuchte, nicht an Höhen und tiefe Abgründe zu denken. »Wir flogen gerade vorbei und sagten uns: ›He, warum machen wir nicht einen kleinen Abstecher zu dem Felsen dort?‹« erwiderte er.

»Wir waren auf dem Weg nach unten«, fügte Zweiblum hinzu.

»Und stürzten hier ab«, meinte Rincewind. Sein Rücken beschwerte sich erneut. »Zum Glück«, brummte er.

»Ich glaube, wir sind vor einer Weile in eine Turbulenz geraten«, sagte der Druide, der, wie sich später herausstellte, Belafon hieß. »Offenbar wurde sie von euch verursacht.« Er schauderte. »Inzwischen hat sicher ein neuer Tag begonnen. Zum Teufel mit den Flugvorschriften: Ich sorge dafür, daß wir höher steigen. Haltet euch fest.«

»Woran?« fragte Rincewind unsicher.

»Nun, gebt einfach zu verstehen, daß ihr nicht gern herunterfallen wollt«, antwortete Belafon. Er holte ein großes, eisernes Pendel unter seiner Robe hervor und schwang es mehrmals über dem Feuer hin und her.

Dunstfetzen huschten an ihnen vorbei, und in Rincewind entstand das unangenehme Gefühl, plötzlich doppelt so schwer zu sein. Unmittelbar im Anschluß daran erreichte der Felsen hellen Sonnenschein.

Er verharrte einige Meter über den faserigen Nebelschwaden, unter einem kühlen, aber wunderbar blauen Himmel. Die Wolken – während der vergangenen Nacht schienen sie unerreichbar fern gewesen zu sein, und am Morgen stellte sich heraus, daß sie nicht etwa aus weicher Watte bestanden, sondern aus klammer, nasser Kälte – bildeten einen weiten Teppich, der sich in alle Richtungen erstreckte. Einige Berggipfel ragten wie Inseln daraus empor. Hinter dem Felsen zog der Fahrtwind eine tiefe Furche ins dichte Weiß. Der Felsen selbst... Er glänzte bläulich, war etwa neun Meter lang und drei Meter breit.

»Was für ein erstaunliches Panorama«, sagte Zweiblum bewundernd.

»Äh, was hält uns oben?« fragte Rincewind.

»Überzeugungskraft«, erwiderte Belafon und wrang den Saum seiner Robe aus.

»Oh«, machte Rincewind und hielt klugerweise den Mund.

»Es ist nicht weiter schwer zu verhindern, daß fliegende Felsen zu Boden stürzen«, bemerkte der Druide, streckte den Arm aus, hob den Daumen und visierte einen fernen Berg an. »Problematisch wird's erst bei der Landung.«

»Das sollte man eigentlich nicht meinen, oder?« kommentierte Zweiblum.

»Überredungskunst ist die Antriebskraft des Universums«, stellte Belafon fest. »Was für ein Unsinn, alles mit Magie zu erklären.«

Rincewind starrte gerade durch eine besonders dünne Wolke und erblickte weit unten eine schneebedeckte Landschaft. Er ahnte, daß er sich in Gesellschaft eines Verrückten befand, doch er hatte ausreichend Gelegenheit gehabt, sich an solche Dinge zu gewöhnen. Wenn er in Sicherheit war, solange er dem übergeschnappten Druiden zuhörte, so war er ganz Ohr.

Belafon setzte sich und ließ die Beine über den Rand des Felsens baumeln.

»Ihr solltet euch keine Sorgen machen«, riet er. »Wenn ihr dauernd glaubt, der Felsen dürfe gar nicht fliegen, so hört er euch vielleicht, schließt sich eurer Meinung an und gibt euch recht — was unter den gegebenen Umständen nicht sonderlich begrüßenswert wäre, oder?« Belafon seufzte. »Offenbar seid ihr nicht an positives Denken gewöhnt.«

»Wahrscheinlich nicht«, erwiderte Rincewind nervös. Er versuchte, alle Vorstellungen zu verdrängen, die am Boden liegende Steine betrafen, sich statt dessen auszumalen, wie große Felsen fröhlichen Schwalben gleich dahinsegelten, die herrliche Schwerelosigkeit genossen und mit den Wolken tanzten...

Noch nie zuvor hatte er seinen Mangel an Phantasie mehr bedauert.

Die Druiden der Scheibenwelt waren sehr stolz auf ihre modernen Forschungen, bei denen es um die Mysterien des Universums ging, und sie rühmten sich, in dieser Hinsicht schon achthundertneunzehn Antworten auf fünfhundertdreiundvierzig Fragen gefunden zu haben. Wie ganz normale Druiden glaubten sie an die essentielle Einheit des Lebens, die Heilkraft von Pflanzen und den natürlichen Wechsel der Jahreszeiten. Darüber hinaus vertraten sie die tolerante Ansicht, all diejenigen, die solchen Wundern nicht mit der richtigen Einstellung begegneten, verdienten es, auf dem Scheiterhaufen zu schmoren. Sie hatten lange und gründlich über das eigentliche Fundament der Schöpfung nachgedacht und folgende Theorie entwickelt:

Die richtige Funktionsweise des Universums, so behaupteten sie, basiere auf dem Gleichgewicht von vier Elementarkräften: Zauber, Überzeugungskraft, Ungewißheit und Verdammte Sturheit.

Sonne und Mond umkreisten die Scheibenwelt deshalb, weil man sie überredete, nicht herunterzufallen – und Ungewißheit hinderte sie daran, einfach fortzufliegen. Zauber erlaubte es Bäumen zu wachsen, und aufgrund Verdammter Sturheit fielen sie nicht um. Diese Liste ließe sich beliebig fortsetzen.

Einige Druiden klagten über gewisse Ungereimtheiten in dieser Theorie, doch die weisesten unter ihnen wiesen großzügig darauf hin, im Gebäude ihrer Anschauungen gebe es durchaus Zimmer, in denen man ruhige Gespräche und wissenschaftliche Debatten führen könne. Was jedoch nichts daran änderte, daß die Kritiker bei der nächsten Sonnenwende in einem großen Zeremonienfeuer verbrannten.

»Du bist also Astronom?« fragte Zweiblum.

»O nein«, widersprach Belafon, als der Felsen langsam an der gewölbten Flanke eines hohen Berges vorbeischwebte. »Ich bin Berater in Sachen Computer-Hardware.«

»Computer-Hardware? Was ist das?«

»Nun, dies hier«, sagte der Druide und stampfte mit dem Fuß auf bläulich glänzendes Gestein. »Zumindest ein Teil davon. Es handelt sich um eine neue Komponente, und meine Aufgabe besteht darin, sie zu liefern. Offenbar gibt es einige Probleme mit den großen Schaltkreisen drüben in der Wirbel-Ebene. So heißt es jedenfalls. Ach, ich wünschte, ich bekäme ein silbernes Amulett für jeden Anwender, der es versäumt, das Benutzerhandbuch zu lesen.« Er zuckte mit den Schultern.

»Zu was nützt ein Steincomputer?« fragte Rincewind, um sich von der Tiefe abzulenken.

»Nun, damit kann man zum Beispiel die... die Jahreszeit feststellen«, sagte Belafon.

»Ah. Du meinst, wenn sich Schneewehen darauf bilden, ist Winter?«

»Ja. Das heißt, nein.« Der Druide suchte nach den richtigen Worten. »Angenommen, man möchte wissen, welcher Stern wo aufgeht...«

»Warum?« fragte Zweiblum und zeigte höfliches Interesse.

»Nun, stellt euch vor, ihr wollt den richtigen Zeitpunkt für die Saat bestimmen«, fuhr Belafon fort und begann zu schwitzen.

»Ich könnte dir meinen Almanach leihen«, bot sich Zweiblum an.

»Almanach?«

»Ein Buch mit einem genauen Kalender«, erklärte Rincewind müde. »Du könntest es bestimmt gut gebrauchen.«

Belafon versteifte sich. »Ein Buch?« wiederholte er. »Mit Seiten aus Papier?«

»Ja.«

»Das klingt nicht sehr eindrucksvoll«, entgegnete der Druide abfällig. »Auf welche Weise soll ein Buch die einzelnen Tage bestimmen? Papier kann doch nicht zählen.«

Er stapfte zum vorderen Ende – zum *Bug* – des Felsens, der daraufhin bedrohlich schwankte. Rincewind schluckte und winkte Zweiblum zu sich heran.

»Hast du schon mal was von Kulturschock gehört?« flüsterte er ihm zu.

»Das Wort höre ich jetzt zum erstenmal.«

»So etwas geschieht, wenn irgendwelche Leute fünfhundert Jahre lang versuchen, einen Steinkreis richtig zu programmieren – und dann jemand mit einem kleinen Buch kommt, in dem es für jeden Tag eine Seite gibt, mit überaus klugen Hinweisen wie ›Heute sollte man dicke Bohnen pflanzen‹, ›Morgenstund hat schlechten Geschmack im Mund‹ und ›Zeitig aus dem Bett und ein frühes Abendbrot – das macht einen Mann gesund, reich und rasch tot‹. Und weißt du, was man in Hinsicht auf Kulturschocks keinesfalls vergessen ...« – Rincewind legte eine kurze Pause ein, um Luft zu holen, verlor den Faden und wiederholte den Satz mit zitternden Lippen –, »... darf?«

»Nein.«

»Man bewahre einen Druiden davor, der einen tausend Tonnen schweren Felsen fliegt.«

»Ist er weg?«

Trymon spähte furchtsam über die bröckeligen Zinnen des Kunstturms, der, wie bereits erwähnt, die anderen Gebäude der Unsichtbaren Universität überragte. Weit unten standen Dutzende von Schülern und magischen Unterweisern, und sie nickten zögernd.

»Seid ihr ganz sicher?«

Der Schatzmeister hob die Hände, formte damit einen Trichter vor dem Mund und rief: »Vor einer Stunde durchbrach er die Mittwärtstür und floh!«

»Falsch«, erwiderte Trymon. »*Wir* sind geflohen. Der Koffer verschwand einfach. Nun, ich glaube, ich kann meinen... Beobachtungsposten jetzt verlassen. Hat die Kiste sonst noch jemanden erwischt?«

Der Schatzmeister schluckte. Er war kein Zauberer, sondern ein gutmütiger, fröhlicher Mann, der durch die jüngsten Ereignisse nicht nur seinen Humor verloren hatte, sondern auch so wichtige Eigenschaften wie Zuversicht, Optimismus und den Glauben an eine gut geordnete Welt. Natürlich geschah es dann und wann, daß kleine Dämonen, bunte Lichter und halb materialisierte Trugbilder über den Campus wanderten, doch der unerbittliche Angriff des Koffers nährte seinen Argwohn, daß in der Unsichtbaren Universität nicht mehr alles mit rechten Dingen zuging. Der Versuch, der Truhe Einhalt zu gebieten, wäre ebenso erfolgversprechend gewesen wie der Ringkampf mit einem Gletscher.

»Sie... sie hat den Dekan der Freien Studien verschluckt, Herr«, antwortete er.

Trymon strahlte. »Alles hat seine guten Seiten«, murmelte er.

Gemächlich ging er die lange Wandeltreppe herab. Nach einer Weile umspielte ein dünnes, zufriedenes Lächeln seine Lippen. Langsam fand er Gefallen an der allgemeinen Entwicklung.

Natürlich gab es eine Menge zu organisieren. Und genau das war Trymons Lieblingstätigkeit.

Der Felsen sauste über eine weite Hochebene, und das aus Luft bestehende Kielwasser zerriß Schneewehen, die sich nur wenige Meter unter dem großen Steinblock befanden. Belafon hastete dauernd hin und her, schmierte hier Mistelsalbe auf kantigen Granit und zeichnete dort eine Rune, während Rincewind sich ganz seiner Mischung aus Entsetzen und Erschöpfung hingab. Zweiblum nutzte die Gelegenheit, sich Sorgen um seinen Koffer zu machen.

»Dort oben!« schrie der Druide, um das Heulen des Fahrtwindes zu übertönen. »Seht nur – der große Himmelscomputer!«

Rincewind schlug die Hände vors Gesicht, war jedoch nicht konsequent genug, die Augen zu schließen. Durch die Lücken zwischen den Fingern sah er eine gewaltige Konstruktion aus grauen und schwarzen Felsplatten, die konzentrische Kreise und dunkle, labyrinthene und unheimlich anmutende Tunnel bildeten. Die Vorstellung, daß Menschen jene Bergkinder bewegt hatten, erschien ihm völlig absurd. Nein, es kamen nur Riesen in Frage, die...

»Sieht aus wie eine Ansammlung vieler Felsen«, bemerkte Zweiblum nüchtern.

Belafon zögerte und brach eine magische Beschwörung ab.

»Was?« fragte er drohend.

»Wirklich hübsch«, sagte der Tourist hastig. Er suchte nach einem angemessenen Ausdruck. »Ethnisch und urwüchsig«, entschied er.

Der Druide versteifte sich. *»Hübsch?«* wiederholte er. »Ein Triumph der Siliciumtechnik, ein Wunderwerk moderner Steinmetzkunst — *hübsch*?«

»Oh, ja«, bestätigte Zweiblum, für den Sarkasmus nur ein Wort mit neun Buchstaben war, das mit S anfing.

»Was bedeutet ›ethnisch‹?« erkundigte sich der Druide mißtrauisch.

»Es ist ein Synonym für ›ungeheuer beeindruckend‹«, warf Rincewind besorgt ein. »Übrigens: Die Landung steht kurz bevor, und wenn ich mich recht entsinne, hast du in diesem Zusammenhang einige Probleme erwähnt. Daher wäre ich dir sehr dankbar, wenn du dich wieder auf den Felsen konzentrieren würdest...«

Belafon drehte sich um, brummte mürrisch und lehnte es ab, sich von solchen Hinweisen besänftigen zu lassen.

Der Felsen wurde langsamer, wandte sich in einer aufgewirbelten Schneewolke zur Seite und schwebte über dem Kreis. Weiter unten vollführte ein Druide komplizierte Gesten mit zwei Mistelzweigen, und Belafon lenkte den massiven Steinblock geschickt tiefer. Es ertönte nur ein leises Klicken, als er weich auf zwei säulenartigen Pfosten landete.

Rincewind ließ den angehaltenen Atem zischend entweichen. Sein Seufzer ergriff sofort die Flucht und verbarg sich irgendwo.

Eine Leiter knallte an den Rand des Felsens, und ein älterer Druide, der genau den Vorstellungen Rincewinds entsprach, starrte über den Rand. Er bedachte die beiden Passagiere mit einem verwunderten Blick und wandte sich an Belafon.

»Wurde auch verdammt Zeit, daß du kommst«, sagte er. »Nur noch sieben Wochen bis Silvester, und das blöde Ding ist schon wieder defekt.«

»Hallo, Zakriah«, erwiderte Belafon. »Worum geht's denn diesmal?«

»Irgendwo steckt der Wurm drin«, knurrte der alte Druide, und Rincewind dachte an Würmer, die Granit, Schiefer und Silicium für Leckerbissen hielten. »Heute hat der Computer den Sonnenaufgang drei Minuten zu früh vorhergesagt. Wenn das keine Fehlfunktion ist!«

Belafon kletterte die Leiter hinunter und geriet außer Sicht. Die beiden Passagiere sahen sich kurz an und starrten in den weiten, offenen Bereich des Innenkreises.

»Und jetzt?« fragte Zweiblum.

»Was hälst du von einem Nickerchen?« schlug Rincewind vor.

Der Tourist schenkte ihm keine Beachtung und griff nach den Sprossen.

Druiden hockten am Rande der steinernen Konstruktion, schlugen mit kleinen Hämmern auf die Megalithen ein und horchten konzentriert. Einige der großen Steine lagen auf der Seite — vor ihnen hatten sich weitere Granitcomputer-Experten versammelt, untersuchten die Felsen eingehend und führten hitzige Debatten. Rincewind vernahm geheimnisvoll und mystisch klingende Bemerkungen wie:

»Es kann sich nicht um Software-Inkompatibilität handeln: Der Gesang der Zertretenen Spirale wurde *extra* für konzentrische Kreise geschaffen, du Idiot...«

»Ich meine, wir sollten das Ding wieder in Betrieb nehmen und es mit einem schlichten Mondritual versuchen...«

»Na schön, na schön. Mit den Steinen ist alles in Ordnung. Nur das Universum spielt verrückt...«

Im Erschöpfungsnebel hinter Rincewinds Stirn formten sich Erinnerungsbilder, die ihm einen gräßlichen, roten Stern zeigten. In der vergangenen Nacht *war* das Universum übergeschnappt.

Was hatte ihn nach dem Sturz vom Rande der Welt auf die Scheibe zurückgebracht?

Der Zauberer gewann den Eindruck, daß sich die Antworten in seinem Kopf verbargen — und daß noch etwas anderes die Szene weiter unten beobachtete. Durch seine Augen.

Der Zauberspruch verließ sein Versteck in den dunklen Labyrinthen von Rincewinds Bewußtsein, saß frisch, fromm, fröhlich, frei im vordersten Hirnrang und knabberte mentales Popcorn.

Der Magier versuchte, ihn zurückzudrängen — und die Welt um ihn herum löste sich auf...

Finsternis umgab ihn, warme, muffige Schwärze. Die Dunkelheit eines Grabes. Rincewind kam sich plötzlich wie eine Mumie vor, die seit Jahrtausenden darauf wartete, aus einem Sakrophag befreit zu werden.

Er roch modriges Leder und altes Pergament, das raschelte.

Er zweifelte nicht daran, daß die Finsternis unvorstellbare Schrecken bereithielt — und das Problem mit unvorstellbaren Schrecken bestand darin, daß man sie sich nur allzu leicht vorstellen konnte...

»Rincewind«, ertönte eine Stimme, die so klang, als unternähme eine Eidechse erste Sprechversuche.

»Äh«, erwiderte er. »Ja?«

Die Stimme kicherte — ein seltsames Geräusch, wie knisterndes Papier.

»Du solltest eigentlich fragen: ›Wo bin ich?‹«, sagte sie.

»Ich bin mir nicht sicher, ob ich das wissen möchte«, brummte Rincewind. Er versuchte, die Dunkelheit mit seinen Blicken zu durchdringen. Allmählich gewöhnten sich seine Augen an die Finsternis, und nach einiger Zeit glaubte er etwas zu erkennen – etwas Vages, das matt glühte und in der Schwärze vor ihm seltsame Linien bildete. Es wirkte sonderbar vertraut.

»Na gut«, sagte er schließlich. »Wo bin ich?«

»Du träumst.«

»Kann ich jetzt bitte aufwachen?«

»Nein«, meldete sich eine zweite Stimme, so alt und trocken wie die erste, aber doch ein wenig anders.

»Wir müssen dir eine sehr ernste Mitteilung machen«, verkündete ein drittes Etwas, das noch leichenartiger klang. Rincewind nickte verwirrt. Im hinteren Gewölbe seines Bewußtseins lag der Zauberspruch auf der Lauer und spähte vorsichtig über die mentale Schulter des Magiers.

»Du hast uns ziemliche Probleme bereitet, junger Rincewind«, fuhr die Stimme fort. »Wie kann man nur über den Rand der Welt fallen, ohne vorher um Erlaubnis zu fragen? Weißt du, wir mußten die ganze Realität verändern.«

»Meine Güte.«

»Und jetzt erwartet dich eine bedeutsame Aufgabe.«

»Oh. Meinetwegen.«

»Vor vielen Jahren sorgten wir dafür, daß sich einer von uns in deinem Kopf versteckte, denn wir sahen voraus, daß du eines Tages eine recht wichtige Rolle spielen würdest.«

»Ich? Warum?«

»Du läufst dauernd weg«, ließ sich eine der anderen Stimmen vernehmen. »Und das ist gut so. Du verstehst es, zu überleben.«

»Zu überleben? Lieber Himmel, ich weiß gar nicht mehr, wie oft ich fast gestorben wäre.«

»Eben – fast.«

»Oh!«

»Aber versuch bitte nicht, noch einmal über den

Rand der Scheibe zu fallen. Das können wir nicht zulassen.«

»Wer ist *wir*?« fragte Rincewind zögernd.

Es raschelte in der Dunkelheit.

»Zu Anfang war das Wort«, sagte eine knochentrockene Stimme rechts hinter ihm.

»Nein, das Ei«, widersprach eine andere. »Ich erinnere mich genau. Das Große Ei des Universums. Ein wenig ledrig.«

»Wenn ihr's wissen wollt: Ihr irrt euch beide. Ich bin sicher, es war der primordiale Schleim.«

Eine Stimme neben Rincewinds Knie meinte: »Nein, der kam erst später. Zuerst wölbte sich das Firmament. Ins Unendliche. Ziemlich klebrig, wie Zuckerwatte. Sogar sirupartig, wenn ihr mir diesen Ausdruck gestattet...«

»Falls sich jemand dafür interessiert...«, erklang eine knarrende Stimme dicht unter Rincewinds linkem Ohr. »Ihr liegt alle völlig daneben. Zu Anfang war das Große Räuspern...«

»...und dann das Wort...«

»...nein, der Schleim...«

»Entschuldigt bitte: ein ledriges Ei...«

Kurze Stille folgte, bevor jemand schlichtend bemerkte: »Nun, was auch immer es gewesen sein mag: Wir erinnern uns genau daran.«

»Allerdings!«

»Und ob.«

»Und wir müssen das bewahren, was auf den Anfang folgte, Rincewind.«

Der Magier zwinkerte, doch die Finsternis blieb schwarz. »Würdet ihr mir bitte erklären, wovon ihr überhaupt sprecht?«

Er hörte ein papiernes Seufzen. »Ich glaube, wir müssen deutlicher werden«, sagte eine der Stimmen. »Weißt du, Rincewind: Es ist überaus wichtig, daß du den Zauberspruch in deinem Kopf hütest und ihn rechtzeitig zurückbringst, so daß wir alle zum genau richtigen Zeitpunkt ausgesprochen werden können. Verstehst du?«

So daß wir ausgesprochen *werden können?* dachte Rincewind.

Und langsam begriff er, woher das Glühen in der Schwärze vor ihm stammte – von Schriftzeichen, die er durch eine Buchseite sah.

»Ich bin *im* Oktav?« fragte er.

»In gewisser, metaphysischer Weise«, erklärte eine der Stimmen wie beiläufig. Sie kam näher. Der Magier spürte trockenes Rascheln direkt vor seiner Nase...

Er wirbelte herum und ergriff die Flucht.

Der einzelne rote Stern wuchs, umgeben von Schwärze, in der keine anderen Lichter flackerten. Trymon trug noch immer die Zeremonienrobe seiner feierlichen Amtseinführung als neues Oberhaupt des Ordens, und er wurde das Gefühl nicht los, daß die unheilvoll schimmernde Scheibe weiter anschwoll, während er sie beobachtete. Schaudernd wandte er sich vom Fenster ab.

»Nun?« fragte er.

»Es ist ein Stern«, sagte der Astrologieprofessor. »Glaube ich jedenfalls.«

»Das *glaubst* du?«

Der Astrologe zwinkerte nervös. Sie befanden sich im Observatorium der Unsichtbaren Universität, und der winzige, rubinrote Diskus am Horizont starrte den Professor nicht finsterer an als Trymon.

»Tja, weißt du, das Problem ist: Bisher dachten wir, alle Sterne ähnelten mehr oder weniger unserer Sonne...«

»Du meinst, es handele sich um Feuerkugeln, die eine Meile durchmessen?«

»Ja. Aber dieser neue... Nun, er ist *groß*.«

»Größer als die Sonne?« fragte Trymon. Er hatte Feuerkugeln, die eine Meile durchmaßen, immer für recht beeindruckend gehalten, obgleich er Sterne prinzipiell mißbilligte. Durch sie wirkte der Himmel unordentlich.

»Ein ganzes Stück größer«, sagte der Astrologe langsam.

»Etwa größer als Groß-A'Tuins Kopf?«

Der Professor schien sich in seiner Haut nicht ganz wohl zu fühlen.

»Größer als Groß-A'Tuin und die Scheibenwelt zusammen«, erwiderte er schließlich. Hastig fügte er hinzu: »Wir haben es nachgeprüft und sind völlig sicher.«

»Das *ist* groß«, bemerkte Trymon. Das Wort ›riesig‹ kam ihm in den Sinn.

»Gewaltig«, pflichtete ihm der Astrologe bei. »Um nicht zu sagen: enorm.«

»Hm.«

Trymon wanderte über den weiten Mosaikboden des Observatoriums, der die Zeichen des Scheibenwelt-Tierkreises aufwies. Es waren insgesamt vierundsechzig, und das Spektrum reichte von Wezen, dem Doppelköpfigen Känguruh, bis hin zu Gahoolie, der Tulpenvase, — einer Konstellation von enormer religiöser Bedeutung, an die sich leider niemand mehr erinnerte.

Er blieb auf den blauen und goldenen Fliesen von Mubbo, der Hyäne, stehen, drehte sich langsam um.

»Besteht die Gefahr einer Kollision mit dem Stern?« erkundigte er sich.

»Ich fürchte ja«, sagte der Astrologe.

»Hm.« Trymon setzte sich erneut in Bewegung und zupfte nachdenklich an seinem Bart. Nach einigen Schritten verharrte er auf den Zeichen von Okjock, dem Verkäufer, und der Himmlischen Pastinake.

»Ich kenne mich in diesen Dingen nicht besonders gut aus«, gestand er ein. »Aber ich nehme an, ein solcher Zusammenstoß wäre alles andere als angenehm, oder?«

»Da hast du völlig recht, Herr.«

»Sterne sind heiß, nicht wahr?«

Der Professor schluckte. »Ja, Herr.«

»Würden wir verbrennen?«

»Im letzten Stadium. Vorher müssen wir mit Scheibenbeben, Überflutungen und Gravitationsanomalien rechnen. Außerdem verlören wir die Atmosphäre. Und ohne Luft ist das Atmen eine ziemlich problematische Angelegenheit.«

»Ah! Mit anderen Worten: Mangel an anständiger Organisation.«

Der Astrologe zögerte und nickte unsicher. »Das könnte man sagen, Herr.«

»Die Bevölkerung geriete in Panik?«

»Ja, Herr – bevor sie erstickt.«

»Hm«, brummte Trymon, ging über das Vielleichttor hinweg und näherte sich der Himmelskuh. Einmal mehr beobachtete er das rote Glühen am Horizont – und schien sich zu einer Entscheidung durchzuringen.

»Wir haben vergeblich nach Rincewind gesucht«, stellte er fest. »Und wenn wir ihn nicht finden können, bleiben die acht Zaubersprüche des Oktavs unvollständig. Andererseits glauben wir, daß Oktav lesen zu müssen, um eine Katastrophe zu verhindern. Warum ließ der Schöpfer das Buch sonst hier?«

»Vielleicht hat Er es vergessen«, warf der Astrologe ein.

»Die anderen Orden halten überall nach Rincewind Ausschau, von hier bis zur Mitte«, fuhr Trymon fort und zählte die einzelnen Punkte an den Fingern ab. »Sie gehen von der durchaus vernünftigen Annahme aus, daß jemand, der in eine Wolke fliegt, irgendwann wieder zum Vorschein kommen muß...«

»Es sei denn, die Wolke war mit Felsen vollgestopft«, meinte der Professor in einem unglücklichen und – wie sich kurz darauf herausstellte – erfolglosen Versuch, die Stimmung zu verbessern.

»Nun, eins steht fest: Irgendwann muß er wieder herunterkommen. Die Frage lautet nur: wo?«

»Um das herauszufinden, bietet sich uns eine ganz bestimmte Möglichkeit an.«

»Aha«, machte der Professor und lief, um nicht den Anschluß zu verlieren. Trymon marschierte gerade über Die Beiden Dicken Vettern.

»Und worin besteht diese Möglichkeit?«

Der Astrologe sah in zwei graue Augen, die so mild und sanft blickten wie die eines hungrigen Wolfs.

»Äh, wir warten einfach ab?« entgegnete er vorsichtig, auf alles gefaßt.

»Keineswegs! Wir nutzen die Gaben, die uns der Schöpfer überließ, machen von unserem Verstand Gebrauch und sehen zu Boden. Und was erkennen wir dort?«

Der Professor stöhnte innerlich und senkte den Kopf.

»Fliesen?« vermutete er.

»Ja, Fliesen. Und sie bilden was?« Trymon musterte ihn erwartungsvoll.

Der Astrologe schluckte der Verzweiflung nahe. »Den Tierkreis?«

»Stimmt! Wir brauchen also nur das genaue Horoskop Rincewinds zu erstellen, um seinen Aufenthaltsort in Erfahrung zu bringen!«

Der Astrologe grinste wie jemand, der gerade auf Treibsand getanzt hatte und nun festes Gestein unter den Füßen spürte.

»Dazu muß ich wissen, wo und wann er geboren wurde«, sagte er.

»Kein Problem. Ich habe in den Universitätsakten nachgesehen, bevor ich hierher kam.«

Der Professor blätterte in den Unterlagen und runzelte die Stirn. Er durchquerte den Raum, öffnete eine Schublade und holte astrologische Karten hervor. Noch einmal las er die Angaben. Er nahm zwei kompliziert wirkende Kompasse zur Hand, legte sie auf die Karten und rückte sie hin und her. Er griff nach einem kleinen Messingastroskop und drehte es behutsam. Er pfiff leise durch die Zähne. Er holte ein Stück Kreide aus der Tasche und kritzelte einige Zahlen auf die Tafel.

Unterdessen trat Trymon erneut ans Fenster und betrachtete das rote Glühen am Horizont. *Die Legende der Pyramide von Tsort ist deutlich genug,* dachte er. *Wer die Acht Zauberformeln ausspricht, während der Scheibenwelt Gefahr droht, erhält alles, was er sich wünscht. Und es dauert nicht mehr lange!*

Und er überlegte: *Ich kenne Rincewind. War er nicht der Trottel, der in unserer Novizenklasse die mit Abstand schlechtesten Noten bekam? Hat nicht einen magischen Knochen im Leib. Wenn ich ihn erwische, fällt es mir bestimmt nicht schwer, alle acht Zaubersprüche zusammenzubringen...*

Der Astrologe gab ein keuchendes »*Lieber Himmel!*« von sich, und Trymon drehte sich ruckartig um.

»Nun?«

»Ein faszinierendes Diagramm«, bemerkte der Professor atemlos. Tiefe Furchen bildeten sich in seiner Stirn. »Äußerst seltsam, um ganz genau zu sein.«

»Wie seltsam?«

»Rincewind wurde im Zeichen Der Kleinen Langweiligen Gruppe Blasser Sterne geboren, das, wie du sicher weißt, zwischen der Fliegenden Maus und der Verknoteten Kordel liegt. Es heißt, nicht einmal die Ahnen fanden irgendeine Art von Interesse an jener Konstellation, die...«

»Komm endlich zur Sache«, unterbrach ihn Trymon ungeduldig.

»Nun, für gewöhnlich steht das Zeichen in Verbindung mit Schachbrett-Tischlern, Zwiebelverkäufern, Herstellern von Gipsbildern, die eine nur geringe religiöse Bedeutung haben, und Leuten, die kein Zinn ausstehen. Es ist überhaupt kein Magier-Zeichen. Hinzu kommt, daß zum Zeitpunkt von Rincewinds Geburt der Schatten von Cori Celesti...«

»Die astrologischen Einzelheiten kannst du dir sparen«, knurrte Trymon. »Nenn mir endlich das Horoskop.«

Der Professor war recht stolz auf seine Berechnungen, seufzte enttäuscht und rückte die beiden Kompasse zurecht.

»Nun gut«, sagte er. »Es lautet folgendermaßen: ›Heute hast du Gelegenheit, neue Freunde zu gewinnen. Eine gute Tat mag überraschende Konsequenzen nach sich ziehen. Hüte dich davor, Druiden zu verärgern. Du wirst bald eine seltsame Reise beginnen. Salatgurken magst du besonders gern. Leute, die Messer auf dich richten, führen wahrscheinlich nichts Gutes im Schilde. Postskriptum: Das mit den Druiden ist ernst gemeint.‹«

»Druiden?« wiederholte Trymon nachdenklich. »Interessant...«

»Ist alles in Ordnung mit dir?« fragte Zweiblum.

Rincewind schlug die Augen auf.

Rasch stemmte er sich in die Höhe und packte den Touristen am Kragen.

»Ich will weg von hier!« sagte er drängend. »Am besten, wir brechen sofort auf!«

»Aber bald beginnt eine uralte, traditionelle Zeremonie!«

»Ist mir völlig egal, wie alt traditionelle Zeremonien sind! Ich möchte endlich wieder ein anständiges Kopfsteinpflaster unter den Füßen haben und den vertrauten Geruch von Jauchegruben genießen! Ich möchte dorthin zurück, wo es viele Leute, Feuer, Dächer, Wände und ähnlich erfreuliche Dinge gibt! Mit anderen Worten: Ich will nach *Hause!*«

Plötzlich sehnte er sich nach den verrauchten, dreckigen Straßen von Ankh-Morpork zurück. Er erinnerte sich an die prächtige Stadt im Frühling, wenn der schleimige Glanz des völlig verschmutzten Ankh-Flusses herrlicher schimmerte als sonst und man des Abends das Zwitschern der Vögel hören konnte — beziehungsweise ihr krächzendes Keuchen.

Tränen stiegen ihm in die Augen, als er sich an das Glitzern auf dem Dach des Tempels Kleiner Götter entsann, einem berühmten Wahrzeichen der Stadt, und in seinem Hals bildete sich ein Kloß, als ihm die Bratstände an der Ecke Kehrichtgasse und Der Straße Schlauer Kunsthandwerker einfielen. Er dachte an die Essiggurken, die dort angeboten wurden, an dicke grüne Dinger, die wie ertrunkene Wale in großen Einmachgläsern schwammen. Sie flüsterten Rincewind über eine Entfernung von vielen Meilen zu, versprachen, ihn leckeren eingelegten Eiern vorzustellen.

Er dachte an die gemütlichen Dachböden der Mietställe und warmen Heuschuppen, in denen er übernachtete. Es erschien ihm unglaublich und geradezu absurd, daß ihn dieses Leben früher einmal betrübt, ihn sogar gelangweilt hatte...

Ich bin nicht für Abenteuer geschaffen, überlegte er kummervoll. *Mir reicht's. Sollen andere Leute vom Rand der Welt fallen und auf Wolken spazierengehen. Ich kehre nach Hause zurück. He, Essiggurken, wartet auf mich...*

Er schob Zweiblum beiseite, zog sich seine zerknitterte Robe würdevoll enger um die Schultern, sah in die Richtung, in der er Ankh-Morpork vermutete — und trat mit einer erstaunlichen Mischung aus unerschütterlicher Entschlossenheit und bemerkenswerter Gedankenlosigkeit über die Kante eines neun Meter langen Triliths.

Während der zehn Minuten, die der besorgte und zerknirschte Zweiblum brauchte, um ihn aus einer hohen Schneewehe vor den Steinen zu graben, veränderte sich Rincewinds Gesichtsausdruck nicht. Der Tourist musterte ihn.

»Wie fühlst du dich?« fragte er und hob die Hand. »Wie viele Finger siehst du?«

»Ich will nach Hause!«

»Meinetwegen.«

»Nein, versuch bloß nicht, mir das auszureden. Ich hab die Nase voll. Ich würde gern sagen, daß mir unsere Reisen viel Spaß machten, aber das entspräche nicht ganz der Wahrheit. Und außerdem ...« Rincewind unterbrach sich. »Was hast du gesagt?«

»Meinetwegen«, wiederholte Zweiblum. »Ich würde Ankh-Morpork gern wiedersehen. Ich schätze, inzwischen ist der größte Teil der Stadt wiederaufgebaut.«

Es sollte hier erwähnt werden, daß Rincewind und Zweiblum die Stadt zum letztenmal gesehen hatten, als sie lichterloh brannte — das Feuer stand in einem gewissen Zusammenhang mit Zweiblums Erklärungen in Hinsicht auf die Vorzüge von Brandversicherungen, die bei der Bevölkerung zwar auf Interesse, aber nicht das notwendige Verständnis stießen. Doch die Morporkianer waren seit langem an Feuersbrünste gewöhnt, und wenn sie nach einer der vielen Katastrophen die Stadt fröhlich wiederaufbauten, verwendeten sie die traditionellen Materialien: zunderartiges Holz und Stroh, das mit Teer vor der Regennässe geschützt wurde.

»Oh«, erwiderte Rincewind verwirrt. »Oh, ich verstehe. Nun gut. Ausgezeichnet. Auf was warten wir dann noch?«

Er stand auf und klopfte den Schnee von der Hose.

»Ich schlage vor, wir gedulden uns bis morgen früh«, sagte Zweiblum.

»Warum?«

»Weil es ziemlich kalt ist, wir überhaupt nicht wissen, wo wir sind, der Koffer nach wie vor irgendwo herumirrt und es dunkel wird ...«

Rincewind zögerte. In den tiefen Schluchten seines Bewußtseins hörte er das leise Rascheln von uraltem Papier. Voller Unbehagen dachte er daran, daß sich seine Träume von jetzt an häufig wiederholen könnten. Er entschied, daß es wichtigere Dinge gab, als einigen Zaubersprüchen zuzuhören, die sich nicht einmal über den Beginn des Universums einigen konnten...

In der Hinterkammer seines Hirns flüsterte eine leise und trockene Stimme: *Was für Dinge?*

»Ach, sei still«, sagte Rincewind laut.

»Ich sagte doch nur, daß es ziemlich kalt ist und...«, begann Zweiblum.

»Ich meinte nicht dich, sondern mich.«

»Was?«

»Ach, sei still«, brummte Rincewind und seufzte. »Ob wir hier irgendwo was zu essen finden?«

Die großen Steine zeichneten sich als dunkle und bedrohlich wirkende Schatten vor dem grünen Licht der untergehenden Sonne ab. Im Innenkreis wimmelte es von Druiden, die im flackernden Schein mehrerer Feuer hin und her eilten und die notwendigen Peripheriekomponenten eines granitenen Computers justierten – zum Beispiel Widderschädel auf hohen Pfählen, geschmückt mit Mistelzweigen, Fahnen, die Knochen- und Schlangensymbole auswiesen, und dergleichen mehr. Jenseits des Feuerscheins warteten Dutzende von Bewohnern der Ebene: Druidenfeiern waren sehr beliebt, vor allen Dingen deswegen, weil meistens etwas schiefging.

Rincewind sah sich um.

»Was geht hier eigentlich vor?«

»Oh«, machte Zweiblum begeistert, »offenbar treffen die Druiden Vorbereitungen für ein jahrtausendealtes Ritual, mit dem die Wiedergeburt des Mondes – oder vielleicht auch die der Sonne – zelebriert werden soll. Allem Anschein nach handelt es sich um eine sehr ernste, erhabene und hochheilige Feier, mit einem guten Schuß stiller Ehrfurcht.«

Rincewind schauderte. Er begann sich immer Sorgen zu machen, wenn Zweiblum solche Formulierungen wählte. Wenigstens hatte er bisher darauf verzichtet, Ausdrücke wie ›malerisch‹ oder ›kurios‹ zu verwenden. Es war dem

Zauberer noch nicht gelungen, ein angemessenes Synonym für derartige Zustände zu finden. Er begnügte sich mit dem Wort ›Schwierigkeiten‹.

»Ich wünschte, der Koffer wäre hier«, sagte der Tourist in bedauerndem Tonfall. »Ich könnte meinen Bildkasten gebrauchen. Bestimmt steht uns ein sehr malerisches und kurioses Ereignis bevor.«

Ein aufgeregtes Murmeln ging durch die Reihen der Zuschauer: Wahrscheinlich stand der Beginn der Zeremonie unmittelbar bevor.

»Hör mal«, sagte Rincewind nervös. »Druiden sind Priester. Das darfst du nicht vergessen. Hüte dich davor, sie zu verärgern.«

»Aber...«

»Beleidige niemanden, indem du vorschlägst, einen der Felsen zu kaufen.«

»Aber ich...«

»Und red bloß nicht von kurioser einheimischer Folklore.«

»Ich dachte...«

»Und biete ihnen auf *keinen Fall* eine Versicherung an. Die Druiden hassen nichts mehr.«

»Aber es sind Priester!« wandte Zweiblum ein. Rincewind runzelte die Stirn.

»Ja«, sagte er. »Das erklärt alles, nicht wahr?«

Auf der gegenüberliegenden Seite des Außenkreises bildete sich eine Art Prozession.

»Priester sind freundlich und gutmütig«, behauptete Zweiblum. »In meiner Heimat wandern sie mit Bettelnäpfen umher.« Er fügte hinzu: »Das ist ihr einziger Besitz.«

»Aha«, sagte Rincewind und wußte nicht so recht, ob er den Touristen verstand. »Damit sammeln sie Blut, nicht wahr?«

»Blut?«

»Ja. Von Opfern.« Rincewind dachte an die Priester in

seiner Heimat. Natürlich hielt er es für wichtig, sich auch unter den Göttern keine Feinde zu machen, und aus diesem Grund hatte er häufig die Tempel besucht und dort an vielen Ritualen teilgenommen. Wenn er seine Erfahrungen in wenigen Worten zusammenfaßte, so liefen sie auf folgendes hinaus: In der Region des Runden Meeres traf die Bezeichnung ›Priester‹ in erster Linie auf Leute zu, die einen großen Teil ihrer Zeit damit verbrachten, bis zu den Achseln blutverschmiert zu sein.

Zweiblum starrte ihn entsetzt an.

»O nein«, entfuhr es ihm. »Bei mir zu Hause sind Priester heilige Männer, die sich einem Leben in Armut widmen, hart arbeiten und über die Natur Gottes philosophieren.«

Rincewind versuchte, sich mit einem derart exotischen Konzept anzufreunden.

»Keine Opfer?« fragte er zaghaft.

»Nein, absolut keine.«

Der Zauberer gab auf. »Nun«, sagte er. »*ich* halte solche Leute nicht für besonders heilig.«

Einige aus Bronze bestehende Trompeten tröteten, und Rincewind drehte sich um. Mehrere Druiden marschierten langsam und würdevoll an den Felsen vorbei; Mistelzweige baumelten an ihren langen Sicheln. Dutzende von jüngeren Priestern und Novizen folgten ihnen und hämmerten dabei auf diverse Schlaginstrumente ein. Vermutlich dienten sie normalerweise dazu, böse Geister zu verjagen — und Rincewind zweifelte nicht daran, daß sie ihren Zweck erfüllten.

Fackelschein projizierte aufregend dramatische Schattenmuster auf die hohen Steine, die bedrohlicher als jemals zuvor wirkten. Über der Mitte der Scheibenwelt schimmerte die Aurora Coriolis und verblaßte zwischen den Sternen, als eine Million Eiskristalle im magischen Feld der Scheibe glitzerten.

»Belafon hat mir alles erklärt«, flüsterte Zweiblum. »Wir

erleben jetzt eine Zeremonie, die so alt ist wie die Zeit selbst und dazu dient, die Einheit des Menschen mit dem Universum zu ehren — so lautete jedenfalls seine Auskunft.«

Rincewind schnitt eine Grimasse, als er die Prozession beobachtete. Die Druiden verharrten neben einem großen, flachen Felsen im Zentrum des Kreises, und dem Zauberer fiel eine sehr hübsche, wenn auch ein wenig blasse junge Frau in ihrer Mitte auf. Sie trug eine lange Robe aus strahlendem Weiß und eine goldene Halskette. Ihre Züge offenbarten vage Besorgnis.

»Ist sie eine Druidin?« fragte Zweiblum.

»Das glaube ich nicht«, erwiderte Rincewind gedehnt.

Die Druiden begannen zu singen. Es handelte sich um einen besonders dumpfen und unangenehm klingenden Gesang, der ganz den Eindruck erweckte, als wolle er in einem abrupten Crescendo enden. Der Anblick der jungen Frau, die nun auf dem großen Felsen lag, war nicht dazu angetan, Rincewind fröhlicher zu stimmen.

»Das möchte ich mir ansehen«, sagte Zweiblum. »Ich glaube, derartige Rituale gehen auf die primitive Vorzeit zurück, während der...«

»Ja, ja«, stöhnte Rincewind. »Falls es dich interessiert: Die Frau dort soll geopfert werden.«

Der Tourist starrte ihn verblüfft an.

»Du meinst, die Druiden wollen sie töten?«

»Ja.«

»Warum?«

»Keine Ahnung. Damit das Korn auf den Feldern wächst oder der Mond aufgeht. Was weiß ich. Vielleicht finden sie auch einfach nur Gefallen daran, irgendwelche Leute umzubringen. Soviel zur Religion.«

Kurze Zeit später bemerkte er ein brummendes Summen, nicht unbedingt ein Geräusch, sondern eher eine Vibration. Sie schien von einem nahen Stein auszugehen. Kleine Lichter tanzten wie Kobolde über den Granit.

Zweiblum öffnete den Mund, überlegte es sich dann anders und preßte die Lippen zusammen.

»Können sie keine Blumen, Beeren oder etwas in der Art verwenden?« fragte er schließlich. »Symbole für eine Opferung?«

»Nein.«

Rincewind ächzte. »Jetzt hör mir mal gut zu«, murmelte er. »Kein Hohepriester, der etwas auf sich hält, macht sich all die Mühe mit den Fahnen, Trompeten und der Prozession, um sein Messer dann in eine Narzisse und zwei Pflaumen zu stoßen. Begreif das doch endlich: Der ganze Kram mit goldenen Zweigen, dem Wechsel der Jahreszeiten und so weiter läuft immer wieder auf Sex und Gewalt hinaus, meistens zu gleichen Teilen.«

Zu seiner Überraschung stellte er fest, daß Zweiblums Lippen zitterten. Er betrachtete die Welt nicht etwa durch eine rosarote Brille, sondern durch ein rosarotes Hirn – und hörte mit rosaroten Ohren.

Rincewind hatte sich nicht geirrt: Das Lied steuerte unaufhaltsam einem schrillen Höhepunkt zu. Das Oberhaupt der Druiden prüfte die Schärfe der Sichel, und alle Blicke galten einer Felsnadel auf dem schneebedeckten Hügel hinter dem Steinkreis. Publikum und Protagonisten warteten auf den Gastauftritt des Mondes.

»Es hat keinen Zweck, daß du ...«

Rincewind brach ab, als er merkte, daß Zweiblum gar nicht mehr neben ihm stand.

Die öde Landschaft außerhalb des Steinkreises war keineswegs so leblos, wie man meinen konnte. Zum Beispiel näherten sich gerade einige von Trymon alarmierte Zauberer.

Des weiteren verbarg die Dunkelheit eine kleine und einsame Gestalt, die hinter einem umgestürzten Felsen hockte. Der größte Held der Scheibenwelt beobachtete das Geschehen im Steinkreis mit erheblichem Interesse.

Er sah die Prozession der Druiden, hörte ihren Gesang, kniff die Augen zusammen, als das Oberhaupt seine Sichel hob...

Und vernahm plötzlich eine andere Stimme, die sich an den Hohepriester wandte.

»Entschuldige bitte, wenn ich dich unterbreche. Ich möchte dich auf etwas aufmerksam machen, wenn du gestattest.«

Rincewind sah sich verzweifelt um und hielt vergeblich nach einem Fluchtweg Ausschau. Zweiblum stand neben dem Altarstein und hob in einer Geste höflicher Entschlossenheit die Hand.

Der Zauberer erinnerte sich an einen ähnlichen Zwischenfall: Einmal waren sie einem Viehtreiber begegnet, und Zweiblum wies den Mann darauf hin, er behandle die Tiere zu grob. Als Folge dieses freundlichen Hinweises machte Rincewind die Bekanntschaft von harten Hufen und einer zornig geschwungenen Peitsche.

Die Druiden starrten Zweiblum groß an und trugen dabei Mienen zur Schau, die sie sonst für tollwütige Schafe oder einen plötzlichen Krötenregen reserviert hatten. Rincewind konnte nicht hören, was der Tourist sagte, aber der Wind trug einige Bemerkungen wie ›ethnische Kulturgebote‹ und ›Nüsse und Blumen‹ über das verblüfft schweigende Publikum. Dann preßte sich dem Magier eine klauenartige Hand auf den Mund, und die Spitze eines außerordentlich scharfen Messers berührte seinen Adamsapfel. Eine dumpfe Stimme dicht neben ihm sagt: »Fei ganz ftill, wenn dir waf an deinem Leben liegt.«

Rincewinds Augen rollten hin und her, als wollten sie sich aus ihren Höhlen lösen.

»Wenn ich ganz still sein soll, woher willst du dann wissen, ob ich dich verstanden habe?« hauchte er.

»Halt die Klappe und fag mir, waf der Idiot da drüben macht!«

»Nun, äh, ich kann doch nicht einerseits die Klappe halten, wie du dich auszudrücken beliebst, und dir andererseits erklären, was...« Die Messerspitze an der Kehle ritzte seine Haut, und daraufhin beschloß Rincewind vorsichtshalber, logische Gedanken auf einen späteren Zeitpunkt zu verschieben.«

»Er heißt Zweiblum und kennt sich mit den hiesigen Gepflogenheiten nicht sehr gut aus.«

»Dachte ich mir fon. Ein Freund von dir?«

»Tja, ich glaube, wir können uns gegenseitig nicht ausstehen, wenn du das meinst...«

Rincewind unternahm den erfolglosen Versuch, einen Blick auf den Mann hinter ihm zu werfen. Sein Körper schien aus Kleiderbügeln zu bestehen, und außerdem roch er stark nach Pfefferminz.

»Er hat Mumm, daf muf ich ihm laffen. Fo, wenn du genau daf tuft, waf ich dir fage, machen ihn die Druiden vielleicht nicht zu Hackfleif.«

»Hrargh.«

»Weift du, die Leute hier find nicht befonderf ökumenif.«

Genau in diesem Augenblick erinnerte sich der Mond an das Gesetz der Überzeugungskraft, doch er schien nicht bereit zu sein, sich an die Gebote der Computerwissenschaft zu halten: Er ging keineswegs dort auf, wo er erwartet wurde.

Über dem heiligsten Felsen des Steinkreises glühte statt dessen ein unheilvoll leuchtender roter Stern, flackerte wie ein Funke im Auge des Todes. Er bot einen schrecklichen Anblick, und Rincewind konnte sich nicht des Eindrucks erwehren, daß er ein wenig größer war als am vergangenen Abend.

Die versammelten Priester stöhnten entsetzt, und das Publikum wagte sich näher, hielt die jüngsten Ereignisse offenbar für vielversprechend.

Rincewind spürte, wie ihm der unbekannte Bedroher

den Griff eines Messers in die Hand drückte, und erneut erklang die glucksende Stimme: »Haft du in folchen Dingen Erfahrung?«

»In was für Dingen?«

»Ich meine: in einen Tempel ftürmen, die Priefter erledigen, Gold ftehlen, ein Mädchen retten und abhauen.«

»Ich schlage vor, wir beschränken uns auf den letzten Punkt.«

»Kommt nicht in Frage. Lof geht'f.«

Zwei Zentimeter neben Rincewinds linkem Ohr ertönte plötzlich ein Kreischen, das nur von einem wilden Pavian stammen konnte, dem man gerade die Banane weggenommen hatte. Nur einen Sekundenbruchteil später raste eine kleine, drahtige Gestalt an ihm vorbei.

Im Licht der Fackeln erkannte er einen ziemlich alten Mann, ein greises Exemplar jener dürren Subspezies, die man üblicherweise ›rüstig‹ nannte. Der Kopf war völlig kahl, und der Bart reichte ihm fast bis zu den Knien. Die Beine schienen zwei abgeschnittene Stelzen darzustellen, auf denen hervortretende Adern die Straßenkarte einer recht großen Stadt bildeten. Trotz des Schnees trug er nur eine mit eisernen Beschlägen versehene Lederkombination und Stiefel, die einem zweiten Paar Füße ausreichend Platz geboten hätten.

Die beiden ersten Druiden, denen sich der Greis näherte, wechselten einen verwunderten Blick und hoben ihre Sicheln. Ein kurzes Durcheinander folgte, und dann sanken die Priester zu Boden, wobei sie seltsame, gurgelnde Geräusche von sich gaben.

Rincewind nutzte die sich daran anschließende Aufregung, um sich dem Altarstein zu nähern. Er verbarg das Messer hinter dem Rücken, um keine unerwünschte Aufmerksamkeit zu erregen. Tatsächlich schenkte ihm kaum jemand Beachtung: Die Druiden, die den Kreis noch nicht verlassen hatten — überwiegend die jüngeren und muskulöseren —, hielten auf den alten Mann zu. Wahrscheinlich beabsichtigten sie, ein ernstes Gespräch mit ihm zu führen, bei dem es vor allen Dingen um Steinkreise betreffende Sakrilege ging. Doch das Poltern, Rasseln, Ächzen, Knurren und Knacken (von Knochen) deutete darauf hin, daß sich der Greis zum Wortführer der Debatte machte.

Zweiblum beobachtete den Kampf interessiert. Rincewind packte ihn am Arm.

»Verschwinden wir von hier«, sagte er.

»Sollten wir ihm nicht helfen?«

»Bestimmt wären wir ihm nur im Weg«, stieß der Zauberer hastig hervor. »Du weißt ja, wie es ist, wenn man zu tun hat und einem irgendwelche Leute über die Schulter sehen.«

»Wir müssen wenigstens die junge Frau retten«, erwiderte Zweiblum fest.

»Na gut. Aber beeil dich!«

Zweiblum nahm das Messer und hastete zum Altarstein. Nach einigen ungeschickten Schnitten gelang es ihm endlich, die Fesseln des Mädchens zu lösen. Es richtete sich auf und begann zu weinen.

»Es ist alles in Ord...« begann der Tourist.

»Pustekuchen!« entgegnete die Frau scharf und starrte ihn aus tränenfeuchten Augen an. »Warum mußtet ihr alles verderben?« Schluchzend hob sie den Saum ihrer Robe und putzte sich die Nase.

Zweiblum bedachte Rincewind mit einem verlegenen Blick.

»Äh, ich glaube, du verstehst nicht ganz«, sagte er. »Ich meine, wir haben dich gerade vor dem absolut sicheren Tod gerettet.«

»Ach, das Leben in dieser Gegend ist nicht leicht«, antwortete die junge Frau. »Weißt du, es ist schwierig, nicht die...« Sie errötete und zupfte verlegen an ihrem Gewand. »Ich wollte sagen: Es ist nicht leicht, Jung... äh, ein Mädchen zu bleiben und die... die Qualifikation zu wahren.«

»Qualifikation?« echote Zweiblum verwirrt und gewann damit den Rincewind-Preis für die größte Begriffsstutzigkeit im ganzen Multiversum. Die Gerettete kniff die Augen zusammen.

»Ich könnte jetzt bereits bei der Mondgöttin sein und süßen Met aus einem silbernen Becher trinken«, sagte sie vorwurfsvoll. »Acht Jahre lang bin ich jeden Samstagabend zu Hause geblieben – und jetzt ist all die Enthaltsamkeit für die Katz!«

Sie musterte Rincewind mit finsterer Miene.

Der Zauberer spürte irgend etwas. Vielleicht war es ein leiser, kaum hörbarer Schritt, möglicherweise eine Bewegung, die er aus den Augenwinkeln bemerkte. Wie dem auch sei: Er reagierte sofort und duckte sich.

Ein scharfkantiger Gegenstand sauste dicht über ihn hinweg, verfehlt das Ziel – seinen Nacken – und streifte den kahlen Kopf Zweiblums. Rincewind wirbelte herum und sah, wie der Erzdruide mit seiner Sichel zu einem neuerlichen Hieb ausholte. Da ein Fluchtversuch nicht den geringsten Sinn gehabt hätte, trat er ebenso kräftig wie verzweifelt zu.

Seine Stiefelspitze traf die Kniescheibe des Priesters. Der Mann schrie auf, und als er seine Waffe fallen ließ, vernahm Rincewind ein leises Knirschen. Die in eine Kutte gehüllte Gestalt hielt sich noch ein und zwei Sekunden lang auf den Beinen, bevor sie zu Boden sank und sich nicht mehr rührte. Der Winzling mit dem langen Bart zog die Schwertklinge aus dem Körper des Druiden, wischte sie mit Schnee ab und sagte: »Mein Hexenschuf ift kaum auszuhalten. Kannft du den Fatz tragen?«

»Schatz?« krächzte Rincewind.

»All die Halfketten und daf übrige Zeug«, erwiderte der alte Mann undeutlich. »Die goldenen Ringe und der andere Kram. Hier wimmelt'f nur fo davon. Die Priefter ftehen auf folchen Plunder. Find ganz verrückt danach. Übrigenf: Wer ift daf?« Er deutete auf die junge Frau.

»Sie will nicht, daß wir sie retten«, erklärte Rincewind. Das Opfermädchen wischte sich die Tränen aus den

Augen, verschmierte dabei ihren Lidschatten und sah den alten Mann herausfordernd an.

»Daf haben wir gleich«, sagte er, hob sie einfach hoch, schwankte ein wenig, beklagte grummelnd seine Arthritis und fiel.

Er blieb auf dem Bauch liegen, winkelte die Arme an und stützte das Kinn auf die Hände. »Fteh nicht einfach fo herum, du blöde Ziege – hilf mir hoch.« Rincewind war mindestens so erstaunt wie die junge Frau, als sie der Aufforderung nachkam.

Der Zauberer erinnerte sich an Zweiblum und wandte sich dem Touristen zu. Blut tropfte aus einer kleinen Schläfenwunde, die jedoch nicht besonders tief zu sein schien. Dennoch hatte er das Bewußtsein verloren, und ein leicht besorgt wirkendes Lächeln war auf seinen Lippen erstarrt. Zweiblum atmete flach und... irgendwie seltsam.

Und der Körper fühlte sich überraschend leicht an, nicht nur *unter*gewichtig, sondern gewichts*los*. Ebensogut hätte der Magier einen Schatten tragen können.

Rincewind entsann sich des Gerüchts, das besagte, Druiden verwendeten sonderbare und grauenhafte Gifte. Natürlich stammten solche Behauptungen vorwiegend von Leuten, die auch meinten, Halunken könne man an stechenden Augen erkennen, und die sich mit Weisheiten rühmten, wie zum Beispiel: »Der Blitz schlägt nie zweimal ins gleiche Haus« und »Wenn es die Absicht der Götter gewesen wäre, den Menschen fliegen zu lassen, so hätten sie ihm ein Flugticket gegeben«. Doch das so verblüffend geringe Gewicht Zweiblums beunruhigte Rincewind. Es jagte ihm sogar einen gehörigen Schrecken ein.

Er drehte den Kopf und beobachtete die junge Frau. Die warf sich den Greis über die eine Schulter und beantwortete den Blick des Zauberers mit einem entschuldigenden Lächeln. Irgendwo hinter ihr, im Bereich des verlängerten Rückens, brummte jemand: »Allef klar? Dann laft unf gehen, bevor die Kerle zurückkommen.«

Es fiel Rincewind nichts besseres ein, als sich Zweiblum unter den Arm zu klemmen und dem Mädchen zu folgen.

Der Greis hatte sein Pferd in einem schneegefüllten Graben zurückgelassen, ein ganzes Stück von den Steinkreisen entfernt. Rincewind bemerkte es erst, als er dicht davorstand: In der weißen Landschaft stellte das helle und glänzende Fell eine vorzügliche Tarnung dar. Es sah wie ein wahrhaft prächtiges Streitroß aus, doch dieser Eindruck wurde ein wenig von dem Hämorrhoidenring geschmälert, der am Sattel hing.

»In Ordnung, laf mich jetzt runter. In der Fatteltasche befindet fich eine kleine Flasche mit Falbe. Wenn du fo freundlich wärft...«

Rincewind lehnte den immer noch reglosen und bemerkenswert leichten Zweiblum so behutsam wie möglich an einen Baumstamm. Im hellen Licht des Mondes – und dem Glühen des roten Unheilssterns, wie er feststellen mußte – musterte er den alten Mann.

Der Greis hatte nur ein Auge; das andere verbarg sich unter einer schwarzen Lederklappe. Ein komplexes Netzmuster aus Narben zierte den dürren Körper, und Rincewind beobachtete auch deutliche Anzeichen einer ausgeprägten Sehnenentzündung. Die Zähne waren ihm wahrscheinlich schon vor Jahren ausgefallen.

»Wer bist du?« fragte der Magier.

»Bethan«, antwortete die junge Frau und rieb eine stinkende grüne Masse auf den Rücken des alten Mannes. Ihre Antwort auf die Frage, was sie von jemandem erwartete, der ihr auf einem weißen Roß zu Hilfe eilte und sie davor bewahrte, als Jungfrau der Mondgöttin geopfert zu werden, hätte bestimmt nicht das Wort ›Salbe‹, sondern eher Ausdrücke wie ›Himmelbett‹, ›kuschelige Kissen‹ und ›romantische Nacht‹ enthalten. Aber sie nahm die Enttäuschung hin und knetete den Rücken des Greises so, als warteten Haut und Knochen nur darauf, von ihr in eine andere Form gepreßt zu werden. Vielleicht hoffte sie, den Kriegeropa auf diese Weise in den ersehnten Märchenprinzen verwandeln zu können. Rincewind gestattete sich vagen Zweifel.

»Ich meinte ihn«, sagte er.

Ein hell funkelndes Auge sah ihn an.

»Ich heife Cohen, mein Junge.« Bethans Hände erstarrten förmlich.

»Cohen?« sagte sie. »Cohen, der Barbar?«

»Genau der, Täubchen.«

»He, einen Augenblick«, wandte Rincewind ein. »Cohen ist ein großer, bulliger, stiernackiger Bursche, der vor Kraft kaum laufen kann. Ich meine: Er ist der berühmteste Krieger der ganzen Scheibenwelt, eine lebende Legende. Ich erinnere mich deutlich daran, daß mir mein Großvater von ihm erzählte... mein... mein *Großvater*...«

Er brach ab, als er den durchdringenden Blick des Greises bemerkte.

»Oh.« Er schluckte. »Oh, ja, natürlich. Ich verstehe.«

»Fo ift daf nun einmal«, sagte Cohen und seufzte. »Auch für Helden bleibt die Zeit nicht ftehen. Legenden find da weitauf widerftandffähiger.«

»Meine Güte«, sagte Rincewind. »Wie alt bist du jetzt?«

»Fiebenachtzig.«

»Aber du warst der Beste und Größte!« entfuhr es Bethan. »Die Barden rühmen dich noch immer in ihren Liedern.«

Cohen zuckte mit den Schultern, verzog das Gesicht und stöhnte leise.

»Leider bekomme ich keine Tantiemen dafür«, sagte er und starrte niedergeschlagen in den Schnee. »Daf ift die Gefichte meinef Lebenf. Ich bin feit achtzig Jahren im Gefäft, und waf habe ich davon? Rückenfmerzen, Hämorrhoiden, Verdauenfftörungen und mindeftenf hundert verfiedene Rezepte für Fuppen. Fuppen! Ich haffe Fuppen!«

Bethan runzelte die Stirn. »Fuppen?«

»Suppen«, erklärte Rincewind.

»Ja, Fuppen«, bestätigte Cohen kummervoll. »Wegen meiner Zähne, wifft ihr. Niemand nimmt jemanden ernft, der keine Zähne mehr hat. Die Leute fagen nur immer: ›He, Opa, fetz dich anf Feuer und iff ein wenig Fuppe...‹« Cohen kniff das Auge zusammen. »Du haft einen ziemlich üblen Huften, mein Junge.«

Rincewind wandte sich von ihm ab und mied Bethans Blick. Dann zuckte er plötzlich zusammen. Zweiblum lehnte noch immer friedlich und bewußtlos am Baumstamm, wirkte so vorwurfsvoll, wie es sein gegenwärtiger Zustand erlaubte.

Cohen schien sich ebenfalls an ihn zu erinnern. Ungelenk stand er auf und schlurfte zu dem Touristen. Er hob beide Lider des Ohnmächtigen, untersuchte die Schläfenwunde, fühlte auch den Puls.

»Er ift hinüber«, sagte er.

»Meinst du, er ist... tot?« fragte Rincewind erschrokken. Im Diskussionssaal seines Bewußtseins erhoben sich mehrere Gefühle und begannen zu schreien. Erleichterung hielt einen längeren Vortrag, wurde jedoch von Schock unterbrochen, der einen Antrag zur Geschäftsordnung stellte. Verblüffung, Entsetzen und Bedauern begannen eine hitzige Debatte, die erst endete, als Scham aus dem Nebenzimmer hereinkam, um festzustellen, was es mit dem Durcheinander auf sich hatte.

»Nein«, erwiderte Cohen nachdenklich. »Nicht unbedingt. Er ift einfach nur... verfwunden.«

»Verschwunden? Wohin?«

»Keine Ahnung«, sagte der Barbar. »Aber ich kenne eine Perfon, die unf den Weg weifen könnte.«

Weit draußen in der schneebedeckten Landschaft glühten einige rote Lichter in schwarzer Nacht.

»Er ist nicht mehr weit entfernt«, sagte der Zauberer,

der die Suchgruppe leitete. Er starrte in eine kleine Kristallkugel.

Das Brummen und Murmeln der anderen Magier hinter ihm bedeutete ungefähr folgendes: Ganz gleich, welche Distanz sie noch von Rincewind trennte – sie konnte kaum größer sein als die zu einem angenehm warmen Bad, einer ordentlichen Mahlzeit und einem herrlich weichen Bett.

Der Zauberer, der den Abschluß bildete, blieb plötzlich stehen und sagte: »Horcht!«

Sie lauschten und hörten, wie der Winter seine Herrschaft über das Land festigte! Felsen knackten leise in der Kälte, und unter der dicken Schneedecke krochen kleine Tiere durch ihre unterirdischen Baue. In einem fernen Wald heulte ein Wolf und brach beschämt ab, als ihm niemand antwortete. Das silberne Licht des Mondes glitt mit einem leisen Knistern über die Ebene. Darüber hinaus erklang auch noch das dumpfe Schnaufen von sechs Zauberern, die versuchten, möglichst leise zu atmen.

»Ich kann überhaupt nichts...« begann einer.

»Pscht!«

»Schon gut, schon gut...«

Dann vernahmen sie es alle: ein leises, beständiges Knirschen. Irgend etwas eilte ziemlich schnell über die Schneekruste.

»Wölfe?« fragte einer der Magier. Seine Gefährten stellten sich mindestens hundert zottige hungrige Körper vor, die durch die Finsternis stürmten.

»N-nein«, antwortete der Anführer. »Das Geräusch ist zu gleichmäßig. Vielleicht ein Kurier?«

Das Knirschen wurde lauter, ein anschwellender, monotoner Rhythmus, so als stopfe jemand Sellerie in sich hinein und finde immer größeren Gefallen daran.

»Ich beschwöre einen Blitz«, verkündete der Anführer. Er griff nach einer Handvoll Schnee und preßte ihn zu einem Ball zusammen, den er in die Höhe warf. Unmittelbar darauf lösten sich oktarine Funken von seinen Fingerspitzen und entzündeten die kalte Kugel. Blaues Licht gleißte grell.

Stille folgte, und nach einigen Sekunden sagte ein anderer Zauberer: »Du blöder verkalkter Trottel! Jetzt kann ich überhaupt nichts mehr sehen.«

Dies war das letzte, was sie hörten, bevor irgend etwas Schnelles, Hartes und Lautes aus der Nacht heranraste, die Gruppe durcheinanderwirbelte und wieder in der Dunkelheit verschwand.

Nachdem sich die Magier gegenseitig aus dem Schnee geholfen hatten, fanden sie kleine Abdrücke im Weiß. Sie stammten von Hunderten winziger Füße, die zwei schnurgerade Linien bildeten.

»Eine Nekromantin!« entfuhr es Rincewind.

Die alte Frau auf der anderen Seite des Feuers zuckte mit den Schultern und zog schmierige Karten aus einer verborgenen Tasche.

Trotz der Kälte draußen herrschte im Innern der Jurte eine Hitze, die an die Werkstatt eines Schmieds erinnerte, und der Zauberer wischte sich den Schweiß von der Stirn. Pferdedung stellte gutes Brennmaterial dar, aber das Reitervolk mußte erst noch lernen, wie nützlich Belüftung war – angefangen mit dem Bedeutungsinhalt dieses Wortes.

Bethan beugte sich zu Rincewind heran.

»Hat Nekromantie irgend etwas mit Romantik zu tun?« fragte sie leise.

»Ich fürchte nein. Eher mit Totenbeschwörung.«

»Oh«, flüsterte Bethan ein wenig enttäuscht.

Ihre Mahlzeit hatte aus Pferdefleisch, Pferdekäse, Pferde-Blutwurst, Pferdekeksen und einem faden Bier bestanden, über dessen Ursprung sich Rincewind lieber keine Gedanken machte. Cohen (der Pferdesuppe löffelte) meinte, das Reitervolk der weiten Steppen im Scheibenweltzentrum werde im Sattel geboren, was Rincewind für eine gynäkologische Unmöglichkeit hielt. Des weiteren wies der Barbar darauf hin, es beherrsche die natürliche Magie. Wenn man in der Ebene lebte, so behauptete er, könne man nicht umhin festzustellen, wie lückenlos sich das Himmelsgewölbe an den Horizont schmiege, und solche Entdeckungen stimulierten profunde Überlegungen, wie zum Beispiel »Warum?«, »Wann?« und »Weshalb versuchen wir's zur Abwechslung nicht einmal mit Rindfleisch?«

Die Großmutter des Stammesoberhaupts nickte dem Zauberer zu und breitete die Karten aus.

Es wurde bereits angedeutet, daß Rincewind der schlechteste Magier der ganzen Scheibenwelt war: Als es sich Der Zauberspruch in seinem Bewußtsein gemütlich machte, blieb dort für andere Formeln kein Platz mehr – ebensogut hätte ein Karpfen versuchen können, in einem Teich mit Hechten zu überleben. Dennoch hielt er an dem typischen Stolz von Zauberern fest, die mit Unmut reagieren, wenn sie Frauen bei der Beschwörung selbst einfacher Thaumaturgie beobachten. Die Unsichtbare Universität nahm keine weiblichen Lehrlinge auf, als Grund führte man meistens irgendwelche sanitären Probleme an. In Wirklichkeit aber fürchteten die Angehörigen der traditionellen Orden, daß Frauen ein geradezu peinliches Geschick bewiesen, wenn man ihnen die Möglichkeit gab, magische Studien zu betreiben ...

»Wie dem auch sei: Ich halte nichts von Karok-Karten«, brummte er. »Meiner Ansicht nach ist das Gerede von der konzentrierten Weisheit des Universums völliger Unsinn.«

Die erste vergilbte und zerknitterte Karte ...

Sie sollte eigentlich Den Stern zeigen, doch statt der vertrauten Scheibe mit den stachelförmigen Strahlenmustern sah Rincewind einen kleinen roten Fleck. Die alte Frau murmelte etwas Unverständliches, strich mit der Fingerkuppe über die Karte und warf dem Zauberer einen scharfen Blick zu.

»Mich trifft keine Schuld«, versicherte er hastig.

Sie legte die nächsten Karten: die Wichtigkeit, Sich Die Hände Zu Waschen, die Oktagramm-Acht, die Himmelskuppel, die See der Nacht, Elefanten-Vier, Schildkröten-As und — was Rincewind nicht weiter überraschte — den Tod.

Auch mit dem Tod schien irgend etwas nicht in Ordnung zu sein. Eigentlich hätte es eine recht realistische Darstellung des Sensenmannes auf einem weißen Roß sein müssen. Nun, die schwarze Gestalt fehlte natürlich nicht. Aber der Himmel glühte in einem unheilvollen Scharlachrot, und im Licht der Pferdefettlampen konnte man auf der Kuppe eines fernen Hügels eine winzige Gestalt erkennen. Es fiel Rincewind nicht weiter schwer, sie zu identifizieren, denn dicht dahinter sah er eine Truhe mit vielen hundert kleinen Beinen.

Der Koffer folgte seinem Eigentümer überallhin.

Rincewind hob den Kopf und beobachtete Zweiblum, der blaß und reglos auf einigen Pferdefellen lag.

»Ist er wirklich tot?« fragte er. Cohen übersetzte seine Worte, und die alte Frau schüttelte den Kopf. Sie öffnete eine kleine Holzkiste, die neben ihr stand, schob einige Beutel und Krüge beiseite und griff schließlich nach einer winzigen grünen Flasche, deren Inhalt sie ins Bier des Zauberers kippte. Argwöhnisch runzelte er die Stirn.

»Fie meint, ef fei eine Art Medizin«, erklärte Cohen. »Wenn ich an deiner Ftelle wäre, würde ich mich beeilen, daf Zeug zu trinken. Diefe Leute hier werden ziemlich fauer, wenn man ihre Gaftfreundschaft nicht zu schätzen weiff.«

»Und du bist sicher, mein Kopf bleibt auf den Schultern?« vergewisserte sich der Magier.

»Fie meint, ef fei fehr wichtig, daff du die Medizin trinkft.«

»Nun, wenn sie mich nicht umbringt... Schlimmer kann das Bier ohnehin nicht werden.«

Er nahm einen großen Schluck und fühlte dabei alle Blikke auf sich ruhen.

»Hm«, brummte er. »Nun, eigentlich ist es gar nicht so ü...«

Irgend etwas riß Rincewind hoch und schleuderte ihn davon. Gleichzeitig aber saß er nach wie vor in der Jurte am Feuer. Er sah sich selbst: Eine rasch kleiner werdende Gestalt am Rande der flackernden Glut. Cohen beobachtete seinen Körper, wirkte wie eine zerbrechliche Puppe. Die alte Frau allerdings... Sie hob den Kopf, sah *ihn* an und lächelte.

Die Ordensleiter der Unsichtbaren Universität lächelten keineswegs. Sie begriffen allmählich, daß sie mit einem völlig neuen Problem konfrontiert wurden, das ihnen nicht unerhebliche Sorgen bereitete: ein junger Mann, der Karriere machte.

Nun, niemand von ihnen wußte genau, wie alt Trymon war, aber in seinem dünnen, dunklen Haar zeigten sich noch keine grauen Strähnen, und wenn man die eher wächserne Haut bei trüben Licht betrachtete, erweckte sie den Anschein blühender Jugend.

Die sechs überlebenden Oberhäupter der Acht Orden saßen an einem langen, glänzenden und neuen Tisch in dem Zimmer, das einst Galder Wetterwachs als Werkstatt gedient hatte. Und jeder von ihnen fragte sich, aus welchem Grund sie den Wunsch verspürten, Trymon in den Allerwertesten zu treten.

Man konnte ihn nicht als ehrgeizig und grausam bezeichnen — grausame Männer waren dumm, und die alten Zauberer verstanden sich darauf, solche Idioten für ihre eigenen Zwecke zu benutzen. Und was Ehrgeiz anging: Es mangelte ihnen nicht an Erfahrung, übertriebene Ambitionen in eine für sie ungefährliche Richtung zu lenken. Wenn man für längere Zeit ein Magier im Achten Rang bleiben wollte, mußte man diese Art von mentalem Judo beherrschen.

Die Beschreibungen blutrünstig, machtgierig und listig trafen ebenfalls nicht auf Trymon zu. Selbstverständlich handelte es sich bei solchen Eigenschaften nicht unbedingt um Nachteile für erfolgreiche Zauberer. Im großen und ganzen gesehen waren Magier nicht listiger als, zum Beispiel, Steuerfahnder. Andererseits: Sie nahmen ihre hohe Stellung nicht in erster Linie aufgrund magischer Verdienste ein, sondern weil sie nie zögerten, von den Schwächen eines Rivalen zu profitieren.

Trymon zeichnete sich auch nicht durch besondere Klugheit aus. Jeder Zauberer hielt sich für ein Genie, für den Besten der Besten – das lag in der Natur der Sache.

Er besaß auch kein Übermaß an Charisma. Die sechs Magier erkannten solche Ausstrahlungskraft auf den ersten Blick (diese Fähigkeit gehörte zu ihrer Überlebenskunst), und Galder Wetterwachs' Nachfolger hatte soviel Charisma wie ein Stück Torf.

Genau darin bestand das Problem.

Trymon war weder gut noch böse, weder grausam noch in irgendeiner Weise extrem. Er machte graue Durchschnittlichkeit zu einer erhabenen Kunst, und in seinem Bewußtsein herrschte die gleiche dunkle, gnadenlose Logik wie in einer Beamtenseele.

Jeder der sechs Zauberer hatte in der Privatsphäre eines magischen Oktagramms Dutzende von feuerspuckenden, krallenbewehrten und tigerartigen Dämonitäten kennengelernt, aber als Trymon den Raum betrat, fühlten sie sich unbehaglicher als zuvor.

»Es tut mir leid, daß ich mich verspätet habe, geehrte Anwesende«, log er und rieb sich zufrieden die Hände. »Es gibt viel zu tun, eine Menge zu organisieren – ihr wißt ja, wie das ist.«

Die Zauberer wechselten besorgte Blicke, als Trymon am Kopfende des Tisches Platz nahm und in einigen Papieren blätterte.

»Was ist mit Galders Stuhl passiert?« fragte Jiglad Wert.

»Ich meine denjenigen mit den Löwenarmen und Entenfüßen.« Er war ebenso verschwunden wie die meisten anderen vertrauten Einrichtungsgegenstände. Ihre Stelle nahmen nun einige niedrige Ledersessel ein, die unglaublich bequem wirkten – solange man nicht fünf Minuten lang in ihnen sitzen mußte.

»Oh, ich hab ihn verbrannt«, sagte Trymon und sah nicht auf.

»Verbrannt? Aber er war ein einzigartiges magisches Artefakt, ein echtes...«

»Nur Trödel, weiter nichts«, bemerkte Trymon und rang sich ein dünnes Lächeln ab.

»Ich bin sicher, wahre Zauberer können auf so etwas verzichten. Wenn ich eure Aufmerksamkeit nun auf wichtigere Dinge lenken darf...«

»Was ist das hier?« erkundigte sich Jiglad Wert, der zur Bruderschaft der Blender, Täuscher und Hereinleger gehörte. Er hob ein Dokument, das vor ihm auf dem Tisch lag, wedelte dramatisch damit und dachte an den Stuhl in seinem Arbeitszimmer, der noch weitaus mehr Verzierungen aufwies als der Galders.

»Eine Tagesordnung, Jiglad«, erklärte Trymon geduldig.

»Und was hat es mit der Ordnung des Tages auf sich?«

»Es ist eine Liste der Punkte, die wir besprechen sollten. Ich hatte keineswegs die Absicht, dich oder jemand anderen zu verwirren...«

»So etwas haben wir noch nie benötigt!«

»Nun, ich glaube, da irrst du dich«, widersprach Trymon in einem gönnerhaften und vor Vernunft triefenden Tonfall. »Ihr habt nur keine verwendet – wodurch einige dringende Dinge unerledigt oder unglaublich schlecht organisiert blieben.«

Wert zögerte. »Na schön«, brummte er verdrießlich, sah seine Kollegen an und bat stumm um Unterstützung. »Aber ich verstehe nicht, was das hier alles zu bedeuten hat...«

Er hielt sich das Blatt dicht vor die Augen. »›Grauhalt Spolds Nachfolger.‹ Dafür kommt doch nur der alte Rhunlet Vard in Frage, oder? Er wartet schon seit Jahren.«

»Mag sein. Aber ist er *geeignet?*«

»Bitte?«

»Ich bin sicher, ihr wißt alle, welche Bedeutung der angemessenen Leitung und richtigen Verwaltung eines jeden Ordens zukommt«, sagte Trymon. »Vard ist... nun, gewiß würdig, auf seine eigene Art und Weise, aber...«

»Diese Sache geht uns nichts an«, warf einer der übrigen Zauberer ein.

»Vielleicht doch«, schmeichelte Trymon behutsam.

Stille schloß sich an.

»Sollen wir uns etwa in die inneren Angelegenheiten eines anderen Ordens einmischen?« fragte Wert.

»Natürlich nicht«, sagte Trymon. »Ich schlage nur vor, unseren... Rat anzubieten. Aber laßt uns diese Diskussion später fortsetzen.«

Die Zauberer hatten noch nie das Wort ›Machtbasis‹ gehört, denn sonst wäre Trymon bestimmt nicht ungeschoren davongekommen. Die Vorstellung, anderen Leuten bei der Vergrößerung ihrer Macht zu helfen, um den eigenen Einfluß zu verstärken, war ihnen völlig fremd. Sie vertraten nach wie vor die traditionelle Auffassung, jeder Magier sei auf sich allein gestellt. Feindselige paranormale Entitäten spielten nur eine untergeordnete Rolle: Ein ehrgeiziger Zauberer hatte alle Hände voll zu tun, die Gegner im eigenen Orden zu bekämpfen.

»Ich glaube, wir sollten nun über Rincewind sprechen«, meinte Trymon.

»Und den roten Stern«, warf Wert ein. »Wißt ihr, die Leute machen sich bereits Sorgen.«

»Ja«, bestätigte Lumuel Panter vom Mitternachtsorden. »Sie meinen, *wir* sollten etwas unternehmen. Ich frage mich nur, was sie von uns erwarten.«

»Das ist doch klar wie Kloßbrühe«, sagte Wert. »Es heißt

dauernd, wir müßten das Oktav lesen. Das Korn verfault? Lest das Oktav. Kranke Kühe? Lest das Oktav. Die Acht Zaubersprüche bringen alles wieder in Ordnung.«

»Vielleicht stimmt das sogar«, bemerkte Trymon. »Mein, äh, verschiedener Vorgänger hat sich eingehend mit dem Oktav beschäftigt.«

»Das haben wir alle«, sagte Panter scharf. »Und was kam dabei heraus? Die Acht Zaubersprüche müssen zusammen ausgesprochen werden. Oh, sicher, auch ich bin dafür, zu diesem Mittel zu greifen, wenn alles andere versagt — aber leider sind die acht Formeln nicht vollständig. Eine befindet sich in Rincewinds Kopf.«

»Und wir können ihn nicht finden«, stellte Trymon fest. »Oder? Ich nehme an, in dieser Beziehung haben wir uns alle ziemliche Mühe gegeben, nicht wahr?«

Die Zauberer sahen sich verlegen an. Schließlich sagte Wert: »Ja. Na schön. Die Karten offen auf den Tisch. Ich bin nicht in der Lage, Rincewind zu lokalisieren.«

»Ich hab's mit Kristallsehen versucht«, meinte ein anderer. »Ohne Erfolg.«

»Ich schickte einige Geister«, ließ sich ein dritter Zauberer vernehmen.

Diese Bemerkungen weckten das Interesse der übrigen Anwesenden. Wenn es schon darum ging, Fehlschläge einzugestehen, so wollten sie keinen Zweifel daran lassen, auf höchst heldenhafte Weise versagt zu haben.

»Na und? *Ich* beschwor Dämonen. Aber sie kehrten mit leeren Klauen zurück.«

»*Ich* zog den Spiegel des Allessehens zu Rate.«

»Gestern abend habe ich die Runen von M'haw um einen Hinweis gebeten.«

»Ich möchte hier eins klarstellen: Da ich nichts unversucht lassen wollte, setzte ich sowohl die Runen als auch den Spiegel *und* den mit Mückenblut behandelten Panzer einer manisch-depressiven Küchenschabe ein.«

»*Ich* habe mit den Tieren der Felder und den Vögeln der Luft gesprochen.«

»Und was hat's genützt?«

»Nichts!«

»Nun, ich wandte mich an die Knochen des Landes, jawohl, außerdem an die tiefen Steine und selbst die Berge.«

Plötzlich wurde es still im Zimmer. Alle sahen den Zauberer an, der sich gerade zu Wort gemeldet hatte. Ganmack Baumkern von den Ehrwürdigen Sehern rutschte nervös hin und her.

»Und vermutlich hast du dabei eine Narrenkappe getragen«, kommentierte jemand.

»Ich behaupte nicht, eine Antwort bekommen zu haben, oder?«

Trymon ließ seinen Blick über die älteren Zauberer schweifen.

»*Ich* hielt es für besser, jemanden mit der Suche nach Rincewind zu beauftragen«, sagte er.

Wert schnaufte abfällig. »Wenn ich mich recht entsinne, hat das bei den letzten beiden Malen nicht besonders gut geklappt.«

»Weil wir uns auf Magie verließen. Inzwischen dürfte uns klar geworden sein, daß Rincewind irgendwie vor Zauberei geschützt ist. Doch seine Fußspuren kann er nicht verbergen.«

»Du hast jemanden auf ihn angesetzt? Einen Pfadfinder vielleicht?«

»In gewisser Weise.«

»Etwa einen *Helden?*« Es gelang Wert, in dem letzten Wort erstaunlich viel Verachtung zum Ausdruck zu bringen. In einem anderen Universum hätte jemand einen solchen Tonfall benutzt, um »Du blöder Faschist!« zu sagen.

Die Zauberer starrten Trymon ebenso verblüfft wie entsetzt an.

»Ja«, bestätigte er gelassen.

»Wer hat dich dazu bevollmächtigt?« fragte Wert scharf. Trymon sah ihn aus kalten grauen Augen an.

»Ich selbst. Ich brauche niemanden um Erlaubnis zu fragen.«

»Aber es ist ... höchst ungewöhnlich! Seit wann bitten Zauberer Helden darum, ihnen die Arbeit abzunehmen?«

»Seit die Magie der Zauberer nicht mehr zu den gewünschten Resultaten führt«, hielt ihm Trymon schlicht entgegen.

»Ein vorübergehender Rückschlag, weiter nichts.«

Trymon zuckte mit den Schultern. »Vielleicht«, sagte er. »Aber leider haben wir nicht genug Zeit, um herauszufinden, ob du recht hast. Beweist mir, daß ich die falsche Entscheidung getroffen habe. Findet Rincewind, indem ihr in Kristallkugeln seht oder mit Vögeln sprecht. Was mich angeht: Ich weiß, daß ich dazu bestimmt bin, klug und weise zu sein. Und kluge und weise Männer verstehen die Zeichen der Zeit.«

Es ist allgemein bekannt, daß es zwischen Zauberern und Kriegern ausgeprägte Differenzen gibt: Die eine Seite hält den Gegenpart für einen Haufen blutrünstiger Idioten, die nicht gleichzeitig gehen und denken können, während die Helden immer dann Verdacht schöpfen, wenn sie Männer sehen, die dauernd vor sich hinmurmeln und lange Gewänder tragen. Oh, sagen die Zauberer, was haltet ihr von dem eisenbeschlagenen Leder und Duftöl für dicke Muskeln, das die jungen Leute der Lieblichkeitsgesellschaft Einsamer Männerherzen neuen Mitgliedern anbieten? Worauf die Helden antworten: Na klar, eine solche Bemerkung kann nur von hirnverkleisterten Weichlingen stammen, die sich nicht einmal in die Nähe einer Frau wagen, weil sie magische Auszehrung befürchten. Und die Zauberer erwidern: Was immer noch besser ist, als mit all dem Sado-Macho-Waffenfetisch-Gehabe vor jeder Person zu prahlen, die keinen Hosenlatz braucht. Nun, brummen die Helden, wenn ihr die Diskussion unbedingt auf diesem Niveau fortsetzen wollt ...

Und so weiter. Diese Auseinandersetzung dauert schon Jahrhunderte und führte zu einigen regelrechten Kriegen, die weite Teile des Landes aufgrund magischer Schwingungen unbewohnbar machten.

Nun, der Held, der gerade in Richtung Wirbel-Ebene ritt, wurde von diesen Dingen nur am Rande betroffen, hauptsächlich deswegen, weil ihn die Zauberer gar nicht ernst nahmen. Es handelte sich nämlich um eine Heldin. Und eine rothaarige noch dazu.

Nun, bei solchen Buchpassagen gibt es die weit verbreitete Tendenz, dem Gestalter des Umschlagbilds über die Schulter zu blicken und ihn an Leder, hohe Stiefel und blitzende Schwertklingen zu erinnern.

Für gewöhnlich fließen Adjektive wie ›drall‹, ›üppig‹ und ›wohlgerundet‹ in den Text ein — bis der Autor dringend eine Ruhepause braucht und sie nutzt, um kalt zu duschen.

Eigentlich sind solche Vorstellungen absurd, denn eine Frau, die sich ihren Lebensunterhalt mit dem Schwert verdient, wird wohl kaum so herumlaufen wie die Damen von Unterwäsche-Katalogen, die in der Regel unter dem Ladentisch gehandelt werden.

Deshalb soll hier folgendes nicht verschwiegen werden: Nach einem zweistündigen Bad, einer sorgfältigen Maniküre und einer gründlichen Anprobe bei Woo Hun Ling, der in seinem Laden an der Heldenstraße Orientalische Exotika Und Diverse Ausrüstungsgegenstände für Möchtegern-Barbaren anbietet, hätte Herrena die Henna-Haarige-Heldin vermutlich hinreißend ausgesehen. Derzeit jedoch beschränkte sich ihre Aufmachung auf ein leichtes Kettenhemd, weiche Stiefel, ein Kurzschwert — und ziemlich viel Schmutz.

Na schön: Vielleicht bestanden die Stiefel aus Leder. Aber sie waren nicht schwarz.

Sie wurde von einigen ziemlich finster dreinblickenden Männern begleitet, deren Beschreibung sich erübrigt, weil sie bestimmt nicht lange überleben. Niemand von ihnen wirkte irgend drall oder üppig.

Nun, wenn der Leser darauf besteht: Meinetwegen sollen sie Leder tragen.

Herrena fühlte sich in dieser Gesellschaft nicht besonders wohl, aber in Morpork hatte sie keine bessere Auswahl treffen können. Die meisten Bürger der Stadt flohen in die Berge, weil sie sich vor dem neuen Stern fürchteten.

Auch Herrena hielt auf die Hügel zu, jedoch aus einem anderen Grund. Am randwärts gelegenen Ende der Ebene erhob sich das Trollknochengebirge. Herrena konnte auf eine mehrjährige Erfahrung im nicht ganz ungefährlichen Söldnergewerbe zurückgreifen, und sie beschloß auch diesmal, ihren Instinkten – beziehungsweise ihrer weiblichen Intuition – zu vertrauen.

Trymon hatte Rincewind als eine Ratte beschrieben, und Ratten liebten es, sich irgendwo zu verkriechen. Darüber hinaus waren die Berge ziemlich weit von der Unsichtbaren Universität entfernt, und das kam der Heldin sehr gelegen. Trymon mochte zwar ihr gegenwärtiger Auftraggeber sein, aber wenn sie ihn sah – oder sich auch nur an ihn erinnerte –, kribbelte es in ihren Fäusten.

Rincewind wußte, daß er eigentlich in Panik geraten sollte, aber unter den gegebenen Umständen fiel ihm das sehr schwer. Denn Gefühle wie Panik, Schrecken und Zorn standen in einem unleugbaren Zusammenhang mit bestimmten Säften, die in Drüsen produziert wurden – und die Drüsen steckten nach wie vor in seinem Körper.

Es war nicht leicht festzustellen, wo sich sein Leib befand, aber als der Zauberer nach unten sah, bemerkte er ein dünnes blaues Band, das dort seinen Ursprung hatte, wo er – als Zugeständnis an seine geistige Stabilität – den Fußknöchel vermutete. Hastig klammerte er sich an die Hoffnung, daß der Körper am anderen Ende des sonderbaren Fadens auf ihn wartete, obgleich er ihn in der Finsternis nirgends sehen konnte.

Rincewind gestand sich ein, daß es sich nicht um einen

besonders schönen oder eindrucksvollen Körper handelte, aber der einen oder anderen organischen Komponente sprach er einen sentimentalen Wert zu. Nach kurzer Zeit beugte er sich einer recht unangenehmen Erkenntnis: Wenn das blaue Band riß, mußte er den Rest seines Le... seiner Existenz damit verbringen, als Gaststar bei spiritistischen Sitzungen aufzutreten und sich als eine gerade verschiedene Großtante auszugeben. Eine eher betrübliche Vorstellung, dachte Rincewind kummervoll, ob es für umherstreifende Seelen keinen interessanteren Zeitvertreib gab.

Das Unbehagen angesichts einer solchen Zukunftsvision verwandelte sich schon bald in schieres Entsetzen — was dazu führte, daß er wieder Boden unter sich spürte. Beziehungsweise harten Untergrund. Rincewind zweifelte kaum daran, daß es nicht *der* Boden war; jedenfalls suchte er in seinem Gedächtnis vergeblich nach einem Erlebnis, das ihm feste und gleichzeitig beunruhigend wirbelnde Tiefe vermittelte.

Vorsichtig sah er sich um.

Zerklüftete Berge ragten einem frostkalten Firmament entgegen, an dem spöttische Sterne blitzten — Sterne, die auf keiner Himmelskarte des Multiversums verzeichnet waren. Und in ihrer Mitte glühte ein dämonisches, rotes Auge. Rincewind schauderte und wandte den Blick ab. Die Landschaft vor ihm fiel steil nach unten, von wo ein trokkener Wind übers eisverkrustete Geröll flüsterte.

Er flüsterte wirklich. Als graue Wirbel an seiner Robe zupften und ihm das Haar zerzausten, hörte Rincewind leise Stimmen: »Bist du sicher, daß die Pilze im Eintopf nicht giftig waren? Ich fühle mich so komisch...« Und: »Lehn dich ruhig über die Brüstung und genieß die herrliche Aussicht...« Und: »Mach doch keinen Aufstand, ist doch bloß ein Kratzer...« Und: »Paß bloß auf, wohin du mit dem Pfeil zielst; du hättest mich fast...« Und so weiter.

Rincewind hielt sich die Ohren zu und wanderte den Hang hinab, bis sich ihm schließlich ein Anblick bot, von dem nur wenige lebende Menschen erzählen können.

Vor ihm gähnte ein tiefer Abgrund in Form eines Trichters, der mindestens eine Meile durchmaß. Der flüsternde Wind trug die Seelen der Toten in die dunkle Kluft, wobei ein dumpfes Murmeln laut wurde. Es klang wie der Atem der Scheibenwelt. Ein schmaler, granitener Steg führte über die gewaltige Öffnung hinweg, und in einer Entfernung von rund dreißig Metern bildete er ein kleines Plateau.

Rincewind bemerkte einen Garten mit Gemüse und Blumenbeeten, daneben eine schwarze Hütte.

Ein Pfad führte genau darauf zu.

Der Zauberer blickte in die Richtung, aus der er kam. Der blaue Faden glühte nach wie vor.

Dicht daneben hockte der Koffer auf dem Weg.

Rincewinds Verhältnis zu der Truhe war ein wenig gespannt; er hatte den Eindruck, daß sie ihn nicht besonders ernst nahm. Aber diesmal starrte sie ihn ausnahmsweise nicht finster an. Ganz im Gegenteil: Sie wirkte irgendwie betrübt und traurig, wie ein Hund, der gerade eine Katze verfolgt hatte, nach Hause zurückkehrte und feststellen mußte, daß Herrchen auf einen anderen Kontinent verzogen war.

»Na schön«, brummte Rincewind. »Komm mit.«

Der Koffer streckte die Beine aus und folgte ihm über den Pfad.

Aus irgendeinem Grund rechnete der Zauberer damit, im Garten nur verwelkte Blumen vorzufinden. Statt dessen schien er gut gepflegt zu sein, und die verschiedenen Anpflanzungen deuteten auf jemanden hin, der sich durch Gefühl für farbliche Harmonie auszeichnete – vorausgesetzt allerdings, die Farben waren Purpur, Nachtschwarz und Leichenweiß. Große Lilien verströmten einen betörenden Duft. In der Mitte des frisch gemähten Rasens ruhte die große Scheibe einer Sonnenuhr – der Zeiger warf keinen Schatten.

Rincewind vergewisserte sich mehrmals, daß der Koffer nicht zurückblieb, als er über einen aus Marmorsplittern bestehenden Weg schritt, sich der Rückwand der Hütte näherte und dort die Tür öffnete.

Vier Pferde musterten ihn über ihre Futtersäcke hinweg. Sie waren warm und lebendig, die prächtigsten Rösser, die der Zauberer jemals gesehen hatte. Eins stand abseits der anderen in einer separaten Box, an deren Gatter ein silberschwarzes Geschirr hing. Die anderen drei scharrten vor einer Heuraufe an der gegenüberliegenden Wand und schienen Besuchern zu gehören. Sie beobachteten Rincewind mit zurückhaltendem Interesse.

Der Koffer stieß an seine Waden. Der Zauberer wirbelte herum und zischte: »Verzieh dich!«

Beschämt wich die Kiste zurück.

Auf Zehenspitzen schlich der Zauberer durch den Stall und näherte sich der nächsten Tür. Ein mit Fliesen ausgelegter Gang schloß sich daran an und führte in eine große Kammer.

Rincewind ging langsam weiter, schob sich vorsichtig an der Wand entlang. Hinter ihm marschierte die Truhe und gab sich große Mühe, möglichst leise zu sein.

Die Eingangshalle...

Nun, der Magier wunderte sich nicht so sehr über den Umstand, daß sie wesentlich größer zu sein schien als die ganze Hütte von draußen erschien. An solche Dinge hatte er sich bereits gewöhnt. Inzwischen fragte er sich längst nicht mehr, wie man große Segelschiffe in kleinen Flaschen unterbrachte – so etwas gehörte zu den ganz normalen Rätseln der Welt. Ihn erstaunte auch nicht das Dekor im Stil Frühe Krypta, modernisiert mit vielen schwarzen Vorhängen.

Sein überraschter Blick galt der Uhr. Es handelte sich um ein ziemlich großes Exemplar, das zwischen zwei steilen

Wendeltreppen stand. Die Verzierungen des hölzernen Gehäuses erinnerten an Dinge, die Menschen normalerweise nur im Delirium sahen.

Sie verfügte über ein langes Pendel, das mit einem nervenaufreibenden Tick-tack hin und her schwang. Es war genau jene Art von Geräusch, die einem mit jedem Tick und jedem Tack eine weitere Lebenssekunde raubte. Rincewind glaubte plötzlich, in einem metaphorischen Stundenglas zu stehen und zu spüren, wie der Sand unter seinen Füßen fortrieselte.

Es braucht wohl nicht extra erwähnt zu werden, daß das Pendelgewicht aus einer rasiermesserscharfen Klinge bestand.

Jemand klopfte ihm auf den verlängerten Rücken. Der Zauberer drehte sich verärgert um.

»Hör mal, du Sohn einer Aktentasche, ich habe dir doch gesagt...«

Er brach ab. Vor ihm stand nicht etwa der Koffer, sondern eine junge Frau mit chromfarbenem Haar, die ihn aus silbernen, verwirrt blickenden Augen ansah.

»Oh«, sagte Rincewind. »Äh, hallo.«

»Bist du lebendig?« fragte die Unbekannte. Ihre Stimme weckte Assoziationen an Sonnenschirme, Strand und kühle Drinks.

»Nun, das hoffe ich jedenfalls«, antwortete der Magier und fragte sich, ob seine Drüsen ihren Spaß hatten – ganz gleich, wo sie sich auch befanden. »Manchmal bin ich mir nicht mehr ganz sicher. Wo sind wir hier?«

»Dies ist das Haus des Todes«, sagte die Frau.

»Aha«, kommentierte Rincewind. Er befeuchtete sich seine trockenen Lippen. »Nun, war nett, dich kennengelernt zu haben. Ich glaube, ich sollte jetzt besser gehn...«

Sie klatschte in die Hände. »Oh, nein, das kommt überhaupt nicht in Frage!« erwiderte sie. »Wir haben hier nur selten lebendige Leute zu Gast. Tote sind schrecklich langweilig, findest du nicht auch?«

»Ah, ja«, bestätigte Rincewind zögernd und warf einen nervösen Blick in Richtung Tür. »Ich vermute, es mangelt ihnen an Gesprächsstoff, nicht wahr?«

»Es heißt immer nur ›Als ich noch lebte...‹ und ›Ach, damals konnten wir noch richtig atmen...‹.« Sie legte ihm eine schmale weiße Hand auf die Schulter und lächelte. »Sie sind in ihren Gewohnheiten so festgefahren. Man kann sich überhaupt nicht richtig mit ihnen unterhalten. Zu förmlich.«

»Stur und steif?« vermutete Rincewind, während ihn die junge Frau durch den Korridor zog.

»In der Tat. Wie heißt du? Mein Name ist Ysabell.«

»Äh, ich bin Rincewind. Entschuldige bitte, aber wenn dies das Haus des Todes ist... was machst du dann hier? Du scheinst mir nicht tot zu sein.«

»Oh, ich lebe hier.« Sie musterte ihn eingehend. »Du bist nicht zufällig gekommen, um deine verstorbene Geliebte zu retten, oder? Von solchen Leuten hält mein Vater nicht viel. Er meint, es sei ein großer Vorteil, daß er nie schläft: andernfalls würde er immer wieder vom Gepolter junger Helden geweckt, die sich hier die Klinke in die Hand geben, um irgendwelche törichten Mädchen zurückzuholen.«

»Hier herrscht wohl ein ziemlicher Betrieb, was?« erkundigte sich Rincewind unsicher, als sie durch den Flur schritten. An den Wänden hingen – natürlich – schwarze Vorhänge.

»Fast immer. Ich finde es sehr romantisch. Allerdings wissen die wenigsten, daß man nicht zurücksehen darf, wenn man das Haus verläßt.«

»Warum denn nicht?«

Ysabell zuckte mit den Schultern. »Keine Ahnung. Ist wohl kein besonders hübscher Anblick. Bist du ein Held?«

»Äh, nein. Wohl kaum. Überhaupt nicht, um ganz ehrlich zu sein. Ich meine, eher noch weniger. Ich bin nur gekommen, weil ich nach einem Freund suche«, fügte er kläglich hinzu. »Hast du ihn vielleicht gesehen? Ein kleiner Dicker, der dauernd redet, eine Sonnenbrille trägt und sich komisch kleidet?«

Als er diese Worte aussprach, begriff er allmählich, einen wichtigen Punkt übersehen zu haben. Er schloß die Augen und rief sich die letzten Bemerkungen Ysabells ins Gedächtnis zurück. Die Erkenntnis traf ihn mit der Wucht eines Schmiedehammers.

»Dein *Vater?«*

Ein wenig verlegen senkte sie den Blick. »Nun, er hat mich adoptiert«, erwiderte sie. »Er fand mich, als ich noch ein kleines Kind war. Ist eine sehr traurige Geschichte.« Ihre Miene erhellte sich wieder. »Komm, ich stelle dich ihm vor. Zwar hat er heute abend Besuch, aber bestimmt wird er dich gern empfangen. Er pflegt nur selten Umgang mit Lebenden. Was auch auf mich zutrifft«, fügte sie hinzu.

»Tut mir leid für dich«, sagte Rincewind. »Habe ich das alles richtig mitgekriegt? Wir sprechen vom Tod, oder? Hochgewachsen, dürr, um nicht zu sagen knochig, leere Augenhöhlen, hat viel für Sensen übrig?«

Ysabell seufzte. »Ja. Ich fürchte, sein Aussehen spricht gegen ihn.«

Es ist nicht unerwähnt geblieben, daß Magie für Rincewind ungefähr das war, was ein Fahrrad für eine Hummel war: böhmische Dörfer. Andererseits kam jedem Zauberer, selbst dem ungeschicktesten und inkompetentesten, ein ganz bestimmtes Privileg zu: Im Augenblick des Todes durfte er erwarten, daß der Tod höchstpersönlich kam, um die von körperlichen Bürden befreite Seele zu holen. In solchen besonderen Fällen wurde diese Aufgabe nicht an einen niederen mythologisch-anthropomorphischen Diener delegiert, wie es üblicherweise geschieht. Aufgrund seiner ausgeprägten Unfähigkeit hatte es Rincewind mehrmals nicht geschafft, zum richtigen Zeitpunkt zu sterben, und wenn der Tod irgend etwas nicht ausstehen konnte, so war es Unpünktlichkeit.

»Ah, weißt du, bestimmt hat sich mein Freund nur irgendwo verirrt«, sagte er. »Das passiert ihm dauernd. Kann rechts nicht von links unterscheiden, geschweige denn oben von unten. Tja, ich bedaure es wirklich sehr, daß ich mich jetzt von dir verabschieden muß, aber leider habe ich keine andere Wahl...«

Ysabell blieb vor einer großen, mit purpurnem Samt gepolsterten Tür stehen. In dem Zimmer auf der anderen Seite ertönten Stimmen, unheimlich klingende Stimmen, die sich mit normaler Typographie nicht wiedergeben lassen — es sei denn, jemand erfindet sowohl eine Setzmaschine mit Echomodus als auch eine Schrift, die aussieht wie etwas, das eine Nacktschnecke gesagt haben könnte.

Die Stimmen führten folgendes Gespräch:

»WÜRDEST DU MIR DAS BITTE NOCH EINMAL ERKLÄREN?«

»Wenn du etwas *anderes* als einen Trumpf ausspielst, kann Süden zweimal stechen und verliert nur eine Schildkröte, einen Elefanten und ein Großes Arkanum, während...«

»Das ist Zweiblum!« zischte Rincewind. »Seinen besonderen Tonfall erkenne ich überall wieder!«

»EINEN AUGENBLICK... PESTILENZ IST SÜDEN?«

»Ach, komm schon, Tod. Das hat er bereits ausführlich erläutert. Was wäre geschehen, wenn Hunger — wie heißt das noch gleich — übertrumpft hätte?« Eine röchelnde feuchte Stimme, die vermutlich gräßliche Krankheiten übertragen konnte.

»Oh, dann hättest du nur eine Schildkröte und nicht zwei stechen können«, erwiderte Zweiblum heiter.

»Aber wenn Krieg sofort mit einem Stichzwang beginnt, bekommt er mehr Punkte?«

»Genau!«

»DEM KANN ICH NICHT GANZ FOLGEN. WIEDERHOL NOCH EINMAL, WAS DU VORHIN ÜBER STRATEGIE UND TAKTIK BEIM REIZEN UND BIETEN ER-

ZÄHLT HAST. VIELLEICHT KRIEGE ICH DANN DEN DREH RAUS.« Eine schwere, hohle Stimme, so als stießen zwei große Bleimassen gegeneinander.

»Nun, man kann auch reizen, um den Spielgegner zu täuschen, wobei man allerdings Gefahr läuft, den eigenen Partner zu verwirren...«

Zweiblum sprach fröhlich weiter, und Rincewind schnitt eine Grimasse, als Ausdrücke wie ›Schneiden‹, ›Impaß‹ und ›Groß-Schlemm‹ durch den Samt drangen.

»Weißt *du*, worum es geht?« fragte Ysabell.

»Ich verstehe kein einziges Wort davon«, erwiderte der Zauberer.

»Hört sich ziemlich kompliziert an.«

Auf der anderen Seite der Tür sagte die schwere Stimme: »STIMMT ES WIRKLICH, DASS DIE MENSCHEN SO ETWAS ZUM VERGNÜGEN SPIELEN?«

»Ja, und einige von ihnen sind wahre Meister. Ich bin leider nur ein Dilettant.«

»ABER MENSCHEN LEBEN DOCH NUR ACHTZIG ODER NEUNZIG JAHRE!«

»Du mußt es wissen, Tod«, warf eine Stimme ein, die Rincewind noch nie vernommen hatte und die er auch nie wieder hören wollte, vor allen Dingen nicht nach Einbruch der Nacht.

»Eins steht fest: Dieses Spiel ist außerordentlich... faszinierend.«

»TEIL ERNEUT AUS. MAL SEHEN, OB ICH'S BEGRIFFEN HABE.«

»Sollen wir zu ihnen gehen?« fragte Ysabell. Die Grabesstimme hinter dem Samt sagte: »ICH BIETE... EINEN SUMPFSCHILDKRÖTEN-BUBEN.«

»Nein, tut mir leid, da irrst du dich bestimmt. Laß mich mal dein Blatt sehen...«

Ysabell öffnete die Tür.

Rincewinds Blick fiel in ein freundlich, ein wenig düster anmutendes Zimmer, vermutlich von einem Innenarchitekten gestaltet, der gleichzeitig an einer Kreativitätskrise sowie an Kopfschmerzen litt und dazu neigte, jeden noch so winzigen Abstellplatz mit großen Sanduhren zu zieren. Außerdem schien er die Gelegenheit genutzt zu haben, Dutzende von besonders dicken gelben Kerzen loszuwerden.

Als Traditionalist rühmte der Tod der Scheibenwelt seine persönlichen Dienste und war die meiste Zeit über depressiv, weil man ihm Anerkennung versagte. Des öfteren wies er darauf hin, daß niemand den Tod an sich fürchtete, nur Schmerz und Vergessen, machte immer wieder deutlich, wie sinnlos es sei, jemanden zu hassen, nur weil er leere Augenhöhlen hatte und Gefallen an seiner Arbeit fand. Er benutzte noch immer eine Sense, so sagte er, während die Tode anderer Welten bereits in modernes Gerät investierten, zum Beispiel in Mähdrescher.

Tod saß an der einen Seite des schwarzen Friestisches in der Zimmermitte und stritt sich mit Hunger, Krieg und Pestilenz. Nur Zweiblum hob den Kopf und bemerkte Rincewind.

»He, wie bist du hierher gekommen?« fragte er.

»Nun, einige Leute meinen, der Schöpfer nahm eine Handvoll... Oh, ich verstehe. Tja, ist schwer zu erklären, aber...«

»Hast du den Koffer mitgebracht?«

Die hölzerne Kiste schob sich an Rincewind vorbei und blieb vor ihrem Eigentümer liegen. Der Tourist hob die Klappe, kramte eine Zeitlang in der Truhe, holte schließlich ein kleines, in Leder gebundenes Buch hervor und reichte es Krieg, der soeben mit einer gepanzerten Faust auf den Tisch hämmerte.

»Das ist ›Nasenwurz Einführung in die Kunst des Kartenspielens‹«, sagte Zweiblum. »Ein gutes Werk, in dem ausführlich auf Besonderheiten wie Schneiden und Impaß eingegangen...«

Tod schnappte sich das Buch mit einer knöchernen

Hand, blätterte darin und schenkte den beiden Menschen überhaupt keine Beachtung.

»GENAU«, sagte er. »AUF EIN NEUES, PESTILENZ. ICH WILL DIESER SACHE ENDLICH AUF DEN GRUND GEHEN, UND WENN'S MICH DAS LEBEN KOSTET – IM ÜBERTRAGENEN SINNE NATÜRLICH.«

Rincewind packte Zweiblum am Kragen und zerrte ihn aus dem Zimmer. Als sie durch den Flur liefen – der Koffer folgte ihnen dichtauf –, sagte der Zauberer:

»Was hat das alles zu bedeuten?«

»Nun, sie haben eine Menge Zeit, und ich dachte, sie fänden Spaß daran«, schnaufte der Tourist.

»Woran? Am Kartenspielen?«

»Weißt du, es handelt sich um ein ganz besonderes Spiel«, erwiderte Zweiblum. »Man nennt es...« Er zögerte. Sprache war nicht gerade seine Stärke. »Bei euch heißt es wie eine Vorrichtung, die es einem gestattet, auf die andere Seite eines Flusses zu gelangen«, fügte er hinzu. »Glaube ich jedenfalls.«

»Aquädukt?« vermutete Rincewind. »Wehr? Damm? Seil? Trittsteine?«

»Ja, vielleicht.« Sie erreichten die Eingangshalle, in der das Ticken der großen Uhr Myriaden von Leben um weitere Sekunden verkürzte.

»Was glaubst du, wie lange der Tod und die anderen damit beschäftigt sein werden?«

Zweiblum zögerte. »Ich weiß es nicht genau«, entgegnete er nachdenklich. »Wahrscheinlich bis zum letzten Trumpf. Was für eine interessante Uhr...«

»Versuch bloß nicht, sie zu kaufen«, riet ihm Rincewind. »Ich fürchte, damit würdest du hier nur Unwillen erregen.«

»Wo ist ›hier‹ überhaupt?« fragte Zweiblum, winkte die Truhe herbei und öffnete die Klappe.

Rincewind sah sich um. Die Eingangshalle war leer und dunkel, und an den hohen, schmalen Fenstern glitzerten

Eisblumen. Der Zauberer senkte den Kopf und blickte auf das dünne blaue Band, das noch immer von seinem Fußknöchel hing. Erst jetzt stellte er fest, daß auch der Tourist eins hatte.

»Wir sind sozusagen inoffiziell tot«, erwiderte er. Eine bessere Antwort fiel ihm nicht ein.

»Oh.« Zweiblum kramte noch immer im Koffer.

»Gibt dir das nicht zu denken?«

»Nun, für gewöhnlich nimmt alles ein gutes Ende, nicht wahr? Außerdem glaube ich fest an die Reinkarnation. Als was möchtest du ins Leben zurückkehren?«

»Ich will es erst gar nicht verlassen«, sagte Rincewind gepreßt. »Komm, laß uns von hier ver... Oh, nein, nicht das!«

Zweiblum zog einen Kasten aus den unauslotbaren Tiefen der Truhe. Er war groß und schwarz, wies an der einen Seite einen Griff auf und vorn ein kleines rundes Fenster. Der Tourist tastete nach einem Riemen und hängte sich die seltsame Vorrichtung um den Hals.

Früher einmal hatte Rincewind großen Gefallen an dem Ikonoskop gefunden. Im Gegensatz zu all seinen Erfahrungen war er nach wie vor davon überzeugt, daß man die Welt grundsätzlich verstehen konnte und es nur die richtigen mentalen Werkzeuge erforderte, um die Fassade abzuschrauben und festzustellen, wie das Universum funktionierte. Mit dieser Annahme lag er natürlich völlig daneben. Nun, das Ikonoskop hielt keine Bilder fest, indem es Licht auf ein Spezialpapier fallen ließ, wie der Zauberer zunächst vermutete. Statt dessen nutzte es die weitaus einfachere Methode, einen kleinen Dämon gefangenzuhalten, der durch das winzige Fenster starrte und mit flinken Händen einen Pinsel schwang. Rincewind fühlte sich von dieser Entdeckung zutiefst enttäuscht.

»Es bleibt uns nicht genug Zeit, um Bilder aufzunehmen!« zischte er.

»Es dauert nicht lange«, sagte Zweiblum fest und klopfte

auf den Kasten. Eine Klappe öffnete sich, und der dämonische Maler streckte den Kopf heraus.

»Zum Teufel auch«, brummte er. »Wo sind wir hier?«

»Spielt keine Rolle«, entgegnete Zweiblum. »Zuerst die Uhr.«

Der Winzling kniff die Augen zusammen.

»Ziemlich miese Beleuchtung«, sagte er. »Schon mal was von Blenden und Belichtungsmessern gehört, hm?« Er wartete keine Antwort ab und schlug die Klappe zu. Eine Sekunde später hörte Rincewind ein leises Kratzen: Der Dämon schob seinen kleinen Stuhl vor die Staffelei.

Der Magier knirschte mit den Zähnen.

»Es ist doch unnötig, irgendwelche Bilder anzufertigen!« stieß er hervor. »Präg dir einfach alles ein!«

»Das ist nicht das gleiche«, hielt ihm der Tourist gelassen entgegen.

»Es ist sogar noch viel besser und realistischer!«

»Nein, keineswegs. Wenn ich alt bin, zu Hause am prasselnden Feuer sitze und meinen Enkeln...«

»Wenn wir uns nicht sputen, wirst du für immer und ewig *in* einem Feuer schmoren!«

»Ich will stark hoffen, daß ihr nicht beabsichtigt, uns zu verlassen!«

Die beiden Männer drehten sich um. Ysabell stand im Flur und lächelte dünn. In der einen Hand hielt sie eine Sense, die besonders scharf zu sein schien. Rincewind versuchte, nicht auf sein blaues Lebensband zu blicken. Seiner Ansicht nach sollte eine junge Frau mit einer Sense nicht auf hintergründige, wissende und verunsichernde Weise lächeln.

»Offenbar ist mein Vater derzeit beschäftigt, aber ich glaube, es wäre ihm gar nicht recht, wenn ihr einfach geht«, sagte sie. »Außerdem habe ich niemanden, mit dem ich sprechen kann.«

»Wer ist das?« fragte Zweiblum.

»Sie lebt hier, in gewisser Weise«, murmelte Rincewind. »Ist eine Art Mädchen«, fügte er hinzu.

Er griff nach dem Arm des Touristen und versuchte, sich so unauffällig wie möglich der Tür zu nähern, den dunklen und kalten Garten zu erreichen. Es klappte nicht, hauptsächlich, weil sich Zweiblum hartnäckig weigerte zu verstehen und davon ausging, ihm könne ohnehin nichts zustoßen.

»Freut mich, dich kennenzulernen«, erwiderte der Tourist höflich. »Ein hübsches Haus«, fuhr er anerkennend fort. »Die Knochen und Totenschädel haben einen bemerkenswert barocken Effekt.«

Ysabells Lächeln wuchs in die Breite, und Rincewind dachte voller Unbehagen: *Wenn Tod sich irgendwann einmal in den Ruhestand zurückziehen sollte, kann er seine Geschäfte getrost der adoptierten Tochter überlassen. Bestimmt ist sie noch weitaus besser als er — weil sie nicht mehr alle Tassen im Schrank hat.*

»Ja, aber leider müssen wir uns jetzt verabschieden«, sagte er laut.

»Davon will ich nichts hören«, erwiderte Ysabell. »Ihr müßt bleiben und mir von euch erzählen. Es ist so schrecklich langweilig hier, und wir haben jede Menge Zeit.«

Die junge Frau sprang zur Seite, holte mit der Sense aus und zielte auf die glühenden Lebensfäden. Die scharfe Klinge heulte wie ein kastrierter Kater — und verharrte abrupt.

Holz knarrte: Der Koffer hatte nach der Sense geschnappt.

Zweiblum warf Rincewind einen erstaunten Blick zu.

Und der Zauberer zögerte nicht, traf eine rasche Entscheidung und rammte dem Touristen, nicht ohne eine gewisse Befriedigung, die Faust ans Kinn. Als der kleine Mann nach hinten fiel, fing Rincewind die erschlaffende Gestalt auf, warf sie sich über die Schulter und rannte los.

Sterne funkelten über dem finsteren Garten, und Zweige schlugen ihm ins Gesicht. Kleine, zottlige und ziemlich gräßliche Geschöpfe stoben davon, während der Magier dem trüben Leuchten des blauen Bandes folgte, das sich durch rauhreifweißes Gras zog.

Ein schriller Schrei der Wut und Enttäuschung tönte aus dem Gebäude. Rincewind prallte von einem Baum ab und stürmte weiter.

Irgendwo gab es einen Pfad, so erinnerte er sich. Aber in dem Labyrinth aus Licht, Schatten und dem scharlachroten Glanz des neuen Sterns, der auch in der Jenseitswelt Unheil ankündigte, suchte er vergeblich nach einem Weg. Hinzu kam, daß der Lebensfaden in die falsche Richtung zu weisen schien.

Hinter ihm erklang das Geräusch von Schritten. Rincewind schnappte keuchend nach Luft. Offenbar stammte das Trippeln von den Füßen des Koffers, doch derzeit stand ihm nicht der Sinn nach einer Begegnung mit der Truhe. Vielleicht verstand sie ihn völlig falsch, was den Fausthieb anging, der ihren Eigentümer ins Reich der Träume geschickt hatte. Für gewöhnlich biß die Kiste Leute, die ihr suspekt waren. Der Zauberer hatte nie den Mut besessen, zu fragen, was mit den Betreffenden geschah, wenn sich die Klappe über ihnen schloß. Doch in einem Punkt bestand kein Zweifel: Wenn sich der Deckel wieder öffnete, blieben sie spurlos verschwunden.

Wie sich kurz darauf herausstellte, brauchte sich Rincewind überhaupt keine Sorgen zu machen. Der Koffer überholte ihn mühelos, und die winzigen Füße bewegten sich so schnell, daß man sie kaum auseinanderhalten konnte. Der Magier gewann den Eindruck, daß sich die Truhe ausschließlich aufs Rennen konzentrierte, als ahne sie, was weiter hinten auf sie lauerte. Und allem Anschein nach gefiel ihr die Vorstellung nicht, vom Tod und seinen drei Kumpanen eingeholt zu werden.

Sieh nicht zurück! erinnerte sich Rincewind. *Wahrscheinlich ist der Anblick nicht besonders hübsch.*

Der Koffer raste durch ein Gebüsch und geriet außer Sicht.

Einige Sekunden später sah Rincewind den Grund dafür. Die Kiste war über den Rand des Felsensteges gefallen und stürzte in den weiten Trichter, von dessen Grund ein mattes rötliches Strahlen ausging. Als der Zauberer den Kopf hob, bemerkte er zwei schimmernde blaue Linien, die über das Gestein hinwegreichten und sich im Abgrund verloren.

Er zögerte unsicher, obwohl er in einigen Dingen völlig sicher war. Einerseits wollte er keineswegs vom Felssteg springen, jedoch andererseits lag ihm nichts daran, den Leuten zu begegnen, die inzwischen die Verfolgung aufgenommen hatten. Darüber hinaus stellte er fest, daß Zweiblum in der Geisterwelt ziemlich schwer war und es Schlimmeres gab, als tot zu sein.

»Was denn, zum Beispiel?« brummte er und sprang.

Wenige Sekunden später trafen einige Reiter ein. Sie hielten nicht an, als sie den Rand des Felsens erreichten, ritten einfach weiter und zügelten ihre Rösser mitten im Nichts.

Tod blickte nach unten.

»SO ETWAS HAT MICH SCHON IMMER GEÄRGERT«, sagte er. »VIELLEICHT SOLLTE ICH DIE PFORTEN IN MEINEM HAUS DURCH DREHTÜREN ERSETZEN.«

»Ich frage mich, was sie hier wollten«, meinte Pestilenz.

»Tja«, brummte Krieg. »Wie dem auch sei: Das Spiel ist recht interessant.«

»In der Tat«, bestätigte Hunger. »Ziemlich faszinierend.«

»WIR HABEN GENUG ZEIT, UM NOCH EINMAL ZU RUBBELN«, meinte Tod.

»Robbeln«, berichtigte Krieg.

»WAS SOLLEN WIR ROBBELN?«

»Es heißt robbeln, und nicht rubbeln«, sagte Krieg.

»Ihr irrt euch beide«, warf Pestilenz ein. *»Man nennt es Robber. Das ist eine Folge von drei Spielen, die gewonnen ist, wenn ...«*

»ICH SCHLAGE EINE *PARTIE* VOR«, unterbrach ihn

Tod. Er beobachtete den neuen Stern und überlegte, was es damit auf sich haben mochte.

»ICH GLAUBE, WIR HABEN GENUG ZEIT«, wiederholte er, doch diesmal klang es ein wenig unsicher.

Der geneigte Leser mag sich daran erinnern, daß bereits an mehreren Stellen auf Bemühungen hingewiesen wurde, die Berichterstattung auf der Scheibenwelt mit exakteren Metaphern zu verbessern. Poeten und Barden gerieten in ziemliche Schwierigkeiten – für gewöhnlich bestanden sie in Halsschlingen, Daumenzangen, Streckbrettern und ähnlich unerfreulichen Dingen –, wenn sie unbedingt darauf bestanden, von lachenden Sonnen, grinsenden Monden und fröhlich kichernden Sommerbrisen zu erzählen. Zum Beispiel durften sie nur dann von Prinzessinnen singen, die so schön waren, daß sie steinerne Herzen erweichten, wenn sie das mit Siegel und Unterschrift versehene Attest eines kardiovaskulären Spezialisten vorlegen konnten.

Um dieser Tradition Respekt zu zollen, soll an dieser Stelle nicht erwähnt werden, daß Rincewind und Zweiblum wie eine eisblaue Sinuswelle durch die dunklen Dimensionen rasten (wobei ein Geräusch ertönte, das ans Knarren eines gewaltigen Stoßzahns erinnerte). Oder daß sie Rückschau auf ihr bisheriges Leben hielten – im Falle des Zauberers war das bereits so oft geschehen, daß er während dieser langweiligen Phase in aller Ruhe ein Nikkerchen machen konnte. – Darüber hinaus verzichtet der Autor hier auch auf Beschreibungen wie: »Das Universum fiel wie rote Grütze auf sie herab.«

Es darf jedoch behauptet werden (da ein Experiment den eindeutigen Beweis erbrachte), daß die akustische Untermalung aus folgenden Geräuschen bestand: Es klang so, als nehme jemand ein hölzernes Lineal zur Hand und schlage damit kräftig auf eine Cis-Stimmgabel ein, woraufhin plötzliche Stille folgte.

Eine wirklich *absolute* Stille, von völliger Finsternis begleitet.

Rincewind argwöhnte bereits, daß sich neue Probleme anbahnten, da sah er ein vertrautes blaues Linienmuster.

Er befand sich erneut im Innern des Oktav und fragte sich, was geschehen mochte, wenn jemand das Buch öffnete. Erweckten Zweiblum und er dann den Anschein von zwei Tintenklecksen?

Wahrscheinlich nicht, entschied er. Das Oktav, das ihnen nun Heimstatt bot, unterschied sich von dem dicken Band, der in der Unsichtbaren Universität an ein Pult gekettet war. Dabei handelte es sich nur um die dreidimensionale Manifestation einer multidimensionalen Realität, die ...

Einen Augenblick, dachte er. *Solche Gedanken gehen mir sonst nie durch den Kopf. He, wer denkt da für mich?*

»Rincewind«, sagte eine Stimme, die sich wie raschelndes Papier anhörte.

»Wer? Ich?«

»Natürlich, du Blödmann.«

In einer dunklen Ecke seiner Seele regte sich so etwas wie Trotz und suchte nervös nach einem Versteck.

»Habt ihr euch inzwischen darauf geeinigt, wie das Universum begann?« fragte er mit einem Hauch von Spott. »Vielleicht mit dem Großen Räuspern? Oder war's das tiefe Atemholen, Verwirrt-am-Kopf-Kratzen, Versuchen-zu-Erinnern oder Es-liegt-mir-auf-der-Zunge?«

Eine andere Stimme, so trocken wie Zunder, zischte: »Ich rate dir, nicht zu vergessen, wo du bist.« Es sollte eigentlich unmöglich sein, in einem Satz zu zischen, der gar keine entsprechenden Laute aufwies — sah man einmal vom scharfen S ab —, aber die Stimme gab sich alle Mühe.

»Wie könnte ich das vergessen?« rief Rincewind. »Bei allen Klabautermännern, ich weiß genau, wo ich bin: Ich befinde mich in einem verdammten Buch und spreche mit mehreren verdammten Stimmen. Warum schreie ich wohl, verdammt noch mal?«

»Ich nehme an, du fragst dich, warum wir dich wieder hierhergeholt haben«, flüsterte es dicht neben Rincewinds Ohr.

»Nein.«

»Nein?«

»Was hat er geantwortet?« fragte ein körperloses Raunen.

»Er sagte nein.«

»Hat er wirklich nein gesagt?«

»Ja.«

»Oh.«

»Warum?«

»So etwas passiert mir dauernd«, erklärte Rincewind. »Im einen Augenblick falle ich vom Rand der Welt, und im nächsten stecke ich im Innern eines Buches. Eine Sekunde später finde ich mich auf einem fliegenden Felsen wieder, und kurz darauf leiste ich dem Tod Gesellschaft, der gerade Wehr oder Damm oder was weiß ich spielt. Warum sollte mich so etwas überraschen?«

»Nun, sicher wunderst du dich darüber, weshalb wir nicht wollen, daß uns jemand ausspricht«, sagte die erste Stimme. Sie schien zu spüren, daß sie langsam die Initiative verlor.

Rincewind zögerte. Er entsann sich vage dieses Gedankens, daran, daß er ihm ganz kurz in den Sinn gekommen war, sich in den mentalen Gewölben beunruhigt umgesehen und offenbar einen Überfall der Zauberformel befürchtet hatte.

»Warum sollte jemandem daran gelegen sein, euch auszusprechen?«

»Wegen des Sterns«, lautete die Antwort. »Des roten Sterns. Die anderen Zauberer suchen bereits nach dir. Wenn sie dich finden, wollen sie alle acht Zaubersprüche intonieren, um die Zukunft zu verändern. Sie glauben, der Scheibenwelt droht ein Zusammenstoß mit der roten Sonne.«

Rincewind überlegte. »Besteht tatsächlich eine solche Gefahr?«

»Nur in einer gewissen... He, *was ist das denn?«*

Rincewind blickte nach unten und sah, wie der Koffer aus dem Dunklen heranmarschierte. Die silberne Klinge einer langen Sense ragte unter seiner Klappe hervor.

»Es ist nur der Koffer«, sagte er.

»Aber wir haben ihn nicht hierher bestellt!«

»Niemand bestellt ihn irgendwohin«, meinte Rincewind. »Er taucht einfach auf. Schenkt ihm keine Beachtung.«

»Hmm. Worüber sprachen wir gerade?«

»Über diesen komischen roten Stern.«

»Ah, ja. Es ist sehr wichtig, daß du...«

»Hallo? Hallo? Hört mich jemand?«

Rincewind vernahm eine dünne, piepsige Stimme aus dem Ikonoskop, das nach wie vor vom Hals des reglosen und herrlich stummen Touristen baumelte.

Der Pinseldämon öffnete die kleine Klappe und sah zu Rincewind auf.

»He, Kumpel, wohin habt ihr mich jetzt gebracht?«

»In ein Buch.«

»Oh. Sind wir noch immer tot?«

»Vielleicht.«

»Nun, ich hoffe bloß, daß wir keine dunklen und finsteren Orte mehr aufsuchen. Mir ist nämlich die schwarze Farbe ausgegangen.« Der Winzling schloß die Luke wieder.

Rincewind stellte sich kurz einen Zweiblum vor, der Bilder herumreichte und Bemerkungen von sich gab wie: »Das bin ich, während ich von einer Million Dämonen gefoltert werde.« Und: »Das zeigt mich und das komische Paar, dem wir in den Gletscherhöhlen der Unterwelt begegnet sind.« Rincewind wußte nicht genau, was mit Leuten geschah, die *wirklich* starben – in diesem Zusammenhang kursierten viele verschiedene Gerüchte, und keins davon war geeignet, ihn besonders optimistisch zu stimmen. Ein alter Seemann aus den Randwärtsregionen hatte einmal gesagt, er sei sicher, im Jenseits erwarte ihn ein Paradies mit Brause und üppig-schönen Frauen. Doch als er genauer darüber nachdachte, kam er zu dem Schluß, daß er wahrscheinlich auf weibliche Gesellschaft verzichten und mit Lakritzstrohhalmen vorliebnehmen mußte. Rincewind hielt nichts von Brause. Er mußte immer niesen, wenn er welche trank.

»Nach dieser Unterbrechung können wir wohl wieder zur Sache kommen«, sagte die trockene Stimme fest. »Es ist sehr wichtig, daß du den Zauberern keine Gelegenheit bietest, den Zauberspruch aus deinem Kopf zu holen. Schreckliche Dinge könnten geschehen, wenn man die acht Formeln zu früh beschwört.«

»Ich möchte einfach nur in Ruhe gelassen werden«, sagte Rincewind.

»Gut, ausgezeichnet. Damals, als du das Oktav aufgeschlagen hast, wußten wir sofort, daß wir dir vertrauen können.«

Rincewind runzelte die Stirn. »He, eine Sekunde«, brummte er. »Ihr wollt verhindern, daß die Zauberer alle acht Zaubersprüche bekommen?«

»Stimmt.«

»Und deshalb habt ihr einen von euch in meinem Bewußtsein untergebracht?«

»Genau.«

»Ist euch eigentlich klar, daß ihr damit mein Leben ruiniert habt?« entfuhr es Rincewind empört. »Bestimmt wäre es mir möglich gewesen, als Magier Karriere zu machen, wenn ihr nicht beschlossen hättet, mich als Ablage zu benutzen. Ich kann keine anderen thaumaturgischen Formeln behalten. Euer Freund treibt sie immer wieder in die Flucht.«

»Das bedauern wir sehr.«

»Ich möchte endlich nach Hause!« Rincewind schniefte und wischte sich eine Träne aus dem Augenwinkel. »Ich möchte dorthin zurück, wo die Straßen und Wege mit Kopfsteinen gepflastert sind, wo das Bier nicht ganz so schlecht ist, wo man des Abends gebackenen Fisch essen kann, wo als Beilage Essiggurken, geräucherter Aal und Wellhornschnecken angeboten werden, wo man immer einen warmen Stall findet, um in aller Ruhe zu schlafen, wo man morgens sicher sein kann, am gleichen Ort aufzuwachen, wo es nicht so verdammt viel Wetter gibt. Ich meine: Magie ist mir völlig schnuppe. Vermutlich bringe ich für einen Zauberer nicht die nötigen Voraussetzungen mit. Ich will einfach nur *nach Hause!*«

»Aber du mußt...« begann einer der Zaubersprüche.

Es war bereits zu spät. Heimweh, jenes dünne Gummiband im Unterbewußtsein, das sich um einen Lachs wickelt und ihn dreitausend Meilen weit durch fremde Gewässer zieht, das eine Million Lemminge dazu veranlaßt, sich fröhlich auf den Weg zur Heimat der Ahnen zu machen, einem mythischen Land, das sich durch eine Laune der Kontinentaldrift nicht mehr an seinem ursprünglichen Platz befindet... Nun, solches Heimweh stieg nun in Rincewind empor; unerschütterliche Entschlossenheit spannte die Muskeln an, hangelte sich an dem Faden entlang, der die gequälte Seele des Magiers mit dem Körper verband, duckte sich und sprang...

Die Zaubersprüche blieben allein im Oktav zurück.

Abgesehen von dem Koffer.

Sie sahen ihn an, nicht etwa aus Augen, sondern aus Bewußtseinen, die so alt waren wie die Scheibenwelt.

»Worauf wartest du noch?« flüsterten sie verärgert. »Hau ab!«

»...übel.«

Rincewind wußte, daß dieses Wort von ihm stammte – er erkannte seine Stimme wieder. Einige Sekunden lang starrte er keineswegs normal durch seine Pupillen, sondern eher wie ein Spion, der durch winzige Löcher in den Augen eines Porträts späht. Dann kehrte er vollständig zurück.

»Ift allef in Ordnung mit dir, Rincewind?« fragte Cohen. »Du fahft ein wenig weggetreten auf.«

»Und warst auch ein wenig blaß«, pflichtete ihm Bethan bei. »Wie jemand, der einen Blick auf sein eigenes Grab geworfen hat.« »Äh, ja, diese Beschreibung stimmt ziemlich genau«, erwiderte der Zauberer. Er hob die Hände und zählte seine Finger. Sie schienen alle noch da zu sein.

»Äh, habe ich mich bewegt?« erkundigte er sich.

»Du hast nur so ins Feuer gesehen, als triebe dort ein Geist sein Unwesen«, stellte Bethan fest.

Hinter ihnen stöhnte jemand. Zweiblum setzte sich auf und preßte beide Hände an die Schläfen.

Er musterte sie zwinkernd, und seine Lippen zitterten wortlos.

»Das war ein sehr... seltsamer Traum«, brachte er schließlich hervor. »Äh, was ist dies für ein Ort? Warum bin ich hier?«

»Nun«, sagte Cohen, »einige Leute meinen, der Föpfer des Univerfumf habe eine Handvoll Ton genommen und...«

»Nein, ich meine *hier«*, warf der Tourist ein. »Bist du das, Rincewind?«

»Ja«, bestätigte der Zauberer, obwohl sich Zweifel in ihm regten.

»Ich erinnere mich an eine... eine Uhr... und einige Gestalten, die...« Zweiblum schüttelte den Kopf. »Warum riecht hier alles nach Pferden?«

»Du bist krank gewesen«, sagte Rincewind. »Hattest Halluzinationen.«

»Ja... vermutlich hast du recht.« Zweiblum blickte an sich herab und bemerkte das Ikonoskop. »Ich frage mich nur, warum...«

Rincewind sprang auf.

»Entschuldigt bitte, ist recht stickig hier drin, brauche dringend frische Luft«, sagte er hastig. Er nahm

Zweiblums Bildkasten an sich und stürmte nach draußen.

»Das Ding ist mir gar nicht aufgefallen, als wir hierher kamen«, sagte Bethan. Cohen zuckte mit den Schultern.

Es gelang Rincewind, sich einige Meter vom Zelt zu entfernen, bevor die Ratsche des Ikonoskops klickte. Ganz langsam schob sich das letzte vom Dämon gemalte Bild aus dem Kasten.

Rincewinds Hände zitterten, als er danach griff.

Es zeigte etwas, das selbst bei hellem Tageslicht ziemlich schrecklich ausgesehen hätte. Die Schwärze der Nacht und das rote Glühen des Unheilssterns machten alles noch weitaus greulicher.

»Nein«, sagte Rincewind leise. »Nein, das stimmt nicht ganz. Ich entsinne mich an ein Haus, an eine junge Frau, die auf beunruhigende Weise lächelte...«

»Es ist mir völlig gleich, was du gesehen zu haben glaubst«, erwiderte der winzige Pinselschwinger, der nun in der geöffneten Klappe stand und die Fäuste in die Seiten stemmte. »Ich male das, was ich durchs Objektiv sehen kann. Ich erblicke nur die Wirklichkeit, nichts anderes. Wenn du daran zweifelst, so frag meine Mutter. Sie arbeitet für eine Filmgesellschaft.«

Ein dunkles Etwas kam knirschend über den Schnee: der Koffer. Normalerweise begegnete Rincewind der Truhe mit einer gehörigen Portion Mißtrauen, aber diesmal gestatteten sich seine Gefühle eine Ausnahme und seufzten erleichtert.

»Dir ist also ebenfalls die Rückkehr gelungen«, sagte er. Der Deckel klapperte kurz.

»Nun gut«, brummte Rincewind und befeuchtete sich die Lippen. »Hast *du* dich umgedreht und zurückgesehen?«

Der Koffer gab keine Antwort. Einige Sekunden lang schwiegen sie, wie zwei Krieger, die ein blutiges Schlachtfeld verlassen hatten, Atem schöpften und versuchten, ein Gemetzel zu vergessen.

»Komm«, sagte Rincewind dann. »In der Jurte ist es angenehm warm.« Er streckte den Arm aus, um freundlich auf die Klappe der Truhe zu klopfen. Sie schnappte nach ihm und hätte fast die Finger des Zauberers erwischt. Er schnitt eine Grimasse: Das Leben verlief wieder in normalen Bahnen.

Die Morgendämmerung kündigte einen klaren kalten Tag an. Der Himmel bildete eine blaue Kuppel, die sich über einer weißen Landschaft wölbte. Die Szene hätte so frisch und sauber wie eine Zahnpastawerbung wirken können, wenn nicht der rote Fleck am Horizont gewesen wäre.

»Jetzt kann man daf Ding fon am Tag fehen«, sagte Cohen. »Waf hat ef damit auf fich?«

Er bedachte Rincewind mit einem durchdringenden Blick. Der Zauberer errötete.

»Warum starrt ihr mich alle an?« fragte er. »Ich weiß auch nicht, was es ist. Vielleicht ein Komet oder so was.«

»Wird er uns alle verbrennen?« erkundigte sich Bethan.

»Keine Ahnung. Bin noch nie von einem Kometen getroffen worden.«

Sie ritten hintereinander durch schimmernden Schnee. Das Reitervolk schien großen Respekt vor Cohen zu haben, hatte ihnen einige Pferde überlassen und den Weg zum Smarlstrom gewiesen, der hundert Meilen weiter randwärts floß. Von dort aus, so meinte Cohen, könnten Rincewind und Zweiblum die Reise zum Runden Meer mit einem Boot fortsetzen. Mit einem Hinweis auf seine Frostbeulen erklärte sich der Barbar bereit, sie zu begleiten.

Woraufhin Bethan sofort verkündete, sie wolle sich ihnen ebenfalls anschließen, um zur Stelle zu sein, wenn Cohens Rücken Salbe brauchte.

Als Rincewind das ungleiche Paar musterte, dachte er einmal an Drüsen. Ihm fiel auf, daß sich Cohen neuerdings sogar die Mühe machte, seinen Bart zu kämmen.

»Ich glaube, sie hält große Stücke auf dich«, sagte er. Cohen seufzte.

»Ach, wenn ich zwanfig Jahre jünger wäre...«, sagte er sehnsüchtig.

»Ja?«

»Dann wäre ich fiebenundfechzig.«

»Und?«

»Nun, wie foll ich mich aufdrücken? Als ich noch ein junger Mann war und der Welt meinen Ftempel aufdrückte, mochte ich temperamentvolle Rothaarige befonderf gern.«

»Aha.«

»Dann wurde ich ein wenig älter und entwickelte eine Vorliebe für reife und erfahrene Blondinen.«

»Ach, ja?«

»Und dann wurde ich noch ein wenig älter und wuffte die Vorzüge von heiffblütigen Brünetten zu fätzen.«

Er zögerte, und Rincewind wartete.

»Und weiter?« fragte er schließlich. »Welche weiblichen Eigenschaften bevorzugst du heute?«

Cohen richtete einen resignierenden Blick auf ihn.

»Geduld«, antwortete er.

»Ich fasse es einfach nicht!« ertönte eine laute Stimme hinter ihnen. »Ich reite mit Cohen dem Barbar!«

Der Ausruf stammte natürlich von Zweiblum. Seit dem Morgen — als er feststellte, die gleiche Luft zu atmen wie der größte Held aller Zeiten — verhielt er sich wie ein Affe, der den Schlüssel zu einer Bananenplantage erhalten hatte.

»Meint er daf vielleicht ironif?« wandte sich Cohen an Rincewind.

»Nein. Er ist immer so.«

Cohen drehte sich im Sattel um. Zweiblum bedachte ihn mit einem strahlenden Lächeln und winkte stolz. Cohen schüttelte den Kopf und brummte:

»Er doch Augen im Kopf, oder?«

»Ja. Aber glaub mir: Sie funktionieren nicht so wie bei anderen Leuten. Ich meine... Nun, du erinnerst dich sicher an gestern abend, an die Jurte des Reitervolkes?«

»Na klar.«

»Würdest du mir zustimmen, wenn ich sage, daß das Zelt dunkel und schmutzig war und wie ein krankes Pferd stank?«

»Ich halte daf für eine ziemlich genaue Befreibung.«

»Zweiblum vertritt einen völlig anderen Standpunkt. Er ist der Meinung, es handelte sich um ein wundervolles Barbarenzelt, ausgestattet mit den Pelzen und Fellen wilder Tiere, die von tapferen, folkloristisch und ethnisch höchst eindrucksvollen Kriegern erlegt wurden. Er spräche von kuriosen Gerüchen einer Welt, die von der Zivilisation weitgehend unbefleckt geblieben ist, von einem malerischen Idyll, das in gefährlichen Überfällen auf Karawanen und dem Raub von Frauen aus anderen Stämmen besteht. Und so weiter, und so fort.« Rincewind sah Cohen an. »Im Ernst.«

»Ift er verrückt?«

»In gewisser Weise. Aber er hat eine Menge Geld.«

»Ah, dann kann er nicht übergefnappt fein. Ich bin weit herumgekommen. Wenn jemand viel Geld hat, ift er nicht verrückt, fondern nur exzentriff.«

Erneut drehte sich Cohen im Sattel um. Zweiblum erzählte Bethan gerade, wie Cohen der Barbar mit bloßen Händen die Schlangenkrieger des Hexenmeisters S'belinde besiegt und der Riesenstatue des Krokodilgottes Offler (die wörtliche Übersetzung dieses Namens lautete: Ich-hasse-Handtaschen) den heiligen Diamanten gestohlen hatte.

Das Faltengewirr in Cohens Gesicht formte ein verträumtes Lächeln.

»Wenn du möchtest, fordere ich ihn auf, endlich die Klappe zu halten«, bot sich Rincewind an und überlegte, ob er den Trick mit dem Fausthieb wiederholen sollte.

»Glaubft du, dann würde er wirklich ftill fein?«

»Nein, eigentlich nicht.«

»Dann laff ihn ruhig fnattern«, sagte Cohen. Seine rechte Hand sank auf das Heft des Schwertes, dessen Glanz von jahrzehntelanger Benutzung kündete.

»Wie dem auch fei«, fügte er hinzu. *»Ich* mag feine Augen. Fie sehen fünfzig Jahre weit.«

Hundert Meter hinter ihnen stapfte der Koffer schwerfällig durch den Schnee. Niemand machte sich die Mühe, ihn nach seiner Meinung zu fragen.

Am Abend erreichten sie den Rand der Hochebene und ritten durch einen düsteren Kiefernwald. Ein Schneesturm hatte nur dünnes Weiß auf den Ästen, Zweigen und Nadeln hinterlassen. Die Landschaft bestand überwiegend aus großen, geborstenen Felsen und Tälern, die so tief und schmal waren, daß der Tag dort nur zwanzig Minuten dauerte. Eine weite, urwüchsige und einsame Region, in der unheimliche Wesen lauern mochten, zum Beispiel...

»Trolle«, sagte Cohen und schnüffelte.

Rincewind blickte sich in der roten Dämmerung um. Felsen, die eben noch völlig normal aussahen, schienen plötzlich gespenstisch lebendig zu sein. Schatten, denen er vor wenigen Sekunden nur beiläufige Beachtung geschenkt hätte, wirkten jetzt bedrohlich finster und *massiv.*

»Ich mag Trolle«, sagte Zweiblum.

»Dann solltest du deine Meinung rasch ändern«, erwiderte Rincewind. »Sie sind groß und schwer und finden großen Gefallen daran, Menschen zu verschlingen.«

»Nein, daf ftimmt nicht«, widersprach Cohen, rutschte vorsichtig aus dem Sattel und massierte sich die Knie. »Ef ift ein weit verbreiteter Irrglaube, jawohl. Trolle effen keine Menfen.«

»Nein?«

»Nein. Fie fpucken Menfen auf. Können Leute wie unf einfach nicht verdauen, verftehft du? Der durchfnittliche Troll erhofft fich nichtf weiter vom Leben alf nur einen

Klumpen Granit und vielleicht auch einen leckeren Kalkftein alf Deffert. Angeblich liegt daf daran, weil fie auf filiffia... filliffilium...« Cohen zögerte, und Rincewind befürchtete, daß sich in der Zunge des alten Mannes ein Knoten gebildet hatte. »Weil fie auf Stein find«, fügte der greise Barbar hinzu.

Der Zauberer nickte. Natürlich waren Trolle in Ankh-Morpork nicht ganz unbekannt, denn dort fanden sie häufig Anstellungen als Leibwächter. Für die anfänglichen Unterhaltskosten mußte man tief in die Tasche greifen, bis die Trolle endlich lernten, Türen zu benutzen, anstatt einfach durch die Wand zu gehen.

Als sie Feuerholz sammelten, fuhr Cohen fort: »Die Fähne von Trollen haben'f echt in fich.«

»Wieso?« fragte Bethan.

»Beftehen auf Diamanten. Kann auch gar nicht anderf fein. Nur Diamanten find hart genug, um Felfen fu fermahlen. Und trotzdem müffen fich die fteinernen Burfen jedef Jahr neue wachfen laffen.«

»Da wir gerade bei Zähnen sind...« warf Zweiblum ein.

»Ja?«

»Mir ist aufgefallen...«

»Ja?«

»Oh, nichts weiter«, sagte der Tourist kleinlaut.

»Ja? Oh. Ich flage vor, wir entfünden daf Feuer, bevor ef völlig dunkel wird. Und dann...« Cohen sah plötzlich wie ein Häufchen Elend aus. »Und dann kochen wir eine Fuppe.«

»Das sollten wir Rincewind überlassen«, sagte Zweiblum fröhlich. »Er kennt sich bestens mit Kräutern, Wurzeln und solchen Dingen aus.«

Cohen warf Rincewind einen skeptischen Blick zu.

»Nun, daf Reitervolk hat unf einen Vorrat an getrocknetem Pferdefleiff mitgegeben«, stellte der Barbar fest. »Wenn du einige wilde Fwiebeln und fo'n Feug finden kannft, fmeckt'f vielleicht beffer.«

»Aber ich...« begann Rincewind, brach dann aber ab und fügte sich in sein Schicksal. *Wenigstens weiß ich, wie Zwiebeln aussehen,* dachte er. *Es sind weiße, knollenartige Dinger, aus denen oben ein grüner Stengel ragt. Dürften eigentlich nicht schwer zu finden sein.*

»Na gut, ich gehe und sehe mich mal um, einverstanden?« sagte er.

»Ja.«

»Vielleicht dort drüben, im dichten und dunklen Unterholz?«

»Ja, fieht vielverfprechend auf.«

»Dort, wo es so finster ist, daß man nicht einmal einen Meter weit sehen kann?«

»Feint mir der ideale Ort fu fein.«

»Das habe ich befürchtet«, murmelte Rincewind bitter. Er ging los und fragte sich, wie man Zwiebeln anlockte. *Zwar sind sie vor den Marktbuden an Schnüren aufgereiht,* überlegte er, *aber vermutlich wachsen sie nicht auf diese Weise. Vielleicht setzen Bauern oder Gemüsezüchter Zwiebelhunde ein, um sie aufzuspüren — oder beschwören sie mit magischen Liedern, was weiß ich.*

Es funkelten nur wenige Sterne am Himmel, als sich Rincewind ziellos einen Weg durchs Dickicht bahnte. Er zertrat glühende Pilze, die bedrückend fleischig aussahen und von jedem Gnom mit Beischlafproblemen neidvoll betrachtet worden wären. Kleine, fliegende Geschöpfe stachen ihn. Andere Wesen, die zum Glück unsichtbar blieben, hüpften oder krochen durchs Gebüsch und verfluchten den Eindringling mit krächzenden und zischenden Stimmen.

»Zwiebeln?« flüsterte Rincewind versuchsweise. »Gibt es hier irgendwo Zwiebeln?«

»Dort drüben unter der alten Eibe wachsen einige«, sagte jemand hinter ihm.

»Aha«, brummte Rincewind. »Danke für den Hinweis.«

Längeres Schweigen folgte, nur von dem hungrigen

Summen der Mücken unterbrochen, die wie winzige Geier über dem Kopf des Zauberers schwebten.

Schließlich sagte er: »Entschuldige bitte.«

»Ja?«

»Was meinst du mit ›Eibe‹?«

»Den knorrigen kleinen Baum mit den dunkelgrünen Nadeln.«

»O ja. Noch einmal besten Dank.«

Er rührte sich nicht von der Stelle. Nach einer Weile fragte die Stimme im Plauderton: »Kann ich dir sonst irgendwie helfen?«

»Du bist nicht zufällig ein Baum, oder?« fragte Rincewind und blickte nach wie vor starr geradeaus.

»Sei nicht dumm. Seit wann können Bäume sprechen?«

»Oh. Nun, äh, in letzter Zeit hatte ich einige Probleme mit Bäumen, verstehst du?«

»Eigentlich nicht. Ich bin ein Stein.«

Rincewinds Tonfall veränderte sich kaum, als er erwiderte: »Na schön. Äh, ich sollte jetzt besser die Zwiebeln einsammeln.«

»Ich hoffe, sie schmecken dir.«

Langsam und betont würdevoll setzte er sich wieder in Bewegung, entdeckte einige faserige weiße Objekte, zog sie vorsichtig aus dem Boden und drehte sich um.

Einige Meter entfernt sah er einen Felsen. Aber hier wimmelte es geradezu von Steinblöcken – in diesem Bereich ragten die Knochen der Scheibenwelt an vielen Stellen aus dem Boden.

Rincewind warf der Eibe einen scharfen Blick zu, nur für den Fall, daß sie ihn verspottete. Aber es handelte sich um einen Baum, der die Einsamkeit liebte und noch nichts von Rincewind, dem Begründer der Waldreligion, gehört hatte – und außerdem machten Stamm und Geäst gerade ein Nickerchen.

»Ich wußte die ganze Zeit über, daß du das bist, Zweiblum«, sagte der Zauberer laut. Seine Stimme klang plötzlich seltsam hohl und dumpf, und die Dunkelheit um ihn herum schien sich zu verdichten.

Rincewinds Wissen über Trolle beschränkte sich darauf, daß sie sich in Stein verwandelten, wenn sie Sonnenlicht ausgesetzt wurden – aus diesem Grund mußten Leute, die Trolle für Tagesarbeit einstellten, ein Vermögen für Schutzcreme ausgeben.

Das Unbehagen des Magiers verstärkte sich rapide, als er sich fragte, was mit den granitenen Wesen während der *Nacht* geschah...

Das letzte Tageslicht vertröpfelte, und plötzlich erzitterten die Felsen.

»Rincewind sucht schon seit einer ganzen Weile nach den Zwiebeln«, sagte Zweiblum. »Vielleicht ist ihm irgend etwas zugestoßen. Sollten wir nicht nach dem Rechten sehen?«

»Fauberer kommen gut allein furecht«, erwiderte Cohen. »Mach dir keine Forgen.« Er zuckte zusammen. Bethan schnitt gerade seine Fußnägel.

»Nun, eigentlich ist er kein besonders guter Zauberer«, meinte der Tourist und schob sich näher ans Feuer heran. »Ich würde ihm deswegen keinen Vorwurf machen, aber...« Er beugte sich zu Cohen vor. »Ich habe ihn nie bei irgendwelchen magischen Beschwörungen beobachtet.«

»In Ordnung, jetzt der andere«, sagte Bethan.

»Daf ift fehr nett von dir.«

»Du hast recht hübsche Füße, müßtest sie nur besser pflegen.«

»Weifft du, ich kann mich nicht mehr fo gut bücken wie früher«, erwiderte Cohen ein wenig verlegen. »Ach, in meinem Gefäft begegnet man leider nur wenigen Chiropraktikern und Fufpflegern. Eigentlich komif. Ich kenne jede Menge Flangenpriefter, verrückte Götter und Kriegfherrn – aber nicht einen einfigen Fufpfleger. Pafft vermutlich nicht inf übliche Klifee: Cohenf Kampf Gegen Die Fufpfleger...«

»Oder Cohen Und Die Dämonischen Chiropraktiker«, warf Bethan ein. Der Barbar kicherte.

»Oder Cohen Und Die Verrückten Zahnärzte!« lachte Zweiblum.

Cohen wurde schlagartig ernst.

»Waf ift daran fo komiff?« fragte er und ballte verbal die Fäuste.

»Oh, äh, nun«, machte der Tourist. »Weißt du, deine Zähne...«

»Ja?« sagte Cohen scharf.

Zweiblum schluckte. »Mir ist aufgefallen, daß sie sich, äh, nicht am gleichen Ort befinden wie dein Mund.«

Einige Sekunden lang starrte ihn Cohen finster an. Dann seufzte er, ließ die Schultern hängen und wirkte plötzlich klein und alt.

»Du haft natürlich recht«, murmelte er niedergeschlagen. »Ich bin dir nicht böfe. Ef ift fehr fwierig, ein Held ohne Fähne zu fein. Ef spielt keine Rolle, waf man fonft verliert; selbft mit nur einem Auge genieft man vollen Refpekt. Aber wenn man den Leuten glattef Zahnfleiff zeigt, lachen sie einen nur auf.«

»Ich nicht«, stellte Bethan fest.

»Warum besorgst du dir keine neuen Zähne?« schlug Zweiblum vor und lächelte.

»Ja, klar, wenn ich ein Hai oder fo waf wäre, würde ich mir wieder welche wachfen laffen«, entgegnete Cohen spöttisch.

»Nein, nein, du könntest sie einfach kaufen«, sagte der Tourist. »He, ich zeig dir was... Äh, Bethan würdest du dich bitte umdrehen?« Er wartete, bis die junge Frau seiner Aufforderung nachgekommen war, hob dann die Hand zum Mund.

»Fiehft du?« meinte er.

Bethan hörte, wie Cohen nach Luft schnappte.

»Du kannft deine raufnehmen?«

»Oh, ja. Ich habe mehrere Gebiffe in Referve. Entfuldige bitte...« Zweiblum schien besonders laut zu schlucken und fügte dann in einem normaleren Tonfall hinzu: »Eine sehr praktische Angelegenheit.«

Cohens Stimme zeigte enorme Ehrfurcht, zumindest so viel, wie einem zahnlosen Mund möglich war. Natürlich existierte in Hinsicht auf die Quantität kaum ein Unterschied, doch das nuschelnde Lispeln führte zu einer starken Beeinträchtigung der Qualität.

»Daf kann ich mir denken«, sagte er. »Und wenn du Zahnfmerzen haft, legft du die Dinger beifeite und überläft fie fich felbft, nicht wahr? Tolle Fache: Auf diefe Weife kann man den Lümmeln eine Lekfion erteilen – follen fie fehen, wie fie mit den Fmerzen klarkommen!«

»Nun, das stimmt nicht ganz«, erwiderte Zweiblum behutsam. »Es sind nicht dem Sinn nach meine Zähne. Sie *gehören* mir nur.«

»Du steckft dir fremde Fähne in den Mund?«

»Nein, nein. Ich meine: Jemand hat sie für mich hergestellt. In meiner Heimat gibt es viele Leute, die Gebisse tragen. Es ist...«

Zweiblums Vortrag über zahntechnische Errungenschaften wurde jäh unterbrochen, als ihn irgend etwas am Kopf traf.

Der kleine Mond der Scheibenwelt kletterte mühsam übers Firmament. Er reflektierte nicht etwa den Glanz der Sonne, sondern erstrahlte im Licht vieler Lampen: In Seiner für Ihn typischen Gedankenlosigkeit hatte der Schöpfer vergessen, sie nach dem anstrengenden Schöpfungswerk auszuschalten. In ihrem Schein diskutierten Hunderte von Mondgöttinnen, die der Scheibenwelt keine besondere Beachtung schenkten und ganz damit beschäftigt waren, Unterschriften für eine Beschwerde über die Eisriesen zu sammeln.

Dadurch entging ihnen ein interessanter Anblick: Rincewind unterhielt sich gerade mit einigen Felsen.

Trolle gehören zu den ältesten Lebensformen im Multiversum und verdanken ihre Existenz einem frühen Versuch, eine biologische Evolution ohne schleimiges Protoplasma zu ermöglichen. Individuelle Trolle leben ziemlich lange: Sie hibernieren während des Sommers, um tagsüber zu schlafen, da Wärme sie träge werden läßt. Und natürlich zeichnen sie sich durch eine faszinierende Geologie aus. Nun, man könnte über Tribologie sprechen, die Halbleitereigenschaften unreinen Siliciums erwähnen und an die Riesentrolle der Urzeit erinnern, die die meisten Berge der Scheibenwelt bilden und einige recht ernste Probleme verursachen könnten, wenn sie jemals erwachen. Tatsache ist jedoch, daß die Trolle ohne das starke und allgegenwärtige magische Feld der Scheibenwelt längst ausgestorben wären.

Bisher hat sich kein Bewohner Ankh-Morporks oder der anderen Orte die Mühe gemacht, so etwas wie Psychiatrie zu entdecken. Deshalb konnte niemand einen Tintenfleck aufs Papier klecksen und ihn Rincewind zeigen, um herauszufinden, ob sich im wackligen Gerüst seines Geistes irgendwelche Schrauben gelöst hatten. Was als Erklärung dafür angeführt werden mag, daß er das Erwachen der Trolle mit jener Art von Bildern beschrieb, die ein aufmerksamer Beobachter in flackernden Flammen oder dahinziehenden Wolken zu erkennen glaubt.

In der einen Sekunde sah er einen völlig normal anmutenden Felsen, und in der nächsten verwandelten sich feine Risse im Gestein in breite Mäuler und spitz zulaufende Ohren. Und in der übernächsten – ohne eine drastische Metamorphose – starrte er plötzlich auf Rachen mit langen Reihen diamantener Zähne.

Sie können mich nicht verdauen, erinnerte sich der Zauberer. *Ich läge ihnen nur schwer im Magen. Sie bekämen Bauchschmerzen durch mich.*

Hoffentlich wußten das auch die Trolle...

»Du bist also der Magier Rincewind«, sagte der nächste Felsen. Es klang so, als liefe jemand über Kies. »Tja, ich weiß nicht... Ich hätte dich für größer gehalten.«

»Vielleicht ist er ein bißchen erodiert«, vermutete ein anderer. »Immerhin handelt es sich um eine ziemlich alte Legende.«

Rincewind rutschte unruhig hin und her. Er zweifelte kaum mehr daran, daß der Felsen unter ihm langsam die Form veränderte, und ein winziger Troll — nicht größer als ein Kieselstein — hockte gemütlich auf seinem Fuß und musterte ihn mit großem Interesse.

»Legende?« wiederholte er. »Was für eine Legende?«

»Sie wurde von den Bergen an den Schotter überliefert, seit der Abenddämmerung der Zeit*«, sagte der erste Troll. »›Wenn der rote Stern am Himmel erglüht, wird der Zauberer Rincewind kommen und nach Zwiebeln suchen. Es ist sehr wichtig, daß ihr ihm helft, am Leben zu bleiben.‹«

Kurze Stille folgte.

»Das ist alles?« fragte Rincewind.

»Ja«, bestätigte der Troll. »Schon seit Jahrtausenden zerbrechen wir uns den Kopf darüber. Die meisten anderen unserer Legenden sind wesentlich aufregender. Damals war es viel interessanter, ein Felsen zu sein.«

»Tatsächlich?« erkundigte sich Rincewind unsicher.

»O ja. Wir hatten eine Menge Spaß. Überall gab es Vulkane. Mit anderen Worten: Zum Anbeginn der Zeit *bedeutete* es etwas, ein Felsen zu sein. Damals fehlte der sedimentäre Unsinn. Entweder man bestand aus Eruptivgestein, oder man existierte überhaupt nicht. Tja, inzwischen ist alles anders geworden. Die Leute, die sich heute als Trolle bezeichnen... Nun, manchmal sind sie kaum mehr

---

* Eine interessante Metapher: Für die nachtaktiven Trolle liegt das Morgengrauen der Zeit natürlich in der Zukunft.

als Schiefer. Oder nur Kreide. Ich wäre nicht besonders stolz darauf, wenn man mit mir zeichnen könnte. Du etwa?«

»Nein«, erwiderte Rincewind sofort. »Nein, auf keinen Fall. Um auf die, äh, Legende zurückzukommen... Sie verbietet es euch, mich zu beißen?«

»In der Tat!« sagte der kleine Troll auf dem Fuß des Magiers. »Und ich war es, der dich auf die Zwiebeln aufmerksam machte!«

»Wir sind sehr froh, daß du gekommen bist«, meinte der erste Troll. Rincewind stellte nervös fest, daß es sich dabei um ein ziemlich großes Exemplar handelte. »Wir sind ein wenig besorgt, was den neuen Stern angeht. Was hat es damit auf sich?«

»Keine Ahnung«, entgegnete der Zauberer. »Alle scheinen zu glauben, ich wüßte darüber Bescheid, aber das ist leider nicht der Fall...«

»Selbstverständlich fürchten wir uns nicht davor, eingeschmolzen zu werden«, sagte der große Troll. »Immerhin hat unser Lebensweg als Lavamasse begonnen. Aber wir dachten, das könnte vielleicht das Ende der ganzen Welt bedeuten, was uns nicht sehr erstrebenswert erscheint.«

»Der Stern wächst«, warf ein anderer Troll ein. »Seht ihn euch nur an. Er ist größer als gestern abend.«

Rincewind hob den Kopf. Der rote Fleck war sogar ein *ganzes Stück* größer als während der vergangenen Nacht.

»Wir hofften, du hättest möglicherweise irgendeinen Vorschlag parat«, sagte das Oberhaupt der Felsenschar. Seine Stimme hörte sich an wie granitenes Gurgeln, obwohl er bemüht war, sanft zu klingen.

»Wie wär's, wenn ihr über den Rand der Welt springt?« meinte Rincewind. »Bestimmt gibt es im Universum viele andere Welten, die Platz für einige zusätzliche Felsen bieten.«

»Diese Möglichkeit haben wir uns bereits durch den Kopf gehen lassen«, antwortete der Troll. »Nun, wir sind einigen Felsen begegnet, die schon entsprechende Erfahrungen sammelten. Sie erzählten, sie seien einige Millionen Jahre lang durchs Nichts gefallen, sehr heiß geworden, verbrannt und schließlich durch ein großes Loch im Gefüge des Seins gestürzt. Das halten wir nicht für eine besonders verlockende Vorstellung.«

Er stand auf, und das dabei entstehende Geräusch erinnerte Rincewind an Kohle, die eine lange Rutsche hinabrasselt. Knotige Steinarme kamen zum Vorschein.

»Nun«, fügte der Troll hinzu, »offenbar sollen wir dir helfen. Fragt sich nur, wobei.«

»Meine Gefährten erwarten von mir, daß ich Suppe koche«, sagte Rincewind und deutete auf die Zwiebeln. Vermutlich war es keine sehr heldenhafte oder bedeutungsvolle Geste.

»Suppe?« wiederholte der Troll. »Das ist alles?«

»Nun, vielleicht backe ich auch noch einige Plätzchen.«

Die Trolle wechselten verwunderte Blicke und enthüllten dabei glitzernde Kleinode, die vermutlich ausgereicht hätten, um eine mittelgroße Stadt zu kaufen.

Schließlich brummte der größte Felsen. »Suppe, hm«, machte er und knirschte mit diamantenen Zähnen. »Nun, bisher haben wir angenommen, die Legende sei ... Wie soll ich mich ausdrücken? Vielleicht ein wenig ... Um nicht zu sagen ... Aber es spielt wohl keine Rolle.«

Er streckte eine Hand aus, die wie ein Bündel fossiler Bananen anmutete.

»Ich bin Kwartz«, stellte er sich vor. »Das dort drüben sind Krysoprase, Brekzie, Jaspis und meine Frau Beryll – sie ist ein bißchen metamorphisch, aber auf wen trifft das heute nicht zu? Jaspis, spring nicht dauernd auf seinem Fuß herum.«

Rincewind starrte auf die ihm dargebotene Hand, ergriff sie vorsichtig, kniff die Augen zusammen und rechnete jeden Augenblick damit, das Knacken und Knirschen zermalmter Knochen zu hören. Doch nichts dergleichen geschah. Die Hand des Trolls fühlte sich lediglich ein wenig rauh an, und im Bereich der Fingernägel wuchsen Flechten.

»Es tut mir leid«, sagte der Zauberer. »Ihr seid die ersten Trolle, die ich kennenlerne.«

»Wir sind ein aussterbendes Volk«, ächzte Kwartz niedergeschlagen, als die Gruppe im Licht der Sterne losmarschierte. »Der junge Jaspis ist der einzige Kieselstein unseres Stammes. Unser Leid heißt Philosophie.«

»Ach?« bemerkte Rincewind und versuchte, mit den Felsen Schritt zu halten. Die Trolle gingen mindestens so schnell wie leise, zogen wie Phantome durch die Nacht. Nur das gelegentliche Quieken eines kleinen Tigers, das nicht rechtzeitig auswich, kennzeichnete ihren Weg.

»O ja. Man könnte uns mit Fug und Recht als Märtyrer bezeichnen. Irgendwann läuft alles darauf hinaus. Eines Abends, so heißt es, erwacht man mit dem Gedanken: ›Was geht's mich an?‹ Tja, und das ist der Anfang vom Ende. Siehst du die Felsblöcke dort drüben?«

Rincewinds Blick fiel auf einige dunkle Monolithen, die abseits des Pfades im Gras lagen.

»Der Stein auf der einen Seite ist meine Tante. Ich weiß nicht, an was sie denkt, aber schon seit zweihundert Jahren hat sie sich nicht mehr bewegt.«

»*Lieber* Himmel!« entfuhr es dem Zauberer. »Mein Beileid.«

»Nun, wir kümmern uns um sie und sorgen dafür, daß ihr nichts zustößt«, sagte Kwartz. »Eigentlich besteht auch gar keine Gefahr, denn hier treiben sich nur wenige Menschen herum. Ich weiß, daß es nicht eure Schuld ist, aber aus irgendeinem Grund scheint ihr nicht zwischen vernunftbegabten Trollen und gewöhnlichen Felsen unterscheiden zu können. Um nur ein Beispiel zu nennen: Meinen Großonkel hat's in einem Steinbruch erwischt.«

»Wie schrecklich!«

»Ja. Eben war er noch ein Troll, und im nächsten Augenblick ein dekorativer Kamin.«

Sie bleiben vor einer vertraut wirkenden Klippe stehen. Die zertretenen Reste eines Lagerfeuers glühten in der Dunkelheit.

»Sieht aus, als hätte hier ein Kampf stattgefunden«, meinte Beryll.

»Sie sind weg!« schrie Rincewind. Er eilte an den Rand der Lichtung. »Und die Pferde ebenfalls! Selbst der Koffer ist nicht mehr da!«

»Einer von ihnen hat eine undichte Stelle«, sagte Kwartz und bückte sich. »Hier, sieh nur: das rote, wäßrige Zeug, das in euren Körpern fließt.«

»Blut!«

»So nennt ihr es? Was fangt ihr bloß damit an?«

Rincewind lief umher wie jemand, der Gefahr lief, endgültig überzuschnappen. Er schlich sich an Büsche und Sträucher heran, sprang mit einem Satz dahinter, um festzustellen, ob sich jemand versteckte. Dabei stolperte er über eine kleine grüne Flasche.

»Cohens Salbe!« stöhnte er. »Er läßt sie niemals zurück!«

»Nun«, grollte Kwartz, »euch Menschen stehen gewisse Möglichkeiten offen. Ich meine: Wenn wir zu überlegen beginnen ›Was geht's mich an?‹ und zu philosophieren anfangen, fallt ihr einfach zu Boden, rührt euch nicht mehr und löst euch nach einer gewissen Zeit auf.«

Rincewind schluckte. »Sterben!« krächzte er. »Tod!« Und er erinnerte sich an eine schwarze Gestalt, die eine Sense in der knöchernen Hand hielt, an einen im Akkord arbeitenden Ikonoskopwicht, an sein Bild von der Jenseitswelt. Der Zauberer schauderte so heftig wie noch nie zuvor in seinem Leben.

»Genau«, bestätigte Kwartz. »Aber da wir sie hier nirgends finden können, sind sie vermutlich nicht in eine philosophische Krise geraten.«

»Vielleicht hat sie jemand gefressen!« warf Jaspis aufgeregt ein.

»Hmm«, brummte Kwartz. Und Rincewind murmelte: »Wölfe?«

»Die Wölfe, die hier umherstreiften, haben wir schon vor Jahren plattgetreten«, erwiderte der Troll. »Besser gesagt: Es war der Alte Großvater.«

»Mag er keine Wölfe?«

»Keine Ahnung. Er achtete nur nicht darauf, wohin er die Füße setzte. Hmmm...« Die Trolle betrachteten den Boden.

»Hier ist eine Spur«, sagte Kwartz kurz darauf. »Stammt von ziemlich vielen Pferden.« Er starrte in Richtung der nahen Hügel: Im silbrigen Schein des Mondes zeichneten sich die Schemen steiler Grate und zerklüfteter Schründe ab.

»Der Alte Großvater lebt dort oben«, fügte Kwartz etwas leiser hinzu.

Irgend etwas in seinem Tonfall ließ es Rincewind angeraten scheinen, die Nähe des Alten Großvaters nicht zu wünschen.

»Ein unangenehmer Zeitgenosse, nehme ich an?« fragte er vorsichtig.

»Er ist sehr alt und groß und gemein«, erwiderte Kwartz. »Wir haben ihn schon seit Jahren nicht mehr gesehen.«

»Seit Jahrhunderten«, berichtigte ihn Beryll.

»Er wird sie alle plattwalzen!« fügte Jaspis hinzu und hüpfte über Rincewinds Zehen.

»Manchmal zieht sich ein wirklich großer und alter Troll in die Berge zurück, und dann kann es geschehen, daß er seiner, äh, Felsennatur erliegt. Du verstehst sicher, was ich meine.«

»Nein.«

Kwartz seufzte. »Gelegentlich führen sich Menschen wie Tiere auf, nicht wahr? Das ist auch bei Trollen der Fall, in gewisser Weise. Manchmal denken sie wie Felsen. Und Felsen halten nicht viel von Menschen.«

Brekzie, ein zierlicher Troll, unter dessen Vorfahren auch Sandsteine vertreten gewesen sein mochten, zupfte an Kwartz' Arm.

»Folgen wir ihnen?« fragte er. »Die Legende sagt, wir müssen verhindern, daß dieser Rincewind zu einem Breifladen wird.«

Kwartz richtete sich auf, dachte einige Sekunden lang nach, packte den Zauberer am Kragen und hob ihn sich mit leisem Knirschen auf die Schultern.

»Wir brechen auf«, sagte er fest. »Wenn wir dem Alten Großvater begegnen, erkläre ich ihm alles...«

Zwei Meilen entfernt trabten einige Pferde durch die Nacht. Drei von ihnen trugen sorgfältig geknebelte und gefesselte Gefangene, und ein viertes Roß zog ein improvisiertes *Travois,* auf dem der Koffer unter einem festgezurrten Netz lag, reglos und stumm.

»Halt!« rief Herrena mit gedämpfter Stimme und winkte einen ihrer Männer zu sich.

»Bist du ganz sicher?« fragte sie. »Ich höre überhaupt nichts.«

»Ich habe die schemenhaften Gestalten einiger Trolle gesehen«, erwiderte er besorgt.

Die Heldin sah sich um. In diesem Bereich wuchsen nur noch wenige Bäume, und der Boden bestand aus lockerem Geröll. Weiter vorn ragte ein kahler Felshügel auf, der im roten Glühen des neuen Sterns besonders düster wirkte.

Argwöhnisch prüfte Herrena den Weg. Er schien uralt zu sein, aber irgend jemand hatte ihn angelegt, und es war allgemein bekannt, wie gerne Trolle Menschen zerquetschten.

Sie seufzte. Plötzlich schien der Beruf einer Sekretärin einiges für sich zu haben.

Nicht zum erstenmal dachte sie an die vielen Nachteile

einer Karriere als Schwertkämpferin. Zum Beispiel wurde man/frau von den Vertretern des anderen Geschlechts erst dann ernst genommen, wenn man sie im Kampf tötete, und dann spielte es eigentlich keine Rolle mehr. Hinzu kam all das Leder: Es schien sich um eine Tradition zu handeln, die unbedingt beachtet werden mußte, aber sie bekam dauernd Ausschlag davon. Und dann das Bier. Nun, für Leute wie Hrun den Barbaren oder Cimbar den Meuchelmörder mochte es durchaus in Ordnung sein, die ganze Nacht in irgendwelchen Tavernen und Schänken zu zechen, aber Herrena mied solche Etablissements — es sei denn, sie boten ordentliche Getränke in kleinen Gläsern an, zum Beispiel Kirschlikör oder Champagner. Und was die sanitären Anlagen betraf...

Andererseits jedoch: Herrena war zu groß für eine Diebin, zu ehrlich, um sich als Assassinin zu verdingen, und zu intelligent für ein Leben als Ehefrau. Außerdem verhinderte ihr Stolz eine Betätigung in dem einzigen anderen weiblichen Gewerbe.

Deshalb blieb ihr nichts anderes übrig, als Kriegerin zu werden. Sie legte ihre Ersparnisse auf die hohe Kante und hatte bereits ein bescheidenes Vermögen angesammelt, wußte allerdings noch nicht genau, wozu sie es verwenden sollte. Nur in einem Punkt war sie ganz sicher: Wenn sie sich irgendwo niederließ, wo man wußte, was Zivilisation bedeutete, wollte sie endlich ein Bidet genießen.

Irgendwo in der Ferne splitterte Holz. Trolle machten sich nur selten die Mühe, einen Bogen um Bäume zu machen.

Erneut beobachtete sie den Hügel. Links und rechts stiegen steile Felsen auf, und die Kuppe bestand aus einem breiten granitenen Vorsprung. Die Heldin kniff die Augen zusammen und glaubte, die dunklen Öffnungen von Höhlen zu erkennen.

Sie beugte sich zu Gancia vor, dem Anführer der aus Morpork stammenden Söldner. Er gefiel ihr nicht sonderlich. Zwar war er so muskulös und zäh wie ein Ochse, aber ihrer Meinung nach bestand das Problem darin, daß man diesen Vergleich auch auf seinen Verstand beziehen konnte. Außerdem zeichnete er sich durch eine Boshaftigkeit aus, die der eines Frettchens in nichts nachstand. Wie die meisten Burschen aus der Gosse Morporks wäre er sofort bereit gewesen, seine Oma an den Meistbietenden zu verschachern – vermutlich hatte er schon längst eine Auktion veranstaltet.

»Wir lagern in einer der Höhlen und entzünden ein großes Feuer im Zugang«, sagte Herrena. »Trolle mögen keine Flammen.«

Gancias finsterer Blick deutete darauf hin, daß es ihm nicht sehr gefiel, von einer Frau Befehle entgegenzunehmen, aber laut sagte er. »Du bist der Boß.«

»Genau.«

Herrena blickte zu den drei Gefangenen zurück und betrachtete kurz die Kiste. Ja, Trymons Beschreibungen trafen genau zu. Aber keiner der Männer sah wie ein Zauberer aus. Nicht einmal wie ein gescheiterter.

»Lieber Himmel!« stöhnte Kwartz.

Die Trolle verharrten, und die Nacht umhüllte sie wie Samt. Eine in der Finsternis verborgene Eule stieß einen schaurigen Schrei aus. Nun, Rincewind vermutete zumindest, daß es sich um eine Eule handelte; seine ornithologischen Kenntnisse wiesen einige große Lücken auf. Eine Nachtigall zirpte. Möglicherweise auch eine Drossel. Eine Fledermaus flatterte vorbei – er erkannte sie auf den ersten Blick.

Eine Zeitlang lauschte der Zauberer, dann seufzte er müde und versuchte, auf der steinernen Schulter des Trolls eine bequemere Position zu finden. Als er an die blauen Flecken an seinem Allerwertesten dachte, fiel ihm die kleine grüne Flasche ein. *Vielleicht leiht mir Cohen ein wenig von seiner Salbe.*

»Warum ›lieber Himmel‹?« fragte er schließlich.

Rincewind starrte in die Finsternis, und auf einem Hügel vor ihnen entdeckte er einen matten, flackernden Fleck.

»Oh«, sagte er. »Ein Feuer. So etwas gefällt euch nicht, oder?«

»Nein«, bestätigte Kwartz. »Es beeinträchtigt die Supraleitfähigkeit unserer Gehirne. Aber wie dem auch sei: Ein so kleines Feuer würde den Alten Großvater kaum stören.«

Rincewind sah sich wachsam um und horchte nach Geräuschen, die ein amoklaufender Troll verursachen mochte. Er wußte inzwischen, wie sich normale Trolle in einem Wald verhielten. Es machte ihnen nicht etwa Spaß, Verheerungen anzurichten – sie behandelten organische Materie nur wie eine Art lästigen Nebel.

»Wollen wir nur hoffen, daß er nicht darauf aufmerksam wird«, sagte er besorgt.

Kwartz seufzte. »Ich schätze, es bleibt ihm gar nichts anderes übrig, als das Feuer zu bemerken«, brummte er. »Es brennt direkt in seinem Mund.«

»Fo weit ift ef mit mir gekommen!« stöhnte Cohen und versuchte vergeblich, sich von seinen Fesseln zu befreien.

Zweiblum musterte ihn benommen. Der Stein aus Gancias Schleuder hatte eine ziemlich dicke Beule an seinem Kopf hinterlassen, und der Tourist war ein wenig unsicher, was gewisse Dinge betraf, angefangen mit seinem Namen.

»Ich hätte horchen follen«, fuhr Cohen fort. »Ach, ef wäre viel beffer gewefen, Wache zu halten und aufzupaffen, anftatt auf dein Gerede über – wie heiffen die Dinger? – *Gebiffe* zu hören. Ich glaube, ich werde langfam alt.«

»Diese Höhle ist irgendwie komisch«, sagte Bethan.

»Waf meinft du damit?« fragte Cohen.

»Nun, blick dich mal um. Hast du jemals solche Felsen gesehen?«

Cohen gab ihr recht: Der steinerne Halbkreis am Höhleneingang wirkte in der Tat ungewöhnlich. Jeder Felsen war größer als ein hochgewachsener Mann und sah irgendwie abgenutzt aus. Außerdem ging ein eigentümlicher Glanz von ihnen aus. An der Decke gab es einen zweiten solchen Halbkreis. Die seltsame Formation erweckte den Eindruck eines Steincomputers, vielleicht geschaffen von einem Druiden, der zwar vage geometrische Vorstellungen hatte, aber nicht die geringste Ahnung von den Gesetzen der Schwerkraft.

»Und dann die Wände.«

Cohen schielte auf die Wand und bemerkte einige Streifen aus rotem Kristall. Argwöhnisch kniff er die Augen zusammen, als er kleine Lichtblitze sah, die über die Mineralienadern tanzten und irgendwo im massiven Gestein verschwanden.

Darüber hinaus war es recht zugig. Ein beständiger Wind blies aus den dunklen Tiefen der Höhle.

»Ich bin sicher, er wehte aus der anderen Richtung, als wir hier eintrafen«, flüsterte Bethan. »Was meinst du dazu, Zweiblum?«

»Nun, ich bin kein Höhlenforscher«, erwiderte er, »aber ich glaube, das dort an der Decke hängende Objekt ist ein höchst eigenartiges Stalag-Ding. Ein bißchen zu knollig, nicht wahr?«

Sie beobachteten es eine Zeitlang.

»Nun, ich kann euch keinen triftigen Grund nennen«, fügte der Tourist hinzu, »aber ich hielte es für besser, diesen Ort so schnell wie möglich zu verlassen.«

»Oh, natürlich«, brummte Cohen spöttisch. »Wir bitten die Leute einfach darum, unf die Feffeln abzunehmen und gehen fu laffen, nicht wahr?«

Cohen kannte Zweiblum erst seit kurzer Zeit und war daher ziemlich überrascht, als der kleine Dicke fröhlich nickte. Für gewöhnlich glich er seine mangelnden Kenntnisse ihm unbekannter Dialekte und Mundarten dadurch aus, daß er besonders langsam und laut sprach. Auch diesmal hoffte er, sich auf eine solche Weise verständlich machen zu können: »Entschuldigt bitte«, sagte er langsam und laut. »Würdet ihr uns bitte losbinden und gehen lassen? Hier drin ist es recht feucht und zugig. Bitte seid so nett...«

Bethan sah Cohen verblüfft an.

»Was will er damit erreichen?«

»Keine Ahnung. Vielleicht ift er lebenfmüde.«

Drei der am Feuer sitzenden Gestalten standen auf und kamen näher. Sie erweckten nicht gerade den Eindruck, als hätten sie die Absicht, irgend jemanden loszubinden. Ganz im Gegenteil: Die beiden Männer schienen zu den Leuten zu gehören, die gern mit Messern herumspielen, anzüglich grinsen und höhnisch lachen, wenn sie Gefesselte sehen.

Herrena stellte sich vor, indem sie ihr Schwert zog und auf Zweiblums Herz richtete.

»Wer von euch ist der Zauberer Rincewind?« fauchte sie. »Wir fanden vier Pferde. Ist uns der Magier entwischt?«

»Oh, äh, ich fürchte ja«, erwiderte Zweiblum. »Er suchte nach Zwiebeln.«

»Dann seid ihr also seine Freunde«, stellte die Heldin fest. »Bestimmt wird er kommen, um euch zu retten.« Sie musterte Cohen und Bethan, starrte dann auf den Koffer.

Trymon hatte ausdrücklich darauf hingewiesen, die Kiste sei auf keinen Fall anzurühren. Es heißt, aus Neugier könne man sich die Finger verbrennen, aber Herrena trug metaphorische Asbest-Handschuhe.

Sie strich das Netz beiseite und griff nach der Klappe.

Zweiblum zuckte zusammen.

»Abgeschlossen«, stellte die Heldin fest. »He, Dicker, wo ist der Schlüssel?«

»Es... es gibt gar keinen«, erwiderte der Tourist.

»Wenn ich mich nicht sehr irre, ist das hier ein Schlüsselloch«, sagte Herrena und deutete darauf.

»Nun, ja«, antwortete Zweiblum voller Unbehagen. »Aber wenn sich der Koffer nicht öffnen will, bleibt er zu.«

Herrena bemerkte das verächtliche Lächeln Gancias und knurrte.

»Ich will, daß die Truhe geöffnet wird«, sagte sie scharf. »Kümmer du dich darum, Gancia.« Sie kehrte ans Feuer zurück.

Gancia holte ein langes, scharfes Messer hervor und beugte sich zu Zweiblum herab.

»Sie will, daß die Truhe geöffnet wird«, wiederholte er, sah den anderen Mann an und lächelte.

»Hast du gehört, Weems?«

»Ja. Und ihr Wunsch ist mir Befehl.«

Gancia hielt die Klinge so, daß sie genau auf Zweiblums Nasenspitze zielte.

»Hör mal«, sagte der Tourist geduldig, »ich glaube, ihr versteht nicht. Niemand kann den Koffer öffnen, wenn er schlechte Laune hat und den Deckel zuhält.«

»O ja, natürlich, hatte ich ganz vergessen«, entgegnete Gancia nachdenklich. »Es ist eine magische Kiste, oder? Mit vielen kleinen Füßen, nicht wahr? He, Weems, siehst du irgendwelche kleinen Füße? Nein?«

Er setzte das Messer an Zweiblums Kehle.

»Weißt du, solche Dinge verärgern mich«, sagte er. »Und auch Weems. Er ist ziemlich mundfaul, aber wenn er was sagt, geht's den Leuten an den Kragen. Deshalb rate ich dir: Öffne – die – Kiste!«

Er drehte sich um, trat nach der Truhe und hinterließ eine Delle im Holz.

Irgend etwas klickte leise.

Gancia grinste, als die Klappe langsam und mit einem dumpfen Knarren aufschwang. Der flackernde Schein des Feuers im Höhlenzugang fiel auf schimmerndes Gold – Gold in Form von Tellern, Pokalen, Ketten und Münzen. Den habgierigen Blicken der Söldner bot sich ein kostbarer Schatz dar.

»Na bitte«, sagte Gancia leise.

Er sah kurz in Richtung der anderen Männer, die nach draußen getreten waren und irgend jemandem etwas zuzurufen schienen, richtete seine nachdenkliche Aufmerksamkeit dann auf Weems. Gancias Lippen bewegten sich lautlos, als er sich der ungewohnten Mühe mentaler Arithmetik unterzog.

Er betrachtete sein Messer, doch zur selben Sekunde bewegte sich der Boden.

»Ich habe jemanden gehört«, sagte einer der Söldner. »Er scheint dort unten zu sein. Irgendwo zwischen den, äh, Felsen.«

Rincewinds Stimme hallte durch die Nacht.

»Hört ihr mich?« rief er.

»Ja«, antwortete Herrena. »Was willst du?«

»Ihr seid in großer Gefahr!« rief der Zauberer. »Löscht sofort das Feuer!«

»Nein, nein«, erwiderte die Heldin. »Du bringst alles durcheinander. *Du* bist in Gefahr. Und das Feuer bleibt.«

»Aber der große alte Troll ...«

»Es ist allgemein bekannt, daß sich Trolle von Flammen fernhalten«, sagte Herrena und nickte. Zwei Männer zogen ihre Schwerter und verschwanden in der Finsternis.

»Das stimmt schon!« Rincewind klang verzweifelt. »Aber dieser ganz bestimmte Troll *kann* es nicht!«

»Was kann er nicht?« Herrena runzelte die Stirn. Das Entsetzen in der Stimme des Magiers blieb nicht ohne Wirkung auf sie.

»Sich von den Flammen fernhalten. Sie verbrennen ihm nämlich die Zunge.«

Dann bewegte sich der Boden.

Der Alte Großvater erwachte ganz langsam aus seinem jahrhundertelangen Schlummer. Es fiel ihm sogar ziemlich schwer, sich aus seinen Träumen zu lösen, und einige Dutzende Jahre später wäre ihm das vermutlich nicht mehr gelungen. Wenn ein Troll alt wird und ernsthaft übers Universum nachzudenken beginnt, zieht er sich normalerweise an einen entlegenen Ort zurück, um in aller Ruhe zu philosophieren. Nach einer Weile vergißt er seine Gliedmaßen, und als Folge davon setzt ein umfassender Kristallisationsprozeß ein — bis nur noch ein winziger Lebensschimmer übrigbleibt, tief im Innern eines großen Felshügels mit ungewöhnlichen Gesteinsschichten.

Doch dieses Stadium hatte der Alte Großvater noch nicht erreicht. Sein Erwachen unterbrach einen höchst interessanten Gedankengang über die Bedeutung der Wahrheit. Kaum aufgeschreckt, bemerkte er einen heißen aschigen Geschmack, den er durch konzentriertes Überlegen mit seinem Mund in Verbindung brachte.

Ärger rührte sich in einem gewaltigen granitenen Leib. Befehle und Anweisungen glitten durch neutrale Korridore aus unreinem Silicium. Halbleiterbahnen aus dichten Mineralien stimulierten steinerne Muskeln, und Fels erzitterte an bestimmten Bruchstellen. Bäume kippten um und die Erdkruste brach auf, als sich segelschiffgroße Finger streckten und in den Boden bohrten. Zwei tonnenschwere Lider hoben sich wie falsch herum angebrachte Schleusentore, und das Sternenlicht spiegelte sich in Augen wider, die wie verkrustete Opale wirkten.

Natürlich konnte Rincewind dies alles nicht sehen, denn die Nacht neigt dazu, finster zu sein. Er bemerkte nur, daß die ganze dunkle Landschaft erbebte und allmählich dem Himmel entgegenzuwachsen schien.

Die Sonne ging auf.

Doch das berüchtigte Sonnenlicht der Scheibenwelt machte seinem Ruf, extrem faul und träge zu sein, alle Ehre. Es wurde bereits erwähnt, daß es in starken magischen Feldern schwer zu überwindende Hindernisse sieht, und wie an jedem beginnenden Tag mußte es betrübt und mürrisch feststellen, daß ihm ein neuerliches Hürdenkriechen bevorstand. Nun, um nicht zu viele Worte zu verlieren: Das Licht floß durch die Regionen am Rand und begann mit einem halbherzigen, lautlosen Kampf gegen die im Rückzug befindlichen Armeen der Nacht. Es glitt wie geschmolzenes* Gold durch schlafende Täler – hell, strahlend und vor allen Dingen sehr langsam.

Herrena handelte sofort. Mit großer Geistesgegenwart eilte sie an den Rand der Unterlippe des Alten Großvaters, sprang, prallte auf den Boden und rollte sich ab. Die Männer folgten ihrem Beispiel und fluchten, während sie durch den Schotter rutschten.

Wie ein dreihundert Kilo schwerer Nudelliebhaber, der versuchte, mit Hilfe von Liegestützen um einige hundert Gramm abzumagern und sich so auf die nächste Mahlzeit vorzubereiten, stemmte sich der riesige Troll in die Höhe.

Die Gefangenen bemerkten davon nichts. Sie spürten nur, daß sich der Boden unter ihnen von einer Seite zur anderen neigte. Gleichzeitig vernahmen sie eine Vielfalt von Geräuschen, die alle nicht besonders angenehm klangen.

Weems griff nach Gancias Arm.

»Es ist ein Höhlenbeben«, sagte er. »Laß uns von hier verschwinden.«

»Nicht ohne das Gold«, erwiderte Gancia.

»Was?«

»Das Gold, Mann. Gold! Wir könnten steinreich sein!«

»Hast du schon mal versucht, mit Steinen in einer Schänke zu bezahlen?«

Weems mochte so intelligent sein wie ein überdurch-

---

* Das stimmt natürlich nicht genau. Bäume gingen keineswegs in Flammen auf, und Menschen wurden nicht gleichzeitig sehr reich und völlig tot Außerdem sind keine Seen und Flüsse bekannt, die plötzlich verdampften Ein besserer Vergleich wäre: ›nicht wie geschmolzenes Gold‹

schnittlich begabter Schimpanse, aber er erkannte die Anzeichen von beginnendem Wahnsinn. Gancias Augen glänzten noch heller als das Gold, und sein starrer Blick galt dem linken Ohr des Mannes vor ihm.

Weems drehte den Kopf, beobachtete den Koffer und seufzte. Der Deckel war noch immer einladend geöffnet. Eigentlich seltsam: Normalerweise hätte er durch das Beben und Zittern des Bodens längst zufallen müssen.

»Wir wären gar nicht in der Lage, das Gold zu tragen«, sagte er. »Ist viel zu schwer.«

»Aber einen Teil davon können wir mitnehmen!« entfuhr es Gancia. »Ich lasse nicht alles hier zurück!« Er sprang auf die Truhe zu, und genau in diesem Augenblick hob und senkte sich der felsige Untergrund.

Gancia verschwand im Koffer, dessen Deckel sich schloß.

Einige Sekunden später klappte er wieder hoch, wie um Weems letzte Zweifel auszuräumen, und eine mahagonirote Zunge leckte genüßlich über breite, spitz zulaufende und schneeweiße Zähne.

Weems Entsetzenspegel stieg noch weiter an, als er beobachtete, wie der Koffer plötzlich Hunderte von kleinen Füßen ausfuhr, sich umdrehte und ihn ansah. Der Blick des Schlüssellochs wirkte besonders finster und schien ihm mitzuteilen: »Komm schon, versuch ruhig, dir das Gold zu nehmen. Du bist bestimmt ein leckeres Dessert.«

Der Söldner wich langsam zurück, sah Zweiblum an und schluckte.

»Ich glaube, es wäre eine gute Idee, wenn du uns jetzt losbinden würdest«, schlug der Tourist vor. »Der Koffer ist ganz umgänglich, wenn er einen erst besser kennengelernt hat.«

Nervös befeuchtete sich Weems die Lippen und zog sein Messer. Die Truhe gab ein warnendes Knarren von sich.

Hastig zerschnitt er die Fesseln und trat zur Seite.

»Vielen Dank«, sagte Zweiblum.

»Ich glaube, mit meinem Rücken ftimmt fon wieder waf nicht«, klagte Cohen, als ihm Bethan auf die Beine half.

»Was machen wir mit diesem Mann?« fragte die junge Frau.

»Wir nehmen fein Meffer und fagen ihm, er foll abhauen«, erwiderte Cohen. »Einverftanden?«

»Oh, natürlich, Herr, äh, besten Dank!« platzte es aus Weems heraus. Er lief sofort los und stürmte nach draußen. Für eine Sekunde zeichnete sich seine Gestalt vor dem grauen Himmel des nur zögernd beginnenden Tages ab, und dann stürzte der Söldner mit einem gellenden und rasch verklingenden »Aaaah!« in die Tiefe.

Das Sonnenlicht gischtete wie eine stumme Brandungswelle übers Land. An einigen Stellen war das magische Feld der Scheibenwelt nicht ganz so stark ausgeprägt, und dort eilten Wellen des Morgens dem Tag voraus, ließen isolierte Inseln der Nacht zurück, die innerhalb kurzer Zeit schrumpften und sich ganz auflösten, als der strahlende Ozean über sie hinwegspülte.

Das Hochland der Wirbel-Ebene stellte sich der heranrückenden Flut wie ein gewaltiger, grauer Damm entgegen.

Es ist durchaus möglich, einen Troll zu erstechen, aber diese Technik erfordert viel Praxis, und niemand bekommt Gelegenheit, mehr als einmal zuzustoßen. Herrenas Männer sahen, wie die Trolle ziemlich massigen Geistern gleich durch die Dunkelheit heranwankten. Stählerne Klingen zerbrachen, wenn sie auf harten Stein trafen, und unmittelbar darauf ertönten einige kurze Schreie, die sofort verklangen, als menschliche Knochen bewiesen, nur einem begrenzten Gewicht standhalten zu können. Die Überlebenden ergriffen die Flucht, liefen durch den Wald und versuchten, eine möglichst große Entfernung zwischen sich und die wütenden Felsen zu bringen.

Rincewind kroch hinter einem Baum hervor und sah sich um. Er war allein, lauschte kurz dem Knacken und Krachen von splitterndem Holz und schloß daraus, daß die Trolle der Söldnerbande folgten.

Als er den Kopf hob...

Über ihm hielten zwei große kristallene Augen haßerfüllt nach weichen warmen Protoplasmadingen Ausschau, auf die die Bezeichnung ›Menschen‹ zutraf. Rincewind duckte sich erschrocken, als sich eine hausgroße Hand zur Faust ballte und ihm entgegenstieß.

Der Tag begann mit einer lautlosen Explosion aus Licht. Einige Sekunden lang bildete die gewaltige Masse des Alten Großvaters eine Art Wellenbrecher, an dem sich die Nacht festklammerte. Der Zauberer hörte ein dumpfes Knirschen.

Stille schloß sich an.

Einige Sekunden verstrichen. Nichts geschah.

Vögel zwitscherten. Eine Hummel summte über den Monolithen hinweg, der eben noch die Faust des Alten Großvaters gewesen war. Sie ließ sich auf dem Zweig eines Thymianstrauchs nieder, der unter einem steinernen Fingernagel hervorwuchs.

Zunächst wagte es Rincewind nicht, sich von der Stelle zu rühren. Als weiterhin alles still blieb, gab er sich schließlich einen Ruck und schob sich ungelenk durch den schmalen Spalt zwischen der granitenen Hand und dem Boden – wie eine Schlange, die aus ihrem Bau kroch.

Er blieb auf dem Rücken liegen, starrte nach oben und beobachtete die erstarrte Gestalt des riesigen Trolls. Er schien sich kaum verändert zu haben – sah man einmal von der Tatsache ab, daß er sich nicht mehr bewegte –, doch als Rincewind genauer hinsah, verwischten sich die Konturen. Am vergangenen Abend hatte er erlebt, wie aus kleinen Rissen im Gestein Mund und Augen wurden. Als er nun den steilen Hang über sich betrachtete, stellte er fest, daß die Gesichtszüge des Alten Großvaters immer mehr Ahnlichkeiten mit verwitterten Felsformationen aufwiesen. Die reinste Magie...

»Donnerwetter!« entfuhr es ihm.

Niemand gab Antwort. Rincewind stand auf, klopfte den Staub von der Hose und sah sich um. Abgesehen von der Hummel hielt sich niemand in der Nähe auf.

Er bahnte sich einen Weg durchs Dickicht, und kurze Zeit später fand er einen Stein, der gewisse Ähnlichkeiten mit Beryll hatte.

Der Zauberer fühlte sich einsam und allein, erinnerte sich daran, daß er weit von zu Hause entfernt war. Er...

Hoch über ihm knackte etwas, und einige Felssplitter rieselten herab. Im breiten Antlitz des Alten Großvaters bildete sich ein Loch. Rincewind erblickte kurz die Rückseite des Koffers, der sich bemühte, das Gleichgewicht zu wahren. Dann streckte Zweiblum den Kopf durch die Öffnung.

»Ist da unten jemand?«

»He!« rief der Magier. »Bin ich froh, dich wiederzusehen!«

»Woher soll ich das wissen? Bist du's?«

»Was?«

»Lieber Himmel, von hier oben hat man eine tolle Aussicht!«

Zweiblum und seine Begleiter brauchten eine halbe Stunde, um den Boden zu erreichen. Glücklicherweise war der Alte Großvater sehr zerklüftet und wies viele Stellen auf, an denen man sich festhalten konnte. Doch die dicke Nase hätte ihnen bestimmt erhebliche Schwierigkeiten bereitet, wäre nicht die große Eiche gewesen, deren Stamm aus dem einen Loch ragte.

Der Koffer machte sich erst gar nicht die Mühe zu klettern. Er sprang einfach, klapperte über den Hang, rutschte und polterte – und schien nicht einmal einen Kratzer davonzutragen.

Cohen saß im Schatten und keuchte hingebungsvoll. Er versuchte, wieder zu Atem zu kommen, die jüngsten Ereignisse geistig zu verarbeiten und nicht den Verstand zu verlieren. Nachdenklich beobachtete er die Truhe.

»Die Pferde sind davongelaufen«, sagte Zweiblum.

»Wir finden fie fon wieder«, erwiderte der greise Barbar. Seine Blicke bohrten sich in den Koffer, der immer verlegener aussah.

»Sie sind mit den Packtaschen verschwunden, die unseren Proviant enthalten«, warf Rincewind ein.

»Im Wald gibt'f genug zu essen.«

»Ich habe einige Kekse im Koffer«, verkündete Zweiblum. »Nahrhaften Zwieback, um ganz genau zu sein. Meine eiserne Ration.«

»Die Dinger kenne ich bereits«, sagte Rincewind. »Sind knochenhart und außerdem ...«

Cohen stand auf, verzog das Gesicht und verfluchte seine Bandscheibe.

»Entfuldigt bitte«, brummte er. »Ich muff da unbedingt über etwaf Klarheit gewinnen.«

Er trat an die Kiste heran und griff nach dem Deckel. Die Truhe wich hastig zurück, aber Cohen streckte das Bein, und mindestens zwanzig oder dreißig kleine Füße strauchelten. Als sich der Koffer drehte, um nach ihm zu schnappen, biß der Barbar die Zähne zusammen, zog kräftig und warf ihn auf den gewölbten Deckel. Die Kiste blieb liegen und zappelte wie eine hilflose Schildkröte.

»He, das ist mein Koffer!« protestierte Zweiblum. »Warum greift er meinen Koffer an?«

»Weil er sich vor ihm fürchtet«, sagte Bethan. »Glaube ich wenigstens.«

Zweiblum wandte sich verblüfft an Rincewind. Der Zauberer zuckte mit den Schultern.

»Keine Ahnung«, beantwortete er die unausgesprochene Frage des Touristen. »Ich ziehe es vor wegzulaufen, wenn ich Angst habe.«

Die Truhe öffnete den Deckel und stemmte sich zur Seite. Als sie wieder auf dem Boden stand, setzten sich

Dutzende von Beinpaaren in Bewegung und katapultierten sie auf Cohen zu. Der Messingbeschlag einer Ecke traf das Schienbein des Barbaren, doch als die Kiste herumwirbelte, griff der Greis entschlossen zu, nutzte ihr Bewegungsmoment aus und schleuderte sie an einen Felsen.

»Nicht übel«, sagte Rincewind anerkennend.

Der Koffer wankte zurück, zögerte kurz, näherte sich dann erneut seinem Gegner und hob drohend die Klappe. Cohen sprang und landete mit Händen und Füßen im Spalt zwischen dem Deckel und der oberen Truhenkante. Das schien die Kiste erheblich zu verwirren. Und sie war noch überraschter, als Cohen tief Luft holte und zu zerren begann. An seinen dünnen Armen bildeten sich dicke Muskeln, wie Kokosnüsse, die unter der faltigen und fleckigen Haut erstaunlich schnell heranwuchsen. Eine Zeitlang setzten sie ihren stummen Kampf fort: Sehnen kontra Scharniere. Dann und wann quietschten die Angeln oder knackte ein Knochen.

Bethan stieß Zweiblum den Ellenbogen in die Rippen.

»Greif endlich ein!« verlangte sie.

»Äh, ja«, erwiderte der Tourist. »Ich glaube, das reicht jetzt. Laß ihn in Ruhe, Koffer.«

Als die Truhe diese Worte ihres Herrn und Meisters vernahm, knarrte sie enttäuscht. Der Deckel klappte so abrupt auf, daß Cohen zurücktaumelte, stolperte und fiel. Mit einem Satz war er wieder auf den Beinen und stürzte der Kiste entgegen. Sie hatte sich nicht wieder geschlossen.

Der greise Barbar beugte sich vor und griff hinein:

Der Koffer quietschte ein wenig, fürchtete aber offenbar die Gefahr, von seinem Eigentümer zur Großen Garderobe im Himmel verbannt zu werden. Daher zügelte er seinen Appetit. Als es Rincewind wagte, wieder die Augen zu öffnen, beobachtete er Cohen, der verblüfft in die Truhe starrte und leise fluchte.

»Wäffe?« entfuhr es ihm. »Daf ift allef? Nur Wäffe?« Er zitterte vor Wut.

»Irgendwo müßten auch einige Kekse liegen«, sagte Zweiblum kleinlaut.

»Aber ef hat Gold geglänft! Und ich habe gefehen, wie die Kifte jemanden verflang!« Er warf Rincewind einen flehentlichen Blick zu. Der Zauberer seufzte. »Was weiß ich«, brummte er. »*Mir* gehört das verdammte Ding nicht.«

»Der Koffer stammt aus einem Laden«, verteidigte sich Zweiblum. »Ich wollte eine Reisetasche kaufen.«

»Und statt dessen hat man dir eine hungrige Truhe aus intelligentem Birnbaumholz angedreht«, stellte Rincewind fest.

»Sie ist sehr anhänglich«, sagte der Tourist.

»O ja«, bestätigte der Magier. »Treu und loyal. Das sind die Eigenschaften, die man von einem Koffer erwartet.«

»Einen Augenblick«, warf Cohen ein und ließ sich auf einen Felsen sinken. »War ef einer von den Läden, die ... Ich meine: Vermutlich haft du ihn vorher gar nicht bemerkt, und alf du fpäter furückgekehrt bift, war er nicht mehr da.«

Zweiblum strahlte. »Stimmt haargenau!«

»War der Verkäufer ein verhutfelter Fwerg? Und wimmelte ef in dem Laden von feltfamen Fachen?«

»Ja! Ich konnte das Geschäft nicht wiederfinden. Wo es sich befunden hatte, erhob sich eine hohe Mauer. Nun, ich nahm an, mich in der Straße geirrt zu haben. Die ganze Sache kam mir ziemlich seltsam vor, und ...«

Cohen zuckte mit den Schultern. »Einer von *jenen* Läden*«, sagte er. »Daf erklärt allef.« Er betastete seinen

---

* Der genaue Grund ist unbekannt, aber alle wahrhaft geheimnisvollen und magischen Gegenstände werden in Läden verkauft, die plötzlich irgendwo auftauchen und sich kurz darauf einfach in Luft auflösen Sie zeichnen sich durch eine ähnliche ökonomische Dauerhaftigkeit aus wie Papierfabriken am Kraterrand eines ausbrechenden Vulkans. Es wurden verschiedene Versuche unternommen, diese Sonderbarkeiten zu erklären, doch niemand machte sich die Mühe, alle empirisch festgestellten Fakten in einer Theorie zu vereinen Die entsprechenden Geschäfte erscheinen irgendwo im Universum, und es gibt recht auffällige Hinweise für ihr plötzliches Verschwinden: Dutzende von ehemaligen Kunden, die mit defekten magischen Objekten ziellos durch die Straßen wandern, mit großen Garantiescheinen winken und mißtrauisch jede Ziegelsteinmauer beobachten

Rücken und verzog das Gesicht. »Daf blöde Pferd ift mit meiner Falbe weggerannt!«

Bei diesen Worten fiel Rincewind etwas ein, und er suchte in den Taschen seiner zerrissenen und inzwischen ziemlich schmuddeligen Robe.

Nach einigen Sekunden holte er eine grüne Flasche hervor.

»Da ift daf Feug ja!« rief Cohen glücklich. »Ach, du bift ein wahrer Freund.« Er sah Zweiblum an.

»Ich hätte den Koffer befiegt«, sagte er leise. »Felbft ohne dein Eingreifen wäre ich in der Lage gewefen, ihn fu flagen.«

»In der Tat«, verkündete Bethan stolz.

»Ihr könnt euch nützflich machen«, meinte der greise Barbar. »Die Truhe hat einen Trollfahn durchbrochen, um unf die Möglichkeit fu geben, den Mund def granitenen Ungeheuerf fu verlaffen. Er beftand auf Diamant. Hier müffen jede Menge Fplitter herumliegen. Ich glaube, ich kann fie gut gebrauchen.«

Als Bethan die Ärmel hochkrempelte und nach der grünen Flasche griff, nahm Rincewind den Touristen beiseite und zog ihn hinter einen Busch. »Der Kerl hat sie doch nicht mehr alle.«

»Himmel, du sprichst von Cohen, dem Barbaren!« erwiderte Zweiblum schockiert. »Er ist der größte Held aller...«

»Er *war* es«, verbesserte Rincewind ernst. »All die Sachen mit den Kriegspriestern und menschenfressenden Zombies ist fernste Vergangenheit. Cohen lebt nur noch von Erinnerungen und *Suppe.*«

»Nun, er ist ein wenig älter, als ich ihn mir vorgestellt habe«, gab Zweiblum zu, und hob einen Diamantsplitter auf.

»Ich schlage vor, wir verlassen ihn und seine Masseuse«, sagte Rincewind. »Komm, wir suchen nach den Pferden und machen uns auf den Weg.«

»Sollen wir sie einfach im Stich lassen?«

»Mach dir keine Sorgen um sie«, erwiderte der Zauberer und lächelte hintergründig. »Ich möchte dir nicht zu nahe treten, aber... Fühlst du dich in der Gesellschaft eines Mannes wohl, der den Koffer mit bloßen Händen angreift?«

»Ein interessanter Hinweis«, sagte der Tourist.

»Bestimmt kommen sie auch ohne uns zurecht.«

»Bist du sicher?«

»Und ob«, brummte Rincewind.

Schon nach kurzer Suche fanden sie die Pferde, die im Wald grasten, nahmen ein Frühstück ein, das aus besonders trockenem und hartem Dörrfleisch bestand und ritten anschließend in die Richtung, in der Rincewind Ankh-Morpork vermutete. Einige Minuten später marschierte der Koffer aus dem Dickicht und folgte ihnen.

Die Sonne kletterte am Firmament empor, doch es gelang ihr nicht, das Glühen des unheilvollen roten Sterns zu überstrahlen.

»In der vergangenen Nacht ist er noch größer geworden«, stellte Zweiblum fest. »Warum unternimmt niemand etwas?«

»Was denn, zum Beispiel?«

Der Tourist überlegte. »Jemand sollte Groß-A'Tuin auf ihn aufmerksam machen und bitten, ihm auszuweichen«, schlug er vor.

»Etwas in der Art ist schon einmal versucht worden«, entgegnete Rincewind. »Ich habe von einigen Zauberern gehört, die sich alle Mühe gaben, mit Groß-A'Tuins Bewußtsein Kontakt aufzunehmen.«

»Hat es nicht geklappt?«

»O, doch«, erwiderte der Magier. »Allerdings...«

Allerdings machten die betreffenden Zauberer bald die Erfahrung, daß es nicht ganz ungefährlich war, sich mit einem derart gewaltigen Geist in Verbindung zu setzen.

Die Thaumaturgen übten zuerst mit wesentlich kleineren Land- und Meeresschildkröten, um ein Gefühl für die Gedankengänge solcher Tiere zu bekommen. Nun, sie wußten natürlich, daß Groß-A'Tuins Bewußtsein ziemliche Ausmaße hatte, aber sie reagierten mit sprachloser Verblüffung, als sie feststellten, wie *langsam* sie – oder er – dachte.

»Einige Magier sind schon seit dreißig Jahren damit beschäftigt, ihre – oder seine – Gedanken zu lesen«, sagte Rincewind. »Sie wechseln sich regelmäßig ab. Tja, bisher konnten sie nur in Erfahrung bringen, daß Groß-A'Tuin irgend etwas erwartet.«

»Was?«

»Das weiß niemand.«

Eine Zeitlang ritten sie schweigend durch eine unwegsame Gegend. Hier und dort säumten große Sandsteinblöcke den Pfad. Schließlich sagte Zweiblum: »Ich glaube, wir sollten umkehren.«

»Morgen erreichen wir den Smarlstrom«, erwiderte Rincewind und seufzte. »Sei unbesorgt. Cohen und Bethan kommen auch allein zurecht. Immerhin ist er ein berühmter Barbar, und ...«

Aber der Tourist hörte ihm gar nicht mehr zu, zwang sein Pferd herum und kehrte in die Richtung zurück, aus der sie kamen. Er hielt sich mit der natürlichen Eleganz eines prall gefüllten Kartoffelsacks im Sattel.

Rincewind senkte den Kopf. Der Koffer starrte vorwurfsvoll zu ihm hoch.

»Was siehst du mich so an?« knurrte der Zauberer. »Was kümmert's mich, wenn er unbedingt zurückwill?«

Die Truhe gab keine Antwort.

»Falls in diesem Punkt Unklarheit bestehen sollte: Ich bin nicht für ihn verantwortlich«, stellte Rincewind fest.

Die Kiste schwieg, diesmal etwas lauter.

»Geh nur und folg ihm. Du bist mir in keinster Weise verpflichtet.«

Der Koffer zog die kleinen Füße ein und blieb auf dem Weg liegen.

»Nun, ich reite weiter«, sagte Rincewind. »Im Ernst«, fügte er hinzu.

Er trieb das Pferd an, zügelte es nach einigen Metern und drehte sich um. Der Koffer rührte sich nicht von der Stelle.

»Es hat keinen Zweck, an mein Mitgefühl zu appellieren. Von mir aus kannst du dort den ganzen Tag über hocken. Das ist mir völlig gleich. Ich setze die Reise fort, klar?«

Verärgert musterte er die Kiste. Und sie erwiderte seinen Blick.

»Ich wußte, du würdest zurückkehren«, sagte Zweiblum.

»Ich möchte nicht darüber sprechen«, erwiderte Rincewind.

»Über was dann?«

»Nun, zum Beispiel darüber, wie man diese Stricke lösen könnte«, entgegnete der Zauberer und versuchte vergeblich, die Handfesseln abzustreifen.

»Es ist mir ein Rätsel, warum du so wichtig sein sollst«, sagte Herrena. Sie saß auf einem Stein ihm gegenüber, das Schwert über die Knie gelegt. Die meisten Männer ihrer Gruppe verbargen sich zwischen den Felsen weiter oben und behielten die Straße im Auge. Natürlich war es ihnen nicht weiter schwer gefallen, Rincewind und Zweiblum gefangenzunehmen.

»Weems teilte mir mit, was eure Kiste mit Gancia angestellt hat«, fuhr die Heldin fort. »Ich kann nicht gerade behaupten, er sei ein großer Verlust gewesen, aber ich hoffe, der komischen Truhe ist eins klar: Wenn sie näher als bis auf eine Meile herankommt, schneide ich euch höchstpersönlich die Kehle durch. Habt ihr verstanden?«

Rincewind nickte hastig.

»Gut«, sagte Herrena. »Man will dich tot oder lebendig,

und um ganz ehrlich zu sein: Ich würde lieber darauf verzichten, dich umzubringen. Der Transport von Leichen ist ziemlich umständlich, und außerdem stinken sie nach ein paar Tagen. Meine Männer jedoch... Nun, einige von ihnen würden sich gern mit euch unterhalten. Über die Trolle. Wenn die Sonne nicht im letzten Augenblick aufgegangen wäre...«

Sie ließ das Ende des Satzes offen und ging fort.

»Ach, jetzt sitzen wir schon wieder in der Patsche«, klagte Rincewind. Erneut versuchte er, die Fesseln abzustreifen, und wieder blieben seine Bemühungen ohne Erfolg. Hinter ihm erhob sich ein Felsen, und er dachte daran, zu versuchen die Stricke durchzuscheuern. Wie sich kurze Zeit später herausstellte, war der Granit zwar rauh genug, um ihm die Haut von den Fingern zu schaben, aber die Seile schalteten auf stur und lösten sich nicht.

»Warum ausgerechnet wir?« fragte Zweiblum. »Es hat etwas mit dem neuen Stern zu tun, nicht wahr?«

»Ich weiß überhaupt nichts darüber«, jammerte Rincewind. »Beim Astrologie-Unterricht in der Unsichtbaren Universität habe ich immer geschwänzt.«

»Nun, ich bin sicher, es wird alles ein gutes Ende nehmen«, meinte der Tourist.

Rincewind musterte ihn. Derartige Bemerkungen erstaunten ihn noch immer.

»Du bist wirklich davon überzeugt, nicht wahr?« fragte er. »Du meinst es tatsächlich ernst, oder?«

»Tja, wenn man genauer darüber nachdenkt, löst sich jede Krise in Wohlgefallen auf.«

»Wohlgefallen? Hast du völlig vergessen, daß mein Leben seit einem Jahr völlig durcheinandergeraten ist? Hältst du Chaos für einen erstrebenswerten Zustand? Meine Güte, ich weiß gar nicht mehr, wie oft ich fast ums Leben gekommen wäre...«

»Siebenundzwanzigmal«, warf Zweiblum ein.

»Was?«

»Siebenundzwanzigmal hätte es dich beinah erwischt«, sagte der Tourist im Plauderton. »Ich hab Buch geführt. In Gedanken. Aber du bist es nicht.«

»Was bin ich nicht?« fragte Rincewind argwöhnisch. Er hatte das unbestimmte Gefühl, die Kontrolle über das Gespräch zu verlieren.

»Tot. Ich meine: Du bist noch immer gesund und munter, nicht wahr? Erscheint dir das nicht ein wenig seltsam?«

»Nun, wenn du darauf hinauswillst: Ich habe nichts dagegen, nach wie vor am Leben zu sein.« Rincewind starrte auf seine Stiefel. Die Erklärung lag natürlich auf der Hand: Der Zauberspruch bewahrte ihn vor dem Tod. Inzwischen zweifelte er kaum mehr daran: Selbst wenn er von einer hohen Klippe sprang – bestimmt kam eine Wolke vorbei, um ihn sanft aufzufangen.

Das Problem mit dieser Theorie bestand allerdings darin, daß sie nur funktionierte, solange er sie für absurd hielt. Sobald er begann, sich für unverwundbar zu halten, stand er bereits mit einem Bein im Grab.

Aus diesem Grund erschien es ihm klüger, gar nicht erst darüber nachzudenken.

Außerdem: Vielleicht irrte er sich. Geschähe nicht zum erstenmal.

Nur in einem Punkt war Rincewind völlig sicher: Er bekam allmählich Kopfschmerzen. Er hoffte, daß sich die Zauberformel im entsprechenden Hirnbereich aufhielt und ordentlich litt.

Als sie kurz darauf aufbrachen, teilten sich Rincewind und Zweiblum jeweils ein Pferd mit einem der Söldner. Der Zauberer nahm eine recht unbequeme Position vor Weems ein, der sich den Fuß verstaucht hatte und nicht gerade bester Laune war. Zweiblum saß vor Herrena, und aufgrund seiner geringen Körpergröße konnte er sich wenigstens die Ohren warmhalten. Die Heldin ritt mit gezücktem Messer und hielt ständig nach wandernden Truhen Ausschau. Sie wußte noch immer nicht genau, was sie vom Koffer des Touristen halten sollte, aber sie ahnte, daß er nicht geneigt war, Zweiblums Tod zuzulassen.

Nach ungefähr zehn Minuten stand die Kiste mitten auf der Straße. Der Deckel klappte einladend hoch und offenbarte glänzendes Gold.

»Macht einen Bogen um die verdammte Truhe«, sagte Herrena.

»Aber . . .«

»Es ist eine Falle.«

»Genau«, brummte Weems. Er wirkte plötzlich sehr blaß. »Herrena hat recht, glaubt mir. Ich habe mit eigenen Augen gesehen, wie Gancia . . .« Er würgte, und Rincewind duckte sich.

Widerstrebend ritten die Männer an der glitzernden Verlockung vorbei und folgten dem Verlauf des Weges. Weems sah sich ängstlich um und befürchtete offenbar, die Kiste wolle sich auf ihn stürzen. Er erinnerte sich an eine mahagonirote Zunge, die genüßlich über schneeweiße Zähne leckte.

Erschrocken riß er die Augen auf, schauderte, zitterte und wäre fast aus dem Sattel gefallen. Rincewind seufzte enttäuscht auf.

Der Koffer war verschwunden.

Auf der linken Seite des Pfades, einige Dutzend Meter entfernt, raschelte das hohe Gras wie von Geisterhänden bewegt. Tiefe Stille schloß sich an.

Rincewind mochte kein besonders guter Zauberer und ein noch weitaus schlechterer Kämpfer sein, aber er galt allgemein als Experte für Feigheit. Und er witterte beginnende Panik. »Die Truhe wird sich an deine Fersen heften«, sagte er ruhig.

»Was?« erwiderte Weems geistesabwesend. Er beobachtete noch immer das Gras.

»Sie ist sehr geduldig und gibt niemals auf. Ihr habt es mit intelligentem Birnbaumholz zu tun. Sie wird warten, bis du glaubst, sie hätte dich vergessen. Und wenn du dann eines Tages durch eine dunkle Gasse gehst, hörst du plötzlich das Geräusch von Schritten: taptaptap. Ja, und sie nähern sich dir, werden immer schneller – taptaptap-TAP...«

»Sei endlich still!« rief Weems.

»Bestimmt hat sie dich bereits wiedererkannt, und...«

»Halt die Klappe!«

Herrena drehte sich um und warf ihnen einen scharfen Blick zu Weems schnitt eine finstere Grimasse und zog Rincewinds Ohr so lang, bis es sich direkt vor seinem Mund befand. »Ich fürchte mich vor nichts, kapiert?« sagte er heiser. »Ich spucke auf magischen Kram, klar?«

»Das sagen alle, bis sie die Schritte hören«, stichelte Rincewind und brach abrupt ab, als er eine Messerspitze an den Rippen spürte.

Der Rest des Tages verlief ereignislos, aber zu Rincewinds großer Zufriedenheit und Weems' zunehmender Paranoia zeigte sich der Koffer mehrmals. Hier hockte er unschuldig auf einem Felsen, und dort lag er in einem Graben, halb unter Moos verborgen.

Am späten Nachmittag erreichten sie die Kuppe eines Hügels und sahen in das weite Tal des oberen Smarl. Es handelte sich um den längsten Fluß auf der Scheibenwelt, an dieser Stelle war er schon eine halbe Meile breit und voller Schlamm, der die Uferzonen zur fruchtbarsten Region des Kontinents machte. Einige frühe Nebelschwaden zogen am Ufer entlang.

»Tap«, flüsterte Rincewind und fühlte, wie Weems zusammenzuckte.

»Was?«

»Hab mich nur geräuspert«, sagte der Zauberer und lächelte. Um ganz genau zu sein: Er grinste, und zwar ziemlich breit. Es war jene Art von Grinsen, das man in den Gesichtern von Leuten beobachten konnte, die linke Ohren für außerordentlich interessant hielten und in einem verschwörerischen Tonfall behaupteten, von Geheimagenten aus der nächsten Galaxis verfolgt zu werden. Es wirkte nicht sehr vertrauenerweckend. Nun, es gibt wenige Wesen, die noch greulicher grinsen, zum Beispiel Geschöpfe, die ein orangefarbenes Fell mit schwarzen Streifen und einen langen Schwanz haben. Die urwüchsige Dschungel durchstreifen und nach Opfern Ausschau halten, um sie mit einem reißzahnintensiven Lächeln zu erschrecken.

Herrena kam näher. »Siehst du das Ding da?« wandte sie sich an Weems und streckte den Arm aus.

Der Pfad führte zu einer wackligen Mole am Flußufer, wo ein großer Gong aus Bronze hing.

»Damit ruft man den Fährmann«, sprach die Heldin. »Wenn wir den Strom an dieser Stelle überqueren, kürzen wir den Weg ab. Vielleicht schaffen wir es sogar, noch heute abend einen Ort zu erreichen.«

Weems sah sich skeptisch um. Die Sonne hatte sich bereits ihr rotes Nachtgewand übergestreift, neigte sich dem Horizont entgegen und schien bestrebt zu sein, so rasch wie möglich Feierabend zu machen. Der graue Dunst verdichtete sich stetig.

»Oder willst du die Nacht lieber auf dieser Seite des Flusses verbringen?«

Weems griff nach dem Hammer und schlug so heftig auf den Gong ein, daß er mehrmals herumwirbelte und von der Aufhängung fiel.

Sie warteten stumm. Nach einer Weile hörten sie ein feucht klingendes Rasseln: Eine Kette tauchte aus dem Wasser und zog sich stramm. Rincewind sah, daß sie an einem eisernen Uferpflock befestigt war. Kurz darauf enthüllte der Nebel die Konturen eines flachen Bootes; der Fährmann betätigte eine große Winde in der Mitte des Kahns und steuerte ihn auf diese Weise am dicken Kabel entlang.

Es knirschte leise, als der Fährenboden über Kies schabte, und der Mann an der Winde richtete sich keuchend auf.

»Jeweilf fwei«, brummte er undeutlich. »Mehr nicht. Nur fzwei Perfonen mit Pferden.«

Rincewind schluckte und widerstand der Versuchung, Zweiblum einen bedeutungsvollen Blick zuzuwerfen. Wahrscheinlich lächelte der Tourist wie ein verdammter Idiot. Trotzdem riskierte er es, den Kopf zu drehen und mit den Augen zu rollen.

Zweiblum starrte die dürre, in einen Kapuzenmantel gehüllte Gestalt groß an. Sein Mund stand weit offen.

»Du bist nicht der übliche Fährmann«, sagte Herrena. »Ich bin schon einmal hiergewesen und dabei einem großen, dicken Burschen begegnet, der...«

»Er hat heute feinen freien Tag.«

»Nun, meinetwegen.« Die Heldin zuckte mit den Achseln. »Wenn das so ist... *Warum lacht er?*«

Zweiblums Schultern bebten, und sein Gesicht war so rot wie eine reife Tomate. Er schien sich kaum mehr beherrschen zu können und gab leise, prustende Geräusche von sich. Herrena musterte ihn argwöhnisch und bedachte dann den Fährmann mit einem durchdringenden Blick.

»Ihr beiden dort – schnappt ihn!«

Einige Sekunden lang herrschte Stille. Dann erwiderte einer der Söldner: »Meinst du den Fährmann?«

»Ja!«

»Warum?«

Herrena zuckte verwirrt zusammen. Mit so etwas hatte sie nicht gerechnet. Wenn man »Greift ihn!« oder »Wächter!« rief, so erwartete man von Untergebenen, daß sie sofort aufsprangen und gehorchten. Die Tradition verlangte, daß sie nicht einfach sitzenblieben und auf einer Diskussion bestanden. »Weil ich es sage!« Eine bessere Antwort fiel der Heldin nicht ein. Die beiden Männer, denen der Befehl galt, wechselten einen kurzen Blick, seufzten, stiegen ab und griffen nach den Armen der dürren Gestalt, die ihnen nur bis zur Brust reichte.

»Zufrieden?« fragte einer von ihnen. Zweiblum schnappte verzweifelt nach Luft.

»Und jetzt möchte ich sehen, was er unter dem Mantel verbirgt.«

Erneut sahen sich die beiden Männer an.

»Ich bin nicht sicher, ob...« begann der eine.

Er konnte den Satz nicht zu Ende bringen, weil sich ihm ein knochiger Ellenbogen mit der Gewalt eines Kolbens in die Magengrube bohrte. Sein Gefährte starrte ihn ungläubig an und ächzte, als seine Nieren mit einer hageren Faust Bekanntschaft machten.

Cohen fluchte und versuchte, das Schwert unter der Robe hervorzuziehen, während er auf Herrena zuhüpfte. Rincewind stöhnte, biß die Zähne zusammen und warf ruckartig den Kopf zurück. Weems gab einen schmerzerfüllten Schrei von sich, und der Zauberer ließ sich zur Seite fallen, landete mit einem dumpfen Schlag im Schlamm. Sofort sprang er wieder auf und sah sich nach einem Versteck um.

Cohen brüllte triumphierend und erlitt einen Hustenanfall, bevor es ihm endlich gelang, das Schwert aus den Falten des Mantels zu befreien. Er schwang es mit einem begeisterten »Ha!« und verwundete einen Mann, der sich von hinten an ihn heranschlich.

Herrena stieß Zweiblum beiseite und griff nach ihrer eigenen Klinge. Der Tourist rollte sich ab (sein wohlgerundeter Leib erleichterte ihm dieses Unterfangen) und stemmte sich in die Höhe, wodurch ein nahes Roß erschrak und seinen Reiter abwarf. Rincewind nutzte die gute Gelegenheit, nach dem Kopf des Söldners zu treten. Vorwürfe wie »Du feige Ratte!« beleidigten den Zauberer nicht sonderlich – von solchen sprachlichen Entgleisungen ließ er sich keineswegs zu einem Duell provozieren –, aber er wußte, daß auch feige Ratten kämpften, wenn man sie in die Enge trieb.

Weems Hände lagen auf seinen Schultern, und eine

Faust, so groß wie ein mittlerer Felsen, traf den Kopf des Magiers.

Während er in die Knie ging, hörte er Herrenas Stimme: »Tötet sie beide. Ich erledige diesen alten Narren.«

»In Ordnung!« knurrte Weems, wandte sich Zweiblum zu und holte mit seinem Schwert aus.

Rincewind beobachtete erstaunt, wie der Söldner zögerte. Einige Sekunden lang schien es seltsam still zu sein, dann hörte er ein lautes Platschen. Der Koffer trippelte an Land und schüttelte sich wie ein regennasser Hund.

Weems war vor Entsetzen wie gelähmt, und das Schwert fiel ihm aus der Hand. Eine Zeitlang verharrte er erschrokken, doch als er sah, daß die Kiste genau auf ihn zusteuerte, schauderte er, wirbelte herum und verschwand im Nebel. Sofort sprang Koffer über Rincewind hinweg und folgte ihm.

Herrena griff Cohen an, der ihren ersten Hieb parierte, das Gesicht verzerrte und sein Rheuma beklagte. Die Klingen trafen scheppernd aufeinander, und die Heldin mußte sich einige Schritte zurückziehen, als es Cohen mit einem geschickten Rückhandschlag fast gelang, sie zu entwaffnen.

Rincewind wankte an die Seite Zweiblums und zupfte ziemlich grob an seinem Ärmel.

»Wird Zeit, daß wir abhauen«, stieß er hervor.

»Das war großartig!« meinte der Tourist bewundernd und deutete auf den greisen Barbaren. »Hast du gesehen, wie er...«

»Ja, ja. Jetzt komm endlich.«

»Aber ich möchte... He, ausgezeichnet!«

Herrenas Schwert segelte davon und bohrte sich einige Meter entfernt in den weichen Boden. Cohen schnaufte zufrieden, umfaßte das Heft seiner Klinge mit beiden Händen, hob sie weit über den Kopf, verdrehte die Augen, ächzte – und rührte sich nicht mehr von der Stelle.

Herrena musterte ihn verwirrt. Versuchsweise trat sie

einen Schritt auf ihr Schwert zu, und als der alte Mann nicht reagierte, griff sie rasch danach, wog es nachdenklich in der Hand und starrte Cohen an. Nur seine funkelnden Augen gingen mit, als sie um ihn herum wanderte.

»Er hat sich wieder was ausgerenkt!« hauchte Zweiblum. »Was sollen wir jetzt unternehmen?«

»Wie wär's, wenn wir versuchen, die Pferde einzufangen?«

»Nun«, sagte Herrena, »ich weiß nicht, wer du bist oder was du hier machst, und ich möchte dir versichern, daß ich keinen persönlichen Groll gegen dich hege, aber leider...«

Sie holte mit ihrem Schwert aus.

Irgend etwas zerteilte die Nebelschwaden, und unmittelbar darauf ertönte jenes Geräusch, das für gewöhnlich erklingt, wenn dickes Holz einen menschlichen Kopf trifft. Herrena hob überrascht die Brauen und sank zu Boden.

Bethan ließ den Ast fallen, den sie als Knüppel verwendet hatte, trat auf Cohen zu, packte ihn an den Schultern, stemmte ihm das Knie in den verlängerten Rücken und zog heftig.

Erleichterung tilgte einige der vielen Falten aus seinem Gesicht. Vorsichtig bückte er sich.

»Es tut überhaupt nicht mehr weh!« sagte er. »Nicht ein bißchen!«

Zweiblum sah Rincewind an.

»Mein Vater schlug in solchen Fällen vor, den Patienten an einen Balken zu hängen«, meinte er fröhlich.

Weems kroch besonders vorsichtig und behutsam durch das dichte Buschwerk. Der Nebel dämpfte alle Geräusche, und er hoffte, daß während der letzten zehn Minuten tatsächlich alles still geblieben war. Ganz langsam drehte er sich um und gestattete sich ein langes, von Herzen kommendes Seufzen. Sicherheitshalber trat er hinter die Dekkung eines hohen Strauchs zurück.

Etwas berührte ihn sanft an den Waden. Etwas Kantiges.

Weems sah nach unten und entdeckte mehr Füße, als ihm lieb war.

Der Deckel des Koffers klapperte einmal kurz, und dann herrschte wieder Stille.

Das Feuer glühte matt in der Dunkelheit. Der Mond war noch nicht aufgegangen, doch der rote Unheilsstern hing dicht über dem Horizont.

»Er wird immer größer«, stellte Bethan fest. »Jetzt sieht er aus wie eine kleine Sonne. Und ich glaube, es ist auch wärmer geworden.«

»Warum sagst du das?« jammerte Rincewind. »Als hätten wir nicht schon genug Sorgen...«

Cohen, der sich einmal mehr den Rücken massieren ließ, hob den Kopf. »Waf ich nicht verftehe, ift folgendef: Wie haben euch die Földner erwifft, ohne daff wir irgend etwaf hörten? Vielleicht hätten wir nicht einmal Verdacht geföpft, wenn nicht die Kifte gewefen wäre. Fie lief hin und her und fien ganz auffer fich zu fein.«

»Und sie schluchzte«, fügte Bethan hinzu. Alle Blicke richteten sich auf sie.

»Nun, wenigstens erweckte sie den *Anschein* zu schluchzen«, sagte die junge Frau. »Sie ist wirklich süß. Finde ich.«

Die Männer sahen Koffer an, der auf der anderen Seite des Feuers hockte. Nach einigen Sekunden stand er auf und zog sich demonstrativ in die Nacht zurück.

»Leicht fu füttern«, meinte Cohen.

»Schwer zu verlieren«, sagte Rincewind.

»Anhänglich«, warf Zweiblum ein.

»Geräumig«, kommentierte Cohen.

»Aber süß?« Rincewind schüttelte den Kopf. »Ich habe ihn noch nie probiert.«

»Ich nehme an, du bift nicht bereit, ihn fu verkaufen, oder?« erkundigte sich der Barbar.

»Nein«, antwortete Zweiblum. »Ich glaube, so etwas würde er nicht verstehen.«

»Tja, vermutlich nicht«, pflichtete ihm Cohen bei. Er setzte sich auf und schürzte die Lippen. »Ich fuche nach einem Gefenk für Bethan, wifft ihr. Wir wollen heiraten.«

»Wir glauben, ihr habt ein Recht darauf, es als erste zu erfahren«, sagte Bethan und errötete.

Zweiblum runzelte die Stirn, aber Rincewind schenkte ihm keine Beachtung.

»Nun, das ist sehr, äh...«

»Sobald wir eine Stadt erreichen und einen Priester finden«, sagte Bethan. »Ich lege Wert auf eine angemessene Zeremonie.«

»Das ist sehr wichtig«, bestätigte Zweiblum ernst. »Wenn es auf dieser Welt mehr *Moral* gäbe, bestünde nicht die Gefahr einer Kollision mit irgendwelchen Sternen.«

Eine Zeitlang dachten sie schweigend darüber nach, dann fuhr der Tourist fröhlich fort. »Das muß gefeiert werden. Ich habe einige Kekse und Wasser, und vielleicht könnten wir für Cohen eine Suppe...«

»Ja, ja, später«, unterbrach ihn Rincewind und zog den greisen Barbaren zur Seite. Mit gestutztem Bart konnte man den alten Mann für siebzig halten. Vorausgesetzt, die Nacht war dunkel genug.

»Ist es eine, äh, ernste Sache?« fragte er. »Willst du sie wirklich heiraten?«

»Na klar. Haft du Einwände?«

»Nein, äh, natürlich nicht, aber... Ich meine, sie ist siebzehn, und du, äh... Wie soll ich mich ausdrücken? Nun, du gehörst zur älteren Generation.«

»Ich follte mich wohl fur Ruhe fetzen, waf?«

Rincewind suchte nach den richtigen Worten. »Bethan ist siebzig Jahre jünger als du. Bist du sicher, daß...«

»Ich bin fon mal verheiratet gewefen, weifft du«, entgegnete Cohen und fügte vorwurfsvoll hinzu: »Ich habe ein gutef Gedächtnif.«

»Nein, nein, ich meine den, äh, körperlichen Aspekt, den, äh, Altersunterschied und so weiter. Es ist doch auch eine Frage der Gesundheit und des Leistungsvermögens...«

»Ah«, machte Cohen langsam. »Jetzt verftehe ich. Die Anftrengung. Daran habe ich überhaupt nicht gedacht.«

»Nun, äh, das war auch gar nicht anders zu erwarten.« Rincewind stand auf.

»Meine Güte, jetzt haft du mir wirklich eine harte Nuff fu knacken gegeben«, brummte Cohen.

»Ich hoffe, du bist nicht enttäuscht.«

»Nein, keinefwegf«, murmelte der Greis. »Du brauchft dich nicht fu entfuldigen, haft völlig recht.«

Er drehte sich um und musterte Bethan, die ihm zuwinkte, sah dann zum Himmel und beobachtete den roten Stern, der durch die Nebelschwaden glühte.

Schließlich sagte er: »Find gefährliche Feiten.«

»Kann man wohl sagen.«

»Wer weiff, waf morgen gefieht?«

»Niemand.«

Cohen klopfte Rincewind auf die Schulter. »Manchmal muff man Rifiken eingehen«, fügte er hinzu. »Fei mir bitte nicht böfe, aber ich glaube, wir laffen die Hochfeit nicht auffallen.« Er warf Bethan einen kurzen Blick zu und seufzte. »Wollen wir nur hoffen, daff fie ftark genug ift.«

Gegen Mittag am folgenden Tag erreichten sie eine kleine Stadt, vor der sich ein Schutzwall aus Lehm erhob. In diesem Bereich waren die Felder nach wie vor grün, und die üppige Vegetation hielt noch nichts davon, sich dem strengen Gebot des Winters zu fügen. Seltsamerweise herrschte ein recht dichter Verkehr in der anderen Richtung: Große Karren rumpelten an Rincewind und seinen Begleitern vorbei; Hirten und Bauern trieben ihr Vieh am Straßenrand entlang; alte Frauen schleppten Heustapel und vollständige Kücheneinrichtungen.

»Eine Seuche?« Der Zauberer wandte sich an einen

Mann, der einen mit Kindern beladenen Wagen vor sich her schob.

Er schüttelte den Kopf. »Nein, es ist der Stern, Freund«, sagte er. »Er glüht oben am Himmel.«

»Wo sonst?«

»Es heißt, am nächsten Silvestertag wird er auf uns herabstürzen, die Meere verdampfen, alle Dörfer der Scheibenwelt verbrennen und Könige stürzen.« In bedeutungsschwangerem Tonfall fügte der Mann hinzu: »Angeblich verwandeln sich die Städte dann in Glasseen. Ich ziehe mich in die Berge zurück.«

»Um dich in Sicherheit zu bringen?« fragte Rincewind skeptisch.

»Nein, wegen der besseren Aussicht.«

Der Zauberer kehrte zu seinen Gefährten zurück.

»Alle haben Angst vor dem Stern«, sagte er. »Niemand scheint in den Städten geblieben zu sein. Die Leute fürchten sich zu sehr.«

»Ich möchte euch nicht beunruhigen«, warf Bethan ein, »aber mir scheint, es ist ungewöhnlich heiß.«

»Darauf hast du schon gestern abend hingewiesen«, meinte Zweiblum. »War eine für die Jahreszeit erstaunlich warme Nacht.«

»Ich fürchte, ef wird bald noch viel wärmer«, sagte Cohen. »Kommt, die Ftadt wartet auf unf.«

Sie ritten durch stille und fast völlig leere Straßen. Cohen betrachtete die Ladenschilder von Händlern und Handwerkern, und nach einer Weile zügelte er sein Roß. »Diefef Gefäft ift genau richtig«, sagte er. »Fucht ihr inzwiffen nach einem Tempel,famt Priefter. Wir treffen unf fpäter.«

Rincewind las die Schrift über dem Fenster.

»Ein Juwelier?« fragte er.

»Ef foll eine Überraffung fein.«

»Ich könnte auch ein neues Kleid gebrauchen«, sagte Bethan.

»Ich ftehle dir einf.«

Der Ort wirkte irgendwie bedrückend, fand Rincewind. Düster und ausgesprochen seltsam.

Jede Tür zeigte das mit roter Farbe aufgetragene Zeichen eines roten Sterns.

»Gespenstisch«, meinte Bethan. »Ging es den Bewohnern vielleicht darum, die neue Sonne herzulocken?«

»Das bezweifle ich«, entgegnete Zweiblum. »Ich nehme an, sie wollten den Stern auf diese Weise fernhalten.«

»Aber das klappt bestimmt nicht«, brummte Rincewind. »Er ist viel zu groß.« Die anderen drehten sich zu ihm um.

»Scheint mir eine vernünftige Annahme zu sein, oder?«

»Nein«, widersprach Bethan.

»Sterne sind kleine Lichter am Himmel«, stellte Zweiblum fest. »In meiner Heimat hab ich mal einen gesehen, der herabfiel – ein weißes Ding, groß wie ein Haus. Glühte einige Wochen lang, bevor es erlosch.«

»Dieser Stern unterscheidet sich von den anderen«, verkündete eine Stimme. »Groß-A'Tuin ist an den Strand des Universums gekrochen, und hinter ihr erstreckt sich der große Ozean des Weltraums.«

»Woher weißt du das?« fragte Zweiblum.

Rincewind zwinkerte verwirrt. »Was?«

»Was du gerade sagtest. Über Strände und Ozeane.«

»Ich bin völlig still gewesen.«

»Nein, das bist du nicht, du Blödmann!« entfuhr es Bethan. »Wir haben dich deutlich gehört und außerdem gesehen, wie sich deine Lippen bewegten!«

Rincewind schloß die Lider und beobachtete mit seinen inneren Augen, wie sich der Zauberspruch hinter dem Gewissen verkroch und leise vor sich hin murmelte.

»Na schön, schon gut«, stöhnte er. »Kein Grund, gleich zu schreien. Ich... ich weiß nicht, woher ich es weiß, aber ich *weiß* es einfach...«

»Könntest du uns das vielleicht genauer erklären?«

In diesem Augenblick kamen sie um eine Ecke.

In jeder Stadt am Runden Meer gab es ein Viertel, das allein den vielen Göttern der Scheibenwelt gewidmet war. Für gewöhnlich erweckten die Gebäude einen eher bescheidenen Eindruck und waren außerdem in architektonischer Hinsicht nicht sonderlich attraktiv. Den wichtigsten Göttern errichtete man natürlich besonders prächtige Tempel, und anschließend dauerte es nicht lange, bis die unwichtigeren auf ihre Rechte pochten. Darüber hinaus gesellten sich im Laufe der Zeit weitere heilige Entitäten zur bereits recht großen Götterfamilie und verlangten gleiche Behandlung von ihren Verehrern — manche Priester sprachen in diesem Zusammenhang von sakraler Emanzipation und theologischer Guerilla. Nun, aus dieser Entwicklung ergaben sich folgende Konsequenzen: Das Viertel (oder Dreiachtel, was eine angemessenere Bezeichnung gewesen wäre) bot sich als ein wirrer Komplex aus kleinen Anbauten, stummelförmigen Erweiterungen, zu Tempelzwecken umfunktionierten Wohnungen, Dachstubenkirchen, Keller-Beichtzentren, Andachtsplattformen, klerikalen Meditationsnischen, Gebetsbalustraden, Halleluja-Galerien und Opfer-Alkoven dar. Normalerweise brannten mindestens dreihundert verschiedene Weihraucharten, und in den meisten Fällen erreichte der allgemeine Lärm Schmerzschwellen-Niveau, denn jeder Priester war ebenso eifersüchtig wie laut darauf bedacht, die Aufmerksamkeit möglichst vieler Gläubiger zu gewinnen.

In diesem besonderen Fall aber herrschte eine sonderbare Stille, die noch beunruhigender wirkte, weil sich Hunderte von furchtsamen und zornigen Menschen eingefunden hatten und auf irgend etwas zu warten schienen.

Ein Mann am Rande der Menge drehte sich um und warf den Neuankömmlingen finstere Blicke zu. Seine Stirn offenbarte das Symbol eines roten Sterns.

»Was...«, begann Rincewind und unterbrach sich sofort, da seine Stimme viel zu laut zu sein schien. »Was geht hier vor?«

»Seid ihr Fremde?« fragte der Mann.

»Nun, eigentlich kennen wir uns recht gut...«, erwiderte Zweiblum zögernd, sprach jedoch nicht weiter. Bethan deutete auf die Gebäude.

Jeder Tempel wies ein Sternzeichen auf, und das größte von allen zierte das steinerne Auge vor dem Tempel des Blinden Io, der als Oberhaupt aller Götter galt.

»Argh«, machte der Zauberer. »Io wird ziemlich sauer sein, wenn er das sieht. Ich glaube, wir sollten diesen Ort besser verlassen, Freunde.«

Die vielen Männer und Frauen standen vor einer improvisierten Plattform in der Straßenmitte. Ein großes Tuch reichte bis zum Boden.

»Soweit ich weiß, sieht der Blinde Io alles, was geschieht«, meinte Bethan, »Zeitpunkt und Ort spielen keine Rolle. Warum hat er noch nicht...«

»Sei still!« sagte der Mann neben ihnen. »Jetzt spricht Dahoney!«

Jemand kletterte auf die Plattform: ein schlanker hochgewachsener Mann mit löwenzahnartigem Haar. Die Menge jubelte nicht, gab nur ein kollektives Seufzen von sich. Kurz darauf erklang Dahoneys Stimme.

Rincewind hörte zu und spürte, wie das Grauen in ihm wuchs. Wo waren die Götter? fragte der Mann. Sie seien verschwunden. Vielleicht habe es sie nie gegeben. Wer könne behaupten, jemals einem Gott begegnet zu sein? Und nun komme der neue Stern als Verderbensbote...

In diesem Sinne fuhr die ruhige und gesetzte Stimme fort, benutzte Worte wie ›läutern‹ und ›reinigen‹ und ›säubern‹, die auf einen wachen Verstand ähnlich wirkten wie scharfe Schwertklingen auf einen ungeschützten Körper. Wo waren die Zauberer? Warum wirkte die Magie nicht mehr? Ob sie jemals funktioniert habe oder nur ein Traum gewesen sei...

In Rincewind entstand die Befürchtung, daß die Götter von diesem Gerede hörten und so zornig wurden, daß sie alle die menschlichen Sünder bestraften, die sich am blasphemischen Tatort aufhielten.

Aber selbst göttliche Wut wäre nicht annähernd so schlimm gewesen wie der Klang jener Stimme. Der Unheilsstern komme, so betonte Dahoney immer wieder, und sein gräßliches Feuer könnte nur gebannt werden, wenn... Nun, in diesem Punkt war sich Rincewind nicht ganz sicher, aber vor seinen inneren Augen formte sich ein Vorstellungsbild, das ihm Schwerter, wehende Fahnen und jede Menge trüb starrender Krieger zeigte. Der Sprecher glaubte nicht an Götter, was nach Rincewinds Ansicht durchaus in Ordnung sein mochte, aber ganz offensichtlich hielt er auch nichts von Menschen. Nach einer Weile bemerkte der Magier eine seltsame Gestalt in einem dunklen Mantel. Er drehte sich um – und unter der pechschwarzen Kapuze sah er einen lippenlos grinsenden Schädel.

Zauberer können, ebenso wie Katzen, den Tod sehen.

Im Vergleich mit Dahoneys Stimme klang der Tonfall des Todes geradezu angenehm. Er lehnte an der Wand, stützte sich auf die Sense und nickte Rincewind zu.

»Bist du gekommen, um dich hämisch zu freuen?« flüsterte Rincewind. Der Tod hob die Schultern.

»ICH BIN HIER, UM DIE ZUKUNFT ZU SEHEN«, erwiderte er.

»Dies ist die Zukunft?«

»EINE VON MÖGLICHEN ALTERNATIVEN«, sagte Tod.

»Wie schrecklich«, brummte Rincewind.

»ICH BIN GENEIGT, DIR ZUZUSTIMMEN«, meinte Tod.

»Ich hätte gedacht, so etwas entspräche genau deinen Wünschen!«

»NEIN, GANZ UND GAR NICHT. DER TOD VON KRIEGERN, ALTEN MÄNNERN UND KLEINEN KINDERN – SO ETWAS FÄLLT IN MEINEN ZUSTÄNDIGKEITSBEREICH. ICH BEFREIE SIE VON IHREM

SCHMERZ UND BEENDE DAS LEIDEN. DOCH DIESEN TOD DES GEISTES VERSTEHE ICH NICHT.«

»Mit wem unterhältst du dich?« fragte Zweiblum. Einige Mitglieder der Gemeinde wandten sich um und musterten Rincewind mißtrauisch.

»Mit niemandem«, sagte er. »Können wir jetzt gehen? Ich habe Kopfschmerzen.«

Eine Gruppe am Rande der Menge brummte, murmelte und deutete auf ihn. Rincewind griff nach den Armen seiner Gefährten und zog sie um die Ecke.

Er deutete auf die Pferde. »Laßt uns aufsteigen und von hier verschwinden«, schlug er vor. »Ich habe ein ungutes Gefühl...«

Eine Hand legte sich ihm auf die Schulter, und Rincewind drehte den Kopf. Zwei trübe Augen, die in einem großen kahlen Schädel saßen (der seinerseits auf einem breiten muskulösen Körper ruhte), beobachteten sein linkes Ohr. Ein roter Stern zeigte sich auf der Stirn des Mannes.

»Du siehst wie ein Zauberer aus«, sagte er, und seine Stimme ließ keinen Zweifel daran, daß dies höchst unklug und möglicherweise fatal war.

»Wer, ich?« entgegnete Rincewind nervös. »O, nein, nein, ich bin ein Kanzlist, ein einfacher Beamter, weiter nichts. Ja, genau.«

Er lachte leise und unsicher.

Der Mann vor ihm zögerte, und seine Lippen bewegten sich lautlos, so als lausche er einem Flüstern im Kopf. Einige andere Sternenleute näherten sich, und Rincewinds linkes Ohr schien bei ihnen auf großes Interesse zu stoßen.

»Ich glaube, du bist ein Zauberer«, sagte der Mann.

»Hör mal«, erwiderte Rincewind mit besorgter Geduld, »wenn ich wirklich ein Zauberer wäre, könnte ich Magie beschwören, nicht wahr? Dann hätte ich dich längst in eine Kröte verwandelt. Und da das bisher nicht geschehen ist, bin ich nur ein Kanzlist.« Seine Logik erfüllte ihn mit Stolz.

»Wir haben alle Zauberer getötet«, sagte einer der anderen Männer. »Nun, einige liefen fort, aber die übrigen brachten wir um. Sie ruderten mit den Armen und riefen unverständliche Worte, doch es passierte überhaupt nichts.«

Rincewind starrte ihn groß an.

»Wir sind sicher, daß du zu den Magiern gehörst«, verkündete der Sternengläubige, dessen Hand sich fester um Rincewinds Schulter schloß. »Du hast die Kiste mit all den Füßen, und außerdem siehst du wie ein Zauberer aus.«

Rincewind stellte fest, daß man ihn, seine Gefährten und auch den Koffer irgendwie von den Pferden getrennt hatte. Sie standen jetzt in einem langsam schrumpfenden Kreis aus Sternenleuten, und als er ihre ernsten grauen Gesichter sah, verstärkte sich das Unbehagen in ihm.

Er holte tief Luft.

Hob die Hände in der klassischen Geste aller Zauberer (selbst der gescheiterten). Und rief: »Weicht zurück! Sonst trifft euch der Fluch meiner Magie!«

»Es gibt keine Magie mehr«, antwortete der bullige Mann, der ihn an der Schulter festhielt. »Der rote Stern hat sie genommen. Die falschen Thaumaturgen murmelten angebliche Zauberformeln, ohne daß sich oktarines Feuer von ihren Fingerspitzen löste. Dann starrten sie entsetzt auf ihre Hände, und nur wenige von ihnen waren vernünftig genug, sofort die Flucht zu ergreifen.«

»Ich meine es ernst«, sagte Rincewind.

Er wird mich töten, dachte er. *Jetzt ist es soweit. Ich kann nicht einmal mehr bluffen, bin ein doppelter Versager, sowohl in der Magie als auch in der Kunst des Täuschens...*

Hinter seiner Stirn rührte sich der Zauberspruch. Rincewind spürte, wie er ihm eiswassergleich durchs Hirn spülte und sich vorbereitete. Ein kaltes Prickeln rann ihm den Arm hinab.

Wie ein eigenständiges Wesen kam die Hand in die

Höhe, und er fühlte, wie sich die Lippen teilten und die Zunge auf und nieder hüpfte. Mit einer völlig fremden Stimme — sie klang alt, und Rincewind glaubte, in ihr das Rascheln von Papier zu hören — rief sie donnernd eine Beschwörung.

Oktarines Feuer löste sich von seinen Fingerspitzen, zitterte irrlichternd über den muskulösen Leib des bulligen Mannes, hüllte ihn in eine glitzernde Wolke, die aufstieg, einige Meter über der Straße verharrte, funkenstiebend auseinanderplatzte und sich schlagartig verflüchtigte.

Der Mann verschwand spurlos. Es blieben nicht einmal kleine Rauchfetzen zurück.

Rincewind starrte verblüfft auf seine Hand.

Zweiblum und Bethan packten ihn, bahnten sich einen Weg durch die schockierte Menge und eilten durch eine leere, stille Straße. Es folgte ein recht schmerzhafter Augenblick (für Rincewind), als sich der Tourist und die junge Frau für unterschiedliche Seitengassen entschieden. Sie trafen eine rasche Übereinkunft und hasteten in die einmal eingeschlagene Richtung weiter, wobei die Füße des Zauberers kaum das Kopfsteinpflaster berührten.

»Magie«, hauchte er aufgeregt und machttrunken. »Ich habe echte Magie beschworen ...«

»In der Tat«, beruhigte ihn Zweiblum.

»Soll ich noch einmal zaubern?« bot Rincewind an. Er zeigte auf einen nahen Hund und machte »Wuuuuh!« Das Tier musterte ihn beleidigt.

»Es wäre weitaus angebrachter, wenn du deine Füße dazu brächtest, schneller zu rennen«, meinte Bethan grimmig.

»Kein Problem«, erwiderte Rincewind. »Füße, lauft schneller! He, seht nur, sie gehorchen mir!«

»Sie haben mehr Verstand als du«, stellte Bethan fest. Sie sah sich um. »Wohin jetzt?«

Zweiblum blickte sich in dem Labyrinth aus schmalen Straßen und dunklen Bogengängen um. In der Ferne brüllten aufgeregte und ziemlich wütende Stimmen.

Rincewind befreite sich aus dem Griff seiner Gefährten und wankte benommen durch die nächste Gasse.

»Ich kann es!« rief er glücklich. »Hütet euch davor, meinen Zorn zu erwecken...«

»Er hat einen Schock erlitten«, murmelte Zweiblum.

»Warum?«

»Er hat zum erstenmal gezaubert.«

»Ich dachte, er sei Magier...«

»Nun, die ganze Sache ist ein wenig kompliziert«, erwiderte der Tourist und folgte Rincewind. »Wie dem auch sei: Ich bin mir nicht sicher, ob *er* es war. Es klang nicht nach ihm.« Er klopfte dem Zauberer auf die Schulter. »Na, alter Knabe, wie geht's?«

Rincewind sah den Touristen aus blitzenden Augen an, schien ihn jedoch überhaupt nicht zu erkennen.

»*Dich* verwandle ich in einen Rosenstock«, sagte er.

»Oh, wie nett! Übrigens: Rote Rosen mag ich am liebsten.« Zweiblum seufzte. »Komm jetzt!« fügte er hinzu und zupfte behutsam an Rincewinds Ärmel.

Irgendwo hinter ihnen näherten sich hastige Schritte, und plötzlich sahen sie sich mehr als zehn Sternenleuten gegenüber.

Bethan griff nach der schlaffen Hand des Zauberers und hob sie drohend.

»Bleibt stehen!« rief sie.

»Paßt bloß auf!« keifte Zweiblum. »Wir haben einen Magier und schrecken nicht davor zurück, Gebrauch von ihm zu machen!«

»Wir meinen es ernst«, bestätigte Bethan und richtete Rincewinds Arme wie zwei Kanonenrohre aus.

»Genau«, sagte Zweiblum. »Wir sind schwer bewaffnet!« Und dann: »Was?«

»Ich sagte: Wo ist der Koffer?« zischte Bethan hinter Rincewinds Rücken.

Zweiblum sah sich um. Von der Truhe war weit und breit nichts zu sehen.

Erstaunlicherweise hatte der Zauberer den gewünschten Effekt auf die Sternenleute. Die zitternden Hände wirkten ähnlich auf sie wie eine hin und her schwingende Sense, und es kam zu einem nicht unerheblichen Durcheinander, als die Männer versuchten, hintereinander in Deckung zu gehen.

»Wohin ist die Kiste verschwunden?«

»Woher soll ich das wissen?« erwiderte Zweiblum.

»Nun, sie gehört *dir!*«

»Es geschieht häufiger, daß ich keine Ahnung habe, wo sich der Koffer befindet«, erläuterte Zweiblum. »Mit so etwas muß man sich abfinden, wenn man Tourist sein möchte. Tja, er macht des öfteren Ausflüge auf eigene Faust, und ich halte es für besser, nicht nach dem Grund zu fragen.«

Den Sternenleuten fiel allmählich auf, daß alles verdächtig still blieb und Rincewind überhaupt nicht in der Lage war, ihnen zu drohen oder gar magisches Feuer entgegen zu schleudern. Langsam rückten sie vor und beobachteten dabei argwöhnisch die Arme des Zauberers.

Zweiblum und Bethan wichen zurück, und der Tourist sah sich um.

»Bethan?«

»Ja?« entgegnete sie, ohne die näher kommenden Gestalten aus den Augen zu lassen.

»Wir sind in eine Sackgasse geraten.«

»Bist du sicher?«

»Ich erkenne eine Wand aus Ziegelsteinen, wenn ich eine sehe«, sagte er vorwurfsvoll.

»Ich schätze, dann sind wir erledigt«, murmelte die junge Frau.

»Glaubst du, es nützt etwas, wenn ich ihnen erkläre ...«

»Nein.«

»Oh.«

»Ich befürchte, diese Burschen halten nicht viel von irgendwelchen Erklärungen«, fügte Bethan hinzu.

Zweiblum starrte die Männer groß an. Es wurde bereits an mehreren Stellen darauf hingewiesen, daß sich der Tourist von Gefahren ebensosehr beeindrucken ließ wie Katzen von zornigen Mäusen. Ungeachtet aller menschlichen Erfahrungen glaubte er fest daran, man könne jedes Problem lösen, wenn man vernünftig miteinander sprach (vorzugsweise laut und deutlich), Tee mit Milch und Zucker trank, Bilder von den Enkeln austauschte und vielleicht ein paar Witze riß. Außerdem vertrat er die Ansicht, andere Leute seien im Grunde genommen gut und freundlich, hätten nur ab und zu einen schlechten Tag. Was sich ihm jetzt durch die Gasse näherte, mochte die gleiche Auswirkung auf ihn haben wie ein Gorilla, der durch eine Glasfabrik stapfte.

Hinter ihm knisterte etwas. Es war eigentlich nicht in dem Sinne ein Geräusch, eher eine feine Veränderung in der Struktur der Luft.

Die grauen Gesichter vor ihm verwandelten sich in erschrockene Fratzen, und die zu ihnen gehörenden Körper wirbelten herum und stürmten fort.

»Was ist denn jetzt los?« entfuhr es Bethan, die Rincewind wie einen Schild hielt. Der Zauberer hatte inzwischen das Bewußtsein verloren und träumte vermutlich von einem magischen Wunderland, in dem er hohes Ansehen genoß.

Zweiblum drehte sich langsam um und sah ein großes Schaufenster, hinter dem sonderbar anmutende Waren lagen. Sein Blick glitt über den Perlenvorhang am Eingang, verharrte dann auf einem großen Schild. Die Buchstaben der Aufschrift tanzten unsicher umher und versuchten, sich in der richtigen Reihenfolge anzuordnen. Schließlich las der Tourist:

Thaumaturksche Utensiliegen
Krale, Bratfannen fier Goldene Aier, Ammulette
Narrensillber uhnd Alchimißtenblai
Gegrünndet: irgen'wann
Krdite: nur am Ruhetg
Sonderngbote: KAINE

Der Juwelier rückte das Gold auf dem kleinen Amboß zurecht und hämmerte den letzten sonderbar geschliffenen Diamanten behutsam in die richtige Position.

»Aus dem Mund eines Trolls, meinst du?« murmelte er, kniff die Augen zusammen und prüfte seine Arbeit.

»Ja«, bestätigte Cohen. »Und wie ich fon fagte: Du kannft den Reft behalten.« Er betrachtete ein Auslagekästchen mit goldenen Ringen.

»Sehr großzügig von dir«, antwortete der Juwelier, der sich natürlich mit solchen Dingen auskannte und wußte, daß er ein gutes Geschäft machte. Er seufzte.

»In letfter Zeit läuft der Laden wohl nicht befonderf gut, waf?« fragte Cohen. Er sah durch das kleine Fenster und beobachtete einige trüb starrende Leute, die sich auf der anderen Straßenseite eingefunden hatten.

»Schwierige Zeiten, ja.«

»Wer find all die Burfen mit den aufgemalten Fternen?« erkundigte sich der greise Barbar.

Der Juwelier – ein Zwerg – hob nicht einmal den Kopf.

»Bekloppte«, antwortete er. »Sie meinen, ich solle nicht mehr arbeiten, weil sich der rote Stern nähere. Ich wies sie mehrmals darauf hin, daß mir irgendwelche Lichter am Himmel noch nie geschadet haben.« Er seufzte erneut. »Könnte ich das doch auch von anderen Leuten behaupten!«

Cohen nickte nachdenklich, als sich sechs Männer von der Gruppe lösten und auf das Geschäft zuhielten. Sie trugen verschiedene Waffen und wirkten außerordentlich entschlossen.

»Feltfam«, sagte er.

»Nun, dir ist sicher bereits aufgefallen, daß ich ein Zwerg bin«, brummte der Juwelier. »Mit anderen Worten: Ich gelte als Angehöriger eines magischen Volkes. Die Verrückten dort draußen glauben, daß der Stern die Scheibenwelt verschont, wenn wir uns von der Magie abwenden.

Wahrscheinlich beabsichtigen sie, mich ein wenig durch die Mangel zu drehen. Wie üblich.«

Er nahm eine Pinzette zur Hand und hob sein jüngstes Werk.

»Das seltsamste Objekt, das ich jemals angefertigt habe«, kommentierte er. »Aber praktisch, das sehe ich ein. Wie nennt man so etwas?«

»Gebiff«, erklärte Cohen. Er betrachtete das hufeisenförmige Gebilde, das auf seiner faltigen Handfläche ruhte, öffnete dann den Mund und gab grunzende Geräusche von sich.

Die Tür sprang mit einem plötzlichen Ruck auf. Sechs Männer traten ein und blieben an der Wand stehen. Sie schwitzten und schienen recht unsicher zu sein, aber der Anführer schob Cohen verächtlich beiseite und packte den Zwerg am Kragen.

»He, du Winzling, wir ham dich gestern gewarnt«, knurrte er. »Und wir mögen's gar nich, wemman nich auf uns hört. Wenne unbedingt raus*getragen* werden willst...«

Cohen klopfte ihm auf die Schulter. Der Mann drehte sich verärgert um.

»Was willst du denn, Opa?« knurrte er.

Cohen wartete, bis er die volle Aufmerksamkeit des Mannes genoß — und dann lächelte er. Es war ein langsames, zögerndes, dreihundertkarätiges Lächeln, das den ganzen Raum zu erhellen schien.

»Ich zähle bis drei«, sagte der Barbar freundlich. »Eins. Zwei.« Ruckartig zog er das knochige Knie an, traf den Schritt der Gestalt vor ihm und nahm zufrieden ein leises Knirschen zur Kenntnis. Während sich die Gedanken des Sternenmannes in ein privates Schmerzuniversum zurückzogen, wandte sich Cohen halb zur Seite und bohrte den spitzen Ellenbogen in die Nieren des zweiten Gegners.

»Drei«, sagte er und beobachtete den zusammengekrümmten Körper auf dem Boden. Nun, er hatte von Fairneß beim Kampf gehört, aber schon vor Jahren entschieden, sich keine solchen Beschränkungen aufzuerlegen.

Der Greis sah die anderen Männer an und lächelte sein unglaubliches Lächeln.

Man hätte erwarten sollen, daß sie sich auf ihn stürzten. Statt dessen setzte sich nur einer von ihnen in Bewegung. In der sicheren Überzeugung, dem unbewaffneten Cohen mit einem Breitschwert weit überlegen zu sein, schlich er vorsichtig näher.

»O nein.« Cohen winkte ab und schüttelte den Kopf. »Doch nicht so, mein Junge.«

Der Mann verharrte und zwinkerte verwirrt.

»Doch nicht was?« fragte er mißtrauisch.

»Hast du noch nie ein Schwert in der Hand gehalten?«

Der Mann überlegte unsicher und bedachte seine Gefährten mit einem kurzen Blick.

»Nicht oft«, erwiderte er. »Nur bei einigen wenigen Gelegenheiten«, gestand er und hob die Klinge drohend.

Cohen zuckte mit den Schultern. »Wenn ich schon sterben muß, so möchte ich wenigstens von jemandem umgebracht werden, der wie ein richtiger Krieger mit einem Schwert umgehen kann«, sagte er.

Der Sternenmann holte aus, schlug mehrmals auf einen imaginären Feind ein und gab dabei Geräusche von sich wie: »Ha!« und »Nimm das!« und »Jetzt bist du erledigt!«

»Scheint alles in Ordnung zu sein«, brummte er schließlich und ging den Bewegungsablauf in Gedanken noch einmal durch.

»Weißt du, Junge, ich hatte Gelegenheit, in dieser Hinsicht die eine oder andere Erfahrung zu sammeln«, meinte Cohen. »Ich meine... Hast du einen Augenblick Zeit? Komm mal her, und... Nun, wenn's dir nichts ausmacht... Ja, die linke Hand gehört hierhin, um den Knauf, und die rechte – ja, so ist es *genau* richtig. Auf diese Weise stößt du die Klinge... in deinen Fuß.«

Als der Mann einen schmerzerfüllten Schrei ausstieß

und umherhüpfte, trat ihm Cohen die Kniescheibe des unverletzten Beines ein, drehte sich gelassen um und stützte die Hände an die Hüften.

»Ich bin gern bereit, euch ebenfalls Nachhilfeunterricht zu erteilen«, verkündete er fröhlich. »Warum greift ihr nicht endlich an?«

»Ja, genau«, erklang eine Stimme dicht neben dem dürren Oberschenkel des Barbaren. Der Juwelier hob eine sehr große und schmutzige Axt, die dem allgemeinen Schrecken des Kampfes eine todsichere Tetanusgarantie hinzufügte.

»Und wischt euch die blöden Sterne von der Stirn«, sagte der Greis. »Teilt euren Freunden mit, Cohen der Barbar wird ziemlich sauer, wenn er noch einmal solche Symbole sieht, klar?«

Die Tür fiel ins Schloß. Einen Sekundenbruchteil später traf die Axt aufs Holz, prallte mit einem dumpfen Pochen ab und bohrte sich dicht vor den Zehenspitzen in Cohens Sandale.

»Entschuldige«, murmelte der Zwerg verlegen. »Das Beil gehörte meinem Großvater. Für gewöhnlich benutze ich es nur, um Feuerholz zu hacken.«

Cohen betastete sich den Unterkiefer und nickte. Das Gebiß saß wie angegossen.

»An deiner Stelle würde ich von hier verschwinden«, sagte er. Dieser Hinweis war nicht erforderlich: Der Zwerg eilte bereits durchs Zimmer, leerte Kästen mit wertvollem Edelmetall und stopfte Schmuckstücke in einen ledernen Beutel. Er schob mehrere Werkzeuge in die eine Tasche, glitzernde Kristalle in die andere, wandte sich dann der kleinen Schmiede zu und hob sie sich mit einem leisen Ächzen auf den Rücken.

»Ich bin fertig«, brummte er.

»Begleitest du mich?«

»Zumindest bis zum Stadttor, wenn du nichts dagegen hast«, entgegnete der Juwelier. »Unter den gegebenen Umständen möchte ich nicht allein bleiben.«

»Das kann ich durchaus verstehen. Aber laß die Axt hier!«

Sie verließen das Geschäft und traten auf eine leere Straße, über der die Nachmittagssonne strahlte. Als Cohen den Mund öffnete, spiegelte sich das Licht auf Dutzenden von geschliffenen Diamantensplittern wider.

»Ich bin mit einigen Freunden gekommen, die auf mich warten«, erklärte er und fügte hinzu: »Ich hoffe, sie sind nicht in Schwierigkeiten geraten. Wie heißt du?«

»Knubbelkinn.«

»Gibt es hier irgendwo eine Taverne, in der ich«, — Cohen zögerte kurz und genoß die folgenden Worte wie eine verbale Delikatesse —, »ein ordentliches Steak essen kann?«

»Die Sternenleute haben alle Schenken geschlossen. Sie vertreten die Ansicht, es sei sündig, zu trinken und zu essen, während...«

»Ich weiß, ich weiß«, warf Cohen ein. »Der Stern, nicht wahr? Ich glaube, ich hab den Dreh langsam raus. Billigen die Burschen denn überhaupt nichts mehr?«

Knubbelkinn dachte einige Sekunden lang nach. »Sie finden großen Gefallen daran, Dinge in Flammen aufgehen zu lassen«, erwiderte er nach einer Weile. »Ist ihre Spezialität. Sie verbrennen Bücher und so'n Zeug, errichten große Scheiterhaufen.«

Cohen war schockiert.

»Scheiterhaufen für *Bücher?*«

»Ja. Grauenhaft, nicht wahr?«

»Kann man wohl sagen«, bestätigte der greise Barbar. Eine derartige Vorstellung erschien ihm ebenso entsetzlich wie empörend. Jemand, der sein Leben in der Wildnis verbrachte, unter freiem Himmel, wußte ein gutes dickes Buch zu schätzen, das mindestens eine Lagerfeuer-Saison lang hielt — vorausgesetzt, man ging mit den Blättern sparsam um. Viele Leute hatten kalte Nächte und feuchtes Anzündeholz nur mit Hilfe eines trockenen Buches überlebt. Außerdem erwiesen sich solche stummen Begleiter auch dann von Vorteil, wenn man rauchen wollte und keine Pfeife bei sich führte.

Cohen wußte natürlich, daß es Leute gab, die Bücher *schrieben*, aber so etwas hielt er für eine unsinnige Verschwendung von Papier.

»Ich fürchte, deine Freunde könnten in eine unangenehme Lage gekommen sein, wenn sie den Sternenleuten begegnet sind«, sagte Knubbelkinn, als sie durch eine Gasse gingen.

Hinter der nächsten Ecke sahen sie ein großes Feuer, das mitten auf der Straße brannte. Einige Männer mit grauen Gesichtern und trüben Blicken holten Bücher aus einem nahen Haus und warfen sie in die Glut. Cohen stellte fest, daß die Tür aufgebrochen und die Wände mit roten Sternen beschmiert waren.

Die meisten Bücherverbrenner und Läuterer wußten noch nichts von Cohen, und deshalb schenkte ihm niemand Beachtung, als er heranschlenderte und sich an die Wand lehnte. Ascheflocken tanzten in der heißen Luft und schwebten über die Dächer.

»Was tut ihr da?« fragte er.

Eine Anhängerin der Sternenleute strich sich mit einer rußgeschwärzten Hand das Haar aus der Stirn, starrte auf das linke Ohr des Greises und erwiderte: »Wir befreien die Scheibenwelt von Lasterhaftigkeit.«

Zwei Männer kamen aus dem Haus und bedachten Cohen – beziehungsweise sein Ohr – mit einem durchdringenden Blick. Der Barbar griff nach dem dicken Buch, das die Frau in der Hand hielt. Er zweifelte kaum daran, daß die seltsame, aus roten und schwarzen Steinen bestehende Kruste auf dem Deckel eine Art Wort bildete. Er wies Knubbelkinn darauf hin.

»Das Nekrotelicomnicon«, sagte der Zwerg. »Wird von Zauberern benutzt. Ich glaube, es schildert, auf welche Weise man sich mit Toten in Verbindung setzen kann.«

»Magier pflegen sonderbare Interessen.« Cohen rieb ein Blatt zwischen Zeigefinger und Daumen: Es fühlte sich dünn und ziemlich weich an. Die eigentümlich lebendig anmutende Schrift beunruhigte ihn in keinster Weise. *Lieber Himmel!* dachte er entrüstet. *Mit einem solchen Werk kann man mindestens hundert Lagerfeuer entzünden...*

»Ja? Was habt ihr auf dem Herzen?« Er sah den Sternenmann an, dessen Hand sich ihm um den Arm schloß.

»Alle magischen Bücher müssen verbrannt werden«, antwortete er, doch seine Stimme zitterte unsicher. Das Glitzern von Cohens Zähnen schien ihn irgendwie zu beunruhigen.

»Warum?« fragte der Barbar.

»Der Stern offenbarte es uns.«

Daraufhin wurde Cohens Lächeln noch weitaus breiter — und gefährlicher.

»Ich glaube, wir sollten nicht zuviel Zeit verlieren und den Weg fortsetzen«, warf Knubbelkinn nervös ein. Einige andere Sternenleute näherten sich durch die Gasse.

»*Ich* hätte große Lust, jemanden umzubringen«, sagte Cohen in einem freundlichen Plauderton. Er lächelte noch immer.

»Der neue Stern verlangt die Säuberung der Scheibenwelt vom thaumaturgischen Schmutz«, sagte der Mann und wich vorsichtshalber zurück.

»Sterne können nicht sprechen«, erwiderte Cohen und zog sein Schwert.

»Wenn du mich tötest, werden tausend andere meinen Platz einnehmen«, behauptete der Mann kühn. Er stand nun mit dem Rücken an der Wand.

»Ja«, brummte Cohen und nickte langsam. »Was für dich allerdings kaum etwas ändert, oder? Ich meine, *du* bist dann längst tot.«

Der Adamsapfel des Sternenmannes hüpfte wie ein Jo-Jo auf und ab. Er schielte auf die blitzende Klinge des Barbaren.

»Ah, nun, vielleicht hast du recht«, gab er zu. »Ich mache dir einen Vorschlag: Was hältst du davon, wenn wir das Feuer löschen?«

»Gute Idee«, sagte Cohen.

Knubbelkinn zupfte an seinem Gürtel. Die anderen Sternenleute gingen jetzt nicht mehr, sondern liefen. Und zwar ziemlich schnell. Es waren recht viele, und außerdem trugen die meisten von ihnen Waffen. Mit anderen Worten: Es deutete alles darauf hin, daß die Lage allmählich brenzlig wurde.

Cohen hob in einer herausfordernden Geste sein Schwert, wirbelte um die eigene Achse und nahm die Beine in die Hand. Selbst Knubbelkinn fiel es schwer, mit ihm Schritt zu halten.

»Komisch«, schnaufte der Zwerg, als sie durch eine andere Gasse stürmten, »einige Augenblicke lang... dachte ich fast... du wolltest dich ihnen... zum Kampf stellen.«

»Ich bin... doch nicht... blöd.«

Als sie das Ende der dunklen Passage erreichten und ins Licht traten, wich Cohen zur Seite, preßte sich an die Mauer, hielt das Schwert bereit und lauschte dem Geräusch hastiger Schritte. Einige Sekunden später schwang er die Klinge in Hüfthöhe herum. Er vernahm ein häßliches Knirschen, gefolgt von mehreren Schreien, wartete keine weiteren Reaktionen ab und setzte sich wieder in Bewegung. Nach einigen Dutzend Metern schnitt er eine Grimasse und versuchte den Protest seiner Bandscheibe zu mißachten.

Knubbelkinn hielt sich dicht neben ihm, als er durch die mit roten Sternzeichen geschmückte Tür einer Taverne eilte, auf einen Tisch sprang (wobei er nur ganz leise stöhnte), darüber hinwegsetzte (während der Zwerg, in perfekter Choreographie, *unter* der dicken Holzplatte lief, ohne sich zu bücken), am anderen Ende auf den Boden zurückkehrte, in die Küche rannte und das Gebäude durch den Hinterausgang verließ.

Sie hielten erst nach mehreren Abzweigungen inne und verbargen sich in einer Wandnische. Cohen rang nach Atem, bis sich die blauen und purpurnen Schlieren vor seinen Augen verflüchtigten.

»Nun«, keuchte er, »was hast du erwischt?«

»Äh, den Gewürzständer«, sagte Knubbelkinn.

»Sonst nichts?«

»Du wirst sicher einsehen, daß meine Reichweite begrenzt ist. Übrigens: Auch *du* scheinst nicht gerade großen Erfolg gehabt zu haben.«

Cohen blickte betrübt auf die kleine Melone, die er bei der Flucht gestohlen hatte.

»Ich nehme an, diese Stelle ist besonders hart«, sagte er und biß in die dicke Schale.

»Möchtest du ein bißchen Salz?« fragte der Zwerg.

Cohen gab keine Antwort. Er hielt einfach nur die Melone und riß die Augen auf.

Knubbelkinn drehte sich um. Vor ihnen erstreckte sich eine leere Sackgasse, und der erstaunte Blick des alten Mannes galt einer herrenlosen Truhe an der Mauer.

Cohen zwinkerte mehrmals. Er sah den Zwerg nicht an, als er ihm die Melone reichte und in den Sonnenschein trat. Knubbelkinn runzelte verwirrt die Stirn, als sich der Greis an die Kiste heranschlich – was seiner Ansicht nach nicht viel Sinn hatte, denn die Gelenke des alten Mannes knarrten so laut wie die Takelage eines unter vollen Segeln stehenden Schiffes. Hier und dort berührte er sie mit der Schwertspitze, ganz vorsichtig, als befürchte er, sie könne jeden Augenblick explodieren.

»Es ist doch nur eine Truhe!« rief der Zwerg. »Weiter nichts!«

Cohen schwieg, verzog kurz das Gesicht, als er in die Hocke ging, spähte argwöhnisch durchs Schlüsselloch.

»Was enthält sie?« fragte Knubbelkinn.

»Das willst du bestimmt nicht wissen«, erwiderte Cohen. »Bitte sei so nett und hilf mir hoch.«

»Ja, sicher. Aber was hat es mit der Kiste...«

Cohen ächzte. »Diese Kiste ist...« Er vollführte eine vage Geste.

»Rechteckig?«

»Verhext«, flüsterte Cohen düster.

»Verhext?«

»Genau.«

»Oh«, machte der Zwerg. Eine Zeitlang betrachteten sie die Truhe.

»Cohen?«

»Ja?«

»Was meinst du mit ›verhext‹?«

»Nun, äh...« Der greise Barbar zögerte und streckte verärgert die Hand aus. »Gib ihr einen Tritt. Dann weißt du Bescheid.«

Die mit einer Stahlkappe versehene Stiefelspitze des Juweliers knallte an die eine Seite des Koffers. Cohen kniff die Augen zusammen und wartete. Nichts geschah.

»Ich verstehe«, murmelte der Zwerg. »Verhext bedeutet hölzern, nicht wahr?«

»Nein«, widersprach Cohen. »Die Kiste... äh, ihr Verhalten wundert mich ein wenig.«

»Ich verstehe«, log Knubbelkinn, der die Sache immer rätselhafter fand und allmählich vermutete, daß Cohen kein grelles Sonnenlicht vertrug. »Ich nehme an, sie hätte weglaufen sollen.«

»Ja. Oder nach deinem Bein schnappen müssen.«

»Oh«, murmelte der Zwerg. Vorsichtig griff er nach Cohens Arm. »Dort drüben ist es kühl und schattig«, sagte er. »Warum ruhst du dich nicht ein wenig aus?«

Der Greis schüttelte die Hand ab.

»Sie starrt auf die Wand«, erwiderte er und schnippte mit den Fingern. »He, *deshalb* beachtet sie uns nicht. Sie ist ganz darauf konzentriert, die Mauer zu beobachten.«

»O ja, natürlich«, entgegnete Knubbelkinn in einem beruhigenden Tonfall. »Sie beobachtet die Wand, obwohl sie gar keine Augen hat. Völlig klar.«

»Sie wirkt irgendwie besorgt«, sagte Cohen.

»Wundert mich nicht«, antwortete der Zwerg. »Vielleicht will sie nur in Ruhe nachdenken, ohne durch Tritte gestört zu werden. Ich schlage vor, wir lassen sie allein.«

»Besorgt *und* verwirrt«, fügte Cohen hinzu.

»Ja, da hast du völlig recht«, bestätigte Knubbelkinn hastig. »Ihr Blick ist tatsächlich sehr sorgenvoll.«

»Woher willst *du* das denn wissen?« fragte der greise Barbar scharf.

In dem Zwerg entstand das unangenehme Gefühl, daß die Rollen plötzlich vertauscht wurden. Er sah erst Cohen an und dann die Truhe, runzelte einmal mehr die Stirn und suchte nach den richtigen Worten.

»*Du* bist wohl ein Experte auf dem Gebiet der Kistenmimik, wie?« Aber Cohen hörte ihm überhaupt nicht zu. Er ließ sich vor der Truhe nieder — wobei er ganz offensichtlich von der Vermutung ausging, daß die Seite mit dem Schlüsselloch *vorn* war — und musterte sie eingehend. Knubbelkinn wich langsam zurück. Er konnte sich des Eindrucks nicht erwehren, daß ihn das verdammte Ding *tatsächlich* ansah.

»Na schön«, brummte Cohen. »Ich weiß, daß es zwischen uns beiden einige Differenzen gibt, aber wir versuchen beide, unsere Freunde wiederzufinden, nicht wahr?«

»Weißt du, ich...«, begann Knubbelkinn, bevor er bemerkte, daß Cohens Worte nicht etwa ihm, sondern der Kiste galten.

»Sag mir, wohin sie verschwunden sind.«

Der Zwerg hob verblüfft die Brauen, als die Truhe Dutzende von kleinen Füßen ausfuhr, einen Anlauf nahm und die nächste Wand durchbrach. Tonziegel platzten krachend auseinander, und Mörtelstaub wallte.

Cohen sah durchs Loch, und sein Blick fiel in einen kleinen schmuddeligen Lagerraum. Der Koffer hockte in der

Mitte des Zimmers und drehte sich verwundert um die eigene Achse.

»Bedienung!« rief Zweiblum.

»Ist hier jemand?« fragte Bethan.

»Arrgh!« machte der ohnmächtige Rincewind.

»Ich glaube, er sollte irgendwo Platz nehmen und ein Glas Wasser trinken«, meinte der Tourist. »Oder warme Milch. Wenn's hier welche gibt.«

»Bis wir sie in diesem Durcheinander gefunden haben, ist er bestimmt schon verdurstet«, meinte Bethan.

Lange Regale zogen sich an den Wänden entlang und bogen sich unter dem Gewicht gestapelter Waren. Was dort keinen Platz fand, hing in dicken Bündeln von der dunklen Decke herab. Überall auf dem Boden lagen Säcke und Kisten.

Sie vernahmen nicht das geringste Geräusch von draußen. Bethan sah sich um und stellte sofort fest, warum es so still blieb.

»Ich habe noch nie zuvor so viele interessante Dinge auf einem Haufen gesehen«, hauchte Zweiblum bewundernd.

»Hier scheint alles auf Lager zu sein«, bestätigte Bethan. »Mit einer Ausnahme.«

»Was soll das heißen?«

»Ich habe den Eindruck, daß man dringend Ausgänge nachbestellen muß.«

Zweiblum drehte sich um. Wo sich zuvor Türen und Fenster befunden hatten, fiel sein Blick jetzt auf große Pappkartons und hölzerne Verschläge. Und sie erweckten nicht den Anschein, als seien sie gerade erst geliefert worden.

Der Tourist führte Rincewind zu einem wackligen Stuhl am Tresen und wandte sich dann den Regalen zu. Das Angebot war breit gefächert, reichte von Nägeln und Haarbürsten über ausgetrocknete bröselige Seife bis hin zu Einmachgläsern mit wasserlöslichem Badesalz. Einige daran befestigte und längst vergilbte Zettel priesen sie in kühner Herausforderung der Realität als ›Ideale Geschenke‹ an. Zweiblum bemerkte ziemlich viel Staub.

Bethan stand an der gegenüberliegenden Wand, lachte und deutete auf einen ganz bestimmten Gegenstand.

»Was ist das denn?« prustete sie.

Zweiblum trat an ihre Seite und betrachtete ein ... Nun, das Objekt sah aus wie eine Miniatur-Berghütte, deren Dach aus kleinen Muscheln bestand und die schnörkelige Aufschrift trug: ›Ein Besonderes Souvenir‹. Natürlich ließ es sich aufklappen, wobei eine leise Melodie erklang. Zauberer wären sicher sofort auf die Idee gekommen, ihre Zigaretten und Stummel im Innern des Hüttenkästchens unterzubringen.

»Hast du jemals so etwas gesehen?« fragte Bethan.

Zweiblum schüttelte den Kopf und staunte mit offenem Mund.

»He, ist alles in Ordnung mit dir?«

»Was für ein wunderbares Artefakt folkloristischer Handwerkskunst!« entfuhr es ihm.

Über ihnen surrte etwas. Sie blickten nach oben.

Eine große schwarze Kugel senkte sich von der finsteren Decke herab. Rote Funken blitzen auf, als sich der Ball zu drehen begann und sie aus einem dicken Glasauge musterte. Die kristallene Pupille glühte düster und schien keinen Gefallen daran zu finden, was sie weiter unten sah.

»Hallo!« sagte Zweiblum.

Hinter dem Tresen kam ein Kopf zum Vorschein. Der Gesichtsausdruck wirkte nicht sehr freundlich.

»Ich hoffe, ihr wolltet dafür bezahlen«, sagte der Ladeninhaber. Sein Tonfall deutete darauf hin, daß er eine bestätigende Antwort erwartete — und nicht bereit war, ihr zu glauben.

»Hierfür?« meinte Bethan. »Himmel, das Ding würde ich nicht einmal geschenkt nehmen, wenn du mir eine Handvoll Rubine als Zugabe anbötest ...«

»*Ich* kaufe es«, warf Zweiblum ein. »Wieviel?« Er griff in die Tasche, zögerte und seufzte niedergeschlagen.

»Leider habe ich derzeit kein Geld dabei«, fügte er kleinlaut hinzu. »Es befindet sich in meinem Koffer, aber...«

Ein abfälliges Schnaufen unterbrach ihn. Der Kopf verschwand wieder hinter dem Tresen und tauchte einige Sekunden später neben einem Gestell mit Haarbürsten auf.

Er gehörte einem recht kleinen Mann, der eine viel zu große grüne Schürze trug. Er schien sehr verärgert zu sein.

»Kein Geld?« zischte er. »Ihr kommt in meinen Laden, obwohl...«

»Wir hatten gar nicht die Absicht, dich zu stören«, warf Zweiblum rasch ein. »Ich meine: Zuerst war dein Geschäft überhaupt nicht da...«

»In der Tat«, pflichtete ihm Bethan bei. »Es erschien einfach, von einem Augenblick zum anderen. Es ist magisch, stimmt's?«

Der winzige Mann zögerte.

»Ja«, gab er widerstrebend zu. »Ein bißchen.«

»Ein bißchen?« wiederholte Bethan. »Ein *bißchen* magisch?«

»Nun, vielleicht auch ein wenig mehr«, räumte der Ladeninhaber ein und wich zurück. »Na schön«, seufzte er, als er weiterhin Bethans durchdringenden Blick auf sich ruhen fühlte. »Es *ist* magisch. Durch und durch. Kann's leider nicht ändern. Hat sich die Tür schon wieder in Luft aufgelöst?«

»Wenn's nur das wäre«, erwiderte Bethan und deutete auf die feste Steinwand hinter den Regalen. »Und außerdem: Das Ding da oben gefällt uns überhaupt nicht.«

Der Ladeninhaber sah auf und runzelte die Stirn, bevor er sich durch einen schmalen Spalt zwischen mehreren großen Säcken schob. Kurz darauf ertönte ein verhaltenes Rasseln, gefolgt vom Kratzen und Knirschen und Mahlen rostiger Zahnräder – die schwarze Kugel verschmolz wieder mit den dunklen Schatten unter der Decke. Folgende

Gegenstände nahmen ihre Stelle ein: einige Kräuterbündel, ein Mobile, das für irgendeinen seltsamen Schlaftrunk warb, eine Rüstung und ein ausgestopftes Krokodil, dessen Augen erstaunlich lebendig blickten und sowohl Schmerz als auch Überraschung zum Ausdruck brachten.

Dann kehrte der Ladeninhaber zurück.

»Ist es so besser?« fragte er.

»Ein wenig«, erwiderte Zweiblum skeptisch. »Zumindest die Kräuter scheinen harmlos zu sein.«

Er wandte den Kopf, als Rincewind stöhnte. Der Zauberer kam langsam wieder zu sich.

Es wurden drei unterschiedliche Theorien entwickelt, um das Phänomen der wandernden Läden zu erklären, jener Art von Geschäften, die man in akademischen Kreisen *tabernae vagantes* nennt.

Die erste postuliert, daß vor vielen Jahrtausenden irgendwo im Multiversum ein Volk lebte, dessen Tätigkeit sich darauf beschränkte, Waren billig einzukaufen und mit erheblichem Profit zu veräußern. Schon bald herrschte es über ein großes galaktisches Reich, das man ›Emporium‹ nannte. Die fortschrittlichsten Vertreter dieser Spezies fanden eine Möglichkeit, ihre Geschäfte mit einzigartigen Antriebssystemen auszustatten, was sie in die Lage versetzte, die dunklen Mauern des Raumes zu durchstoßen und riesige neue Märkte zu erschließen. Irgendwann verbrannten die Welten des Emporiums im Hitzetod ihres separaten Universums (nach einer letzten trotzigen Auktion, bei der es in erster Linie um Feuer, Flammen und Glut ging – mit anderen Worten: um außerordentlich leistungsfähige Heizanlagen), zogen sich die Handelsherrn mitsamt ihren Reichtümern ins Jenseits zurück, wo sie die enttäuschende Erfahrung machen mußten, daß Tote kein regelmäßiges Einkommen beziehen und Investitionen in Supermärkten und Großhandelszentren so wenig profitabel waren wie Spekulationen mit Wertpapieren kurz vor einem Börsenkrach. Die Sternenläden hingegen setzten ihre immerwährende Reise fort, fraßen sich so durch die Seiten der Raumzeit wie ein nach Papier gierender Wurm durch einen dikken Wälzer.

Nun, die zweite Theorie behauptet, die entsprechenden Geschäfte seien das Werk eines Mitfühlenden Schicksals, das es sich zur Aufgabe gemacht habe, genau die richtigen Waren zur richtigen Zeit zur Verfügung zu stellen.

Die Anhänger der dritten meinten, es handele sich um die Erfindung eines Schlaukopfes, der auf diese Weise das Ladenschlußgesetz umgehen und auch am Sonntag die Kasse klingeln lassen wolle.

Diese drei Theorien mögen noch so verschieden sein, aber sie haben eins gemeinsam: Sie erklären die beobachteten Tatsachen – und sind völlig falsch.

Rincewind schlug die Augen auf und sah über sich ein ausgestopftes Krokodil. Nach den wirren Träumen, aus denen er gerade erwachte, bot es keinen besonders lieblichen Anblick...

Magie! So fühlte sie sich also an! Kein Wunder, daß Zauberer nicht viel von Sex hielten!

Rincewind wußte natürlich, was ein Orgasmus war. Er hatte in dieser Hinsicht schon einige Erfahrungen gesammelt, manchmal sogar in weiblicher Gesellschaft, doch solche Gefühle ließen sich in keinster Weise mit der intensiven, geballten Euphorie vergleichen, die man bei der Entladung thaumaturgischer Energie verspürte. Voller Genugtuung erinnerte er sich an das blauweiße Feuer in seinem Innern, an die magischen Flammen, die ihm heiß an den Nervenbahnen entlangzüngelten, bevor sie aus ihm herausleckten, an die oktarinen Funken, die ihm von den Fingerkuppen stoben. Es war ein erhabenes Empfinden, wenn man den Eindruck gewann, mit den elementaren Kräften der Natur eins zu sein und sie dem eigenen Willen zu unterwerfen. Es überraschte ihn jetzt nicht mehr, daß Zauberer in erster Linie nach Macht strebten...

Rincewind unterbrach sein mentales Triumphieren. Natürlich ging alles auf den Zauberspruch in seinem Kopf zurück und nicht etwa auf ihn selbst. Eine Zeitlang konzentrierte er sich auf den Haß, der jener Formel galt. Wenn es ihm gelang, sie so sehr zu erschrecken, daß sie ihn verließ, konnte er sich vielleicht andere, nicht ganz so mächtige magische Beschwörungsrituale ins Gedächtnis einprägen und doch noch zu einem (wenn auch mittelmäßigen) Zauberer werden.

Irgendwo in Rincewinds gemarterter Seele rührte sich fremder Widerstandswille, gefolgt von einem Hauch Zweifel und Unbehagen.

Jetzt weißt du, was dir bevorsteht, dachte er entschlossen. *Bei der ersten Gelegenheit, die sich mir bietet, sorge ich dafür, daß du ins Oktav zurückkehrst.*

Er setzte sich auf.

»Wo, zum Teufel bin ich hier?« fragte er und hielt sich den Schädel mit beiden Händen, um zu verhindern, daß er auseinanderplatzte.

»In einem Laden«, seufzte Zweiblum.

»Ich hoffe, hier werden auch Messer verkauft«, sagte Rincewind. »Ich würde mir nämlich gern den Kopf abschneiden.« Der Gesichtsausdruck des Touristen brachte ihn in die Wirklichkeit zurück.

»Das war scherzhaft gemeint«, fügte er hinzu. »Jedenfalls zum Teil. Warum sind wir in diesem Laden?«

»Weil wir ihn nicht verlassen können«, meinte Bethan.

»Die Tür ist verschwunden«, warf Zweiblum ein.

Rincewind erhob sich unsicher.

»Oh«, murmelte er. »Eins von *den* Geschäften?«

»Schon gut«, brummte der Ladeninhaber. »Es ist magisch, ja, und es saust dauernd hin und her, ja, und ich habe nicht die geringste Lust, euch zu erklären, warum...«

»Könnte ich bitte ein Glas Wasser haben?« unterbrach ihn Rincewind.

Der Ladeninhaber musterte ihn beleidigt.

»Erst kommt ihr ohne Geld, und jetzt wollt ihr auch noch was trinken«, keifte er aufgebracht. »Wenn das so weitergeht, reißt mir noch der...«

Bethan schnaufte leise und trat auf den kleinen Mann zu, der ihr auszuweichen versuchte. Er reagierte nicht schnell genug.

Sie griff nach den Schürzenträgern, zerrte den Winzling in die Höhe und starrte ihm aus einer Entfernung von einigen Zentimetern in die Augen. Ihr Kleid war zerrissen und schmutzig, das Haar zerzaust, aber trotzdem wirkte sie für einige Sekunden wie die Verkörperung jener femininer Sehnsüchte, bei denen es darum geht, dem männlichen Geschlecht eine Lektion zu erteilen.

»Zeit ist Geld«, zischte sie. »Ich gebe dir dreißig Sekunden, um ihm ein Glas Wasser zu holen. Ein vernünftiger Vorschlag, findest du nicht auch?«

»Meine Güte«, flüsterte Zweiblum dem Zauberer zu. »Sie hat echt was drauf, wenn sie sauer ist.«

»Ja«, erwiderte Rincewind ohne große Begeisterung.

»Na schön, in Ordnung«, murmelte der Ladeninhaber eingeschüchtert.

»Und anschließend darfst du uns gehen lassen«, fügte Bethan hinzu.

»Gern. Wie du wünscht. Ich wollte ohnehin nichts verkaufen, mich nur kurz orientieren, als ihr hereingeplatzt seid.«

Grummelnd begab er sich ins Nebenzimmer und kam kurz darauf mit einer Tasse zurück.

»Ich hab' sie extra ausgewaschen«, sagte er und mied Bethans Blick.

Rincewind betrachtete die Flüssigkeit in der Tasse. Vermutlich war sie vorher sauber gewesen, doch wenn er sie jetzt trank, brachte er Tausende von unschuldigen Bakterien um.

Er setzte sie vorsichtig und behutsam ab.

»Und nun möchte ich mich gründlich waschen«, verkündete Bethan und schritt hoch erhobenen Hauptes an dem Ladeninhaber vorbei.

Der kleine Mann setzte zu einer scharfen Erwiderung an, klappte den Mund dann wieder zu und warf Rincewind und Zweiblum einen flehentlichen Blick zu.

»Eigentlich ist sie gar nicht so übel«, sagte der Tourist. »Sie möchte einen Freund von uns heiraten.«

»Weiß er von ihrer Absicht?«

»Die Geschäfte in der Sternenladenbranche laufen wohl nicht besonders gut?« fragte Rincewind und bemühte sich, besonders freundlich zu klingen.

Der Winzling zuckte mit den Schultern. »Ach, ihr würdet's nicht glauben«, antwortete er. »Ich meine: Man lernt schließlich, nicht viel zu erwarten. Hier und dort verkauft man ein paar Dinge, genug, um über die Runden zu kommen, versteht ihr? Aber die Leute, mit denen man es heute zu tun bekommt... Nun, ich meine diejenigen, die sich rote Sterne auf die Stirn malen... Tja, es bleibt mir gerade Zeit genug, den Laden zu öffnen, bevor sie mir drohen, ihn niederzubrennen. Er sei zu magisch, meinen sie. Und ich antworte: Natürlich ist er magisch, was denn sonst?«

»Vermutlich werden es immer mehr, nicht wahr?« erkundigte sich Rincewind.

»Überall auf der Scheibenwelt wimmelt es von ihnen, Freund. Frag mich bloß nicht, warum!«

»Sie glauben, ein neuer Stern werde bald auf uns herabstürzen«, meinte der Zauberer.

»Und stimmt das?«

»Es sieht ganz danach aus.«

»Ach, wie schade! Ich hatte gehofft, hier noch die eine oder andere Sache verhökern zu können.« Der Ladeninhaber schüttelte den Kopf. »Aber die Sternenleute... zu magisch, sagen sie. Himmel, ich wüßte gern, warum Magie plötzlich nicht mehr in Ordnung sein soll.«

»Was hast du jetzt vor?« fragte Zweiblum.

»Oh, ich suche irgendein anderes Universum auf, gibt

genug davon«, erwiderte der kleine Mann leichthin. »Übrigens: besten Dank für die Hinweise auf den Stern! Kann ich euch irgendwo absetzen?«

Der Zauberspruch trat Rincewind in den mentalen Allerwertesten.

»Äh, nein«, erwiderte er. »Vielleicht ist es besser, wir bleiben hier und stehen alles durch.«

»Du scheinst dir wegen des Sterns keine großen Sorgen zu machen, oder?«

»Er bedeutet Leben, nicht etwa Tod«, sagte Rincewind.

»Wie bitte?«

»Wie was?«

»Es ist schon wieder passiert!« entfuhr es Zweiblum und richtete vorwurfsvoll den Zeigefinger auf ihn. »Du sagst etwas und kannst dich einige Sekunden später gar nicht mehr daran erinnern.«

»Ich meinte nur, es sei besser, in diesem Universum zu bleiben«, wandte Rincewind ein.

»Du hast gesagt, der Stern bedeute Leben und nicht Tod«, hielt ihm Zweiblum entgegen. »Deine Stimme klang brüchig und schien aus weiter Ferne zu kommen. Habe ich recht?« Er wandte sich an den Ladeninhaber.

»Ja«, bestätigte der kleine Mann. »Ich glaube, er schielte auch ein wenig.«

»Der Zauberspruch – das ist die einzige Erklärung«, ächzte Rincewind. »Er versucht, mich ganz zu übernehmen. Ein freches Bürschchen, ha! Er weiß, was geschehen wird, und anscheinend will er, daß wir nach Ankh-Morpork zurückkehren.« Rasch fügte er hinzu: »Was auch meinem Wunsch entspricht. Kannst du uns dorthin bringen?«

»Die große Stadt am Ankh? Ein Labyrinth aus Straßen und Gassen, die wie Jauchegruben stinken?«

»Ankh-Morpork kann auf eine lange und höchst ruhmreiche Geschichte zurückblicken«, sagte Rincewind steif und fühlte sich in seinem Heimatstolz verletzt.

»*Mir* gegenüber hast du etwas anderes behauptet«, warf

Zweiblum ein. »›Es ist die einzige Stadt, die mit einem dekadenten Niedergang begann.‹ So lauteten deine Worte.«

Rincewind wirkte verlegen. »Ja, nun, äh, aber ich bin dort zu Hause, verstehst du?«

»Nein«, erwiderte der Ladeninhaber. »Eigentlich nicht. Ich sage immer: Man ist dort zu Hause, wo man seinen Hut aufhängt.«

»Ich glaube, da irrst du dich.« Zweiblum strahlte. Er freute sich immer über eine Gelegenheit, andere Menschen an seiner Weisheit teilhaben zu lassen. »Das Ding, an dem man Hüte aufhängt, heißt Hutständer. Der Begriff Heimat...«

»Ich sollte jetzt besser die Vorbereitungen für eure Rückkehr treffen«, sagte der Ladeninhaber hastig, als sich Bethan näherte. Geduckt eilte er an ihr vorbei.

Zweiblum folgte ihm.

Die Einrichtung des Raums auf der anderen Seite des Vorhangs bestand aus einem schmalen Bett, einem Ofen, der dringend gereinigt werden mußte, und einem dreibeinigen Tisch. Der Ladeninhaber strich kurz über die hölzerne Oberfläche, und daraufhin erklang ein Geräusch, das der Tourist mit einem Korken verglich, der langsam aus einem dünnen Flaschenhals rutschte. Von einem Augenblick zum anderen enthielt die Kammer ein von Wand zu Wand reichendes Universum.

»Du brauchst keine Angst zu haben«, sagte der Winzling, als Sterne über sie hinwegglitten.

»Habe ich auch nicht«, entgegnete Zweiblum. Seine Augen funkelten begeistert.

»Oh«, machte der Ladeninhaber enttäuscht. »Wie dem auch sei: Es ist natürlich nicht echt, nur ein vom Geschäft projiziertes Trugbild.«

»Kannst du jeden beliebigen Ort aufsuchen?«

»Nein, nein!« antwortete der kleine Mann zutiefst schockiert. »Weißt du, es gibt viele integrierte Sicherheitssysteme. Hätte ja auch keinen Sinn, irgendeine Stadt mit zu geringem Pro-Kopf-Einkommen aufzusuchen. Außerdem ist eine geeignete Mauer notwendig. Ah, hier ist ja deine Welt! Ziemlich scheibenförmig, würde ich sagen. Um nicht zu sagen: geradezu rund und platt. Und recht klein noch dazu. Eine winzige Insel im Ozean der Raumzeit. Eine Oase in der Wüste der Unendlichkeit. Eine ...«

Zweiblum seufzte.

Der Raum mit seiner samtenen Schwärze, in der Myriaden Sterne wie Diamantenstaub funkeln. Oder wie sehr weit entfernte große Kugeln aus explodierendem Wasserstoff, wie manche Leute behaupten würden. Was jedoch weiter keine Rolle spielt: Die meisten Menschen zucken in dieser Hinsicht ohnehin nur mit den Schultern.

Ein Schatten schluckt das Gleißen und Glitzern, ein Schemen, der noch dunkler ist als der Raum.

Aus dieser Perspektive gesehen, wirkt er auch wesentlich größer, denn der Kosmos ist nicht *an sich* riesig, bietet nur Platz genug, um gewaltig zu sein. Planeten sind groß, aber das sah der Schöpfungsplan vor, und niemand mit den richtigen Ausmaßen kann für sich in Anspruch nehmen, nur deshalb besonders klug oder gewitzt zu sein.

Das Etwas jedoch, das einen beachtlichen Teil des Himmels zu fressen scheint, ist kein Planet.

Statt dessen handelt es sich um eine Schildkröte, vom pockennarbigen Kopf bis zum horngepanzerten Schwanz zehntausend Meilen lang.

Man kann Groß-A'Tuin mit Fug und Recht als *kolossal* bezeichnen.

Kilometerbreite paddelförmige Füße heben und senken sich in einem träge anmutenden beständigen Rhythmus und pressen das Gefüge der Raumzeit in seltsame Formen. Die Scheibenwelt gleitet wie eine majestätische Barkasse dahin. Deutlich ist zu beobachten, daß Groß-A'Tuin Mühe hat, denn sie verläßt nun die freie Weite des Universums und kämpft gegen den zunehmenden Druck der solaren Untiefen an. Hier, an der Küste des Lichts, schwächt sich die Magie ab. Wenn die Scheibenwelt einige Wochen lang in diesem Bereich bleibt, wird sie durch die Zwänge der Realität Zauber und Thaumaturgie verlieren.

Groß-A'Tuin weiß das, aber sie erinnert sich auch daran, den beschwerlichen Weg schon einmal beschritten zu haben, vor vielen tausend Jahren.

Das Licht des Zwergsterns spiegelt sich rot in den Augen der Sternenschildkröte wider, aber ihr Blick ist nicht etwa auf das Strahlen gerichtet, sondern auf einen kleinen Raumabschnitt in der Nähe...

»Ja, aber wo sind wir?« fragte Zweiblum. Der Ladeninhaber beugte sich über den Tisch und brummte etwas Unverständliches.

»Falls du damit irgendeinen Ort meinst, muß ich passen«, erwiderte er schließlich. »Wir befinden uns vielmehr in einer kontangentialen Inkongruenz. Glaube ich wenigstens. Aber vielleicht irre ich mich. Wie dem auch sei: Der Laden weiß immer, was er tut.«

»Im Gegensatz zu dir?«

»Nun, ich gehe ihm hier und dort zur Hand, sozusagen, gewissermaßen.« Der kleine Mann putzte sich die Nase. »Manchmal lande ich auf einer Welt, deren Bewohner solche Dinge verstehen.« Er sah Zweiblum aus kleinen traurigen Augen an. »Du scheinst recht nett und freundlich zu sein, Herr. Ja, du bist genau der Mann, zu dem man Vertrauen haben kann. Und daher zögere ich nicht, dir reinen Wein einzuschenken.«

»Weißen oder roten?« fragte Zweiblum und leckte sich die Lippen.

»Ich meine: Es ist doch kein Leben, sich dauernd um den Laden kümmern zu müssen. Ach, ich komme niemals zur Ruhe, bin ständig unterwegs, habe immer geöffnet.«

»Warum gehst du nicht einfach in Pension?«

»Oh, das ist es ja gerade, Herr! Ich kann nicht. Ich bin verflucht, weißt du. Eine schreckliche Sache.« Er hielt sich ein fleckiges Tuch vor die Nase und blies erneut. Es klang, als räuspere sich ein Büffel.

»Dazu verflucht, dieses Geschäft zu führen?«

»Für immer und *ewig*, Herr. Jahrhunderte! Und ich darf nie schließen! Nun, irgendwann kam ein Zauberer herein. Und ich ließ mich zu einem gräßlichen Frevel hinreißen.«

»Hast du ihm die Zigarettenstummel gestohlen?«

»Schlimmer, viel schlimmer! Nun, ich weiß nicht mehr genau, was er wollte, aber als er danach fragte, da... da gab ich eins jener Geräusche von mir, die normalerweise von einer, äh, anderen Körperöffnung verursacht werden.«

Zweiblum schnitt eine finstere Miene. Aber da er im Grunde seines Wesens gut und wohlwollend war, entschied er, dem Ladeninhaber zu verzeihen.

»Ich verstehe«, brummte er leise. »Trotzdem...«

»Das ist noch nicht alles!«

»Oh!«

»Ich meinte, für solche Dinge gebe es längst keinen Markt mehr.«

»Das hast du nach dem... Geräusch gesagt?«

»Ja. Wahrscheinlich habe ich auch gelächelt.«

»Lieber Himmel! Ich hoffe, du warst nicht so dumm, den Zauberer einen Narren zu nennen.«

»Äh, vielleicht doch.«

»Hm.«

»Es geht noch weiter!«

»Tatsächlich?«

»Ja. Ich sagte ihm, ich könne den Gegenstand bestellen. Und ich schlug ihm vor, am nächsten Tag wiederzukommen.«

»Das hört sich gar nicht so schlecht an«, erwiderte Zweiblum. Er gehörte zu den wenigen Leuten im Multiversum, die Geschäfte aufsuchten, um etwas zu bestellen — und keine Einwände erhoben, sowohl ziemlich große Vorschüsse zu zahlen als auch für die angeblichen Auslagen des Inhabers aufzukommen.

»Nun, der nächste Tag war ein Sonntag.«

»Oh.«

»Ja. Ich hörte in der Frühe, wie er mehrmals an die Tür pochte. Ich hatte natürlich ein Schild nach draußen gehängt, eins mit der Aufschrift: ›Verkäufe an Zauberer und Nekromanten nur bei Sonnenfinsternis‹. Nun, und als ich ihn fluchen hörte, lachte ich.«

»Du hast *gelacht?*«

»Ja. Etwa so: Hahahihihohogrmpf!«

»Ich schätze, du hättest dich klüger verhalten können«, sagte Zweiblum und schüttelte tadelnd den Kopf.

»Ich weiß, ich weiß. Mein Vater riet mir immer: Hüte dich vor Magiern. Sie murmeln irgendeine Beschwörung, und schon bist du hundertzehn Prozent Skonto los. Wo bin ich stehengeblieben? Ah, ja. Ich hörte, wie der Zauberer etwas murmelte, das wie ›nie wieder schließen‹ oder so ähnlich klang, worauf viele Worte folgten, an die ich mich nicht mehr entsinne. Als er schließlich schwieg, wurde der Laden... ja, er wurde plötzlich *lebendig.*«

»Und seitdem durchstreifst du die verschiedenen Universen?«

»Ja. Vielleicht finde ich den Zauberer eines Tages wieder, und ich hoffe inständig, daß ich dann alle seine Wünsche erfüllen kann, ohne irgend etwas bestellen zu müssen. Doch bis dahin muß ich meine endlose Reise fortsetzen...«

»Ein ziemlich verwerfliches Verhalten«, sagte Zweiblum.

Der Ladeninhaber wischte sich die Nase an der Schürze ab. »Danke für dein Mitgefühl.«

»Trotzdem hätte dich der Zauberer dafür nicht so hart bestrafen dürfen«, fügte Zweiblum hinzu.

»Was?« Der kleine Mann zwinkerte verwirrt. »Oh. Ja.

Das meine ich auch.« Er strich die Schürze glatt, straffte seine Gestalt und versuchte tapfer, einige Zentimeter größer zu werden. »Aber wie dem auch sei: Dieses ganze Gerede bringt euch nicht nach Ankh-Morpork, oder?«

»Es ist wirklich komisch«, sagte Zweiblum mehr zu sich selbst, »daß ich meinen Koffer in einem solchen Geschäft gekauft habe. In einem anderen, meine ich.«

»Oh, es gibt mehrere Ladeninhaber, die mein Schicksal teilen«, entgegnete der Winzling und kehrte an den Tisch zurück. »Offenbar war jener Zauberer ein sehr ungeduldiger Mann.«

»Für immer und *ewig* durchs Multiversum unterwegs«, murmelte der Tourist nachdenklich.

»Stimmt. Wenigstens spart man sich auf diese Weise die Gewerbesteuer. Und die Jungs vom Finanzamt haben längst meine Spur verloren.«

»Sieh nur – ich glaube, die Truhe denkt über irgend etwas nach«, sagte Cohen.

Knubbelkinn hob den Kopf und seufzte innerlich. Er empfand es als recht angenehm, still im Schatten zu sitzen und die Kühle zu genießen. Er musterte den alten Mann skeptisch und dachte erneut daran, vom Regen in die Traufe geraten zu sein. In dem Versuch, aus einer Stadt zu fliehen, in der es von vollkommen durchgedrehten Verrückten wimmelte, hatte er sich einem übergeschnappten Greis ausgeliefert. Der Zwerg fragte sich, ob er lange genug überlebte, um diesen Umstand zu bedauern.

Er hoffte es inständig.

»O ja, die Kiste überlegt«, erwiderte er bitter. »Das kann man ganz deutlich erkennen.«

»Ich glaube, sie hat meine Freunde gefunden.«

»Wunderbar!«

»Steig auf!«

»Hast du sie nicht mehr alle?« fragte Knubbelkinn und biß sich eine Sekunde später auf die Lippe. Es war nicht ungefährlich, einen Verrückten auf seinen Geisteszustand aufmerksam zu machen.

»Vertrau mir, ich weiß Bescheid. Außerdem: Möchtest du lieber zurückbleiben und den Sternenleuten begegnen? Sie würden sich bestimmt über eine Gelegenheit freuen, mit dir zu plaudern.«

Vorsichtig näherte sich Cohen der Truhe und nahm rittlings Platz darauf. Sie schenkte ihm keine Beachtung.

»Beeil dich!« riet er. »Ich bin sicher, sie geht gleich los.«

Knubbelkinn hob die Schultern und setzte sich ebenfalls auf die Kiste, direkt hinter den alten Mann.

»Glaubst du?« entgegnete er. »Und wie soll sie gehen, obgleich sie gar keine Fü...«

Ankh-Morpork!

Perle unter den Städten!

Nun, diese Beschreibung trifft natürlich nicht ganz zu – Ankh-Morpork ist keineswegs rund und glänzt auch nicht –, aber selbst die erbittertsten Feinde der Metropole vertreten folgende Ansicht: Wenn man die Stadt mit irgend etwas vergleichen kann, so gewiß mit einem Schmutzpartikel, das in die Absonderungen einer sterbenden Molluske gehüllt ist.

Es gab größere Städte, bestimmt auch reichere. Und zweifellos existierten hübschere Orte. Aber aufgrund des Geruchs nahm Ankh-Morpork im ganzen Multiversum eine einzigartige Stellung ein.

Die Uralten, die sich in allen Universen bestens auskennen und nicht nur Kalkutta gerochen haben, sondern auch !Xrc-! und die Gossen von Marsport, sind fest davon überzeugt, daß es jene Art von nasaler Poesie nicht einmal annähernd mit dem besonderen Duft von Ankh-Morpork aufnehmen kann.

Man stelle sich eine Mischung aus Knoblauch, altem Gorgonzola, Fußpilz und faulen Zähnen vor. Man gebe eine Prise verfaulter Zwiebeln hinzu. Man würze diese Mischung mit einigen Socken, die schon seit Monaten nicht mehr gewaschen wurden. Nun, selbst *damit* bekommt man nur eine vage Vorstellung von den Düften, die Ankh-Morpork an einem warmen Tag verströmt.

Die Bürger sind sehr stolz darauf. Wenn sich ihnen eine gute Gelegenheit bietet, tragen sie Stühle nach draußen, um den Geruch ihrer Heimatstadt zu genießen. Sie holen tief Luft, klopfen sich auf die Brust und sprechen stundenlang über diverse Aromanuancen. In diesem Zusammenhang haben sie sogar ein Denkmal errichtet, das an ein ganz bestimmtes Ereignis erinnert. Vor vielen Jahren versuchten feindliche Truppen des Nachts in die Stadt einzudringen und sie im Handstreich zu erobern. Die gegnerischen Soldaten gelangten bis zu den Schutzwällen, wo sie zu ihrem großen Entsetzen die Nasenfilter verloren. Reiche Kaufleute, die sich lange Zeit im Ausland aufhielten, schickten Boten mit dem Auftrag, speziell versiegelte Flaschen mit der herrlichen Luft Ankh-Morporks zu holen. Wenn sie die Stöpsel zogen und schnupperten, quollen ihnen Tränen in die Augen.

Und zwar nicht nur aus Heimweh.

Nun, eigentlich kann man nur mit einer Analogie beschreiben, welche Auswirkungen der Geruch von Ankh-Morpork auf eine nicht daran gewöhnte Nase hat.

Nehmen Sie Schottenstoff und bestreuen Sie ihn mit buntem Konfetti. Beleuchten Sie ihn anschließend mit einem Stroboskop.

Besorgen Sie sich dann ein Chamäleon, zum Beispiel aus dem nächsten Zoo.

Setzen Sie es auf das Tuch.

Beobachten Sie es genau.

Sehen Sie?

Aus diesem Grund setzte sich Rincewind ruckartig auf, als der Laden in der Stadt materialisierte, hob die Brauen, schnüffelte und sagte: »Wir sind da.« Bethan erblaßte.

Und Zweiblum, der überhaupt keinen Geruchssinn zu haben schien, fragte nur: »Bist du sicher? Woher willst du das wissen?«

Ein langer Nachmittag lag hinter ihnen. Mehrmals waren sie in den Realraum zurückgekehrt und hatten in verschiedenen Städten dicke Ziegelsteinmauern durchbrochen – was der Ladeninhaber mit der zunehmenden Instabilität des magischen Feldes auf der Scheibenwelt erklärte.

In den meisten Ortschaften hielten sich nur noch verrückte Sternenleute auf, die Scheiterhaufen für Bücher errichteten, an linken Ohren außerordentliches Interesse fanden und immer dann Verdacht schöpften, wenn sie jemanden sahen, der nicht trübe ins Leere starrte. Die übrigen Leute warteten in den Bergen und stritten sich um Plätze, die eine besonders gute Aussicht boten.

»Woher kommen die alle?« fragte Zweiblum, als sie einmal mehr vor einer aufgebrachten Menge flohen.

»In jedem normalen Menschen liegt ein Irrer auf der Lauer«, sagte der Ladeninhaber. »Das glaube ich schon seit Jahren. Niemand schnappt schneller über als ein ganz gewöhnlicher Bürger.«

»Das ergibt doch keinen Sinn«, wandte Bethan ein. »Und wenn doch, so gefällt er mir nicht.«

Inzwischen war der neue Stern größer als die Sonne, die sich jetzt dem Horizont entgegenneigte. Aber auf diesen Tag würde keine Nacht folgen. Rincewind beobachtete, wie sich die Scheibenweltdämmerung bemühte, das Licht des Tages in die Flucht zu schlagen. Die Heerscharen des roten Schimmerns hielten tapfer und hartnäckig stand, und in ihrem sonderbaren Glühen wirkte die Stadt noch düsterer und weniger einladend als sonst. Sie sah aus wie das Werk eines wahnsinnigen Malers, der stundenlang vergeblich versucht hatte, mit Schuhcreme ein Kunstwerk zu schaffen.

Aber Rincewind assoziierte die Stadt mit so angenehmen Begriffen wie *Heimat* und *Zuhause*. Er blickte durch die leeren Straßen und fühlte sich fast glücklich.

Irgendwo in seinem Hinterkopf machte der Zauberspruch Krawall, aber er achtete nicht darauf. Vielleicht stimmte es tatsächlich, daß der rote Stern die Magie schwächte. Möglicherweise trug er die Zauberformel auch schon so lange im Bewußtsein, daß er eine Art psychische Immunität entwickelte. Wie dem auch sei: Rincewind stellte fest, daß er *Widerstand* leisten konnte.

»Wir befinden uns in der Nähe des Hafenbereichs«, sagte er. »Riecht nur die würzige Seeluft!«

»Oh!« erwiderte Bethan gepreßt und lehnte sich an eine Wand. »Ja...«

»Das ist Ozon«, behauptete Rincewind kühn. »Luft mit Charakter sozusagen.« Er atmete tief durch.

Zweiblum wandte sich an den Ladeninhaber.

»Nun, ich hoffe, du findest den Magier, der dich verfluchte«, meinte er. »Bitte entschuldige, daß wir nichts gekauft haben, aber weißt du: Mein Koffer ist mit dem ganzen Geld verschwunden.«

Der kleine Mann drückte ihm etwas in die Hand.

»Ein Geschenk«, sagte er. »Du kannst es bestimmt gebrauchen.«

Hastig kehrte er in sein Geschäft zurück. Die Türklingel bimmelte, und das Schild wechselte die Aufschrift, verkündete nun: ›Blutegel für Vampirsuppen und Leichenmaden für Ghule derzeit nicht auf Lager‹. Dann krochen einige Saugnäpfe übers Portal, fuhren Augenstiele aus, zwinkerten Rincewind und seinen Begleitern zu, schmatzten und schlossen die Pforte. Wenige Sekunden später löste sich der Laden in Luft auf und wich einer festen Mauer.

Zweiblum schüttelte fassungslos den Kopf, streckte die Hand aus und berührte die Steine.

»Was ist in der Tasche?« fragte Rincewind.

Sein Blick galt einem dicken braunen Papierbeutel mit Haltekordeln.

»Ich hoffe nur, das Ding hat keine Füße«, sagte Bethan.

Zweiblum sah hinein und holte einen kleinen Gegenstand hervor.

»Ist das alles?« brummte Rincewind. »Ein kleines Häuschen mit Muscheldach?«

»Ein recht nützliches Objekt«, erwiderte der Tourist schmollend. »Man kann Zigaretten darin aufbewahren.«

»Und das ist unter den gegebenen Umständen sehr wichtig, wie?« spottete der Zauberer.

»Ein Fläschchen mit extrastarkem Sonnenöl wäre mir weitaus lieber«, warf Bethan ein.

»Kommt!« meinte Rincewind und setzte sich wieder in Bewegung. Seine Begleiter folgten ihm.

Zweiblum musterte Bethan und kam zu dem Schluß, daß die Situation nach einigen netten Bemerkungen verlangte, nach Worten des Trostes, um Bethan von ihrer Niedergeschlagenheit zu befreien und sie ein wenig aufzumuntern.

»Kopf hoch!« murmelte er. »Es besteht eine geringe Wahrscheinlichkeit, daß Cohen noch lebt.«

»Oh, in dieser Hinsicht mache ich mir keine Sorgen«, entgegnete die junge Frau und stapfte so übers Pflaster, als hege sie gegen jeden Stein einen ganz persönlichen Groll. »In seinem Beruf wird man nicht siebenundachtzig Jahre alt, wenn man dauernd stirbt. Ich bedaure nur, daß er nicht bei uns ist.«

»Ebensowenig wie mein Koffer«, meinte Zweiblum. »Ich meine, es bestehen natürlich gewisse Unterschiede zwischen Cohen und der Truhe, und ich habe keineswegs die Absicht, intelligentes Birnbaumholz zu heiraten, aber...«

Bethan seufzte. »Glaubst du, der Stern fällt auf die Scheibenwelt herab?«

»Nein«, sagte Zweiblum zuversichtlich.

»Warum nicht?«

»Weil Rincewind so etwas offenbar nicht für möglich hält.«

Cohens Verlobte musterte ihn erstaunt.

»Äh«, fuhr der Tourist fort, »weißt du, es ist wie mit Seetang. Was fängt man damit an?«

Bethan war in der Wirbel-Ebene aufgewachsen, kannte das Meer nur vom Hörensagen und hatte schon als Kind entschieden, daß es ihr nicht gefiel. Sie runzelte die Stirn.

»Man verspeist ihn als Gemüse?«

»Nein. Man hängt ihn getrocknet vor die Tür, um festzustellen, ob ein Gewitter im Anzug ist.«

Bethan wußte längst, daß es praktisch unmöglich war, Zweiblums sonderbare Hinweise und Vergleiche zu verstehen. Man konnte nur hoffen, nicht vollständig den Faden zu verlieren und irgendwann eine Wortfolge zu hören, die zumindest einen gewissen Sinn ergab. Die junge Frau faßte sich in Geduld.

»Ich verstehe«, log sie.

»Mit Rincewind ist es ähnlich.«

»Ach?«

»Ja. Wenn es irgend etwas gäbe, vor dem man sich fürchten müßte, geriete er sofort in Panik. Doch das ist nicht der Fall. Er hat praktisch vor allem Angst – der Stern bildet die einzige Ausnahme. Nun, wenn Rincewind gelassen bleibt, so gibt es nicht den geringsten Grund zu Besorgnis.«

»Du meinst, wir brauchen nicht mit zuckenden Blitzen und prasselndem Regen zu rechnen?« fragte Bethan.

»Nein. Metaphorisch ausgedrückt.«

»Oh!« Bethan verzichtete auf die Frage, was Zweiblum mit ›metaphorisch‹ meinte. Vermutlich hatte es irgend etwas mit Seetang zu tun.

Rincewind drehte sich um.

»Beeilt euch!« rief er. »Jetzt ist es nicht mehr weit.«

»Wohin willst du?« erkundigte sich Zweiblum.

»Zur Unsichtbaren Universität. Das liegt doch auf der Hand.«

»Hältst du das für klug?«

»Nun, ich würde es mir lieber in einem gemütlichen Heuschober bequem machen und mich gründlich ausschlafen, aber es gibt da einige Dinge...« Rincewind brach ab, schnitt eine schmerzerfüllte Grimasse und preßte beide Hände an die Schläfen.

»Setzt dir schon wieder der Zauberspruch zu?«

»Jargh.«

»Summ irgendeine Melodie! Das lenkt ab.«

Rincewind ächzte und rollte mit den Augen. »Ich werde dafür sorgen, daß mich die verdammte Formel endlich in Ruhe läßt«, brachte er mit erstickt klingender Stimme hervor. »Sie soll endlich ins Buch zurückkehren, wo sie hingehört. Ich will meinen Kopf zurück!«

»Aber dann...«, begann Zweiblum und unterbrach sich. Sie konnten es deutlich hören: ein dumpfer Gesang in der Ferne, das Pochen vieler Schritte.

»Die Übergeschnappten?« fragte Bethan.

Ihre Vermutung traf zu. Die ersten graugesichtigen und trübe starrenden Männer marschierten keine hundert Meter entfernt um eine Ecke und hielten weiße Fahnen, die achtzackige Sterne zeigten.

»Es sind nicht nur die Übergeschnappten, sondern auch Wahnsinnige, Irre und viele andere Leute, die auf verschiedene Weise ausgerastet sind«, stellte Zweiblum fest und schluckte. »*Zu* viele, wenn ihr mich fragt...«

Die Menge donnerte wie eine lebendige Flutwelle durch die Straße, und von einer Sekunde zur anderen herrschte das reinste Chaos. Rincewind und seine Gefährten wirbelten herum und flohen vor der menschlichen Woge.

Fackelschein tanzte unstet durch die feuchten Tunnel unter der Unsichtbaren Universität. Im Gänsemarsch wanderten die Oberhäupter der acht magischen Orden durch die muffigen Passagen.

»Wenigstens ist es kühl hier unten«, sagte einer der Zauberer.

»Warum *sind* wir überhaupt hier unten?« fragte ein anderer.

Trymon führte die Gruppe an. Kein Laut kam ihm von den Lippen, aber er überlegte konzentriert, dachte an das Fläschchen mit Öl, das er bei sich führte, an die acht Schlüssel der Zauberer — Schlüssel, mit denen sich die acht Schlösser des angeketteten Oktavs entriegeln ließen. Die alten Zauberer spürten natürlich, daß sich die allgegenwärtige Magie verflüchtigte, und Trymon hoffte, daß sie mit ihren eigenen Problemen beschäftigt und nicht annähernd so wachsam waren wie sonst. Er stellte sich vor, wie er das Oktav in den Händen hielt, die stärkste Konzentration thaumaturgischer Kraft auf der ganzen Scheibenwelt. Nur noch wenige Minuten trennten ihn von der Erfüllung seiner Wünsche...

Trotz der Kühle schwitzte er plötzlich.

Kurz darauf erreichten sie eine bleigefaßte Tür. Trymon holte einen großen und beruhigend normalen Schlüssel hervor, der sich völlig von den verschnörkelten, mehrmals gebogenen und hakenartigen Instrumenten unterschied, mit denen das Oktav von der Kette befreit werden konnte. Er spritzte Öl ins Schloß, schob den gezackten Eisenstab hinein und drehte ihn. Es knackte und knirschte laut.

»Sind wir uns einig?« fragte Trymon. Die Zauberer brummten und murmelten halbherzig, und daraufhin schob er die Tür auf.

Ein warmer Schwall dichter und irgendwie schmierig anmutender Luft wehte ihnen entgegen, und Trymon vernahm ein schrilles, nicht besonders angenehm klingendes Keifen. Winzige oktarine Funken stoben von Nasen, Fingernägeln und Bärten.

Die Magier stemmten sich den Böen formloser thaumaturgischer Energie entgegen und betraten vorsichtig die Kammer. Vage Schemen kicherten leise und huschten hin und her — alptraumhafte Bewohner der Kerkerdimensionen, die immerzu nach Lücken in den Begrenzungsmauern ihrer Schreckenswelt tasteten – mit Gliedmaßen, die hier nur deshalb ›Finger‹ genannt werden sollen, weil sie sich zufällig am Ende der Arme befanden. Ständig waren sie bestrebt, den Feuerschein zu erreichen, der ihnen ein Universum der Vernunft und Ordnung verhieß.

Das magische Feld der Scheibenwelt schwächte sich rasch ab, und außerdem diente das Zimmer dazu, thaumaturgische Vibrationen zu unterbinden, aber trotzdem stellte das Oktav geballte Macht dar.

Eigentlich hätten die Zauberer auf Fackeln verzichten können. Das gefesselte Buch erfüllte den Raum mit mattem grauweißen Glühen, das nicht in dem Sinne *Licht* war, sondern eher das Gegenteil. Dunkelheit ist kaum mehr als das Fehlen von Helligkeit. Bei dem vom Buch ausgehenden Strahlen handelte es sich um das Gleißen jenseits der Finsternis, das phantastische Licht.

Es glänzte in einem eher enttäuschenden Purpur.

Wie bereits erwähnt, ruhte das Oktav auf einem Pult in der Form eines geflügelten Wesens, das wie eine Kreuzung zwischen Krokodil und Geier aussah und gräßlich lebendig wirkte. Zwei glitzernde Augen beobachteten die Zauberer mit unverhohlenem Haß.

»Es hat sich gerade bewegt«, meinte jemand.

»Wir sind sicher, solange wir nicht das Buch berühren«, sagte Trymon. Er zog eine Schriftrolle unter dem Mantel hervor.

»Bring die Fackel hierher«, wies er einen der alten Magier an. *»Und mach die Zigarette aus!«*

Er rechnete mit einem zornigen Fluch und Antworten wie ›Für wen hältst du dich?‹ oder ›Was fällt dir eigentlich ein?‹ oder ›Ich rauche, wann und wo es mir gefällt!‹. Aber erstaunlicherweise blieb alles still. Der zurechtgewiesene und beleidigte Zauberer nahm einfach nur den Stummel aus dem Mund und zertrat ihn.

Trymon jubelte innerlich. *Sie gehorchen mir also,* dachte er. *Wenigstens hier und jetzt. Nun, einige Minuten ge-*

nügen mir... Er starrte auf die krakelige Schrift eines längst verstorbenen Thaumaturgen.

»Aha, hier haben wir's«, sagte er. »Also gut: ›Um Den Hüther Des Buches Zsu Beschwörigen...‹«

Die Menge stürmte über eine der Brücken, die Morpork mit Ankh verbanden. Der Strom darunter, der selbst dann stank, wenn das Schmelzwasser im Frühling den größten Teil des Schmutzes fortspülte, war eine dampfende Kloake, auf ein Rinnsal zusammengeschrumpft.

Die Brücke erbebte heftiger, als es normalerweise der Fall sein sollte. Sonderbare Wellenmuster bildeten sich auf den Resten des Flusses. Einige Schindeln rutschten vom Dach eines nahen Hauses.

»Was hat das zu bedeuten?« fragte Zweiblum.

Bethan sah zurück und schrie.

Der neue Stern ging auf. Als die Sonne der Scheibenwelt hastig hinter den Horizont floh, kletterte der aufgeblähte Unheilsball langsam höher und starrte mit rotem Verderbensblick herab.

Zweiblum und Bethan zogen Rincewind in eine Nische. Die aufgebrachte Meute schenkte ihnen überhaupt keine Beachtung und eilte weiter, erschrocken und entsetzt wie Lemminge.

»Der Stern hat Flecken«, sagte der Tourist.

»Nein«, widersprach Rincewind. »Es sind... Dinge. Irgendwelche Objekte, die ihn umkreisen. So wie unsere Sonne die Scheibenwelt. Aber die Entfernung zu ihnen verringert sich, weil, weil...« Er zögerte. »Ich hätte es fast gewußt.«

»Was?«

Der Zauberer winkte ab. »Ich muß endlich den verdammten Zauberspruch loswerden!«

»Wo geht's zur Universität?« fragte Bethan.

»Hier entlang!« Rincewind deutete auf die Straße und marschierte los.

»Offenbar ist sie ziemlich beliebt. Alle sind dorthin unterwegs.«

»Warum wohl?« murmelte Zweiblum.

»Nun«, sagte Rincewind langsam, »ich glaube kaum, daß die Leute beabsichtigen, sich für ein Studium einzuschreiben.«

Er irrte sich nicht: Die Unsichtbare Universität wurde belagert, zumindest jene Teile, die bis in die gewöhnlichen Realitätsdimensionen reichten. Die Menge vor den Toren stellte einige Forderungen, und insbesondere zwei davon wurden mit besonderem Nachdruck vorgetragen. Die ebenso zornigen wie verängstigten Bürger der Stadt verlangten, daß die Zauberer a) mit ihrer Herumpfuscherei aufhörten und endlich etwas gegen den Stern unternahmen oder sich b) — und dafür optierten die Sternenleute — von der Thaumaturgie abwandten, gemeinsamen Selbstmord begingen und die Scheibenwelt auf diese Weise vom Fluch der Zauberei befreiten, worin sie die Ursache der gräßlichen Gefahr am Himmel sahen.

Die Zauberer auf der anderen Seite der hohen Mauern wußten nicht, wie sie a) bewerkstelligen sollten, fanden keinen sonderlichen Gefallen an b) und entschieden sich für c). Die meisten von ihnen schlichen durch kleine Seitentüren und eilten auf Zehenspitzen davon, so schnell und weit wie möglich.

Die Reste zuverlässiger Magie, die in der Universität verblieben, wurden dazu eingesetzt, die großen Tore geschlossen zu halten. Die Thaumaturgen waren zwar stolz auf ihre mit Zauberei verriegelten Portale, bedauerten es nun aber, daß die Architekten kein Reservesystem für Notfälle geplant hatten, zum Beispiel stabile Halterungen und zwei dicke Balken aus massivem Stahl.

Auf dem Platz vor den Toren loderten mehrere große Feuer. Ihre Aufgabe bestand nur darin, für Dramatik zu sorgen, denn der rote Stern brannte mit im wahrsten Sinne des Wortes atemberaubender Hitze vom Himmel.

»Man kann noch immer die Sterne sehen«, sagte Zweiblum. »Die anderen, meine ich. Die kleineren. Vor einem schwarzen Hintergrund.«

Rincewind überhörte ihn und beobachtete statt dessen die Portale. Einige Sternenleute und normal verrückte Bürger versuchten, sich gewaltsam Zutritt zu verschaffen.

»Es ist hoffnungslos«, meinte Bethan. »Der Weg in die Universität ist versperrt. He, was hast du vor?«

»Ich mache nur einen kleinen Spaziergang«, erwiderte Rincewind. Mit langen und entschlossenen Schritten marschierte er durch eine Gasse.

Mehrere freischaffende Plünderer waren gerade damit beschäftigt, einen Laden leerzuräumen, aber Rincewind beachtete sie nicht. Er wanderte an der Wand entlang, bis er eine Stelle erreichte, wo sie parallel zu einer schmalen Nebenstraße verlief und sich der für Ankh-Morpork typische Geruch – manche würden sagen: Verwesungsgestank – noch weiter verstärkte.

Eine Zeitlang beobachtete er die Mauer aufmerksam. Sie reichte sechs Meter in die Höhe und wies oben Dutzende von spitzen Metalldornen auf.

»Ich brauche ein Messer«, sagte er.

»Um dich durch den Stein zu schneiden?« fragte Bethan abfällig.

»Besorgt mir nur ein Messer!« Rincewind begann damit, die Wand abzuklopfen.

Zweiblum und Bethan wechselten einen kurzen Blick und hoben die Schultern. Einige Minuten später kehrten sie mit mehreren Dolchen zurück, und der Tourist hatte sogar ein Schwert aufgetrieben.

»Wir haben uns in einem Geschäft bedient«, erklärte Bethan.

»Und Geld zurückgelassen«, fügte Zweiblum hinzu. »Ich meine: Das hätten wir getan, aber leider bin ich derzeit ziemlich knapp bei Kasse ...«

»Er bestand darauf, eine kurze Nachricht zu schreiben«, seufzte Bethan.

Zweiblum richtete sich zu seiner vollen Größe auf. Es war kaum der Mühe wert.

»Ich sehe keinen Grund ...«, begann er eingeschnappt.

»Ja, ja, schon gut!« Bethan winkte ab und nahm im Schneidersitz Platz. »In deiner Heimat scheinen seltsame Sitten zu herrschen. Wenn dort alle Leute so sind wie du ...« Sie schüttelte den Kopf und sah Rincewind an. »Die Plünderer haben kein Geschäft verschont. Wir sind sogar einigen Burschen begegnet, die Musikinstrumente auf einen Karren luden. Verrückt, was?«

»Inzwischen wundert mich überhaupt nichts mehr«, entgegnete der Magier. »Vielleicht wollen sie den bevorstehenden Weltuntergang musikalisch untermalen.«

Er griff nach einem Messer, prüfte die Klinge, stieß sie in einen schmalen Spalt zwischen zwei Steinen und drehte sie mehrmals. Als er zurücktrat, löste sich ein breiter Ziegel und fiel zu Boden. Rincewind hob den Kopf, zählte lautlos und bohrte den Dolch in eine weitere Mörtelschicht.

»Wie hast du das fertiggebracht?« fragte Zweiblum.

»Hilfst du mir bitte hoch?« entgegnete der Zauberer. Er nutzte die Löcher in der Mauer als Trittstellen und setzte das Messer ein, um weitere Steine aus der Wand zu hebeln. Auf diese Weise arbeitete er sich Meter um Meter in die Höhe.

»Die Studenten der Unsichtbaren Universität hüten dieses Geheimnis schon seit Jahrhunderten«, sagte er. »Einige Ziegel sitzen ganz locker. Ein geheimer Zugang. He, ihr da unten, paßt auf!«

Ein Granitbrocken fiel aufs Pflaster.

»Für die Schüler und Novizen eine gute Möglichkeit, nach dem Zapfenstreich zu verschwinden und spät in der Nacht zurückzukehren«, fügte Rincewind hinzu.

»Oh«, machte Zweiblum, »jetzt *verstehe* ich. Über die Mauer und ein Streifzug durch Schenken und Tavernen.

Jubel, Trubel, Heiterkeit. Trinken, singen und Gedichte vortragen. Auf den Putz hauen. Die Sau rauslassen. Richtig einen draufmachen.«

»Stimmt genau – bis auf das Singen und die Gedichte«, antwortete Rincewind. »Nun, einige der Eisendorne müßten sich leicht lösen lassen...« Ein metallenes Klappern folgte auf seine Worte.

»Auf dieser Seite ist es nicht sehr tief«, ertönte kurz darauf die etwas leisere Stimme des Zauberers. »Kommt jetzt! Wenn ihr unbedingt wollt.«

Und so betraten Rincewind, Zweiblum und Bethan die Unsichtbare Universität.

Während im Kellergeschoß tief unten...

Die acht Zauberer schoben ihre Schlüssel in acht Schlösser, drehten sie und wechselten besorgte Blicke. Ein seltsames Geräusch erklang, wie von einer stumpfen Klinge, die langsam durch dicke Wurst schnitt.

Die Kette rasselte und löste sich vom Buch. Blasses oktarines Funkeln tanzte über den Deckel.

Trymon streckte die Hand aus und griff nach dem Oktav. Niemand erhob Einwände.

Irgend etwas prickelte ihm auf der Haut, als er sich der Tür zuwandte.

»Und jetzt in den Großen Saal, Kollegen«, sagte er. »Wenn ich vorausgehen darf...«

Wieder blieb alles still.

Trymon klemmte sich das Buch unter den Arm. Es schien immer wärmer zu werden, sich hin und her zu winden.

Bei jedem Schritt rechnete er mit einem Schrei, mit lautem Protest. Aber nichts dergleichen geschah. Trymon brauchte seine ganze Selbstbeherrschung, um nicht schallend zu lachen. Es war alles wesentlich einfacher, als er angenommen hatte.

Die anderen Magier wandten sich gerade erst von dem greulichen Pult ab, als er die Tür erreichte, und vielleicht hielten sie das Zittern in den Schultern des jüngeren Mannes für verdächtig. Aber sie bekamen keine Gelegenheit mehr, rechtzeitig zu reagieren. Trymon trat über die Schwelle, schloß die Hand um den Knauf, warf die Pforte zu, schloß ab und lächelte.

Er wandte sich um und schritt zufrieden durch den Korridor, überhörte die wütenden Schreie der Thaumaturgen, die gerade feststellen mußten, wie schwierig es war, in einer magiesicheren Kammer zu zaubern.

Das Oktav *bog* sich, aber Trymon hielt es fest. Er lief jetzt und versuchte nicht in Panik zu geraten, als sich das Buch unter dem Arm in haarige, knöcherne und stachelige *Dinge* verwandelte. Die Hand fühlte sich taub an. Das leise Schnattern, das er schon seit einer ganzen Weile hörte, wurde lauter, und hinter ihm erklangen auch andere Geräusche: ein dumpfes Fauchen und Zischen, ein bedrohliches Knurren, ein Knacken wie von splitternden Knochen – die Stimmen unvorstellbarer Schrecken, die sich Trymon nur zu gut vorstellen konnte. Als er durch den Großen Saal eilte und dann die breite Treppe hinaufhastete, gerieten die Schatten um ihn herum in Bewegung, verdichteten sich und kamen näher. Außerdem merkte er, daß ihm etwas folgte, irgendeine mit dünnen Stelzenbeinen ausgestattete Wesenheit, die abscheulich schnell zu ihm aufschloß. Eis formte sich an den Wänden. Türen schnappten nach ihm, als er vorbeistürmte. Die Stufen unter ihm gaben wie weiches Gummi nach. Oder wie Zungen, die gierig nach ihm leckten...

Trymon hatte nicht ohne Grund viele Stunden im Universitätsäquivalent einer Sporthalle verbracht und dort seine mentalen Muskeln trainiert. *Du darfst deinen Sinnen nicht vertrauen, denn sie können getäuscht werden*, erinnerte er sich. *Die Treppe erstreckt sich irgendwo vor und unter mir. Du mußt sie deinem Willen unterwerfen, sie dazu zwingen, weiterhin zu existieren. Und du solltest dir große Mühe geben, mein Junge, denn das, was du spürst, ist nicht nur Einbildung...*

Groß-A'Tuin wurde langsamer.

Mit kontinentengroßen paddelförmigen Füßen kämpfte sie gegen die Zugkraft der Sterne an und wartete.

Es konnte jetzt nicht mehr lange dauern ...

Rincewind schlich in den Großen Saal. Mehrere Fackeln brannten an den Wänden, und einige Anzeichen deuteten darauf hin, daß eine magische Zeremonie geplant gewesen war. Aber die rituellen Kerzenständer lagen auf dem Boden, und irgend jemand hatte das komplexe, mit Kreide auf den Boden gezeichnete Oktagramm verschmiert. Hinzu kam der seltsame Geruch, der selbst dann unangenehm blieb, wenn man die großzügigen Maßstäbe Ankh-Morporks anlegte. Es roch nach Schwefel, aber das war noch längst nicht alles.

Es stank wie am Grund eines Sumpftümpels.

In der Ferne krachte etwas, und wütende Stimmen wehten durch die Korridore und Flure.

»Offenbar haben die Tore nicht länger standgehalten«, sagte Rincewind.

»Verschwinden wir von hier!« schlug Bethan vor.

»Zum Keller geht's dort entlang.« Rincewind eilte in einen dunklen Bogengang.

»*Hier* runter?«

»Ja. Oder möchtest du lieber im Saal bleiben?«

Der Zauberer griff nach einer Fackel und wandte sich den Stufen zu.

Nach einigen Treppenabsätzen wich die Wandvertäfelung nacktem Fels. Hier und dort sahen sie schwere offenstehende Türen.

»Ich habe etwas gehört«, sagte Zweiblum.

Rincewind lauschte. In den dunklen Tiefen der Kellergewölbe rührte sich etwas. Es klang nicht sehr furchterweckend, hörte sich eher an, als hämmerten mehrere Personen an eine Pforte. Er glaubte, Ausrufe wie »Au!«, »Auch das noch!« und »Oh, meine Hand!« zu vernehmen.

»Das sind doch nicht etwa die *Dinge* aus den Kerkerdimensionen, von denen du uns erzählt hast, oder?« erkundigte sich Bethan.

Weit unten ächzte es: »Hat jemand eine Zigarette für mich? Ich gäbe mich schon mit einem teerigen Stummel zufrieden.«

»Geister rauchen nicht«, sagte Rincewind. »Kommt!«

Sie eilten durch eine finstere Passage, durch Tropfwasserpfützen, die sich auf dem Boden gebildet hatten, orientierten sich dabei anhand der Schreie und Flüche. Röchelndes Husten verdrängte ihre letzten Zweifel: Wer so keuchte, konnte unmöglich eine Gefahr darstellen.

Schließlich verharrten sie vor einer breiten Nische. Die darin eingelassene Tür schien dick und massiv genug zu sein, um das Runde Meer zurückzuhalten – das natürlich gar nicht beabsichtigte, dem Keller der Unsichtbaren Universität einen Besuch abzustatten. Derzeit konzentrierte es sich ganz darauf, zu verdampfen, in Form dichter Wolken an den Berghängen hochzuklettern und als Regen auf die Oberfläche der Scheibenwelt zurückzukehren. Sehr zum Unwillen der vielen Flüchtlinge im Gebirge, die hofften, die drohende Apokalypse von Logenplätzen aus beobachten zu können.

Rincewind bemerkte ein winziges Gitter in der Pforte.

»Hallo!« rief er, da ihm nichts Besseres einfiel.

Auf der anderen Seite der Tür wurde es plötzlich still. Erst nach einer ganzen Weile fragte jemand: »Wer ist da?«

Rincewind erkannte die Stimme. Vor vielen Jahren war er von ihr an heißen Nachmittagen im Klassenzimmer aus seinen Tagträumen geweckt und in die bittere Realität zurückgeholt worden. Sie gehörte Lumuel Panter, der eine persönliche Herausforderung darin gesehen hatte, ihm die Grundzüge der Kristallseherei und des Beschwörens einzuhämmern. Rincewind erinnerte sich an stechende Augen in einem aufgeschwemmten Gesicht, an eine hohntriefende

Stimme: »Und nun wird Herr Rincewind herkommen und das entsprechende Symbol an die Tafel malen.« Er entsann sich an den mindestens tausend Meilen langen Weg, der ihn an seinen kichernden Mitschülern vorbeiführte, während er verzweifelt versuchte, sich an die letzten fünf Minuten des Unterrichts zu erinnern. Selbst jetzt spürte er, wie sich ihm eine Schlinge aus Entsetzen und diffusem Schuldbewußtsein um den Hals legte. Die Kerkerdimensionen konnten nicht annähernd so schlimm sein.

»Oh, Meister, ich bin's, Meister: Rincewind, Meister«, krächzte er. Als er die verwunderten Blicke Zweiblums und Bethans bemerkte, räusperte er sich und versuchte, mit möglichst tiefer Stimme zu sprechen. »Ja«, fügte er hinzu. »Genau der. Rincewind. Niemand anders.«

Hinter der Tür flüsterte es eine Zeitlang.

»Rincewind?«

»Was für ein Wind?«

»Da fällt mir ein Junge ein, der eine totale magische Niete war...«

»Der Zauberspruch, wißt ihr noch?«

»Rincewind?«

Kurzes Schweigen folgte. Dann fragte jemand: »Ich nehme an, der Schlüssel steckt nicht zufällig im Schloß, oder?«

»Nein«, erwiderte Rincewind.

»Was hat er gesagt?«

»Er sagte nein.«

»Typisch für ihn.«

»Äh, wer ist dort drin?« brachte Rincewind unsicher hervor. Eigentlich wollte er es gar nicht wissen.

»Die Meister der Magie«, lautete die düstere Antwort.

»Und was tut ihr da?«

Stille. Eine kurze Beratung verlegen flüsternder Stimmen.

Dann ein zögerndes Eingeständnis »Äh, wir sind eingeschlossen worden.«

»Zusammen mit dem Oktav?«

Wispern. Raunen.

»Nun, äh, das Oktav ist nicht hier, um ganz ehrlich zu sein.«

»Aber ihr seid dort drin und könnt nicht raus«, sagte Rincewind so höflich wie möglich, während er wie ein nekrophiler Narr im Leichenschauhaus lächelte.

»Tja, äh, das scheint tatsächlich der Fall zu sein.«

»Können wir euch irgend etwas holen?« fragte Zweiblum hilfsbereit.

»Wie wär's, wenn ihr statt dessen versucht, die Tür zu öffnen?«

»Läßt sich das Schloß irgendwie knacken?« fragte Bethan.

»Unmöglich.« Rincewind schüttelte den Kopf. »Vor diesem Ding müßte auch der beste Einbrecher kapitulieren.«

»Cohen wäre bestimmt damit fertig geworden«, sagte Bethan loyal. »Er gibt nie auf.«

»Mein Koffer hätte die Pforte einfach eingerannt«, seufzte Zweiblum nostalgisch.

»Also gut«, sagte Bethan. »Laßt uns nach draußen gehen, an die frische Luft. Oder wenigstens *etwas* frischere Luft.« Die junge Frau drehte sich um.

»He, einen Augenblick!« entfuhr es dem Zauberer. »Das ist mal wieder typisch, nicht wahr? Der alte Rincewind weiß nicht mehr weiter, oder? Oh, sicher, er ist nur ein Aufschneider. Man gebe ihm im Vorbeigehen einen Tritt in den Hintern. Hat's nicht besser verdient. Auf ihn ist kein Verlaß. Er...

»Na schön«, brummte Bethan. »Was schlägst du vor?«

»...ist ein Niemand, ein Versager, eine Niete. Er... Was?«

»Wie willst du die Tür öffnen?« fragte Bethan ernst.

Rincewind starrte sie mit offenem Mund an, richtete den Blick dann auf die Pforte. Sie wirkte äußerst dick und stabil, und das Schloß schien ihn zu verspotten.

Aber irgendwann einmal, vor langer Zeit, war es ihm

gelungen, die Kammer zu betreten. Der Schüler Rincewind hatte sich an die Tür gepreßt, die daraufhin aufschwang – und wenig später sprang ihm der Zauberspruch in den Kopf und ruinierte sein Leben.

»Sei ein guter Junge und hol einen richtigen Zauberer, der was von Magie versteht«, sagte eine Stimme hinter dem Gitter betont freundlich.

Rincewind holte tief Luft.

»Tretet zurück!« knurrte er.

»Was?«

»Geht irgendwo in Deckung!« fügte er schärfer hinzu, wobei seine Stimme nur ganz leicht vibrierte. »Das gilt auch für euch«, wandte er sich an Bethan und Zweiblum.

»Aber du kannst doch nicht...«

»Ich meine es ernst.«

»Er meint es ernst«, bestätigte Zweiblum. »Die kleine Ader an seiner einen Schläfe – wenn die so anschwillt...«

»Sei still!«

Nervös hob Rincewind den rechten Arm und deutete auf die Tür.

Es herrschte völlige Stille.

Meine Güte, dachte er, *und jetzt?*

In einem Hinterzimmer seines Bewußtseins rutschte der Zauberspruch unruhig auf einem wackligen Stuhl hin und her.

Rincewind versuchte sich irgendwie auf das Metall des Schlosses einzustimmen, seinen Geist damit zu synchronisieren. Wenn es ihm gelang, zwischen den Atomen Uneinigkeit zu säen, so daß sie auseinanderflogen...

Nichts geschah.

Er schluckte mehrmals und richtete die Aufmerksamkeit auf das Holz. Es war alt und fast versteinert; vermutlich fing es nicht einmal dann Feuer, wenn man es in Öl tränkte und in einen Brennofen schob. Rincewind versuchte es trotzdem, erklärte den uralten Molekülen, sie müßten auf und ab springen, um sich warm zu halten...

Ein Teil seines Bewußtseins schlich sich an den Zauberspruch heran und bedachte ihn mit einem durchdringenden Blick. Die magische Formel wich verlegen in die mentalen Schattenzonen zurück.

Er beobachtete die Einfassung der Tür, die steinernen Wände, überlegte, wie er der unmittelbaren Umgebung eine neue Form geben und die Pforte in eine andere Dimension verbannen sollte.

Die Tür rührte sich nicht von der Stelle und blieb herausfordernd massiv.

Rincewind begann zu schwitzen, und in Gedanken beschritt er erneut den langen Weg zur Tafel vor der grinsenden Klasse... Voller Verzweiflung konzentrierte er sich auf das Schloß. Bestimmt bestand es aus kleinen Metallteilen, die nicht sehr schwer sein konnten...

Er vernahm ein leises Rascheln und Knistern durchs Gitter: Geräusche von Zauberern, die sich nun wieder entspannten und den Kopf schüttelten.

Jemand raunte: *»Ich habe euch doch gesagt, daß...«*

Es knarrte dumpf, und kurz darauf klickte etwas.

Rincewinds Gesichtsausdruck kam einer verzerrten Grimasse gleich. Schweiß tropfte ihm von der Stirn.

Es klickte noch einmal, und Bolzen knirschten widerstrebend. Trymon hatte das Schloß geölt, aber das Schmiermittel war von einer dicken Masse aus Rost und Staub aufgesaugt worden. Und da Rincewind nicht von außen auf den Verriegelungsmechanismus einwirken konnte und sich auf Magie beschränken mußte, blieb ihm nichts anderes übrig, als von der Hebelwirkung seines Geistes Gebrauch zu machen.

Wodurch die nicht unerhebliche Gefahr bestand, daß ihm das Hirn aus den Ohren quoll.

Es klapperte im Schloß. Kleine Bolzen neigten sich wie Bäume im Wind, duckten sich unter den magischen Böen und betätigten Hebel.

Zahnräder mahlten knirschend. Achsen drehten sich mit

rostigem Achzen. Ein mühevoll klingendes Rasseln ertönte, und Rincewind sank langsam auf die Knie.

Angeln protestierten mit einem verhaltenen Quietschen, als die Tür langsam aufschwang. Die Zauberer schoben sich hastig durch den breiter werdenden Spalt.

Zweiblum und Bethan halfen Rincewind auf die Beine. Er schwankte, und sein Gesicht wirkte farblos.

»Nicht übel«, sagte einer der Magier und warf einen prüfenden Blick auf das Schloß. »Vielleicht ein wenig zu langsam, aber sonst ...«

»Das spielt jetzt keine Rolle«, warf Jiglad Wert scharf ein. »Habt ihr auf dem Weg hierher einen Mann gesehen?«

»Nein«, antwortete Zweiblum.

»Jemand hat das Oktav gestohlen.«

Rincewind hob ruckartig den Kopf und zwinkerte mehrmals.

»Wer?«

»Trymon ...«

Rincewind schluckte. »Hochgewachsen und schlank?« fragte er. »Blond? Ein frettchenartiges Gesicht ...«

»Ein durchaus angemessener Vergleich ...«

»Er war in meiner Klasse«, brachte der gescheiterte Zauberer hervor. »Es hieß immer, er werde es weit bringen.«

»Wahrscheinlich sogar noch viel weiter, wenn er das Buch öffnet«, erwiderte einer der anderen Magier und rollte sich mit zitternden Händen eine Zigarette.

»Wie meinst du das?« erkundigte sich Zweiblum. »Was geschieht dann?«

Die Thaumaturgen wechselten unbehagliche Blicke.

»Es ist ein uraltes Geheimnis, das von Meister zu Meister überliefert wurde«, sagte Wert und fügte würdevoll hinzu: »Nur die weisen Oberhäupter der magischen Orden dürfen darüber Bescheid wissen.«

»Ach, komm schon!« drängelte der Tourist.

»Na ja, ich schätze, inzwischen haben solche Dinge ihre Bedeutung verloren. Nun, ein Verstand allein kann nicht alle acht Zaubersprüche aufnehmen. Dadurch käme es zu einer mentalen Überlastung, und es entstünde ein Loch.«

»Ein Loch? Im Kopf des Betreffenden?«

»Nein, nein!« widersprach Wert. »Im Gefüge des Universums. Vielleicht glaubt Trymon, er könne die Macht des Oktavs kontrollieren, aber...«

Sie spürten das Geräusch, bevor sie es hörten. Es begann als eine langsame Vibration im Gestein, verwandelte sich dann in ein schrilles Heulen, das sich nicht mit den Trommelfellen aufhielt und gleich das Gehirn erreichte. Es hörte sich an wie eine menschliche Stimme, die sang, irgend etwas intonierte oder gellend schrie, und dieser Klang wurde von anderen, noch weitaus entsetzlicheren Schwingungen begleitet.

Die Zauberer erblaßten, drehten sich synchron um und eilten die Treppe hinauf.

Vor dem Gebäude wartete die Menge der Übergeschnappten, Irren und Verrückten. Einige Leute hielten Fackeln, und andere waren gerade damit beschäftigt gewesen, dicht vor den Mauern Scheiterhaufen zu errichten. Sie vergaßen ihre ursprüngliche Absicht und blickten am Turm der Kunst empor.

Die Magier bahnten sich einen Weg durch das Gedränge, ohne daß ihnen irgend jemand Beachtung schenkte. Nach einigen Dutzend Metern verharrten sie und starrten ebenfalls in die Höhe.

Mehrere Kugeln schwebten am Himmel, und jede war mindestens dreimal so groß wie der Mond der Scheibenwelt. Darüber hinaus erstrahlten sie nicht in eigenem Licht, sondern reflektierten den glühenden Schein des roten Sterns.

Darunter funkelte der Kunstturm in gleißendem Chaos. Ab und zu zeigten sich vage Konturen in dem schimmernden und glitzernden Durcheinander, und als Rincewind sie beobachtete, begann er innerlich zu zittern. Das Geräusch veränderte sich erneut, klang nun wie millionenmal verstärktes brummendes Bienensummen.

Einige Zauberer sanken auf die Knie.

»Es ist bereits zu spät«, sagte Wert. »Trymon hat das Buch aufgeschlagen und ein Dimensionstor geöffnet.«

»Sind die Gestalten dort Dämonen?« fragte Zweiblum interessiert.

»Ach, *Dämonen!«* schnaubte Wert abfällig. »Solche Wesenheiten sind harmlos im Vergleich zu den abartigen Geschöpfen, die nun in unsere Welt gelangen.«

»Sie sind schlimmer als alles, was wir uns vorstellen können«, warf Panter ein.

»Ich kann mir einige ziemlich gräßliche Dinge vorstellen, sagte Rincewind.

»Diese hier sind *noch* schlimmer.«

»Oh!«

»Und was wollt ihr in dieser Hinsicht unternehmen?« fragte eine energische Stimme.

Sie drehten sich um. Bethan hatte die Arme verschränkt und musterte sie streng.

»Bitte?« erwiderte Wert vorsichtig.

»Ihr seid doch Zauberer, oder?« ließ sich die junge Frau vernehmen. »Also los!«

»Was?« brachte Rincewind unsicher hervor. »Erwartest du etwa, daß wir uns solchen Unheilsmanifestationen zum Kampf stellen?«

»Wer denn sonst?«

Wert trat einen Schritt vor. »Liebes Fräulein, ich glaube, du verstehst nicht ganz ...«

»Die Kerkerdimensionen entlassen ihre Gefangenen und schicken sie in unser Universum, stimmt's?« fragte Bethan.

»Nun, ja ...«

»Wir müssen damit rechnen, von Ungeheuern mit Tentakelfratzen verschlungen zu werden, habe ich recht?«

»Nun, sie sehen nicht alle so lieblich aus, aber ...«

»Und ihr legt einfach die Hände in den Schoß?«

»Hör mal«, sagte Rincewind, »unser Schicksal ist besiegelt. Es ist unmöglich, die Zaubersprüche wieder ins

Oktav zu verbannen. Was man einmal ausgesprochen hat, kann man nicht zurücknehmen. Wir...«

»Warum *versucht* ihr es nicht wenigstens?«

Rincewind seufzte und wandte sich zu Zweiblum um.

Als er ihn nirgends sah, entstanden düstere Ahnungen in ihm, und zögernd richtete er seine Aufmerksamkeit auf den Turm. Gerade noch rechtzeitig genug, um die plumpe Gestalt des Touristen zu erkennen, die ungelenk ein Schwert in der Hand hielt und im dunklen Zugang verschwand.

Rincewinds Beine trafen eine eigene Entscheidung, die der Kopf für völlig falsch hielt.

Die Blicke der anderen Zauberer folgten ihm.

»Nun?« stieß Bethan hervor. »*Er* geht.«

Die Magier sahen betreten zu Boden. Einige versuchten vergeblich zu schrumpfen und möglichst unauffällig zu wirken.

Schließlich sagte Wert: »Nun, ich schätze, ein Versuch kann nicht schaden. Inzwischen scheint wieder Ruhe eingekehrt zu sein.«

»Aber die Kraft der Thaumaturgie ist geringer geworden«, gab jemand zu bedenken. »Wir sind praktisch wehrlos.«

»Ich bin für jede bessere Idee dankbar.«

Einige Sekunden lang blieb es still, und dann setzten sich die Zauberer nacheinander in Bewegung. Ihre langen bunten Mäntel schillerten im gespenstischen Glühen, als sie sich der Tür näherten.

Das Innere des Turms war hohl. Eine schmale steinerne Treppe führte in langen Spiralen an den runden Wänden empor und verlor sich in der Finsternis. Zweiblum hatte schon mehr als dreißig Stufen hinter sich gebracht, als Rincewind zu ihm aufschloß.

»He, warte einen Augenblick!« bat er betont fröhlich. »Solche Angelegenheiten fallen in den Zuständigkeitsbereich von Helden wie Cohen. Sei mir nicht böse, aber du bist für so etwas nicht geeignet.«

»Hätte Cohen eine Chance?«

Rincewind hob den Kopf und sah aktinisches Licht, das weit oben durch eine Luke fiel.

»Kaum«, gestand er ein.

»Dann bin ich wohl nicht viel schlechter dran als er, oder?« entgegnete Zweiblum und hob das gestohlene Schwert.

Rincewind kletterte ihm nach und hielt sich dabei möglichst dicht an der Wand.

»Begreifst du denn nicht?« rief er. »Dort oben lauern unvorstellbare Schrecken.«

»Du hast immer behauptet, es mangele mir an Phantasie.«

»Ein guter Hinweis«, gab Rincewind zu. »Trotzdem ...«

Zweiblum ließ sich auf eine Stufe sinken.

»Jetzt hör mir mal gut zu«, sagte er. »Seit ich meine Reise begann, habe ich auf eine solche Gelegenheit gehofft. Ich meine: Dies ist ein Abenteuer, oder? Allein gegen die Götter – so etwas in der Art, nicht wahr?«

Rincewind öffnete und schloß den Mund mehrmals, suchte eine Zeitlang nach den richtigen Worten.

»Kannst du mit einem Schwert umgehen?« fragte er verzweifelt.

»Keine Ahnung. Hab's noch nie versucht.«

»Du bist ja verrückt!«

Zweiblum neigte den Kopf zur Seite und musterte ihn eingehend.

»Das muß ich mir ausgerechnet von dir sagen lassen«, erwiderte er. »Ich bin hier, weil ich es nicht besser weiß, aber was ist mit dir? Und mit den Leuten dort?« Er streckte die Hand aus und deutete auf die Zauberer, die ächzend die Treppe erklommen.

Blaues Strahlen raste durch den langen Schacht. Irgendwo grollte Donner.

Die Magier erreichten sie, husteten asthmatisch und atmeten rasselnd.

»Nach welchem Plan gehen wir vor?« erkundigte sich Rincewind.

»Es gibt gar keinen«, sagte Wert.

»Oh, ich verstehe, na schön.« Rincewind seufzte. »Vermutlich ist es besser, ich überlasse die ganze Sache euch.«

»Du kommst mit«, brummte Panter.

»Aber ich bin doch gar kein richtiger Zauberer. Ihr habt mich rausgeworfen, wißt ihr das nicht mehr?«

»Du warst der mit Abstand unbegabteste Schüler, den wir jemals hatten«, stellte der alte Thaumaturge fest. »Aber du bist hier, und weitere Qualifikationen sind nicht erforderlich. Komm jetzt!«

Erneut flammte Licht auf und verblaßte wieder. Die schrecklichen Geräusche verklangen mit einem leisen erstickten Röcheln.

Es herrschte eine Stille, die in die Kategorie ›unheimlich und bedrückend‹ fiel.

»Es hat aufgehört«, sagte Zweiblum.

Vor dem kreisrunden Ausschnitt eines roten Himmels bewegte sich etwas. Der Gegenstand drehte sich um die eigene Achse, als er durch den Schacht fiel und auf einer Stufe liegenblieb.

Rincewind erreichte ihn als erster.

Es handelte sich um das Oktav, aber es ruhte so leblos und schlaff wie ein ganz gewöhnliches Buch auf dem Stein. Einige Blätter raschelten in dem Windzug, der ständig durch den hohlen Turm wehte.

»Die Seiten«, flüsterte er. »Sie sind leer, weisen kein einziges Schriftzeichen auf.«

»Dann stimmt es also«, sagte Wert. »Trymon hat die Zaubersprüche tatsächlich gelesen. Und zwar mit Erfolg. Es ist nicht zu fassen.«

»Und der Lärm vorhin?« warf Rincewind skeptisch ein. »Und das Licht und all die seltsamen Schemen? Ich bin mir gar nicht so sicher, ob man das als Erfolg bezeichnen kann.«

»Oh, ein großes magisches Werk weckt immer hyperdimensionale Aufmerksamkeit«, erwiderte Panter und winkte ab. »So etwas beeindruckt naive Gemüter, weiter nichts.«

»Ich glaube, ich habe dort oben einige Ungeheuer gesehen«, wandte Zweiblum ein und trat näher an Rincewind heran.

»Ungeheuer?« entfuhrt es Wert. »Wo?«

Alle starrten in die Höhe. Es blieb still, und nichts rührte sich.

»Ich schlage vor, wir gehen hoch und, äh, gratulieren ihm«, sagte Wert.

»Du willst ihm *gratulieren?«* entfuhr es Rincewind. »Er hat das Oktav gestohlen! Und euch im Keller eingeschlossen!«

Die Zauberer wechselten wissende Blicke.

»Nun, tja«, meinte einer von ihnen, »weißt du, mein Junge, wenn du dich irgendwann in unserer Branche auskennst, wirst du dich der Erkenntnis beugen müssen, daß es manchmal in erster Linie auf den Erfolg ankommt.«

»Es spielt keine Rolle, *wie* man das Ziel anstrebt«, verkündete Wert unverblümt. »Wichtig ist nur, daß man es erreicht.«

Sie setzten den Weg nach oben fort.

Rincewind nahm Platz und starrte finster in die Finsternis.

Jemand legte ihm die Hand auf die Schulter. Als er den Kopf drehte, sah er Zweiblum, der das Oktav in der Hand hielt.

»Es ist nicht richtig, ein Buch auf diese Weise zu behandeln«, sagte der Tourist. »Hier, sieh nur! Der Rücken ist eingeknickt. Ach, manche Leute haben vor nichts Respekt.«

»Ja«, brummte Rincewind und wünschte die ganze Welt zum Teufel.

»Sei nicht betrübt.« Zweiblum versuchte ihn mit einem fröhlichen Lächeln aufzumuntern.

»Ich bin nicht betrübt, sondern wütend«, erwiderte Rincewind scharf. »Her mit dem verdammten Ding!«

Er nahm das Buch entgegen und schlug es grob auf.

Anschließend suchte er in den Hinterkammern seines Bewußtseins nach dem Zauberspruch, der sich sicherheitshalber hinter einigen ärgerlichen Gedanken versteckt hatte.

»Also gut«, knurrte er. »Du hast deinen Spaß gehabt und mein Leben ruiniert. Jetzt wirst du gefälligst an deinen angestammten Platz zurückkehren!«

»Aber ich...«, begann Zweiblum.

»Ich meine den Zauberspruch«, stöhnte Rincewind und fügte hinzu: »Los, spring auf die Seite!«

Er starrte so lange auf das alte Pergament, bis seine Augen schielten.

»Dann spreche ich dich eben aus!« rief er. Seine Stimme hallte durch den ganzen Turm. »Von mir aus kannst du dich zu den anderen gesellen. Ich hoffe, sie geben dir eine Tracht Prügel, weil du dich aus dem Staub gemacht hast!«

Er reichte Zweiblum das Buch und stapfte die Stufen hoch.

Die Zauberer hatten inzwischen das obere Ende der Treppe erreicht und schoben sich durch die Luke. Rincewind folgte ihnen.

»›Mein Junge‹, hm?« brummte er. »›Wenn du dich in der Branche auskennst‹, wie? Ich habe jahrelang einen der acht Großen Zaubersprüche in meinem Kopf herumgetragen und nicht den Verstand verloren, oder?« Sorgfältig prüfte er alle Aspekte der letzten Frage. »Nein, mein Lieber, du bist völlig in Ordnung. Du hast es vermieden, mit Bäumen zu reden, als sie mit dir sprechen wollten.«

Heiße Luft schlug ihm entgegen, als er durch die runde Öffnung am oberen Ende der Treppe kletterte.

Er rechnete damit, rußgeschwärzten Stein zu sehen, in dem Klauen und Krallen tiefe Kratzer hinterlassen hatten. Er war sogar auf einen noch schlimmeren Anblick vorbereitet.

Statt dessen fiel sein Blick auf sieben stumme magische Meister. Trymon stand neben ihnen und schien bei bester Gesundheit zu sein. Er drehte sich um und musterte den Neuankömmling.

»Ah, Rincewind! Freut mich, daß du gekommen bist.«

Das wär's also, dachte Rincewind. *Zuerst diese Dramatik, und dann ein solcher Empfang. Vielleicht eigne ich mich wirklich nicht für die Kunst der Magie. Vielleicht...*

Er sah in Trymons Augen.

Möglicherweise verdankte er die besondere Wahrnehmung dem Zauberspruch, der irgend etwas in seinem Hirn verändert hatte. Denkbar war auch, daß sie auf die Bekanntschaft mit Zweiblum zurückging: Der Tourist sah die Dinge immer nur so, wie sie sein sollten, und dadurch entwickelte Rincewind eine spezielle Sensibilität für die Wirklichkeit.

Welche Erklärung auch zutreffen mochte: Noch nie zuvor in seinem Leben war es ihm so schwergefallen, nicht sofort in Panik zu geraten, als er Trymon ansah. Er spürte, wie sich ihm in der Magengrube etwas zusammenkrampfte, und irgend etwas schnürte ihm plötzlich die Luft ab.

Die anderen schienen überhaupt nichts zu bemerken.

Und sie rührten sich nicht von der Stelle.

Trymon hatte *vergeblich* versucht, die sieben Zaubersprüche aufzunehmen. Rincewind erinnerte sich an den warnenden Hinweis auf magischen Wahnsinn und Löcher im Gefüge des Universums. Es war tatsächlich eine solche Strukturlücke entstanden, aber sie bestand natürlich nicht aus einem breiten Portal, das sich in den Mauern der Kerkerdimensionen öffnete und den *Dingen* gestattete, mit schwingenden Tentakeln und gierig aufgerissenen Rachen ins Diesseits zu marschieren — ein altmodisches und viel zu riskantes Konzept. Selbst namenlose Schrecken lernten es, sich dem Fortschritt anzupassen. Sie brauchten nur einen geeigneten Kopf.

Trymons Augen... nichts weiter als leere Höhlen.

Plötzliches Verstehen bohrte sich wie eine Klinge aus Eis in Rincewinds Bewußtsein. Im Vergleich dazu, was die *Dinge* in einem Universum der Ordnung anstellen mochten, waren die Kerkerdimensionen das reinste Paradies. Menschen gierten geradezu nach Ordnung, und ihre Wünsche würden bald in Erfüllung gehen. Rincewind dachte an die Ordnung von Fabriken und Fließbändern, von Mathematik und Geometrie, von geregelten Arbeitstagen, monatlichen Gehältern und vier Wochen Tarifurlaub an überfüllten Stränden... Und vielleicht sehnten sich alle diejenigen, die so etwas für erstrebenswert hielten, nicht einmal in die Welt herrlich unzuverlässiger Magie zurück.

Trymon starrte ihn an. Besser gesagt: *Irgend etwas* starrte ihn an. Und die sieben alten Männer regten sich noch immer nicht, blieben nach wie vor still. Rincewind fragte sich, ob er überhaupt in der Lage gewesen wäre, seine Überlegungen in verständliche Worte zu fassen. Abgesehen von den Augen und einem seltsamen matten Glanz auf der Haut schien sich Trymon gar nicht verändert zu haben.

Rincewind begann zu zittern und begriff, daß es Schlimmeres gab als das Böse an sich. Die Dämonen der Hölle nutzten jede Gelegenheit, um Seelen zu quälen – und sie machten sich diese Mühe nur, weil sie toten Sündern mit Respekt begegneten. Das Böse versuchte ständig, den ganzen Kosmos zu übernehmen, denn es hielt das Universum wenigstens für eroberungswürdig. Doch die graue Welt hinter jenen leeren Augen würde einfach alles zerstören, ohne ihren Opfern die Gnade des Hasses zu gewähren. Sie kümmerte sich einfach nicht darum, machte Gleichgültigkeit zu einer alles bestimmenden Philosophie.

Trymon streckte die Hand aus.

»Der achte Zauberspruch«, sagte er. »Gib ihn mir!«

Rincewind wich zurück.

»Das ist Ungehorsam. Immerhin bin ich dein Vorgesetzter. Um ganz genau zu sein: Man hat mich zum Oberhaupt aller Orden gewählt.«

»Im Ernst?« krächzte Rincewind. Er beobachtete die anderen Zauberer. Sie standen wie erstarrt, Statuen gleich.

»O ja«, bestätigte Trymon gelassen. »Völlig demokratisch. Ich brauchte sie nicht einmal darum zu bitten.«

»Mir ist die alte Tradition lieber«, entgegnete Rincewind. »Dadurch haben sogar Tote Stimmrecht.«

»Du wirst mir den achten Zauberspruch freiwillig überlassen«, sagte Trymon. »Oder muß ich dir erst zeigen, was ich sonst mit dir anstelle? Du kannst mir nicht auf Dauer Widerstand leisten. Letztendlich wirst du mich anflehen und auf Knien darum bitten, mir die Formel geben zu dürfen.«

Ich glaube, es ist weitaus angenehmer, über den Rand der Welt zu fallen oder von fliegenden Felsen zu stürzen, dachte Rincewind besorgt.

»Hol dir den Zauberspruch, wenn du ihn unbedingt haben willst!« erwiderte er.

»Ich erinnere mich an dich«, sagte Trymon im Plauderton. »Der schlechteste magische Schüler aller Zeiten. Eine echte Niete. Anders ausgedrückt: ein thaumaturgischer Blindgänger. Du hast der Zauberei nie getraut und immer wieder behauptet, es gebe bessere Methoden zur Verwaltung eines Universums. Nun, wart es ab! Ich habe einige Pläne, die dich interessieren dürften. Wir könnten...«

»Nein, nicht *wir*«, widersprach ihm Rincewind fest.

»Her mit der Zauberformel!«

»Versuch doch, sie mir zu entreißen!« schlug Rincewind vor und schob sich behutsam an der Zinnenmauer entlang. »Wahrscheinlich bist du gar nicht dazu fähig.«

»Meinst du?«

Rincewind sprang zur Seite, als oktarines Feuer von Trymons Fingerkuppen stob und mit einem heißen Zischen über die Wand kochte.

Er spürte, wie die magische Formel ein mentales Versteck aufsuchte und in Deckung ging. Sie fürchtete sich.

Er durchwanderte die dunklen Gewölbe seines Ichs und suchte nach ihr. Als er sie fand, trat sie überrascht den Rückzug an, wie ein Wolf, der sich mit einem tollwütigen Schaf konfrontiert sah. Rincewind folgte ihr, stapfte zornig an den Müllhalden und internen Katastrophenbereichen seines Unterbewußtseins vorbei, bis er den Zauberspruch erneut aufspürte, hinter einem Haufen peinlicher Erinnerungen. Die thaumaturgische Beschwörung richtete sich auf, stemmte die Arme in die Hüften und sah ihn trotzig an. Rincewind ließ sich von diesem herausfordernden Gebaren nicht beeindrucken.

So ist das also? rief er ihr zu. *Wenn der entscheidende Augenblick kommt, verschwindest du einfach und verkriechst dich irgendwo. Hast du etwa Angst?*

Woraufhin der Zauberspruch erwiderte: *Solch einen Unsinn kannst du doch nicht im Ernst glauben, oder? Meine Güte, ich bin eine der Acht Großen Zauberformeln!* Aber Rincewind trat aufgebracht näher und schrie: *Das mag sein, aber du solltest dich verdammt noch mal daran erinnern, in wessen Kopf du dich befindest! Hier drin kann ich glauben, was ich will!*

Er duckte sich, als eine zweite magische Flamme durch die heiße Nacht leckte. Trymon lächelte, hob beide Hände und vollführte eine komplizierte Geste.

Irgend etwas schloß sich um Rincewind, übte zunehmenden Druck auf ihn aus. Jemand schien seine Haut als Amboß zu verwenden.

»Es gibt noch wesentlich unangenehmere Dinge«, erklärte Trymon heiter. »Ich kann zum Beispiel dafür sorgen, daß dein Fleisch an den Knochen zu brennen beginnt. Was hältst du davon, wenn ich deine Lungen mit Ameisen fülle? Oder ...«

»Paß bloß auf: Ich habe ein Schwert.«

Eine piepsige Stimme, die versuchte, drohend zu klingen.

Rincewind hob den Kopf. Durch einen purpurnen Schmerzschleier sah er Zweiblum, der hinter Trymon stand; der Tourist hob die Waffe und hätte sich dabei nicht ungeschickter anstellen können.

Trymon lachte, krümmte die Finger und ließ sich einige Sekunden lang ablenken.

Rincewind war sauer: auf den Zauberspruch, die Welt an sich, die allgemeine Ungerechtigkeit, auf den Umstand, daß er in letzter Zeit kaum geschlafen hatte und nicht klar denken konnte. Vor allen Dingen aber galt sein Zorn Trymon, der mit seiner großen magischen Macht nichts Besseres anzufangen wußte, als der Scheibenwelt Verderben zu bringen.

Er sprang, und sein Kopf traf Trymons Zwerchfell. Aus einem Reflex heraus schlang Rincewind die Arme um seinen Gegner. Zweiblum wurde zur Seite gestoßen, als die beiden Männer auf harten Stein stürzten.

Trymon knurrte und fauchte die erste Silbe einer Beschwörung, bevor ihn Rincewinds mehrmals zustoßender Ellenbogen am Hals traf. Ein Blitz ungerichteter Thaumaturgie raste über die nahen Zinnen.

Der gescheiterte Zauberer, der seit kurzem Geschmack an der Magie gefunden hatte, kämpfte auf die für ihn typische Art und Weise: ohne Taktik oder Methode, dafür aber mit wilder Entschlossenheit. Diese Strategie sollte den Gegner an der Erkenntnis hindern, daß Rincewind weder ein sehr guter noch besonders ausdauernder Kämpfer war, und für gewöhnlich erfüllte sie ihren Zweck.

Sie funktionierte auch jetzt, denn Trymon hatte zuviel Zeit mit dem Lesen alter Manuskripte verbracht und Dinge wie körperliche Ertüchtigung und Vitamine sträflich vernachlässigt. Er schlug mehrmals zu, aber Rincewind war viel zu wütend, um die Hiebe zu spüren. Außerdem setzte Trymon nur die Fäuste ein, während sein Widersacher auch von Knien, Füßen und Zähnen Gebrauch machte.

Rincewind gewann.

Und das kam einem Schock gleich.

Kurz darauf erwartete ihn eine zweite Überraschung. Er hockte gerade auf Trymons Brust und bearbeitete den Kopfbereich des Mannes unter ihm, als er plötzlich feststellte, daß sich das Gesicht veränderte. Die Haut kräuselte sich, flimmerte wie etwas, das man durch Hitzedunst beobachtete. Und dann erklang eine heisere Stimme.

»Helft mir!«

Trymon starrte Rincewind mit einer Mischung aus Furcht, Schmerz und stummem Flehen an, und unmittelbar darauf setzte sich die gespenstische Metamorphose fort. Aus den Augen wurden glitzernde Facetten in einem Objekt, das man nur noch dann als ›Kopf‹ bezeichnen konnte, wenn man in dieser Definition für biologische Exotik Platz genug ließ. Tentakel, spitze Reißzähne und rasiermesserscharfe Krallen trachteten danach, Rincewind die eher dünne Haut von den Knochen zu reißen.

Zweiblum, der Turm, das rote Glühen des Himmels – alles verschwand. Der Zeitstrom floß träger und staute sich an einem temporalen Damm.

Rincewind biß in eine Pseudopodie, die versuchte, ihm die Nase aus dem Gesicht zu reißen. Als sie von ihm fortzuckte, streckte er die Hand aus und spürte, wie sie etwas Heißes und Schleimiges berührte.

Sie sahen zu. Er drehte den Kopf und stellte fest, daß er sich nun in einem riesigen Amphitheater befand. In den hohen Sitzreihen drängten sich Hunderte von monströsen Gestalten aneinander – ihre Fratzenmienen und Körper erweckten den Eindruck, als habe man die schrecklichsten Alptraumungeheuer miteinander gekreuzt. Hinter ihnen sah er noch gräßlichere Entitäten, gewaltige Schatten, die zu einem düsteren grauen Himmel emporragten. Glücklicherweise bekam er keine Gelegenheit, sie genauer zu beobachten, denn etwas anderes erforderte seine Aufmerksamkeit: Das Trymon-Monster griff ihn mit einem speergroßen Stachel an.

Rincewind wich zur Seite aus, ballte die Fäuste, schwang herum und holte mit aller Kraft aus. Sein Hieb traf den Gegner im Bauch (oder am Brustkasten; es fiel ihm schwer, derartige Unterscheidungen zu treffen), und er brummte zufrieden, als er das Knacken splitternden Chitins hörte.

Er stürzte sich auf das Ungetüm, kämpfte nun aus Angst davor, was geschehen mochte, wenn er nicht weiter zuschlug. Das Schnattern, Fauchen und Zischen der Geschöpfe aus den Kerkerdimensionen hallte unheilvoll durchs Amphitheater, akustische Messer, die bestrebt zu sein schienen, ihm die Trommelfelle zu zerschneiden und sich ihm ins Hirn zu bohren. Rincewind stellte sich vor, wie die Scheibenwelt von derartigen Geräuschen heimgesucht wurde, und das Grauen verlieh ihm neue Kraft. Er trat nach seinem monströsen Feind, um die Heimat der Menschen zu retten, um den bereits bedrohlich flackernden Lichtschein in der dunklen Nacht des Chaos zu bewahren und die Lücke zu schließen, die dem Unheil aus den Kerkerdimensionen Zugang ins Diesseits gewährte. Vor allen Dingen aber hämmerte er auf das Ungeheuer ein, um es daran zu hindern, ihn durch die Mangel zu drehen.

Krallen oder Klauen hinterließen blutige Striemen auf Rincewinds Rücken, und irgend etwas schnappte nach seiner Schulter. Aber er hielt nicht inne, entdeckte einige weiche Stellen in einem Gewirr aus Haaren und Schuppen, drückte so fest wie möglich zu.

Ein dornenbewehrter Arm stieß ihn zur Seite, und er fiel in schotterartigen, knirschenden Staub.

Instinktiv rollte er sich zusammen und erwartete einen verheerenden Wutanfall des Ungetüms. Doch nichts dergleichen geschah. Als er vorsichtig die Augen öffnete, sah er, wie das Wesen von ihm forthumpelte und aus mehreren Wunden blutete. Genauer gesagt: Es verlor diverse Flüssigkeiten.

Es war das erstemal, daß jemand vor Rincewind floh.

Er stemmte sich wieder in die Höhe, folgte dem Geschöpf, griff nach einem Schuppenbein und zerrte heftig. Das Monstrum kreischte und schlug mit den noch einsatzfähigen Gliedmaßen um sich, aber Rincewind ließ nur los, um den Ellenbogen ins übriggebliebene Auge des Gegners zu rammen. Der metamorphierte Trymon schrie und eilte fort.

Natürlich gab es nur einen Fluchtweg für ihn.

Der Turm und das rote Himmelsglühen kehrten zurück, als sich im temporalen Damm ein Schleusentor öffnete und der Zeitstrom weiterfließen konnte.

Rincewind fühlte festen Stein unter sich, rollte nach links, blieb auf dem Rücken liegen und stieß das monströse Wesen zur Seite.

»Jetzt!« rief er.

»Jetzt was?« fragte Zweiblum. »O ja. Natürlich.«

Er holte mit dem Schwert aus, zwar nicht gerade wie ein Krieger, aber doch kräftig genug. Die Klinge verfehlte Rincewind nur um Haaresbreite und bohrte sich tief in das *Ding*. Plötzlich summte etwas, so als sei ein Wespennest aufgeplatzt, und das wüste Durcheinander aus Armen, Beinen und Tentakeln zuckte peinerfüllt. Das Ungetüm schrie, rutschte über den Boden, schlug wild um sich – und traf nur leere Luft, als es über den Rand der runden Öffnung rollte und im Schacht verschwand.

Es riß Rincewind mit sich.

Mit einem dumpfen Pochen prallte der verwandelte Trymon von der Treppe ab und stürzte in die dunkle Tiefe. Das schrille Kreischen wurde rasch leiser und erstarb von einem Augenblick zum anderen.

Tief unten krachte eine Explosion, und oktarines Licht gleißte.

Dann herrschte Stille. Zweiblum stand allein auf dem Turm, sah man einmal von den sieben Zauberern ab, die sich noch immer nicht von der Stelle rührten.

Der Tourist zwinkerte verwundert, als sieben Feuerbälle

durch den finsteren Schacht schwebten und im beiseite gelegten Oktav verschwanden, das daraufhin weitaus lebendiger und interessanter wirkte.

»Lieber Himmel«, brachte er hervor, »ich nehme an, das waren die Zaubersprüche.«

»Zweiblum.« Die Stimme hallte hohl durch die Luke, und der Tourist hatte Mühe, sie als die Rincewinds zu erkennen.

Er verharrte, die Fingerspitzen nur wenige Zentimeter vom Buch entfernt.

»Ja?« fragte er. »Äh, bist... bist du das, Rincewind?«

»Wer sonst«, lautete die Antwort. Es war genau die Art von Stimme, die man um Mitternacht auf einem Friedhof zu hören erwartet. »Ich möchte, daß du eine sehr wichtige Aufgabe für mich erfüllst.«

Zweiblum sah sich um und straffte die Gestalt. Also hing das Schicksal der Scheibenwelt doch noch von ihm ab.

»Ich bin bereit«, sagte er voller Stolz. »Was soll ich für dich tun?«

»Zuerst einmal mußt du aufmerksam zuhören«, fuhr Rincewinds körperlose Stimme geduldig fort.

»Ich bin ganz Ohr.«

»Es ist von extremer Bedeutung, daß du nicht ›Was soll das heißen?‹ fragst oder eine Diskussion beginnst, nachdem ich dir alles erklärt habe. Hast du verstanden?«

Zweiblum nahm Haltung an. Nun, das traf zumindest auf seinen Geist zu; der Körper scheiterte kläglich und blieb unförmig. Würdevoll schob er das schwammige Mehrfachkinn vor.

»Ich bin bereit«, wiederholte er.

»Gut. Nun zu deiner Aufgabe...«

»Ja?«

Rincewinds Stimme wehte aus der dunklen Öffnung.

»Ich möchte, daß du herkommst und mich hochziehst, bevor ich den Halt verliere.«

Zweiblum öffnete den Mund, überlegte es sich dann anders und schloß ihn wieder. Das scharlachrote Gleißen des neuen Sterns rief düstere Reflexe in den Augen des Zauberers hervor.

Zweiblum legte sich bäuchlings auf den Boden und streckte die Arme aus. Rincewinds Finger schlossen sich ihm so fest ums Handgelenk, daß sich der Tourist beunruhigt fragte, was geschehen mochte, wenn er ihn nicht durch die Luke ziehen konnte. Der Zauberer schien nicht die geringste Absicht zu haben, in einem solchen Fall loszulassen.

»Ich bin froh, daß du noch lebst«, sagte Zweiblum.

»Freut mich«, brummte Rincewind. »Ich auch.«

Eine Zeitlang hing er stumm in der Dunkelheit. Nach den vergangenen Minuten genoß er das fast – aber eben nur fast.

»Zieh mich jetzt hoch!« fügte er schließlich hinzu.

»Ich glaube, das könnte ein wenig schwierig werden«, erwiderte Zweiblum. »Nun, um ganz ehrlich zu sein: Ich befürchte, ich schaffe es nicht.«

»Woran hältst du dich fest?«

»An dir.«

»Und abgesehen davon?«

»Was soll das heißen?« fragte Zweiblum.

Rincewind stöhnte leise.

»Hör mal, äh«, sagte der Tourist, »die Treppe führt spiralförmig an den Wänden entlang, nicht wahr? Wie wär's, wenn ich dich hin und her schwinge und...«

»Wenn du mir vorschlagen willst, ich soll mich sechs Meter tief durch einen rabenschwarzen Schacht fallen lassen und darauf hoffen, auf einige harte und noch dazu verdammt schmale Stufen zu prallen, die sich vielleicht gar nicht an der richtigen Stelle befinden...« Rincewind ächzte. »Kommt überhaupt nicht in Frage.«

»Es gibt eine Alternative.«

»Und welche?«

»Du könntest dich fast zweihundert Meter tief durch den Schacht fallen lassen und unten auf harten Stein prallen, den du ganz bestimmt nicht verfehlst«, sagte Zweiblum.

Einige Sekunden lang blieb es völlig still. Dann entgegnete Rincewind in einem vorwurfsvollen Tonfall: »Das war Sarkasmus.«

»Ich habe nur deine Lage beschrieben.«

Rincewind brummte etwas.

»Könntest du nicht Magie beschwören, um ...«, begann Zweiblum.

»Nein.«

»War nur so ein Gedanke.«

Unten schimmerte Licht, und aufgeregte Stimmen erklangen. Kurz darauf wurde das Glimmen etwas heller, das Rufen lauter. Mehrere Fackeln tanzten über die Stufen.

»Es kommen Leute die Treppe hoch«, sagte Zweiblum und bemühte sich, Rincewind auf dem neuesten Stand zu halten.

»Hoffentlich beeilen sie sich«, erwiderte der Zauberer. »Ich kann meinen Arm nicht mehr spüren.«

»Da hast du Glück«, behauptete der Tourist. »Ich fühle meinen ganz deutlich.«

Die erste Fackel hielt inne, und irgend etwas donnerte, gefolgt von vielen ebenso dumpfen wie unverständlichen Echos.

Zweiblum merkte, wie er langsam in Richtung Lukenrand gezogen wurde. »Ich glaube, jemand gab uns gerade den guten Rat, nicht loszulassen.«

Rincewind fluchte.

Und fügte etwas leiser und ziemlich ernst hinzu: »Ich glaube, ich kann mich nicht länger festhalten.«

»Versuch es!«

»Hat keinen Zweck. Meine Hand rutscht ab.«

Zweiblum seufzte und hielt den Zeitpunkt für gekommen, harte Maßnahmen zu ergreifen. »Na schön«, sagte er abfällig, »dann laß dich fallen. Ist mir völlig schnuppe.«

»Was?« erwiderte Rincewind. Er war so erstaunt, daß er ganz vergaß, in die Tiefe zu stürzen.

»Mach schon! Stirb ruhig! Du hast den leichten Weg immer vorgezogen, nicht wahr?«

»Den *leichten?*«

»Ist es etwa schwer, durch den Schacht zu fallen und sich unten alle Knochen im Leib zu brechen?« fragte Zweiblum spöttisch. »Das kann jeder. Los! Worauf wartest du noch? Es ist dir sicher gleich, daß wir dich lebend brauchen, damit du die acht Zauberformeln aussprichst und die Scheibenwelt rettest. Tja, wen kümmert's, wenn wir alle verbrennen? Dich? Wohl kaum. Du bist dir selbst der Nächste, stimmt's?«

Ein langes verlegenes Schweigen schloß sich an.

»Ich weiß nicht warum«, entgegnete Rincewind nach einer Weile und sprach wesentlich lauter als notwendig, »aber seit ich dich kennengelernt habe, verbringe ich einen großen Teil meiner Zeit damit, dauernd in Not zu geraten.«

»Not ist nicht Tod«, berichtigte Zweiblum.

»Wer ist tot?« fragte Rincewind verwirrt.

»Du – wenn du losläßt«, erklärte der Tourist und versuchte, nicht darauf zu achten, daß er sich immer mehr dem Rand der runden Öffnung näherte. »Was ich sagen wollte, ist folgendes: Du bist noch immer quicklebendig, trotz allem. Ich meine, es könnte doch wesentlich schlimmer sein, oder? Wenn ich mich recht entsinne, bist du nicht schwindelfrei. Und im Turm ist es zum Glück dunkel. Stell dir nur mal vor, er wäre hell erleuchtet, so daß du den Boden fast zweihundert Meter unter dir sehen ...«

»Lieber nicht«, ächzte Rincewind und gab ein gurgelndes Geräusch von sich. Er atmete einige Male tief durch und fügte schließlich hinzu: »Weißt du, was ich tun werde, wenn wir dies alles überstanden haben?«

»Nein«, sagte Zweiblum, schob die Stiefelspitzen in einen schmalen Spalt zwischen zwei Steinplatten und versuchte, sich allein mit der Kraft seines Willens festzuhalten.

»Ich werde mir ein Haus in der flachsten Ebene weit und breit bauen. Ich beschränke mich auf das Erdgeschoß und verzichte sogar darauf, Sandalen mit besonders dicken Sohlen zu tragen...«

Der erste Fackelträger näherte sich und blieb dicht unter Rincewind stehen. Zweiblum sah in das lächelnde Gesicht Cohens. Hinter ihm erkannte er die vertrauten Konturen des Koffers, der auf Hunderten von kleinen Beinen über die Stufen trippelte.

»Alles in Ordnung?« fragte der greise Barbar. »Kann ich euch irgendwie helfen?«

Rincewind schnaufte leise und holte Luft.

Zweiblum diagnostizierte die Symptome eines beginnenden Wutanfalls. Rincewind setzte zu einer Bemerkung an wie »Ja, mich juckt es am Nacken, und ich wäre dir sehr dankbar, wenn du mich dort im Vorbeigehen kratzen könntest« oder »Nein, es macht ungeheuer Spaß, über tiefen Abgründen zu hängen.« Der Tourist wollte sich nicht die Stimmung verderben lassen, und deshalb sagte er rasch:

»Zieh Rincewind auf die Stufen!« Der Zauberer ließ zischend den Atem entweichen.

Cohen schlang ihm den einen Arm um die Taille und setzte ihn nicht gerade sanft auf der Treppe ab.

»Ziemliche Schweinerei auf dem Boden dort unten«, sagte er freundlich. »Wer war der Bursche?«

»Hast du«, — Rincewind schluckte —, »äh, zufälligerweise irgendwelche Tentakel oder was in der Art gesehen?«

»Nein«, erwiderte Cohen, »nur den üblichen Kram. Allerdings platter als sonst. Und ein wenig verschmiert.«

Rincewind sah Zweiblum an, der den Kopf schüttelte.

»Ein Zauberer, der sich zuviel vornahm«, meinte er.

Rincewind ließ sich durch die Dachluke helfen und versuchte ohne großen Erfolg, die Schmerzen in seinem protestierenden Leib zu mißachten.

»Wie seid ihr hergekommen?« erkundigte er sich.

Cohen deutete auf die Truhe, die sich neben Zweiblum auf den Boden sinken ließ und die Klappe öffnete — wie ein Hund, der weiß, daß er ungehorsam gewesen ist, und hofft, mit einer Geste der Zuneigung sein Herrchen zu beschwichtigen (und der zusammengerollten Zeitung zu entgehen).

»Nicht sehr bequem, aber schnell«, sagte der greise Barbar bewundernd. »Außerdem wagt es niemand, einen aufzuhalten.«

Rincewind starrte zum Himmel hinauf und sah gleich mehrere pockennarbige Monde, jeder einzelne zehnmal so groß wie der kleine Satellit der Scheibenwelt. Er beobachtete sie ohne Interesse, fühlte sich leer und ausgebrannt, so erschöpft wie noch nie zuvor in seinem Leben. Einem alten Gummiband, das jederzeit reißen konnte, mußte es ähnlich ergehen.

Unterdessen holte Zweiblum sein Ikonoskop hervor.

Cohen musterte die sieben alten Zauberer.

»Seltsamer Ort, um Statuen aufzustellen«, sagte er. »Hier kann sie niemand sehen. Nun, ist vielleicht auch besser so. Geben nicht viel her. Armselige Arbeit.«

Rincewind trat näher und klopfte vorsichtig an Werts Brust. Sie bestand aus massivem Stein.

Mir reicht's, dachte er. *Ich will endlich nach Hause.*

He, einen Augenblick! fügte er in Gedanken hinzu. *Ich bin ja schon zu Hause. Mehr oder weniger. Na gut, dann möchte ich mich gründlich ausschlafen. Möglicherweise sieht morgen früh alles anders aus. Hoffentlich.*

Er sah das Oktav, von dem noch immer oktarine Funken stoben. *Oh,* fuhr es ihm durch den Sinn, *das hätte ich fast vergessen...*

Rincewind griff nach dem Buch und blätterte müßig

darin. Auf den Seiten zeigten sich komplizierte Schriftzeichen, die dauernd in Bewegung zu sein schienen und sich veränderten, während er den Blick auf sie richtete. Offenbar wußten sie nicht genau, auf welche Weise sie sich ihm darbieten sollten: Im einen Augenblick handelte es sich um ganz normale Symbole, die auf Schnörkelverzierungen verzichteten, und eine Sekunde später verwandelten sie sich in kantige Runen, aus denen unmittelbar darauf kythianische Zauberschrift wurde. Es folgten sonderbare, unheilvoll anmutende und nicht sehr ästhetische Piktogramme; hauptsächlich bestanden sie aus reptilienartigen Wesen, die sich aneinanderdrängten und seltsame Dinge anstellten...

Die letzte Seite war leer. Rincewind seufzte und hielt in der Hinterkammer seines Bewußtseins nach dem Zauberspruch Ausschau. Die magische Formel beobachtete ihn unschlüssig.

Rincewind hatte diese Gelegenheit herbeigesehnt, sich immer wieder vorgestellt, wie er den Zauberspruch zwang, ins Buch zurückzukehren, wie er wieder von seinem Kopf Besitz ergriff und all die geringeren Beschwörungen lernte, die sich bisher nicht in seinem Gedächtnis niederlassen wollten, weil sie sich zu sehr fürchteten. Enttäuscht stellte er fest, daß ihn nicht die erwartete Aufregung erfaßte.

Seine Stimmung ließ sich recht treffend mit ›apathischer Entschlossenheit‹ beschreiben, die keinen Widerspruch duldete. Er starrte die thaumaturgische Formel kühl an und zeigte mit einem metaphorischen Daumen über die mentale Schulter.

He, du. Raus!

Einige Sekunden lang hatte es den Anschein, als wolle der Zauberspruch Einwände erheben, doch klugerweise überlegte er es sich anders.

Rincewind spürte ein leichtes Prickeln, sah ein blaues Gleißen hinter den Augen, woran sich das Gefühl plötzlicher Leere anschloß.

Als er den Kopf senkte, sah er eine Seite voller niedergeschriebener Worte, die sich gerade in der Runen-Phase befanden. Der Magier seufzte erleichtert. Die Reptilien-Bilder waren häßlich, und außerdem hatte er nicht die geringste Ahnung, wie man sie aussprach. Hinzu kam, daß sie ihn an etwas erinnerten, das er nur schwer vergessen konnte.

Mit ausdrucksloser Miene blickte er auf das Buch, während Zweiblum geschäftig hin und her eilte (ohne daß ihm jemand Beachtung schenkte) und sich Cohen vergeblich bemühte, die Ringe von den steinernen Fingern der Zauberer zu ziehen.

Rincewind entsann sich daran, daß er irgend etwas unternehmen mußte. Aber was?

Er richtete seine Aufmerksamkeit wieder auf die erste Seite und begann zu lesen. Seine Lippen bewegten sich lautlos, und die Spitze des Zeigefingers folgte den Konturen eines jeden Zeichens. Als er die einzelnen Worte murmelte, manifestierten sie sich geräuschlos über und neben ihm. Helle Farben leuchteten und verblaßten in der roten Nacht.

Er blätterte um.

Weitere Personen kamen die Treppe herauf: Sternenleute, gewöhnliche Bürger, sogar einige Leibgardisten des Patriziers. Einige graugesichtige und trübe starrende Männer, die noch immer nicht das Interesse an linken Ohren verloren hatten, schoben sich vorsichtig und zögernd auf Rincewind zu. Der Zauberer übersah sie und las weiter, hüllte sich in einen bunten Vorhang aus wirbelnden Buchstaben. Cohen zog sein Schwert und trat den selbsternannten Läuterern mit einem breiten Diamantengrinsen entgegen, woraufhin sie rasch zurückwichen.

Die vornübergeneigte Gestalt Rincewinds emittierte Stille, die sich wie die kleinen Wellen in einer Pfütze ausbreitete. Sie strömte an den Mauern des Turms herab, spülte über die weit unten wartende Menge, floß über staubigen

Boden, gischtete durch die Stadt und die angrenzenden Regionen.

Nach wie vor glühte der neue Stern stumm über der Scheibenwelt. Anderenorts am Himmel drehten sich langsam und lautlos die neuen Monde.

Das einzige Geräusch war Rincewinds heiseres Flüstern, als er Seite um Seite las.

»Ist das nicht aufregend?« entfuhr es Zweiblum. Cohen drehte sich gerade eine Zigarette, die mehreren Stummeln eine teerige Wiedergeburt gewährte. Langsam ließ er das Papier sinken.

»Was denn?« fragte er verwundert.

»All die Magie!«

»Sie glänzt nur«, erwiderte der greise Barbar kritisch. »Bisher ist es ihm noch nicht gelungen, irgendwelche Tauben aus dem Ärmel zu ziehen.«

»Das stimmt schon«, gestand Zweiblum ein, »aber spürst du nicht die okkulte Macht?«

Cohen zog ein großes, gelbes Streichholz aus seinem Tabaksbeutel, bedachte den reglosen Wert mit einem nachdenklichen Blick und entzündete es genüßlich an der versteinerten Nase.

»Hör mal«, wandte er sich an den Touristen und sprach betont höflich, »was erwartest du eigentlich? Ich bin weit herumgekommen und habe viel Zauberei und so'n Kram gesehen. Vertrau meiner Erfahrung: Wenn dir dabei vor Staunen immerzu die Kinnlade runterfällt, fühlt sich irgendwann jemand eingeladen, Zielübungen darauf zu veranstalten. So etwa.« Cohen holte mehrmals mit der Faust aus, und Zweiblum klappte den Mund zu. »Außerdem: Zauberer sterben wie ganz gewöhnliche Menschen, wenn man ihnen ein Messer in die Rippen...«

Es knallte laut, als Rincewind das Buch zuschlug. Er richtete sich auf und holte tief Luft.

Und dann geschah folgendes:

Nichts.

Die Anwesenden brauchten eine Weile, um das zu bemerken. Sie duckten sich instinktiv, warteten auf das Blitzen von weißem Licht, vielleicht auch die Explosion eines gewaltigen Feuerballs. Cohen bildete die einzige Ausnahme: Er begegnete der Thaumaturgie nach wie vor mit einer gehörigen Portion Skepsis und rechnete bestenfalls mit einigen weißen Tauben oder einem altersschwachen Kaninchen.

Es war nicht einmal ein besonders interessantes Nichts. Manchmal bleiben gewisse Ereignisse auf recht eindrucksvolle Art und Weise aus, doch in diesem Fall bewirkte das Nicht-Geschehen schlicht und einfach Langeweile.

»Das ist alles?« fragte Cohen schließlich. Einige Bürger brummten enttäuscht, und mehrere Sternenleute warfen Rincewind finstere Blicke zu.

Der Zauberer sah den greisen Barbar müde an.

»Ich glaube schon«, entgegnete er.

»Aber es ist doch überhaupt nichts passiert.«

Rincewind starrte auf das Oktav.

»Vielleicht erzeugt es einen eher zarten Effekt«, sagte er hoffnungsvoll. »Immerhin wissen wir gar nicht genau, worin die Auswirkung der Beschwörung bestehen soll.«

»Das ist der Beweis!« rief ein Sternenmann triumphierend. »Magie funktioniert nicht! Es ist alles nur Illusion!«

Ein Stein flog aus der roten Düsternis heran und traf Rincewind an der Schulter.

»Du hast völlig recht«, bestätigte jemand anders. »Schnappt ihn!«

»Ich schlage vor, wir werfen ihn vom Turm.«

»Gute Idee. Wir schnappen ihn uns *und* werfen ihn vom Turm.«

Die Menge rückte vor. Zweiblum hob die Hände.

»Bestimmt ist es nur ein Mißverständnis«, begann er. Einer der Sternenleute gab dem Touristen einen Tritt. Zweiblum brach jäh ab, verlor das Gleichgewicht und fiel.

»Ach, es geht schon wieder los!« seufzte Cohen, zertrat

den Rest seiner Zigarette, zog das Schwert und sah sich nach dem Koffer um.

Die Truhe machte keine Anstalten, ihrem Eigentümer zu Hilfe zu eilen. Sie stand vor Rincewind, der sich das Oktav wie eine Wärmflasche an die Brust preßte und langsam zu verzweifeln schien.

Ein graugesichtiger Mann sprang auf ihn zu. Die Kiste hob drohend den Deckel.

»Ich weiß, warum es nicht geklappt hat«, ertönte eine Stimme hinter der zornigen Menge. Cohen erhob sich auf die Zehenspitzen und erkannte Bethan.

»Ach?« meinte einer der Bürger abfällig. »Und warum sollten wir auf dich hören?«

Einen Sekundenbruchteil später fühlte er Cohens Schwertspitze am Hals.

»Andererseits...«, fügte der Mann hinzu und schluckte. »Vielleicht wäre es ganz angebracht, der jungen Frau Gelegenheit zu geben, einen Diskussionsbeitrag zu leisten.«

Als sich Cohen mit erhobenem Schwert umdrehte, trat Bethan vor und deutete auf die bunten Worte der acht Zaubersprüche, die Rincewind noch immer wie mit einem Halo umgaben.

»Dies hier kann nicht richtig sein«, sagte sie und zeigte auf einen schmutzig wirkenden braunen Fleck inmitten des strahlenden Wogens. »Bestimmt hast du es falsch ausgesprochen. Laß mich mal nachsehen!«

Wortlos reichte ihr Rincewind das Oktav.

Sie schlug es auf und blätterte.

»Komische Schrift«, sagte sie. »Verändert sich dauernd. He, was macht das Krokodil mit dem Kraken?«

Rincewind sah über Bethans Schulter und gab ihr gedankenlos Auskunft. Sie schwieg eine Zeitlang.

»Oh«, meinte sie dann, »ich wußte gar nicht, daß Krokodile zu so etwas in der Lage sind.«

»Es ist nur eine uralte Bildschrift«, warf Rincewind hastig ein. »Hab ein wenig Geduld; gleich folgen andere

Zeichen. Weißt du, die Zaubersprüche können sich in jeder beliebigen Sprache mitteilen.«

»Erinnerst du dich daran, was du gesagt hast, als die falsche Farbe erschien?«

Mit der Kuppe des Zeigefingers strich er über die Seite.

»Ich glaube, es war diese Stelle. Wo die zweiköpfige Echse gerade... Nun, ich glaube, es erübrigt sich eine Beschreibung.«

Zweiblum trat neben ihn, als die Piktogramme anderen Symbolen wichen.

»Wie spricht man das aus?« fragte Bethan verwirrt. »Schnörkel, Schnörkel, Punkt, Strich.«

»Das sind cupumugukische Schneerunen«, stellte Rincewind fest. »Ich nehme an, es soll ›zph‹ heißen.«

»Aber da hast du dich vermutlich geirrt. Wie wär's mit ›sph‹?«

Sie betrachteten das Wort. Der braune Fleck weigerte sich hartnäckig, die Farbe zu wechseln.

»Oder ›sff‹?« meinte Bethan.

»Möglicherweise auch ›tsff‹«, fügte Rincewind in einem zweifelnden Tonfall hinzu. Die schmutzig aussehende Stelle im bunten Wallen wurde noch dunkler.

»Und ›zsff‹?« warf Zweiblum hilfsbereit ein.

»So ein Quatsch«, brummte Rincewind. »Ich kenne mich mit Schneerunen bestens...«

Bethan stieß ihm den Ellenbogen in die Seite und streckte die Hand aus.

Das braune Wort glänzte nun in einem dunklen Rot.

Das Buch erzitterte in Bethans Händen. Rincewind schlang der jungen Frau den Arm um die Taille, packte Zweiblum am Kragen und sprang zurück.

Das Oktav rutschte aus Bethans Händen und fiel dem Boden entgegen. Aber es erreichte ihn nicht.

Die Luft in unmittelbarer Nähe des Oktavs glühte. Das

Buch stieg langsam auf, und die Blätter schlugen wie Schwingen.

Irgend etwas rauschte, zischte und fauchte, gefolgt von einem disharmonischen Klimpern, das sich kurz darauf in eine exotische Blume aus Licht verwandelte. Der weit geöffnete Kelch wuchs in den roten Himmel, verblaßte und löste sich auf.

Stille herrschte.

Doch weit oben, jenseits der Scheibenwelt, bahnte sich ein ganz besonderes Ereignis an...

In den geologischen Tiefen von Groß-A'Tuins gewaltigem Hirn glitten Gedanken über das Synapsenpflaster neuraler Allen, die sich mit breiten Durchgangsstraßen vergleichen ließen. Eine Sternenschildkröte war natürlich nicht imstande, ihren Gesichtsausdruck zu verändern, aber auf irgendeine seltsame Weise wirkte ihre von Meteoriten zernarbte Miene ausgesprochen erwartungsvoll.

Ihr (oder sein) starrer Blick galt den acht Kugeln, die den roten Stern am Strand des Universums umkreisten.

Sie brachen langsam auseinander.

Riesige Felsformationen lösten sich und fielen in einer langen spiralförmigen Bahn der scharlachfarbenen Sonne entgegen. Der Himmel füllte sich mit Planetenscherben.

Eine kleine Sternenschildkröte kroch zwischen den Trümmern eines Satelliten hervor und streckte ihre paddelförmigen Beine. Sie war kaum größer als ein mittlerer Asteroid, und auf dem Panzer glänzten noch einige Eigelbreste.

Auf ihrem Rücken standen vier Elefantenkälber. Und sie trugen eine kleine Scheibenwelt, eingehüllt in den Rauch urzeitlicher Vulkane.

Groß-A'Tuin wartete, bis sich die acht Babyschildkröten ganz aus ihren Planeteneiern befreit hatten und staunend durch den Kosmos wanderten. Dann drehte sie (oder er) sich um, ganz vorsichtig, um die Meere und Seen ihrer Scheibenwelt nicht über die Ufer schwappen zu lassen. Mit nicht unerheblicher Erleichterung kehrte sie (oder er) in die angenehm kühlen Tiefen des Raums zurück.

Die jungen Himmelsschildkröten folgten und umkreisten ihre Mutter (beziehungsweise den Vater).

Zweiblum lag rücklings auf dem Boden und starrte entzückt gen Himmel. Vermutlich genoß er von allen Bewohnern der Scheibenwelt die beste Aussicht.

Kurz darauf fiel ihm etwas ein.

»Wo ist das Ikonoskop?« fragte er erschrocken.

»Was?« erwiderte Rincewind und wandte den Blick nicht vom Firmament ab.

»Das Ikonoskop«, erklärte Zweiblum. »Mein Fotoapparat. Ich muß unbedingt eine Aufnahme davon machen!«

»Kannst du dir den Anblick nicht einfach ins Gedächtnis einprägen?« frage Bethan.

»Vielleicht vergesse ich ihn.«

»Nun, *ich* werde mich noch daran erinnern, wenn ich tot bin«, behauptete die junge Frau begeistert. »So etwas Herrliches habe ich noch nie zuvor gesehen.«

»Viel besser als Tauben und Billardkugeln«, bestätigte Cohen. »Das muß ich dir lassen, Rincewind. Welcher Trick steckt dahinter?«

»Keine Ahnung«, erwiderte der Zauberer.

»Der Stern wird kleiner«, verkündete Bethan.

Wie aus weiter Ferne hörte Rincewind Zweiblums Stimme, die sich mit dem kleinen Dämon im Bildkasten stritt. Es handelte sich um eine technische Diskussion, bei der es unter anderem um Tiefenschärfe und die nicht ganz unwichtige Frage ging, ob dem verdrießlichen Pinselschwinger noch genug rote Farbe zur Verfügung stand.

An dieser Stelle sollte darauf hingewiesen werden, daß Groß-A'Tuin sehr glücklich und zufrieden war, und wenn sich solche Gefühle in einem Gehirn von den Ausmaßen mehrerer großer Städte bilden, kommt es zu gewissen Emissionen. Was nicht ohne Konsequenzen blieb: Die meisten Bewohner der Scheibenwelt befanden sich in einem geistigen Stadium, das man normalerweise nur mit jahrzehntelanger hingebungsvoller Meditation oder dreißig Sekunden nach der Einnahme verbotener Kräuterelixiere erreicht.

So ist das eben mit Zweiblum, dachte Rincewind. *Man kann nicht behaupten, er wisse keine Schönheit zu schätzen. Er bewundert sie nur auf seine eigene Art und Weise. Ich meine: Wenn ein Dichter eine besonders prächtige Narzisse sieht, preist er sie mit eindrucksvollen Reimen. Zweiblum aber würde sich auf die Suche nach einem Lehrbuch über Botanik machen – und es von vorne bis hinten durchlesen. Cohen hat recht. Der Tourist beobachtet schlicht und einfach, aber was er ansieht, scheint sich irgendwie zu verändern. Und ich nehme an, das trifft auch auf mich zu.*

Die Sonne der Scheibenwelt ging auf. Der rote Stern schrumpfte immer mehr und konnte kaum noch mit ihr konkurrieren. Gutes, zuverlässiges Scheibenweltlicht strömte über die stille Landschaft, wie ein Meer aus Gold.

Oder goldenem Sirup gleich, wie jemand behauptet hätte, der größeren Wert auf metaphorische Genauigkeit legte.

Dies ist ein genügend dramatisches Ende, aber im wirklichen Leben kann man die einzelnen Kapitel nur selten an der richtigen Stelle beenden, und es mußten noch einige andere Dinge geschehen.

Man denke nur ans Oktav.

Als Sonnenlicht über das Buch tropfte (Sirup, erinnern Sie sich?), klappte es zu und kehrte zum Turm zurück. Viele Zuschauer begriffen plötzlich, daß ihnen der magischste aller magischen Gegenstände auf der Scheibenwelt entgegenfiel.

Das Gefühl der Glückseligkeit und allgemeiner Kameradschaft verdunstete zusammen mit dem Morgentau.

Rincewind und Zweiblum wurden einfach zur Seite gestoßen, als Dutzende von Personen vorstürmten, übereinander hinwegstiegen und gierig die Hände ausstreckten.

Das Oktav verschwand im Zentrum der schreienden Menge. Rincewind vernahm ein lautes und ziemlich energisches Knallen, das Assoziationen an einen gewölbten Deckel weckte, der nicht geneigt war, sich öffnen zu lassen.

Der Zauberer krabbelte auf allen vieren umher, starrte an einigen Beinen vorbei und sah Zweiblum.

»Ich habe da eine ganz bestimmte Vermutung«, sagte er und lächelte schief.

»Welche?«

»Wenn du deinen Koffer öffnest, findest du bestimmt nichts weiter als saubere und nach Lavendel duftende Wäsche.«

»Lieber Himmel!«

»Nun, ich glaube, das Oktav kann auf sich selbst achtgeben. Außerdem befindet es sich jetzt an einem *sehr* sicheren Ort.«

»Wahrscheinlich hast du recht. Nun, manchmal habe ich das Gefühl, die Truhe weiß ganz genau, was sie tut.«

»Ich weiß, was du meinst.«

Sie krochen von dem lärmenden Durcheinander fort, standen auf, klopften sich den Staub von der Hose und hielten auf die Treppe zu.

»Was stellen die Leute jetzt an?« fragte Zweiblum, wippte auf den Zehenspitzen, reckte den Hals und versuchte, sich ein Bild von der aktuellen Lage zu machen.

»Offenbar trachten sie danach, die Kiste aufzubrechen«, sagte Rincewind.

Es knallte erneut, und ein dumpfer Schrei erklang.

»Ich glaube, der Koffer findet großen Gefallen an der ihm geltenden Aufmerksamkeit«, brummte Zweiblum, als sie vorsichtig die ersten Stufen hinter sich brachten.

»Ich schätze, sein Appetit dürfte für eine Weile gestillt sein«, entgegnete Rincewind. »Was mich angeht, so würde ich jetzt gern eine Schenke aufsuchen und uns zwei ordentliche Drinks bestellen.«

»Gute Idee.« Der Tourist nickte. »Ich genehmige mir ebenfalls zwei.«

Zweiblum erwachte gegen Mittag. Er konnte sich nicht daran erinnern, warum er auf einem Heuboden lag und einen Mantel trug, der ihm gar nicht gehörte, aber er verdrängte diese Überlegungen sofort wieder und konzentrierte sich statt dessen auf einen anderen Gedanken.

Nach einigen Sekunden entschied er, Rincewind etwas höchst Wichtiges mitzuteilen.

Er kroch aus dem Stroh, sprang und landete auf dem Koffer.

»Ah, du bist auch hier?« fragte er überflüssigerweise. »Hoffentlich schämst du dich.«

Die Truhe sah ihn verwirrt an.

»Wie dem auch sei«, fügte Zweiblum hinzu, »ich möchte mir das Haar kämmen. Öffne den Deckel.«

Die Kiste klappte gehorsam auf. Zweiblum suchte in diversen Beuteln und Taschen, bis er schließlich Kamm und Spiegel fand und den Kampf gegen die Folgen einer durchzechten Nacht aufnahm. Als er sein Äußeres einigermaßen in Ordnung gebracht hatte, bedachte er den Koffer mit einem durchdringenden Blick.

»Du willst mir vermutlich nicht sagen, was du mit dem Oktav angestellt hast, oder?«

Die Miene der Truhe konnte nur als hölzern bezeichnet werden.

»Na schön. Komm!«

Zweiblum trat in den Sonnenschein, der ihm in seinem gegenwärtigen Zustand ein wenig zu grell erschien, wanderte ziellos durch die Straßen. Alles erschien ihm frisch und neu, selbst der Geruch, doch seltsamerweise begegnete er unterwegs nur wenigen Passanten. Die meisten Leute schliefen noch; eine lange Nacht lag hinter ihnen.

Er begegnete Rincewind am Kunstturm, wo der Zauberer einige Arbeiter beaufsichtigte, die auf dem Dach eine Art Gerüst errichtet hatten und die versteinerten Oberhäupter der magischen Orden herabseilten. Ein Affe schien ihm zu assistieren, aber Zweiblum war nicht in der richtigen Stimmung, um sich von irgend etwas überraschen zu lassen.

»Können sie zurückverwandelt werden?« fragte er.

Rincewind drehte sich um. »Was? Oh, du bist's. Nein, wahrscheinlich nicht. Für den armen Wert käme ohnehin jede Hilfe zu spät. Eins der Taue ist gerissen. Er fiel fast zweihundert Meter tief und prallte aufs Pflaster.«

»Willst du ihn wieder zusammensetzen?«

»Ich dachte eher an einen hübschen Steingarten.« Rincewind winkte den Arbeitern zu.

»Du wirkst auffallend fröhlich«, sagte Zweiblum ein wenig vorwurfsvoll. »Bist du überhaupt nicht ins Bett gegangen?«

»Komische Sache«, erwiderte der Magier. »Ich konnte gar nicht schlafen. Eigentlich wollte ich nur frische Luft schnappen und mir die Beine vertreten, doch dann sah ich, daß allgemeine Unschlüssigkeit herrschte. Nun, ich brachte die Leute nur zusammen und begann damit, alles zu organisieren.« Er sah den Bibliothekar an, der nach seiner Hand griff. »Prächtiger Tag, nicht wahr? Ach, das Leben ist doch herrlich.«

»Rincewind, ich wollte dir sagen...«, begann Zweiblum.

»Weißt du, ich glaube, ich setze mein Studium an der Unsichtbaren Universität fort«, meinte Rincewind beschwingt. »Jetzt gibt es keinen Zauberspruch mehr, der mir die anderen magischen Formeln aus dem Kopf verjagt. Ja, ich bin sicher, diesmal komme ich gut mit der Thaumaturgie zurecht, und vielleicht brauche ich nicht jede Prüfung zu wiederholen, sondern nur die eine oder andere. Es heißt. jemandem mit Doktortitel stünden Tür und Tor offen ...«

»Das freut mich für dich, denn ...«

»Und da die Oberhäupter der verschiedenen Orden inzwischen nur noch dekorative Funktionen erfüllen, kann ich mein Arbeitszimmer frei wählen ...«

»Ich kehre nach Hause zurück.«

»Ein guter Zauberer, der einiges von der Welt gesehen hat und ... Was?«

»Ugh?«

»Ich sagte, ich kehre nach Hause zurück«, wiederholte Zweiblum und drängte den Bibliothekar, der an ihm nach Läusen suchte, behutsam zur Seite.

»Nach Hause?«

»In meine Heimat. Zu dem Ort, woher ich komme.« Zweiblum suchte verlegen nach den richtigen Worten. »Ich meine, ich segle übers Meer. Mit einem Schiff. Kehre heim. Würdest du bitte damit aufhören?«

»Wie?«

»Ugh?«

Sie schwiegen einige Sekunden lang. Dann fuhr Zweiblum fort: »Die Idee kam mir gestern nacht. Tja, äh, es ist ja ganz nett, umherzureisen, zu beobachten, folkloristische und kuriose Dinge zu sehen und neue Erfahrungen zu sammeln. Aber vielleicht wäre es auch ganz interessant, daran *zurück*zudenken.«

»Du willst also nicht nur zurück*kehren*, sondern auch zurück*denken?*« fragte Rincewind verwundert. »Hältst du das nicht für gefährlich?«

»Nun, mir gefällt die Vorstellung, Bilder in ein Buch zu kleben und mich zu *erinnern.*«

»Tatsächlich?«

»Ugh?«

»O ja. Wenn man sich erinnern will, darf man eins nicht

vergessen: Man muß irgendeinen Ort aufsuchen, an dem man sich erinnern kann, verstehst du? Es kommt darauf an, die Reise irgendwann zu beenden. Eigentlich ist man nirgends gewesen, bis man heimkehrt. Ja, ich glaube, das meine ich damit.«

Rincewind ging die letzten Bemerkungen Zweiblums in Gedanken noch einmal durch, aber sie schienen nicht viel mehr Sinn zu ergeben.

»Oh«, sagte er nur. »Na schön. Wenn du es so siehst... Wann brichst du auf?«

»Noch heute. Es gibt da ein Schiff, mit dem ich einen großen Teil der Strecke zurücklegen kann.«

»Da bin ich völlig sicher«, erwiderte Rincewind unbehaglich. Er sah auf seine Füße, blickte zum Himmel, räusperte sich.

»Wir haben einiges durchgestanden, was?« sagte Zweiblum und stieß ihn in die Rippen.

»Ja, in der Tat«, erwiderte Rincewind und rang sich ein Lächeln ab.

»Du bist mir doch nicht böse, oder?«

»Wer – ich?« fragte der Zauberer. »Meine Güte, nein! Habe alle Hände voll zu tun.«

»Dann ist ja alles in Ordnung. Ich schlage vor, wir frühstücken jetzt. Und anschließend gehen wir zu den Docks.«

Rincewind verzog das Gesicht, nickte, wandte sich seinem Assistenten zu und holte eine Banane hervor.

»Du hast jetzt den Bogen raus und kannst mich vertreten«, murmelte er.

»Ugh.«

Natürlich gab es kein einziges Schiff, dessen Reiseziel auch nur in der Nähe des Achatenen Reiches lag, doch das spielte keine Rolle. Zweiblum sprach mit dem Kapitän des ersten halbwegs sauberen Seglers und drückte ihm soviel Gold in die Hand, daß der Mann sofort seine Pläne änderte. Rincewind wartete am Kai und beobachtete, wie der

Tourist den Käpt'n bezahlte. Die Summe entsprach etwa dem vierzigfachen Wert des Kahns, Goldmünze mehr oder weniger.

»Das wäre erledigt«, sagte Zweiblum, als er auf den Zauberer zutrat. »Er setzt mich bei den Braunen Inseln ab, und von dort aus ist es nicht weiter schwer, die Heimreise fortzusetzen.«

»Ausgezeichnet«, knurrte Rincewind.

Zweiblum überlegte kurz, öffnete dann seinen Koffer und holte einen Beutel mit Gold hervor.

»Wo sind Cohen und Bethan?« fragte er.

»Ich glaube, sie sind fortgegangen, um zu heiraten«, erwiderte Rincewind. »Bethan meinte: ›Jetzt oder nie‹.«

»Nun, wenn du sie siehst, so gib ihnen das hier«, sagte Zweiblum und reichte ihm den Beutel. »Ich weiß, wie teuer es ist, den ersten Haushalt zu gründen.«

Zweiblum ahnte noch immer nichts vom gewaltigen Unterschied im Wechselkurs. Die Münzen genügten, um ein ganzes Königreich zu kaufen.

»Du kannst dich auf mich verlassen«, sagte Rincewind und stellte überrascht fest, daß er es ernst meinte.

»Gut. Nun, da wir gerade dabei sind – dir möchte ich ebenfalls etwas schenken.«

»Ach, das ist doch nicht nötig ...«

Zweiblum kramte in der Truhe und holte einen großen Sack hervor, den er mit Kleidungsstücken, Geld, dem Ikonoskop und anderen Dingen füllte – bis die Kiste völlig leer war. In dem letzten Gegenstand, den er zur Hand nahm, erkannte Rincewind die kleine Hütte mit dem Muscheldach wieder. Offenbar beabsichtigte der Tourist tatsächlich, sie als Zigarettenschatulle zu verwenden. In dieser Beziehung schreckte er vor nichts zurück.

Er wickelte sie vorsichtig in weiches Papier.

»Sie gehört dir«, sagte er dann, schloß den Deckel und deutete auf die Truhe. »Ich brauche sie nicht mehr, und außerdem ist sie für meinen Kleiderschrank zu groß.«

»Wie bitte?«

»Willst du sie nicht?«

»Nun, ich... doch, schon... aber...« Rincewind atmete tief durch. »Ich meine – der Koffer ist dein Eigentum. Er folgt dir und nicht mir.«

»Koffer«, sagte Zweiblum fest. »Das ist Rincewind. Du gehörst jetzt ihm, klar?«

Die Kiste streckte langsam die Beine aus, drehte sich zögernd um und sah den Zauberer an.

»Um ganz ehrlich zu sein: Eigentlich glaube ich, das Ding gehört nur sich selbst und sonst niemandem«, fügte der Tourist hinzu.

»Ja«, erwiderte Rincewind unsicher.

»Nun, das wär's dann wohl«, sagte Zweiblum. Er streckte die Hand aus.

»Leb wohl, Rincewind. Ich schicke dir eine Postkarte, wenn ich wieder zu Hause bin. Vielleicht auch einen Brief.«

»Meinetwegen. Wenn du irgendwann vorbeikommen solltest: Frag einfach nach mir.«

»Gern. Nun gut, ich glaube, es wird Zeit.«

»Ja.«

»Wir sollten uns jetzt verabschieden.«

»In Ordnung.«

»Bis dann.

»Tschüs.«

Zweiblum wanderte über die Laufplanke, und einige ungeduldige Besatzungsmitglieder zogen sie sofort an Bord.

Die Rudertrommel begann zu pochen, und der Bug des Schiffes pflügte wie angewidert durch das träge und schmutzigbraune Wasser des Ankh, der inzwischen wieder breiter geworden war und nicht mehr dampfte. Die Strömung trug den Kahn ins offene Meer hinaus.

Rincewind sah ihm nach, bis er zu einem kleinen Fleck am Horizont wurde. Dann starrte er die Truhe an. Sie starrte zurück.

»Verschwinde!« befahl der Zauberer. »Hau ab! Ich gebe dich frei, kapiert?«

Er kehrte der Kiste den Rücken zu und marschierte fort. Nach einigen Sekunden hörte er ein leises Trippeln und wirbelte herum.

»Ich will dich nicht!« sagte er scharf und trat nach dem Koffer.

Die Kiste ließ sich auf den Boden sinken. Rincewind murmelte ein zufriedenes »Ha!« und setzte sich wieder in Bewegung.

Kurz darauf blieb er erneut stehen und lauschte. Hinter ihm blieb alles still. Als er sich umsah, stellte er fest, daß sich der Koffer nicht von der Stelle gerührt hatte. Er wirkte irgendwie zusammengekauert und kummervoll. Rincewind überlegte.

»Na schön«, seufzte er nach einer Weile. »Komm mit!«

Er ging weiter, lenkte seine Schritte in Richtung Universität. Der Koffer zögerte eine Zeitlang, bevor er eine Entscheidung traf, die Beine ausfuhr und dem Magier folgte. Seiner Ansicht nach blieb ihm kaum eine Wahl.

Sie wanderten am Kai entlang in die Stadt, zwei Punkte in einer schrumpfenden Landschaft. Die Endeinstellung des erzählerischen Films verwendet ein Weitwinkelobjektiv, das auch ein winziges Schiff auf einem runden Meer zeigt, eine in Wolken gehüllte Scheibenwelt auf dem Rükken von vier großen Elefanten, die ihrerseits auf dem Panzer einer riesigen Schildkröte stehen.

Schon nach kurzer Zeit wird Groß-A'Tuin zu einem glitzernden Stecknadelkopf zwischen den Sternen, einem matten Schimmern, das sich schließlich in der Schwärze des Alls verliert.